四时歌

骑桶人

自选集

骑桶人 著

四川科学技术出版社

图书在版编目（CIP）数据

四时歌：骑桶人自选集/骑桶人著.——成都：四川科学技术出版社，2018.11

ISBN 978-7-5364-9260-8

Ⅰ.①四…Ⅱ.①骑…Ⅲ.①中篇小说—小说集—中国—当代
②短篇小说—小说集—中国—当代Ⅳ.①I247.7

中国版本图书馆CIP数据核字（2018）第244660号

四时歌：骑桶人自选集

出 品 人　钱丹凝
丛书主编　姚海军
著　　者　骑桶人
责任编辑　宋 齐 拉 兹
封面插画　卢 波
封面设计　樱 儿 施 洋
版面设计　樱 儿
责任出版　欧晓春
出版发行　四川科学技术出版社
　　　　　四川省成都市槐树街2号 出版大厦　邮政编码：610031
成品尺寸　160mm×228mm
印　　张　21.5
字　　数　321千
插　　页　2
印　　刷　四川省南方印务有限公司
版　　次　2019年1月成都第一版
印　　次　2019年1月成都第一次印刷
定　　价　79.00元

ISBN 978-7-5364-9260-8

小　序

1998 年，我二十六岁，得了一场病，虽不是大病，但因为治疗得不太得力，在医院盘桓了二十余日，中间还经历了一次抢救。

人往往就是这样，不真正面对一次死亡，很多原本简单的事情就看不清楚。

当时的我，想要以写作为职业已经有七八年的时间了，却什么也没有写出来，于别的方面，也一事无成。抢救回来，醒过来的时候，看着已经将近九十岁的外公，坐在病床边，拉着我的手，痛哭流涕，我突然就明白了一件事：原来我除了写作之外，已经没有别的退路，只是之前我并没有明白这一点，仍然迁延着、浪荡着。然而生命是很短暂的，如果不把每一天都当成生命的最后一天来过，那人生终究要被浪费掉。

不过我那时还不知道要写些什么，只知道一定要好好写。怎么样好好写呢？我想起我玩魔方的事。我曾用三个月的时间，一点一点地研究出魔方的玩法。后来我想，我竟然不曾用三个月的时间——不，甚至连一个月的时间也不曾用过——去写一篇小说。

1999 年的 10 月，我受《太平广记》的启发，开始写《鹤川记》。最初是写在纸上，后来有了电脑，又写在电脑里。中间我跟父亲闹翻了，因为我不愿出去工作。我从家里搬出来，搬到外婆家去住。外婆家是一幢三层的小楼，我一个人独占了三楼，在窗边摆上我的电脑。每天早上起来，吃了早餐，或者还没有吃，我就坐在电脑旁，趁着大脑最清醒的时候，写我的小说。写到将近一半的时候，因为操作失误，稿子全被删去了，回收站里也没有。我懊恼了几天，重新又开始写，从此养成了写几分钟就保存一次的习惯。

那一段时间我还养成了其他习惯。我写作的时候，喜欢阔大的没有别人的空间，喜欢一边听没有歌词的音乐（或者是我听不懂的歌词）一边写，喜欢坐在沙发上写（因为当时是坐在一个红色的旧人造革沙发上），喜欢靠着窗写（不是正对着窗），喜欢在早上写，还有一天写上一千来字甚至八九百字就会满足……

后来就一直这样写了下去，保持着一个月大约两万字的速度，《归墟》《夜叉》《春之牙》《梦奴珠珠》《逐梦使》《流枫川志》《终南》《快然亭记》《尖之娟》《红姨》《阿稚》等等小说，都是那时候写出来的。我经历了我奶奶的离世，经历了我母亲的病。有一天，我突然明白我其实并不能浪费哪怕一秒钟的时间，这里的"不能"，并不是说我不想，而是说，我其实并不拥有浪费时间的能力。因为其实所有的时间，都是纯然的存在，无论我如何去"浪费"它，它也仍然属于我。我必须去度过它，它才会消失，并再也不会回来。

人生真是奇妙呀！我就有些迷茫了，不知道自己应该再写些什么，也不知道自己应该再如何活下去。后来就去了成都，成了《飞·奇幻世界》的编辑，并在那个小小的出租房里，写出了《花之寺僧》，后来编这本自选集的时候，我就把它放在了第一篇。首先，自然是因为它很轻，我希望在书店里好奇地翻看这本书的人，能够因为这篇小说，而以为这本书很好读，从而把整本书都买下来——这是我一个小小的不能说出的愿望。其次，自然是因为写这篇小说的时候正是我的一个转折点。我隐隐约约地明白，这个世界除了小说之外，还有其他很多美好的东西，而小说本身呢，似乎也不是靠拼了命的努力，就一定能写好的。

然而《花之寺僧》这篇小说，又到底说了一些什么呢？其实连我自己也不太明白。总有读者问我：这小说你想表达什么？每当这时候，我都很想对他说，其实我也不明白呀，如果我明白了，就不会写这篇小说了。

然后我就一直这样写了下去，不急，也不再求那种极致的完美。我甚至希望我的每篇小说都有自己的缺陷，有时即使放着明显的缺陷也不去改它。我不再要求自己每月要写多少字，也不再因为自己不知道要写什么而心慌。到了今天，坐在这里，写这篇小序的时候，我已经明白，写作不是应该去努力的事情，也不是我人生的唯一退路。写作只是我的生活，我不可能逃离我的生活就如我不可能逃离我的肉体、我的生命。既然我不可能逃离，那我又何必紧紧地攥住它不放呢？

人生真是奇妙呀！

当我才十八九岁，立志要以写作为职业的时候，并不会也不曾更不敢想到，有一天我能写出那样多的小说，而且大部分竟然还是中短篇小说。我没有统计过这三十年来，我究竟写出了多少中短篇，但即便不算那些作废的篇章，我的中短篇也一定已经有百篇以上，字数也应该达到了百万字了吧。

我小心地选择，小心地排列，其中有很久以前就已经完成的，也有刚刚才写完的。我不敢保证每一篇都是完美的，我只希望你们看完这本书之后，不会觉得，我浪费了你们的时间。

2019 年 1 月 3 日
于卓锦城

花之寺僧

因为和尚是住在花之寺里，因此和尚的法号就叫作花之寺僧。

没有人知道花之寺有多大。它山门低矮，红墙倾圮，墙内翠竹森森，半楹旧殿，紧贴着石崖。进到殿里却出人意料地大，原来是在崖壁里挖出了个深深的石窟，佛陀坐在石窟深处，低眉垂目，手结法印，一线天光洒下来，照亮佛像的半身。

这么说来花之寺也并没多大，但有时香客会在寺院的深处听到少女的轻笑和乐声婉转，因此就有人说，花之寺还有不为人知的部分，隐藏在石崖里，那儿才是真正的花之寺。

但也有人说，其实那些女人是花之寺僧从别处拐来的良家女子，花之寺僧把她们藏在寺中，供自己淫逸享乐；但附近也并没有良家女子失踪，因此官府也就不来追究，反倒常常有些大官儿，坐一乘软轿，方巾便服，来花之寺与花之寺僧饮茶、作诗。

花之寺僧三十出头，白白净净，瘦瘦高高，是一个好和尚。寺里除了他自己，就一个小沙弥。小沙弥扫地、奉茶、敲钟，花之寺僧念经、打坐、在山径上散步，一天也就这么过了。

有一天，从几千里外来了一个名叫王志的男人，他说他的妻子被花之寺僧拐跑了，就藏在寺里。花之寺僧只是笑，并不说什么，任王志在寺院里翻找。这么一个小寺，不到半天就没什么可翻的了，王志又不愿下山，只好呆坐在寺里。花之寺僧在佛像前打坐，王志就苦着脸喃喃着坐在门槛上，两个人一整日也不说一句话。王志饿了，就自己到厨房里找吃的，吃完了，依旧回来坐住。这么着三天过去了。那天夜里，王志听到石壁深处传来女人的笑声，里面好似就有他妻子的声音。他循声摸过去，在石壁上做了记号，第二天一早，就下山去，弄来了锤子和凿子。

　　他开始凿那石壁，是从佛像侧后方的石壁斜着凿进去。"叮叮当当、叮叮当当……"花之寺里从此除了钟磬声和唱经声外，又多了另一种声音。花之寺僧并不说话，让王志在那里凿。小沙弥有时会站在王志后边看，睁大了眼，微张着嘴，看了半天，还是走了。香客们把王志当成一个疯子，不过幸好他也不阻碍别人斋僧礼佛，再说花之寺僧也都默许了他在那儿凿石壁，香客们自然也就不好再说什么。大官儿们来花之寺喝茶、作诗，开始还不习惯，因为老有那凿石壁的声音聒耳，可后来竟也听惯了，有时突然听不到了，还要问花之寺僧："怎么停了？"花之寺僧总是答道："他昨晚凿了一夜，累了。"

　　许多人都以为花之寺僧是打着这样的主意：反正王志凿的地方就在佛像的背后，不如就让他凿，凿一辈子，说不定能凿出一间新的石窟出来。但王志就像傻了一样，他什么也不想，只是拼命地凿着。石壁坚硬，王志刚开始凿的时候，一天也凿不进去一尺，手上还磨出了血，但渐渐便快了，他找到了诀窍，有时一天便可以凿进去二三尺。身后的石头堆满了，他便搬出去堆在殿门外的竹林里。佛前总亮着灯，他便不分日夜地凿，饿了就自己去厨房找东西吃，累了就睡。但愈凿进去就愈困难了，因为他开始凿的时候心太急，只凿出一个小洞，够将身体钻进去，就迫不及待地往深处凿，但现在便觉出洞太小，不好伸展身体，而且也不方便把石头运出去，他只好又退回去，把洞凿大。这很是费了他一些时间。

　　凿子磨得不能用了，锤子也坏了，他便下山去找石匠要。他本没有钱，只好靠帮石匠凿石头挣钱，挣到了足够买凿子和锤子的钱，他便上山去。他总是一次买下好几副凿子和锤子，这样足够他连着凿好几个月。

　　他用寺里的竹子编了竹筐，把石头从洞里拖出去。越往深处去，就越暗，他用不起灯，只能摸黑凿，但凿得久了，他渐渐也看得清些影子，倒也不算凿得太慢。

有时累了，他便在洞里睡，也不出来。石头的粉末碎屑沾了他一身，他的头发胡子都是灰白的，因为长年在狭小的洞里凿石头，身体也变得佝偻了，看上去就像一个老头子，但其实他才二十四五岁。

他这样凿了一年，就觉得石壁里头似乎是传来了回音，似乎里面竟是空的，偶尔听到的女人的笑声，也似乎更清晰了。这样，他凿得更来劲了。又过了一年，他已经能够确定石壁里头真的是空的了，然而传出来的笑声却越来越少，似乎里面的女人也听到了他凿石头的声音，而变得忧心忡忡。有时他竟会觉得这石壁里头的广大空间其实并没藏着女人，里面其实什么也没有，只是藏着几十万斤尘封已久的寂静。每当想到这些，他就会心里发慌，慌到忘了自己究竟是为什么来凿这石壁的。于是他养了一条蜥蜴，把它圈在一个他凿出来的小石洞里，他心里惊慌的时候，就放下锤子和凿子，到外面去抓来小虫子喂它。

第三年了吧，或许是第四年，他是依据寺里竹子的生长来判断时间的，很可能并不准确，反正竹林里的石头已经堆得很高很高了，最底层的石头都长满了青苔，还有又老又丑的癞蛤蟆住在里面。有一天，他的凿子突然从他的手中滑出去，掉进了石壁的另一头。那一刻他有些麻木。虽然他知道把石壁凿开的日子已经越来越近，但当这一天真的到来的时候，他却一点儿也不惊喜，甚至表现得有些迟钝。一缕阳光从那个小孔中射进来，照亮了他紧握着锤子的粗糙的大手，他猛然醒悟过来，举起锤子狠命地砸那石壁，一砸出一个稍大些的洞口就迫不及待地伸进头去……

眼前先是一片迷茫的光亮，慢慢地景色清晰起来，是一个绝美的地方，有山，有溪水，溪边开满了花，天空蔚蓝，阳光娇媚。他无法相信石壁里面竟然藏着这样一个世界。

一群女人聚在洞口旁边，又惊又怕地看着他。他忽然想起自己来这儿的目的，嘶哑地喊起他妻子的名字，这时他才意识到，自从他开始凿石壁以来，他再没说过话了。一个女人，他认得是他的妻子，突然从人丛中跑出来，抱住他伸在石壁外的头，号啕大哭。

花之寺僧被判了刀剐之刑，足足的三千刀，一刀也不能少。到第三千刀时他咽了气，那时他身上早没一块好肉了，四肢更是只剩下惨白的骨。方圆百里的人都来看，觉得花之寺僧是罪有应得，只不过对他居然允许王志在寺里凿了那么久的石壁，却也是百思不得其解。

事情似乎就该这样完结了，但王志觉得自己的妻子回到家后并不开心，他想或许是因为自己太老太丑了，但后来他知道不是因为这个。再后来他发现连他自己也不再开心了，他觉得自己似乎更喜欢待在那个他自己凿出来的石洞之中。他犹豫了很久，终于还是带着妻子回花之寺去。很远，至少也有三四千里，那些石壁里的女人都是被花之寺僧从好几千里外拐来的。两个人迤逦走着，王志步行，他妻子骑驴，走了好几个月，终于重又回到了花之寺。但寺里早已没了人，一切都已荒废，竹子把整个寺院都占据了，只有石窟内是空的，蒙尘的佛像静坐着，再也没有天光从佛像的头顶上洒下来，因为，佛像之上，也只是石头的窟顶。

他凿出的洞仍在，妻子已经钻了进去，他伏低了身，跟着一点一点地钻进去。他想起了那条蜥蜴，他临走时忘了把它放出来，他沿着石壁摸着，移开那块堵住小石洞的石块，他伸手进去，但小石洞里已经什么都没有了。他听到妻子在前面哭，便又往里走，他觉得应该已经走到头了，这里应该有山有水，有花和阳光，但现在却只有黑暗。他摸索着点亮火折子，昏黄的光亮起来，但黑暗比光更广大，他沿着石壁照过去，可再没有出路了，这儿就是一个巨大的石室。再没有别的路，通向他和他妻子记忆中的那个美丽的秘境。

不过也还有另一种传说，说花之寺还在。樵夫在深山里碰到过，那是一个庞大的寺院，比众人所知的花之寺要大得多，但寺院里却空无一人。樵夫在寺院里一直待到天黑，突然大殿的顶上开出了一个口子，从那儿可以看见夜空和星星，许多和尚从星空上飞下来，降落在寺里，其中就有那曾经被剐了三千刀才死的花之寺僧。

2005 年 8 月 2 日

飘浮在空中的兰若

　　无根在禅房里打坐的时候，突然意识到自己生命的虚无——不再有什么东西需要他去执着了。

　　他八岁时出的家。他的出家不同于别人，他们或者是因为生活所迫，或者是因为想逃避世事，或者根本就是因为想偷懒。无根出家的时候，是深信自己一定能够将此生用于精研佛法的：将生命托付给那广大的空无，最终达到无所凭依无所寻求的境界，那就是涅槃。

　　他尝试着在佛理中寻求通往涅槃之路，他阅读了他所能找到的一切佛经，无论真伪。他对比这些佛经中所讲述的一切，试图找出其中的脉络，并将它们组织成一个有机的整体，从而得以将一切非真的东西剔除出去，并最终依靠此真理达至涅槃之目的。但他发现佛经中所说的一切都相互矛盾，通往佛国的道路很可能竟会引导你进入地狱，正如戒律必导致破戒一般，佛或者竟会让你变成魔——他在长久的禅定中想念异性那甜美而柔软的身躯，反倒是在一切的日常活动中，比如担水、种菜、饮食、化缘时，他可以忘却一切，专注于他正在做的事情。终于他放弃了坐禅，也不再去研究佛经，他以为佛理本在日常中。

　　他三十岁时开始研究围棋，三十五岁时开始学习弹琴，三十六岁时学习绘画和作诗。三十七岁时，他拜寺中一个老僧为师学习拳术。那个老僧默默无闻，一直在香积厨打下手，而当时的无根已经是名闻天下的高僧了，每一个官员都以能够结识他为荣。

四十岁时无根还俗了。其实也不能说是还俗，因为他还俗的请求并没有得到当局的批准，于是无根抛弃寺中的一切，在一个深夜里独自离去了。他来到建康城，开始时并没有人认出他，他穿着俗家衣服，短发髯髫，出入于青楼妓馆，没有钱用的时候就到富户家里去偷，或者索性到街上去乞讨。他一直这样生活到五十五岁，他以为再也没有人能认出他了，他也早已忘了自己曾经还是一个法号为无根的名闻天下的高僧。然而在五十五岁这一年，他却被尚书令朱异认了出来。事情极其偶然，朱异和无根同时喜欢上了一个妓女，那个妓女告诉朱异，她的主顾中有一个怪人，喜欢用打坐的姿势和自己做爱。朱异非常好奇，想与那位主顾结识，请求妓女寻找机会，他在妓女处留下一张名刺①，妓女在无根到来时将朱异的名刺转交给无根，无根于是写了一封非常婉转的信拒绝，他使用了骈文，以草书写在一张素白的纸上。朱异一眼就认出了无根的笔迹，在他还是一个黄门侍中的时候，他就曾经到碧云禅院——无根就是在那里出家的——去拜访过无根，那时无根还送过他一首诗作为纪念。

无根的俗人生活就这样结束了。因为无根实际上并没有还俗，于是为官清正、对国家的法律一丝不苟的尚书令朱异派人把无根押送回了位于秣陵的碧云禅院，虽然也有人认为朱异这样做是因为争风吃醋。在碧云禅院，无根被强行剃去头发，穿上僧衣，他的住持地位自然不可能恢复，如今他只是碧云禅院中最低级的一个和尚，而且因为逃跑的经历，他还经常被人耻笑。

其实如果无根要再一次逃跑的话，是没有人能够阻止他的，他虽然已经五十五岁，但是身体仍然壮健，而且他还学过拳术，寻常的三五人根本不是他的对手。但是不知道为什么，无根没有再逃跑，也没有再请求还俗，他似乎已经对俗人的生活——或者说，已经对异性的身体丧失了兴趣。他老老实实地在碧云禅院里做一个最低级的和尚，倒马桶、浇菜、劈柴，当然也包括早课和晚课，他似乎已经满足于这种生活。

————————————

① 又称"名帖"，拜访时通报姓名用的名片。

一直到他六十岁的那一年，在一个与别的清晨没有什么不同的清晨里，他和碧云禅院里的其他和尚一起在禅房里打坐，就是在那一刻，他突然意识到了自己生命的虚无——在这个世界上，甚至也包括彼世，竟然已经没有什么东西需要他去执着了。

他感到深刻的绝望，这样的绝望甚至于死亡也不能填充，而这一点又令他愈发地感到绝望。

在那一刻，碧云禅院的和尚们感觉到了大地的震动，除了无根，所有的和尚都站了起来，他们先是互相看着对方，然后忽然意识到是地震了，于是他们慌乱地跑出了禅房，聚集在大殿前的空地上。大地震动得越来越厉害，大殿上的琉璃瓦不断地落下来，浮图在左右摇晃，有一些院墙已经倒塌。和尚们惊慌失措，以为末日已经到来，有些和尚害怕得哭起来，大部分和尚都在念佛。终于，震动停止了，住持命令一些和尚下山去看看秣陵镇的情况，另一些和尚去香积厨搬取食物和水，还有一些和尚去搬取席子和铺被——他们打算露宿一晚看看情况。就在和尚们忙碌的时候，那几个下山去打听秣陵镇情况的和尚回来了，住持对他们那么快就回来极为惊讶，而这些和尚的脸上所表现出来的莫名其妙的表情，又让他感到不解。

"师父，我们飞起来了！"有一个和尚大叫着冲入山门。

另一个和尚喊："师父，没有地震！但是我们没办法下山了！"

还有一个和尚要稍微镇定一些，他是最后一个进入山门的，他对住持说："师父，这座山飞起来了！"

住持于是走出山门。从这里，透过茂密的松林，可以隐隐约约看到山下被雾气所遮蔽的秣陵镇，于是住持感觉到了，整座山都在慢慢地往上升。这时，那个还算镇定的和尚走过来说："师父，我们下到山脚，却发现已经没有办法下山了，因为这座山已经升起来有好几丈高了。"

住持让所有的和尚都暂时停止工作，回到大殿前去等待自己进一步的命令，随后便带着那几个刚才下过山的和尚向山下走去。

碧云禅院所在的这座山名叫吴山，位于秣陵镇西十里处。当住持沿着山径走到松林消失的地方的时候，吴山已经停止了上升，这时候它距离地面少说也有好几丈高了，如果按照现在的算法，那么这座山距离地面应该已经有五六层楼那么高了。

　　秣陵镇内的居民很快就发现了这个奇迹，从镇上蜂拥而出。只有没办法走路的老人和小孩留在了镇子里，他们从窗户和庭院里遥望那座悬在空中的山峰，以为这是佛即将降临的预兆。

　　人们搬来香案，摆在吴山下，香案上再摆上香炉和三牲九品，秣陵令带领当地的乡绅们，跪在香案前磕头。但是吴山既没有再上升飞起，也没有落下，它悬浮于空中，好像一个巨大的梦幻。

　　碧云禅院的和尚们为了回到大地上，尝试了很多办法，他们先是穿上袈裟，摆设香案，安排香花果品，跪倒在佛像前，请求佛祖解救他们，使他们摆脱目前的困境，但是他们的跪拜和祈祷没有一点儿效果。天气晴朗，白云在天上缓缓地移动，它们的阴影慢慢地滑过秣陵镇，滑过秣陵镇外的原野，滑过已经飘起达几丈高的吴山和吴山上的碧云禅院，然后再重新滑行在秣陵镇外的原野上。在山下看热闹的秣陵镇的居民们渐渐地散去了，留下的人，要么是因为他们有亲人在碧云禅院，要么是因为他们是秣陵镇里负责此事的官员，要么就是无聊的闲汉。到了下午，住持终于放弃了对佛的祈祷，他决定先让一些人用绳索缒下去再说。僧人们找来了麻绳，接在一起足有二十多丈长，足够把人缒到地上。他们把麻绳的一端系在松树上，另一端系在那个自告奋勇要先下去的和尚的腰上，然后几个人合力慢慢地把那个和尚往地面缒去。但是那个被第一个缒下去的和尚发现，自己与地面之间的距离似乎一直都没有缩短，随后他就发现其实是随着绳索往下降吴山在继续往天上升，他担心吴山会在他回到地面之前就升得太高，以至于麻绳不够长，于是他就呼喊山上的那几个和尚，让他们放得更快一些，但是显然吴山向上升的速度与他向下降的速度是一样的，当麻绳放完的时候，吴山的上升也停止了，他发现自己距离地面仍然有十几丈高。和尚们只好重新把他拉上来，但是吴山并没有随着他的上升而下降，它仍然停留在那个高度——现在它距离大地已经有三十多丈高了。这时候如果登上碧云禅院的浮图的最高一层，你就可以清楚地看到长江如同一条白色的缎带般在大地上飘曳，然而和尚们并没有发现这一点，即便他们发现了，也已经没有心情去欣赏了。

　　禅院内还有粮食和蔬菜，和尚们的生活暂时不会有什么大的问题。太阳落山之后, 和尚们都回到寺内用了素斋, 素斋之后还是照例进行了晚课, 一夜无话。第二天一早, 从秣陵镇里来了许多人, 他们开始尝试在吴山脚下堆起一个新的土山, 并希望土山能够接上吴山, 从而让和尚们从山上下来。人们在因为吴山升起而造成的那个大坑旁边另外挖了一个坑, 并把土堆起来, 但是很快他们就发现自己所做的一切都是白费, 因为随着土山的增高, 吴山也在缓缓地向上升。吴山和大地之间似乎有某种默契, 它们之间必定要隔开一定的距离, 而且这个距离只会变得越来越大而绝不会缩小, 于是人们只好放弃。在后来的几天, 人们还尝试了云梯和攻城车, 但是所造成的结果都不过是让吴山升得更高。不过他们也发现了一种与吴山联系的方法——射箭, 大地上的人可以把箭射上吴山, 而吴山上的人就方便了, 他们可以随意地往山下扔东西, 这并不会令吴山升得更高, 那些东西也能够落到地面上。这就意味着, 如果和尚们愿意的话, 他们完全可以直接往下跳, 他们一定可以回到大地上, 虽然这要以生命为代价, 除非他们能够飞翔。

　　禅院里的和尚逐渐变得沮丧了, 虽然粮食和蔬菜都还有, 而且他们还可以通过开垦荒地来解决食物的问题, 但隔绝于人世的状态是会让人趋于绝望的, 尤其是在你还可以轻易地望见人世的时候。有一天, 他们发现寺里唯一的一眼井竟然枯竭了, 这令和尚们的情绪由沮丧变为慌乱。幸好住持及时想出了办法, 他命令和尚们在山脚下挖出四个大坑, 坑的四壁和坑底都用从寺院的院墙(现在他们已经不需要墙了, 因为他们已经有了更大更坚固的"墙")上拆下来的砖砌好。他们打算用这些坑来接取和储存雨水, 碧云禅院里只有几十个和尚, 只要雨水正常, 那么这几个大坑里储存的雨水应该可以勉强满足他们的需要。

　　然而事情还是变得越来越糟了, 沮丧和绝望的情绪在蔓延, 早课和晚课早已经不正常了, 虽然住持以及一些信仰坚定的和尚仍然在坚持, 但是有一些和尚已经不再念经了, 甚至还有一些和尚竟然到林间捕鸟为食。终于有一天, 一个和尚从山上一跃而下, 虽然每一个人都清楚这件事情迟早要发生, 但是当这件事情真的发生的时候, 还是会让人感到震惊和恐惧——那个和尚的尸体这样清晰地俯卧在大地之上, 他的鲜血染红了周围的青草。

　　而秣陵镇里的人们似乎把他们遗忘了, 每个月秣陵令都会派人用箭射上来一纸书信, 里面简要地介绍了当月的国内局势和秣陵镇里的情况, 并对吴山上的和尚们表示慰问，但除此之外秣陵镇就没有更多的表示了。实际上他们也没有办法有更多的表示，他们既没有办法缩短大地与吴山之间的距离，也没有办法把食物和水送上山去，那么他们除了给予吴山上的和尚们一点儿精神上的支持之外，还能做什么呢？

当然这并不是说吴山脚下就变得冷冷清清了，实际上不断地有全国各地的人来到秣陵镇看吴山的奇迹，文人墨客们还吟诗作赋，纪念这件事情。他们的诗赋都刻在碑上，立在那个大坑——现在它已经变成了一个大湖——旁边，"雷雨吴山"甚至成为了一个极其著名的景点，当大雨瓢泼而下的时候，吴山之下就会挂起一个接近圆形的巨大水帘，这个水帘被风吹得四处飘荡，如同白色的轻纱。

在总共有三个和尚从吴山上跳下自杀之后，住持决定关闭山门，禁止和尚们单独外出，同时他也强迫每一个和尚都要参加早课和晚课，并且遵守戒律。开垦荒地种植蔬菜、水果和粮食的工作早就已经开始，这件事情从一开始就是每个人都要参与的。在采取了这一切的措施之后，住持发现和尚们似乎逐渐地从沮丧和绝望中摆脱出来了。或者是因为念经、戒律和劳作可以让人忘记目前的困境，或者是因为生存的本能使和尚们逐渐适应了目前的困境，总之，不再有人自杀，有时候和尚们还会表现得很欢乐或者很平静。于是山门被打开了，和尚们重新获得了自由出入的权利。

无根就是在这时候死的，直到他死时和尚们才想起原来碧云禅院里还有无根这么一个和尚。他们回想起来，无根在这一次的事件中从一开始就表现得异常平静，似乎早已没有什么事情能够引起他的注意，他仍然像往常一样倒马桶、浇菜、劈柴还有念经，正是这样的平静让别人把他给遗忘了，不过反正现在他也已经死了，那么遗忘还是不遗忘也就无关紧要了。和尚们把他埋在碧云禅院后的僧人们的墓地里，还在坟头为他前立起了一个小小的石碑，石碑上刻着"释无根之墓"五个字。

那个后来被我们称为梁武帝的皇帝萧衍带着许多的太监和宫女，还有文武百官，从建康城来到了秣陵镇。他们是来参观碧云禅院的奇迹同时还要来上香的，秣陵令提前十天把这件事通知了碧云禅院的住持。在那一天早上，碧云禅院所有还活着的和尚，都穿得整整齐齐，来到山脚，等着皇帝和文武百官的到来。萧衍通过一个大嗓门的太监与吴山上的和尚交谈：

"各——位——法——师——辛——苦了，我——是——皇帝，我——来——看——你们了！"那个太监大声地喊，萧衍在山下笑眯眯地向和尚们挥手。

和尚们跪伏于地，一个嗓门很大的年轻和尚扯开喉咙向着山下喊："皇——上——辛苦了，承——皇上——的洪——福，我们——在山上——过——得很好！"他这样喊的时候，脖子上的青筋就鼓了起来，同时脸也被憋得通红。

这样的客套话来回了几次，皇帝就命令羽林军把香烛绑在箭上，然后射到山上去，由和尚们帮他上香，随后还有宫廷画师在山下为皇帝和文武百官画像。在这幅画像里，吴山作为背景飘浮在皇帝和文武百官的身后，其构图与我们现在的"到此一游"照没有太大的区别。受此启发，后来吴山下还多了几个专门给游客们画像的画师，一幅画像一千钱，虽然价格不菲，但是画师们的生意还是很兴隆。

萧衍回到建康城不久就遇到了一件倒霉事，他的一个名叫侯景的手下，发兵叛变了，叛军把萧衍和太子包围在台城中，四面八方前来勤王的义师都打着自己的小算盘，相互牵制，以至于援军虽多，台城的包围却始终不能解除。

秣陵令虽然已经换过了——原来那个因为接待皇帝有功被调回了京城，结果却正好碰到叛乱，也被困在了台城中——但是每个月一次的书信还是照常。住持在碧云禅院主持了一次他们所能举行的最大规模的法会，为皇帝祈祷。但是显然他们的祈祷并没有什么效果，一直到冬天，皇帝和太子仍然没有脱离困境。

在新的秣陵令给住持的书信中，提到太子曾经派工匠制造了一个巨大的纸鸢，并在纸鸢上系了诏书，乘风放起，他们希望纸鸢能够落在援军的营地，这样援军们就会在诏书的命令下同心协力救出皇帝，但是这个计划落空了，因为纸鸢在飞过侯景的军队的上空时被射下来了。这封信启发了住持，他想起寺院的后面还有一片竹林，那些竹子完全可以拿来制作纸鸢，他立即命令和尚们去砍竹子削竹篾，和尚们知道了住持制作纸鸢的计划之后也非常激动，因为这意味着他们还有可能回到大地上，之前他们对此早已绝望。

不久第一个纸鸢就制成了，它的骨架是用竹子扎成的，糊上了从佛经上撕下来的纸。虽然住持不愿意使用这些纸，按他的意思，应该用布才对。但是无论是纸还是布，对于碧云禅院来说都是不可再生的，而如果没有布的话，和尚们不可能度过寒冬,因此住持最后还是不得不同意和尚们将经书上的纸撕下来,糊在纸鸢上。因为至少要能够搭载一个人,所以和尚们把纸鸢做得非常大。和尚们非常谨慎,他们先把纸鸢从浮图上放下来,看看纸鸢能不能平稳地滑落,结果因为并没有制作纸鸢的经验,他们的第一个纸鸢很不成功,它的平衡出了问题,几乎是一个倒栽葱落到了地上,骨架被砸松了,纸也被撕破了,和尚们只好把纸鸢拆了,重新制作一个新的。这一次他们先做了几个小的,这样可以节省时间和资源。他们反复地试验,在小的纸鸢已经能够很平稳地从浮图上滑落之后,他们才着手制作更大的纸鸢。住持把和尚们制作纸鸢的事情写在信里,告诉了秣陵令,以前住持给秣陵令的信都是写在纸上,然后包上石头扔下去的,而这一次住持把信系了一个小的纸鸢上,纸鸢下面还吊起一块石头,他们把纸鸢扔下去。纸鸢滑翔起来,虽然吊在下面的石头影响了它的滑翔,但是它并没有失去平衡,信成功地交到了秣陵令派来的信使手中,和尚们为这初步的成功欢呼,这令他们看到了希望。

秣陵令在下一封信中附上了一张由秣陵镇里一个擅于制作纸鸢的工匠所画的图,在这张图里,这个工匠详细地解释了制作纸鸢的方法和步骤,和尚们参考这幅图做了一个新的大纸鸢,这个大纸鸢非常成功地从浮图上滑翔下来,它差一点儿就直接滑下了吴山,和尚们最后是在山脚处捡回了它,真是太幸运了,否则的话这些宝贵的纸就要被浪费掉。下一次的试验就是要把人绑在纸鸢上了。第一次的试验者是由抓阄决定的,住持没有参与抓阄,因为住持坚持要最后一个离开碧云禅院。试验成功了,纸鸢带着人从浮图的最高一层滑翔下来,落在了吴山的松林中,除了被松枝划破了一点皮之外,那个和尚简直可以说是完好无损。和尚们把纸鸢再一次地加固了,住持把和尚将要乘着纸鸢滑翔而下的时间写在信里,交给了信使,很快全镇人都知道了这个消息。时间最初是定在五天之后的中午,但是那一天突然刮起了风,虽然秣陵镇的居民们都已经聚集在吴山下等待第一个和尚的回归了,但是住持还是把时间又推迟了两天——已经等待了那么久,没有必要为了这两天时间而冒险。

那个和尚的心中同时涌动着喜悦和紧张,他渴望着回到大地,与自己的亲人们在一起,同时他又对自己是否真的能够平安落地充满了疑虑,毕竟他是第一个搭乘纸鸢返回地面的和尚。这个和尚的名字已经通过书信——现在这样的书信每天都有，有时一天甚至有几封——告诉了秣陵镇的居民们。在那个预定的日子，和尚的父母很早就来到了吴山下，秣陵令也在巳时也就是早上十点乘坐牛车到来。天气晴朗，只有一些微小的风，没有什么别的因素能够阻止这一次返回大地的尝试了。和尚的身体已经被牢牢地绑在了纸鸢上，松林被砍去了一片，以清出道路让和尚带着纸鸢奔跑起飞，那景象真是激动人心，和尚仿佛是扑入了蓝色的天空里，纸鸢的滑翔平稳而缓慢，就在人们开始欢呼的时候，意外发生了，纸鸢上的纸裂开了，风穿透了纸鸢，纸鸢失去了平衡，在天上翻滚起来，随后就头朝下直跌下来，欢呼在瞬间停止，人们被眼前的悲剧惊呆了。和尚并没有马上死去，他死在了他母亲的怀抱里。或许仅仅是这一点，就足以促使他去冒这一次的险吧。

很显然用纸是不足以让纸鸢安全地滑落到地面上的，现在只有用布了，和尚们先把大殿中的帐幔扯下来绷在纸鸢上，随后是夏天穿的单衣，随后是蚊帐——反正现在是冬天，也没有蚊子。他们又制作了几个大的纸鸢，每一个纸鸢都先在浮图上试验过，这一次他们没有使用抓阄的方式来确定返回大地的人选，他们决定按年龄来安排次序，年龄大的和尚先回去，年龄小的和尚后回去，不过住持仍然坚持自己排在最后一位。

就在和尚们为了制作纸鸢而忙碌的时候，秣陵镇里的居民们感觉到吴山的位置和高度似乎有了变化——它距秣陵镇越来越近，但距地面也越来越远了，虽然这个过程十分缓慢，但日复一日地累积下来，竟然也变得十分明显。秣陵令把这件事通过书信告诉了住持，但住持并没有告诉和尚们，他怕引起和尚们的恐慌。有一天，夜里刮起了强劲的西北风，和尚们十分清晰地感觉到吴山在西北风里的摇晃，早晨有一个和尚到山门前去扫落叶，他惊讶地发现吴山距离秣陵镇已经非常近了，同时吴山距离地面的高度至少又增加了三分之一，这一下所有的和尚都知道了这件事。但是出乎住持的意料，和尚们表现得非常镇定，他们加快了制作纸鸢的速度，谁也不知道吴山在这样的高度上还能保持多久，而吴山升得越高，返回地面的危险性也就越大，而且，假如吴山真的飘到了秣陵镇的上空，和尚们很可能会因为无法找到安全的着陆地点而推迟返回的时间。

第二批五个和尚的返回时间已经确定，比原先预定的时间早了两天，虽然那一天天气并不十分好，但是住持仍然决定让和尚们按照原定的计划返回。在把和尚们绑上纸鸢的时候,有一个最老的和尚突然放弃了,他告诉住持他不愿意回去了,他想永远待在吴山上,即使吴山最后会随着西北风飘到大海之上,他也决不愿离去。住持百般劝解,但老和尚很坚定,很重要的一个原因是他已经没有亲人在大地上了,最后住持同意了,他让后面的和尚依次替补上去。

　　和尚们次第跃下吴山,这一次几乎可以说是成功了,五个和尚回到地面时都还活着,其中有一个摔断了腿,还有一个落到了水里,差点被淹死,幸好被围观的人群救了上来。

　　下一批的纸鸢就用这五个和尚和即将回去的十五个和尚的衣服和铺被制成。和尚们制作纸鸢的速度大大加快了,首先是因为他们更加熟练,更重要的原因是他们担心吴山会在下一次西北风到来时飘得更高,他们抓紧时间,在几天里就制作了十五个纸鸢,他们已经没有时间再在浮图上反复试验纸鸢的稳定性了,只是大概地试了试,没有发现问题就把纸鸢投入使用,然而这一批的和尚几乎都安全地回到了地面,只有几个和尚落地时受了轻伤。秣陵镇的居民们为和尚们的回归而欢呼,这件事传遍了整个帝国,甚至连叛军的首领侯景所立的新皇帝都派人送来了诏书,赞赏和尚们的勇敢和智慧。

　　在第二批的十五个和尚回到大地上之后的第二天就刮起了西北风,气温骤然下降,夜里下起了雪。现在,碧云禅院中包括住持还有十五个和尚,住持听到了和尚们的哭声。

　　清晨,不出所料,吴山已经飘到了秣陵镇的上空,现在它距离地面至少有八十丈高,从这个高度看下去,秣陵镇尽收眼底。和尚们必须尽快决定究竟是现在就返回地面,还是等到吴山飘过秣陵镇后再返回,最后他们还是决定现在立即返回,因为吴山飘过秣陵镇后虽然可以更容易地找到着陆的地点,但是那时候吴山必定会飘得更高,和尚们不愿意冒这个风险。

　　第三批的纸鸢也很快地制成了。因为这一回可以把所有的布料都用于纸鸢的制作,同时也因为吴山距地面更远了,所以和尚们把纸鸢都造得非常大,然而当他们制造第十四个纸鸢的时候,突然发现竹子不够了,剩下的竹子只足以制造一个小的纸鸢,这个纸鸢甚至比第二批的和尚们所用的纸鸢还小,虽然有一个老和尚不愿回去,但这仍然意味着必须有一个和尚要使用这个小的纸鸢返回。住持告诉和尚们不用担心,由他来使用这个小的纸鸢,因为他是如今碧云禅院的所有和尚中身材最为瘦小的一个。

和尚们没有别的事情可做了,他们现在必须等待下一次西北风的到来,他们已经想清楚了,他们可以借助风力使自己降落于城外,同时风也可以帮助他们增加滑翔的距离从而降低落地的速度,现在他们唯一可以做的就是祈祷西北风不要晚上才来。住持把最后一批和尚的返回计划通过书信告知了秣陵镇的居民和秣陵令,现在这样的通信只能是单向的了,因为再也没有人有力气把箭射到如此之高。

风是在凌晨刮起的,和尚们在寺里互相把对方绑在纸鸢上,同时向那个不愿意回去的老和尚合掌道别,他们摇摇晃晃地依次登上浮图的最高一层,在那里等待黎明。

太阳从地平线上升起,看起来似乎很小,在风里摇晃着,仿佛是大地的心脏。其中一个和尚爬出了浮图,在檐角上努力地保持平衡,浮图内的和尚抓住他的手,以免他还没有准备好就飘走。为了借助风力,那个和尚背对着太阳站立,把纸鸢和自己整个地放在风里,他点了点头,和尚们放手了,他猛地飘起,在那一瞬间似乎是向上飘的,但很快就斜着向下,和尚们看见他迅速地消失在黎明前的黑暗里。

和尚们依次走出浮图,飘向大地,最后一个是住持。秣陵镇里的居民们几乎整夜没睡,当他们听见狂风呼啸起来的时候,他们就知道和尚们返回的时候到了,他们聚集在令尹衙门前的空地上,仰起头,看着吴山。它黑沉沉地挂在狂风呼啸的夜空里,像是不存在一样。一直到东方稍微露出鱼肚白的时候,人们看到第一个小黑点从吴山上飘了下来,一群早就准备好的年轻人看准了小黑点飘走的方向狂奔出城。他们一个一个地数着,他们知道总共还有十四个和尚,住持会是最后一个回来,还有一个老和尚是不愿意回来的。已经十三个了,但第十四个小黑点很久都没有出现,人们有些躁动不安,担心住持也不愿意回来了。这时候,吴山上竟然燃起了火,碧云禅院烧起来了。就在人们绝望的时候,那个小黑点还是出现了,它似乎特别地小,特别地轻,人们欢呼起来。这时候太阳已经升起了,吴山也已经飘出了城外,秣陵镇的几乎所有居民都已经跟着吴山一起走出了城。现在的吴山是那样地小,仿佛只是一幢房子,那个小黑点自然就更小了。人们仰起头拼命地看着，想判断小黑点飘动的方向。然而令人惊讶的是，那个小黑点似乎越飘越高了，是因为风变大了吗？还是因为住持太轻？总之他并没有飘下来，他被西北风吹起，越来越高，向着太阳的方向一直地飞去。他可能会落到大海中，也可能会落到比大海更远的地方。

陆续有找到和尚的消息传来，总共飘下来十三个和尚，其中有三个摔死了，其余的和尚也受了不同程度的伤，最远的一个和尚——除了住持之外——向东飘出了足足有十里远。

秣陵镇的居民们派出十队年轻人向东去寻找住持，他们一直找到海边，却仍然没有找到。

2009 年 4 月 14 日

石和尚

　　和尚去沙漠，当然是为苦修，更出于爱美，沙丘起伏，本就如同洋流，日落时余温尚在，沙粒细腻与否，都能镇定从后颅到脚跟的寒意，若躺进沙里，死前所见的，是金黄海洋之上的血色夕阳，和夕阳消逝的瞬间，墨蓝天幕上的璀璨星群，所谓的美，怎会拘于掌心的镜面，天黑后世界清澈如冰窖，为肉眼所不能惊扰。

——倪湛舸《黄金国》

一

　　仅带着一壶水，无念来到面壁的地方———一个浅浅的山洞，距离寺院大约有两公里，说起来并不远，但因为山路崎岖，他走了足足有两个时辰。

　　没有必要提及无念前来面壁的原因，这不重要，总之他带着一壶水来到了这里。穿着土黄的半旧僧衣，没戴帽子，脚穿麻鞋和布袜。现在是夏末秋初，夜里天也还不冷，甚至可以说还有一点点热，因为这里是山的绝顶处，常年受着日晒。

从无念站着的地方望下去，可以看到一条崎岖蜿蜒的山径出没于松林间，山径通向半山腰的寺院，寺院大殿那刚刷了金的殿顶在阳光下闪闪发亮，进出的僧人和香客这时看起来就像蚂蚁一样渺小。松林到寺院就稀疏了，阔叶的树木茂盛起来，枫树、樟树、槐树都有。山下的县城此时已经隐在一片朦胧的白雾之中，白雾之下是苍黑的大地，一直平展展地延伸出去，仿佛能一直延伸到天的尽头。

无念默默转身，走进浅浅的山洞，把水壶放在离自己一臂远的地方，然后面对着石壁盘腿坐下。他要在这里坐七天，所以他要尽快平定自己的思绪，放缓自己的呼吸，进入禅定的状态，然而又不能想着尽快，因为这件事你越想着快反倒越难快，对此他很有经验。他缓缓坐下，倾听山岚流动的声音，呼吸山顶干爽清洁的空气，白云出岫，清泉潺潺，山花盛放……一切都那么美好。

他的思绪渐渐平静了，他眼前只有石壁，他可以看到石壁上的青苔，还有以前面壁的僧人刻在石壁上的经咒和佛陀，他微闭双眼，眼观鼻，鼻观心，他想大约黄昏就要降临了，果然，他的背和颈项感受到了黄昏的阳光，温热的、微茫的阳光，但这已无关紧要，他进入了禅定的状态，他不关心世界的流转变幻，他甚至都不关心他自己。

从禅定中出来时已是午夜。他看到了自己淡淡的影子，微仰起头，看见一轮明月高悬于天。他想稍微动一动身子，因为身子坐得有些麻木了，但他发现自己已经无法动弹。

除了头和手，身体的任何部位都动弹不得，他可以抬头，可以转头，也可以伸屈手指，转动手腕，但也仅此而已。他有些惊慌，因为此前从未遇到过这样的情形。

这一定是魔障吧？他想。他默默地念着经文，心内的惊慌渐渐地平定了，或许是菩萨来考验我？或许周围有什么鬼怪在戏弄我？一切终究是因果吧？一切皆来自于我自己的心。

他确定了这一点，于是心里更安定了。如果不发生这样的一件奇怪的事情，那今天晚上真是一个美丽的夜晚呀！明月在他的身后缓缓地从中天滑落，秋虫鸣叫，没有风，空气中有微微的暖意仿佛春暮，松林默立不动，天地安静，如同涅槃。

渐渐地，他重新进入禅定之中，他相信第二天一切都会变得正常。

二

　　他从虚寂中回来时，天已微明，清晨的阳光从山的背后照过来，被山分割，又在他的身后聚拢。他听到寺院里敲响的钟声，想象着在一片清晨的光幕笼罩之下，僧众们正缓缓地在寺院里行走，准备去做早课。然而除了转头向后去瞄上一眼——其实这一眼也什么都看不到——他不能做什么，因为他仍然是无法动弹的，他的内心有些失望。

　　现在他可以仔细地看看究竟是怎么一回事了。他低头看着自己：手仍是正常的，但也只有手仍然是正常的，自己身体的其他部分，就他的观察来看，似乎都已经变成了石头。

　　这太让他惊讶了，显然这就是他无法动弹的真正原因，不是因为坐太久麻木了，也不是因为有外物在镇压或控制着他，而仅仅是因为他已经变成了石头。

　　然而这在情理上是说不通的，因为如果他的身体——除了头和手——已经变成了石头，那么他又怎么可能还活着？他现在仍然能够呼吸，仍然能够感觉到自己的心跳和肠胃的蠕动，这证明至少他的内脏仍是由血肉组成的，因此准确地说，不能说他的身体已经变成了石头，他仍是一个活生生的有血有肉的人。然而又是什么原因使他从外表看起来已经变成石头了呢？

　　原因只有一个：是他身上所穿的僧衣、僧袜和僧鞋变成了石头。正是这变成了石头的僧衣、僧袜和僧鞋困住了他，使他动弹不得。这不能用常理来解释，他回想自己所读过的经书，以及之前所经历和听闻的一切，其中并没有这样的先例——人变成石头的故事有很多，比如那个盼望丈夫归来的女人，但仅仅是衣服变成了石头而人却被困在了石头的衣服里，则是闻所未闻的。

　　但现在如何解释这件事已经不重要了，重要的是如何才能脱身而出，至少，如果仅仅是衣服鞋袜变成了石头，那么他应该还有脱身的机会，因为他本身穿得就不多，而僧衣的布料也并不厚，只是普通的松江出产的棉布，因此由这棉布变成的石头应该也不会很厚，他或许能够靠自己的力量挣脱出来。

　　他现在仍然保持着盘腿而坐的姿态，就腿部和手部的姿态来说，还是很适宜

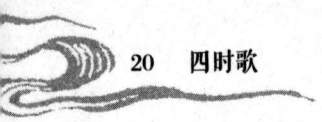

发力的。他试着把两个肘部用力向外撑，但没有丝毫的作用，石头像枷锁一样紧紧地锁住了他。这石头虽然不厚，但已经足以困住他的双手。他试着把双脚向外打开，抱着满怀的希望，因为腿部的力量比手要大得多，然而仍然毫无作用，他依旧动弹不得。或许如果他不是被困得这样严实的话，可能还有脱困的机会，但是现在甚至连贴身的小衣也都变成了石头，这使他失去了所有借力的地方，他的所有努力都不过只是把自己的肌肉变得稍稍坚实些罢了，实际上并不能对石头产生多大的影响。

虽然如此，他仍然反复尝试了很多次，直到汗水打湿了全身。这让他很难受，汗水不能蒸发出去，留在了他和石头之间，让他觉得石头变得滑溜而又温热。曾有一瞬间，他以为这汗液或许能把石头腐蚀掉从而使他脱困，但很快他又意识到在此之前自己的皮肤可能早已长满了脓疮，这使他恐惧。

他停止了挣扎，绝望击倒了他——现在是他体力最好的时候，如果这时候都不能挣脱，那么以后也不可能了。

随后他又感到后悔，实际上无法挣脱这一点早已被证明了，而他仍然像一只被困住的苍蝇一样不停地挣扎着，浪费了体力和身体里的水，而且也使石头内浸满了汗液。

这时候他感到了口渴，这让他更为绝望。

三

水壶在离他一臂远的地方。这是一个陶质的水壶，他把头向右转就能看到，真是近在咫尺，一伸手就能拿到，然而他现在却只能看着它。

早晨的阳光很温暖，甚至似乎还有一些湿润，但即便只是这样的阳光，也已经足以增加他的渴意和恐惧，他知道这一切都来自他内心的妄想，于是他把头转开，不再看着水壶。

但他心里仍想着那水的澄澈和甘甜。他知道这水是从哪里来的——寺院的后面有一个深潭，水冰凉清澈，寺院所有的饮用水都是从潭里打来的。他年幼的时候，大概只有六七岁，刚来到寺院里当小沙弥，还曾经偷偷地跳入潭水中游泳，虽然付出了被杖责的代价，但那仍然是他最美好的童年回忆。

传说潭水里潜藏着一条黑龙，但从来没有人看见过它，然而在炎热的夏季，每隔三五天，山中总会有一场雷雨，这些夏日的雷雨虽然短暂，但每一场都带着巨大的声势，使人不得不相信这些雷雨必定都是来自潭水中那条神秘而狂暴的黑龙。

春天，潭的四周开满了杜鹃：粉的、红的、紫的、白的……但山下的人并不知道。除了僧人，很少有人知道在寺院的后面还有一个深潭，因为那里人迹罕至，而潭水又深藏于密林中，有时即便你已经走到了潭边，如果没有人告诉你，你也不会知道在几步之外，就隐藏着一个深潭。

夏天，正午的时候，阳光直射下来，能够一直深入潭水的深处，然而并不能照到潭底——潭水实在太深了。鱼在飘摇而透明的金箔一样的阳光里悬浮，它们静止不动，仿佛也在参禅和面壁，其实它们只不过是在享受难得一见的来自天空的阳光。

秋天，潭水上漂满落叶，因为潭的四周生满了阔叶的树木，其中又以枫树和银杏为多。一到秋天，枫树小儿手掌一般的叶子就渐渐地变红，而银杏则是在十月之后，仿佛只是几天的时间，叶子就全都变成金黄，好像是把一整个秋天积存的阳光都在这几天里通过它们的叶子释放出来了。满潭满岸，都是枫的红和银杏的黄，这样的美丽与春天相比亦毫不逊色。

冬天，潭水有时候会结冰，如果遇到特别冷的冬天的话。那时候就必须在冰面上敲出一个洞来取水，洞内的水则会冒出氤氲的热气。大雪也封了山，树木的叶子全都落了，站在潭上，可以清楚地看到山下的县城，像棋盘一样。

想到这些，他的心慢慢地安静了。阳光像温柔的小手一样抚慰着他，鸟儿的鸣叫在不知不觉中已经变得极稠密，不时有鸟儿扑棱棱地从他的头顶飞过。他渐渐地忘却了恐惧和渴意。这时他突然想起，每次面壁的第三天，寺院都会派两个僧人过来，看看面壁者的情形，而现在已经是第二天了，也就是说，明天寺院就会来人，那时他就将得到解救，所以现在的一切紧张都是毫无意义的。

他放下心来，虽然很显然明天师兄弟们将会嘲笑自己的奇特遭遇，而自己也将不得不赤身走回寺院去,但那又怎么样呢? 他将重新得到生的可能和欢欣。

他放缓了呼吸,平定了思绪,当阳光在他身后倾泻而下的时候,他重新进入了禅定之中。

四

他从禅定里回来,他听到有人在他的身后呼吸。

此时已是深夜,月亮正挂在中天上,因此不能看到后面那个人的影子,但他的呼吸是清晰的,粗重而绵长,几乎就贴在他的后脑勺上——他口鼻中呼出的气息重重地吹在无念光光的脑壳上。

无念转头寻找,但不能看到什么。"是谁!"他大喝一声。他的内心有些惊惧。

然后他听到一阵急促的蹄子踏在山石上的脆响,这脆响在午夜的深山中如正午的阳光一般明亮,以至于惊醒了一群夜宿的鸟儿。

大约是一头鹿,或是一只野羊吧,无念想道,他内心的惊惧消失了。他试着动了动手脚,仍然没有变化,他的疑惑和失望之情又慢慢升起,但随后他又想到明天一早寺院里就会来人,心里稍稍安定了些。

但他也不再能进入禅寂之中。他的心情起起落落,随着月亮的西沉,他越来越渴盼清晨的到来。

虽然无念所坐的地方是一个山洞,但洞很浅,当夜露落下来的时候,无念也感觉到了,他的光头被夜露打湿,水滴甚至开始从他的头顶上向下滑落,他把舌头伸出来,像狗一样,似乎这样就能够稍稍缓解一下他的渴意。

之前他从未像现在这样感到过口渴。他不断地舔着自己干裂的嘴唇,但没有什么效果,因为如今连唾沫也已经干枯了。他的喉咙里像有火在烧灼,又像是已经被撕裂,连吞咽也让他感到痛苦。

乳白的晨雾从山石、灌木、密林和深谷中升起,把独自坐在山洞里的无念紧紧地包裹住,没有阳光,没有风,也听不到鸟鸣,世界死一般的沉寂。这使无念产生了一种错觉，似乎世界已经缩小为一个山洞，而自己就是这山洞里唯一的一个人——不，是唯一的一个活物。他害怕起来，忍不住高声大喊："啊……"然而也并没有人或物来回应他，但这喊声稍稍缓解了他的恐惧。

仿佛就是在他的这一声长长的呼喊之后，雾就散了，阳光透过渐渐变薄的雾照过来，变得迷蒙、晕黄。

在这晕黄的光的笼罩之下，无念第一次感到了尿意，直到此时他才意识到尿液是一个比汗液更让他恐惧的大问题，现在他尚且还能够忍耐，但如果寺院里的人来得太晚，或者今天甚至就不来了，谁知道他还忍不忍得住呢？当他这样想着的时候，他愈发地感觉到了自己膀胱的膨胀，他不由自主地开始想象憋不住尿之后的悲惨景象，这让他的尿意更为清晰和迫切。但这时候他的胃抽动了一下，于是他一下子清醒过来：相对于渴和饿，憋不住尿又算得了什么呢？

他回到了现实中，雾已经完全散去，清晨的阳光带着湿润的气息流淌下来，温热而清澈。无念带着渴盼枯坐着，竖直了双耳，寻找着、倾听着从寺院走来的僧人的脚步声。他听到了风声，听到了鸟鸣，还听到了绵长的、如海浪般缓缓起伏的松涛，但他听了很久也没有听到人的脚步声。最后，他终于开始觉得今天似乎有些不太对头了，他冥思苦想了一阵，突然明白了究竟是什么地方不对头了——一直到现在，他都还没有听到寺院的钟声。

五

自从无念开始有记忆以来，寺院从来没有停止过晨钟，即便是一年前，山下的县城被流寇包围，寺院的大门外聚满了逃难的人群，晨钟也照常地敲响了。悠长、厚重而又洪亮的晨钟，在那个人心惶惶的清晨，平定了寺内僧众内心的惊慌，也给了寺外的难民们勇气和信心，即便这勇气和信心现在看来也不过是虚幻。

在此后的一年中，流寇和土匪不断地骚扰这座历史久远的县城，县城的城墙上常年都驻着守兵，县城的士绅们除了把家财和囤积的粮食拿出来供养守兵，也

大量地向寺院供奉香火钱，以期能得到佛和菩萨的佑护。

无念不禁有些后悔，为什么自己要在这么一个多事的时候，来到这里面壁呢？然而这一年来也不乏来这里面壁的师兄弟，他们的情况都很顺利，况且自己目前所遇到的奇特困境与时局又能有什么关系呢？无念在心里苦笑着。

然而他也想不出自己遇到目前这样的困境的原因。他是一个老老实实的和尚，虽无天赋，但却虔诚，自从受戒以来从未破过戒，虽然心里不免还是想过酒肉和女人，但即便只是想一想，他也总是觉得后悔和罪过，不断地诵经忏悔。或许是来自前世的因缘？然而凡人又岂可妄论因果，能看透一切，看清一切，那是佛菩萨才有的境界。

虽然如此，无念仍不免自怨自艾，在自怨自艾之后又不免后悔于自己的怨艾，于是又不免靠诵经来赎免自己的罪过。他就这样过了一个早上，其间不时地仿佛听到了脚步声，以为是寺院里来了人，然而最后也都不免发现原来是空欢喜一场。

饥饿正缓缓地折磨着他。对于饥饿他并不陌生，和尚原本就过午不食，而斋饭又很稀薄，所以无念也常常有深夜时被饿醒的时候，但那时的饥饿与现在相比并不算什么，那时不过是感到了腹中的空虚，口中发酸，至多还会有些恶心，吐出黄而酸的唾沫，而此时无念却觉得自己的胃已经缩成了拳，且又抽搐着，痛得他切肤彻骨。无念知道其实自己决没有所感受到的那般饥饿，是绝望加重了自己的饥饿感，晨钟的消失意味着寺中出了极大的变故，而自己所有的希望，此时都只能寄托在寺院里的来人上，在这山的绝顶处，连猎户和药农都极少来，更不用说樵夫或是游人了。

然而渴意更让他痛苦，相比起这渴意，饥饿的痛苦倒仿佛已经是幸福，苦而灼热的火在他的喉咙和嘴里烈烈地烧着，嘴唇早已干得出血，舌头的舔舐只能更增其痛楚。无念总是下意识地想要用手去抓挠自己的喉咙，好把里面烧灼的火挖出来，但他的手只能无助地伸屈着手指，对一切都无能为力。

绝望让无念的身体彻底地松垮下去，温热的尿液流淌出来，打湿了他的裆部，在尿液流出的一刻，他忍不住想低下头去喝它，但只是一低头，他就意识到自己是喝不到的。

于是他终于哭起来，没有眼泪，只是无望和无赖地干号，像极了一个失去父母的孩子。

六

　　第三天就这样在痛苦和绝望的等待中过去了。第四天的清晨，无念仍然没有盼到他所渴望的晨钟。

　　他在心里想象着师兄们撞击那口巨大铜钟的情景，铜钟嗡嗡地震动着，发出巨大而悠长的吼声，仿佛它是一头巨兽。然而它的吼声又与兽不同，兽的吼声中总不免有威严和恐吓的意味，比如狮吼和虎啸，铜钟的吼声虽大，却是平和而稳重的，一下一下地撞在你的心上，于是心也跟着它的吼声一起跳动起来，慢慢地就变得平和了。

　　想象这场景似乎能稍稍缓解无念的饿与渴，但也只是暂时而已，很快，这些切身的痛苦就把无念的想象压制了下去，但他知道自己不能任由自己沉浸在痛苦之中，必须想办法转移自己的心神。

　　他去打量石壁上的字。虽然今天的清晨并没有阳光，只有半明半暗的熹微晨光，却已经足以让无念看清那些字了："我闻法已，常独一静处，修不放逸。"这字究竟是哪一个师兄、师父或师祖刻的，已经没有人知道，往常来这里面壁的师兄弟们，自然也不免要看到这行字，但也并不在意，那时大家的心都在佛法上，在修行和禅定上，外物自然无法入其心，但此时无念却是正处于受、想、行、识的痛苦中，他想摆脱这痛苦，却又为心与外物所拘缚而无法摆脱，于是这刻在壁上的短短一行字，不免让他受到触动。

　　无念知道古时也有人以苦行来思惟佛法，此时自己所遭遇的困境，岂不正与苦行相似？若自己在这样的拘缚和痛苦中，依旧能进入禅定，依靠着对佛法的虔信和笃行，摆脱这拘缚与痛苦，那或许自己就能够在修行上有所进益吧？

　　他慢慢地放缓自己的呼吸，然而焦渴和饥饿的感觉更加地强烈起来，完全占据了他的神识，在这样的痛苦中，他只能勉强双手合十，默默地念着佛号："阿弥陀

佛阿弥陀佛阿弥陀佛……"

他就这样默默地念着，他不敢念出声来，因为念出声来会牵动喉咙，这会让他感到疼痛，但他也不愿停下，因为除了念佛，他也不能再做什么了。

他也不知道自己究竟念了多久的佛，忽然间，他似乎听到雷声从他的身后传来，但他以为是自己的幻觉，因为这时已经入秋，又怎么还会有雷声？但很快风就刮起来了，飕飕地响着，是夏天才有的狂风，松涛不再是缓缓起伏的了，而是像巨浪一般澎湃起来，"呼——呜——呼——呜——"雷从他身后很远的地方生出，初时微弱渺茫到近于无，但渐滚渐近，渐近渐响、渐重、渐急。当它滚动到无念的头顶上时，已经化为霹雳，随着闪电一起炸裂，无念只觉得有血从自己的丹田处升起，如潮水般涨起来，淹没了周身的每一处神经，每一个毛孔，使他完全遗忘了焦渴和饥饿，于是他不由自主地大声念起佛来。

风停了，云低低地压在山头上，雷也不再鸣响，光线转暗，世界沉入寂静之中。无念知道这是大雨即将落下前的寂静。果然，几次呼吸之后，雨就狂暴而欢欣地落下了，湿润地痛击着山川、森林和大地，泥土、山石和树叶的气味升腾起来，混杂在一起，这是夏天才有的味道，也是无念最喜欢的气味。

无念的头以及背部的石头都被打湿了，他高仰起脸，张大了嘴，去迎那从天空中落下的雨水，然而他毕竟是坐在山洞之中，距离洞口虽近，却仍有一点距离，如人之背身坐于屋檐之下，所以虽然他拼命地把头往后仰去，但面对着这铺天盖地的瓢泼大雨，他仍不能喝到水。

然而似乎是果真有佛在护佑他，不久之后，雨水就顺着洞顶的罅隙渗了进来，并正好在无念的头顶处聚集、落下，起初只是久久的一滴，后来很快就变成一道连绵不绝的细细水线，无念张嘴接住，雨水清甜中带着泥土的腥和石头的苦咸，但这对无念而言已经无异于甘露，他尽情地喝了个饱。

雨下得并不久，但已经足够消去无念的渴意。虽然，谁知道这是不是今年的最后一场雷雨呢？谁又知道无念下一次喝到水要等到什么时候呢？无论如何，被石头困住的无念，此时是满足而欣悦的。

他终于再一次进入了禅寂之中。

七

一直到第五天的清晨，他被鸟鸣和饿的感觉带回了世界之中，他坐在那里，满怀着希望等了很久，然而依旧没有钟声。

饥饿和绝望终于重新把他攫住，像两只巨手一般，慢慢撕扯着他的肉体和灵魂。相比于绝望而言，饥饿仍能够忍耐，因为身体似乎已经适应了这饥饿，他现在只感到胃在缓缓地收缩，然而似乎胃里又有什么重物在支撑着，坠着，使胃不至于越缩越小以至于无。相比于昨天，他感到自己的身体明显地变得更无力了，他现在几乎已经不能靠自己的力量坐住，如果不是有石头的僧衣支撑着他，他一定会摔倒，躺下，再也站不起来。真正让他感到无法忍受的是绝望，以及绝望所带来的被抛弃感，不仅是被寺院抛弃，他还觉得自己同时也已经被世人抛弃，被世界抛弃，最重要的，他还觉得自己也已经被佛抛弃。而这想法本身又反过来折磨着他，让他觉得自己犯了比破戒更大的罪，于是他又无声地念起佛来。

他并没有祈求奇迹，然而似乎仅仅只是为了证明世界并没有抛弃他，奇迹发生了。

在他正无声而无力地念着佛同时在绝望中等待钟声鸣响的时候，他听到身后传来了蹄子踏在山石上的脆响。他感到毛骨悚然，因为除了鸟，他已经很久没有见到别的活物了，然而很快他就想起来，这必定是前两天的夜里，来到他身后的那只鹿或野羊，他使劲地转头向后望，终于看到了它，是一头高大壮健的母鹿，坠着沉沉的乳房，显然正在哺乳。

"秋天了仍在生育吗？"他想。

母鹿没有躲避他，它用它沉静而乌黑的眼睛看着他。

他无力地笑，带着乞求。

母鹿就走过来，伸出舌头舔他的脸和头，这使他感到麻痒和微微的刺痛，他没有躲避，也无法躲避。母鹿舔了一阵，把他的头和脸都舔得干净，然后它走到无念的面前，无念闻到母鹿皮毛中的气息，混杂着乳液的腥甜香味。"这是破戒呀，"他想，"蜜和奶。然而佛不是接受了女子所供奉的糜乳吗？"

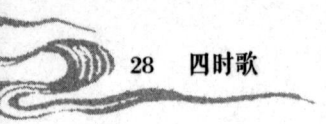

他不再想那么多，张嘴含住了母鹿的其中一个乳头，用力吮吸起来，腥甜的乳液立即充满了他的口腔，他知道自己——无论是以前还是以后——不可能再品尝到这样的美味。

他将一个乳头吮空，又开始吸吮另一个乳头，然而直到将这个乳头也吮空了，他仍觉得饥饿，于是他又含住了第三个乳头。母鹿耐心地等待着他，仿佛他是它的儿子。

无念终于松开了母鹿的乳头，打了一个长长的嗝，饱腹的感觉让他觉得幸福。母鹿又等了一阵，看出无念再没有吮吸之意，才慢慢地离开。无念拼命地转头，一直目送着它，直到再怎么转头，也无法看到它。

无念可以感觉到仍有残余的乳汁在自己的嘴角流淌，他下意识抬手想去擦，但手一动，他就笑了，算了，就这样让它自己干吧！这是他第一次破戒了之后却没有忏悔之意，不知道为什么，似乎如果忏悔了，就将对不起这甜美腥香的乳汁，对不起救了他的命的母鹿，以及对不起这山、这森林、这风、这雨，甚至也将对不起这天与地。

他这样想着的时候，似乎，隐约听到了风从山下吹上来的人说话的声音，他的心一阵乱跳，这是多少天以来他第一次听到人的声音。他高声大喊："救命！救命！有人吗？"然而他喊了很久，却并没有丝毫的回应，他终于放弃了，或许是自己吃得太饱，以至于产生了幻觉吧。

于是他沉沉地睡去，不是禅寂，而是无梦的黑甜睡眠。

八

他遭到一次重击，额头剧痛，眼睛里金星乱冒。

他昏头昏脑，好不容易清醒过来，看到一张丑陋的人脸，肮脏的胡子团成一团，黄黑的牙齿，皱而苍老的额，稀疏的勉强在头顶上扎起的黄黄的头发。眼中闪着凶狠而贪婪的光，这双眼睛瞪着自己，无念不禁打了个冷战。

"你是谁?"这张人脸说话了。

无念继续冷冷地打量着这个人:他擎着火把,穿着当兵的衣服,衣服破烂而脏污,腰上挎着一把刀,但没有刀鞘,他脚上的靴子也已经烂了,两只脚的脚指头都露在外头。

那个人看无念不回答,抬手就给无念一拳。

无念的头猛地向后仰去,眼睛变得模糊了。

"别打了,我说,我是和尚。"

"在这里干什么?"

"面壁。"

"面壁?"

"嗯。"

"你怎么钻到石头里去的?"

"不知道。"

无念又挨了一巴掌。

无念觉得自己嘴角有血流下来,有两颗牙也松动了。

"给老子说,你怎么钻到石头里去的?"

"我的僧衣变成了石头。"

"怎么变的?"

"不知道。"

"你被困在里面了?"

"嗯。"

那个人笑起来,露出黄黑而残缺的牙。

等他停下来,无念说:"你是逃兵。"

那人脸上残余的笑容一下消失了,"你怎么知道?"

"不是逃兵半夜来这里干什么?"

"哼,算你聪明。"

"你把我放了。"

"老子为什么要放你? 老子原本还发愁躲在这山洞里吃什么,有你在这里,老

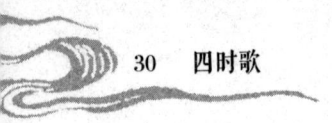

子就不怕挨饿了。"

无念沉默了，逃兵也不说话，四处打量山洞，他看到陶罐，抱起来咕嘟咕嘟地喝水，喝完了，顺手把陶罐扔出山洞，陶罐碎了。

"那是我的水罐。"

逃兵抹着嘴角的水，斜了他一眼，不说话。

又是一阵沉默，无念终究还是忍不住。

"寺院怎么了？"

"烧了。"

"人呢？"

"杀了。"

无念的心遭到重重地一击，他静静地坐着。

那个人突然想到了什么，凑近了看无念的脸。无念闻到他嘴里散发出来的酸臭气息。

"你吃什么？"

无念不回答。

"不说老子打你。"

"没吃东西。"

"你来这里几天了？"

"五天。"

"你当老子没挨过饿，五天没吃没喝，还能跟老子这样说话？"

无念不吭声。

"有人给你送吃的？"

"没有。"无念有点急。

那个人冷笑。他把自己团成一团，靠着石壁睡倒，"有没有人送吃的来，明天就知道，老子不急。"

九

　　无念再没闭眼。他担心自己睡过去，而母鹿在自己睡着的时候来了。幸好他昨天享受了一场深沉的睡眠，所以这一夜他没有丝毫的睡意。他必须保持清醒，好在母鹿的蹄声响起的一刹那出声提醒它，让它跑掉。他知道如果这个逃跑的老兵看到母鹿，决不会放过它。

　　逃兵已经靠着石壁睡着了，显然他常常这样靠着睡觉，所以并没有显出丝毫的不适。他打着低沉的呼噜，嘴角流着涎水，即便睡着了手仍紧紧地抓着刀柄，他的身体不时地抽动，仿佛有谁在睡梦中鞭打着他。

　　然而一个晚上都没有什么动静，母鹿并没有来，无念感到欣幸，但他的内心深处，隐隐地觉得，或许自己终究还是希望母鹿来的吧，如果母鹿一直不来，那自己又将如何呢？他不能想象自己之后的日子，也想象不出来。

　　逃兵醒了，猛地跳起来，弓着身子四处张望了一阵，似乎在睡梦中遭到了袭击，然后他清醒过来，放松了身体，拍了拍无念的头。

　　"老子出去找吃的，叫你的佛菩萨保佑老子找到吃的，要不老子就只能吃你的肉了。"

　　无念打了个冷战，"怎……怎么吃？"

　　"就这么吃。"

　　"这么吃？"

　　老兵突然发怒了，"啪"地一巴掌打过来，"老子告诉你怎么吃，一刀刀割下你的肉烤来吃，先吃大腿，大腿吃完了吃小腿肚子，再吃里脊和内脏……就这么吃，明白不？"

　　无念不吭声了。

　　老兵挎着刀走出山洞。

　　这时候，无念突然希望母鹿能来了，好代替自己。

　　"罪过呀！罪过！"

　　他为自己罪恶的想法深深地忏悔，然而忏悔并不能缓解他的恐惧。"他不会直接就把我的肉割下来吃吧，那得生生痛死我。"无念又打了个冷战。

到中午时，逃兵走进山洞里。

"娘的，老子守了半天，还真没有人来喂你这个和尚。"

无念才知道原来他刚才根本就没有走。

"和尚好能耐，饿了五天还没事，老子不行，这回老子真的出去找吃的了。"

逃兵说完就走了。

一个下午，逃兵不再出现。无念希望他已经离开了，或者被人抓住，又或者已经死在了外面，比如遇上了老虎。这山里有老虎，虽然不多，但面壁的师兄弟们有时也会遇到，幸运的是，寺里从来没有发生过和尚被叼走的事，大家一直都把这看成是佛的庇佑。

黄昏时，逃兵终于回到了山洞，疲惫而饥饿——他什么吃的都没有找到。他一走进山洞就拿刀柄敲打无念的石头僧衣。

"干……干什么？"

"干什么？老子饿了，把石头壳子敲开了好割你的肉。"

无念的脸都吓白了，"你不是说真的吧？人肉怎么好吃得！"

"老子又不是第一次吃，你们这些和尚，每天念经，什么事也不做，养得白白嫩嫩的，正好吃。"

无念开始挣扎。逃兵已经把他背上的石头敲掉了，正在敲他胸前的石头，无念一挣扎，其他地方的石头也掉落下来。老兵怕无念挣脱了，用刀背在无念后脑勺上敲了一下，无念一下昏了过去。

无念醒来的时候，身上的石头已经全被敲碎，自己赤裸裸地躺在地上。老兵正在旁边敲着火石生火——在无念被敲昏的这段时间，他已经出去找来了不少干树枝堆在那儿。

无念挣了一下，发现自己的手脚都被缚住了。

天已经黑了，这是无念多少天以来，第一次不用拼命地向后仰头就能看见星星，然而他的命运似乎比被困在石头里时更糟。

逃兵没注意到无念已经醒过来了，还在专注地敲着火石。无念躺在地上，耳朵贴着地面，隐隐听到了母鹿的蹄声，他犹豫了一会儿。逃兵并没有注意到洞外的声音。直到母鹿的头已经探进了山洞，无念才如同从梦中惊醒一般地大喊起来："快跑呀！快跑！"

母鹿也已经看到山洞里还有别人，转身就要跑走，但逃兵的动作像狼一样快，两步就跃上了母鹿的背，母鹿只挣了两下，颈项就已经被逃兵的刀抹开了，血喷出来，母鹿倒在山洞外，把逃兵压在了身下。

母鹿很重，逃兵挣扎了很久，终于从母鹿的身体下钻出来，喘着粗气，这一次猎杀也把他累坏了。

他走进山洞时，手中除了血淋淋的刀，还有一条长长的鹿肉。

"和尚，你运气不错，这回我们有鹿肉吃了。"

无念闻到了鹿肉的血腥气息，他把眼闭上。他为自己那一刻的犹豫而羞惭，如果不是他的犹豫，母鹿将不会死。

十

火生起来了。

山洞的石壁被映得通红，逃兵的身影在石壁上随着火光而晃动。

无念躺在地上，看着这晃动的黑影，恍惚起来，依稀想起自己很小的时候，有一次随着师父到县城去化缘，在街边看到的皮影戏。

才子佳人、王侯将相、妖魔鬼怪、神仙佛祖……到最后都不过是皮影人儿一只，演了无数情情爱爱、真真假假、打打杀杀、生生死死，到最后也不过都是一场空，皮影戏台一撤，留下的也不过是一片白地罢了。

他这样想着，把自己眼前的处境全都忘了，直到正在火上烤的鹿肉滴下油来，在火里爆出"滋"的一响，他才回过神。山洞里已经飘满了鹿肉的香气，这样的肉香正是他以前常常欣羡而不敢尝试的。

逃兵先割了一大块下来，插在刀尖上，送到嘴边，一咬就满嘴的油。"香！香！"他囫囵着说。

无念冷冷地看着他。

逃兵吃饱了，还剩了好大一块鹿肉，他拿刀尖插住了，送到无念嘴边。无念把头转过去。

"不吃？"

"和尚不吃肉。"

"不吃也得吃。"逃兵发起火来，把肉往无念嘴里凑。

无念只是闭着嘴，虽然被蹭了满脸的油。

逃兵沉默了。

过了一会儿，逃兵像是想起了什么，"嘎嘎"地捧着肚子笑。

逃兵终于止住了笑，指着外面的鹿，"和尚是这鹿在养……嘎嘎嘎……这鹿是和尚的妈，和尚吃鹿的奶。"

无念只是不吭声。

"我说和尚怎么在山上待了五天还这么精神，原来……在吃这野鹿的奶……嘎嘎嘎……怪不得……和尚不吃鹿肉。"

无念索性把眼睛都闭上了。

逃兵笑了一阵，大约自己也觉得无聊。

"和尚说说，这鹿为什么要来喂你？"他拿脚踢无念。

无念被踢得受不了，闷声回一句："不知道。"

"和尚什么都不知道，念经有什么用。"

无念又把眼睛闭上了。

逃兵骂骂咧咧了一阵，就靠着石壁睡着了，手里仍是握着刀。

无念还是醒着。他躺在地上，看着火渐渐地灭了，天渐渐地黑了，星星不知什么时候已经挂在了暗蓝的天幕上，越来越多，越来越密，然后一弯红红的细细的下弦月滑进来，又滑出去。

逃兵一直在睡着，打着沉重而悠长的呼噜。因为吃得很饱，他的睡眠深沉，然而他的身体仍在不时地抽动着，像有谁在梦里不断地鞭打他。直到一头老虎像猫一样地走进来，拿舌头去舔逃兵的脸，逃兵才醒过来，他厉声尖叫，像孩子一样，然后虎叼起他，像叼起一个布娃娃。虎看了无念一眼，转身跑出山洞，再没有回来。

　　无念觉得自己像是做了一场梦，直到天朦朦地亮了，他确定山洞里确实又只剩下他一个人了，他才慢慢地找了一块石头，磨起手上的布条——那是逃兵从自己裤子上撕下来的。手解脱出来了，他把脚上的束缚也解了，慢慢地活动着手足。他看了看山洞里的余烬，里面还有暗红的尚未灭尽的火。他走出山洞，母鹿的尸体已经不见了，连血迹也没有留下。他就这样赤着身体赤着脚走到山边边上，往下望，望见寺院果然已经被烧毁了，现在那里只剩一片黑色的灰烬。

　　他没有停留，继续沿着山径向下走。阴茎在他的胯下晃荡着，让他感到很不自在。太阳还在山的背后，阳光烧着山的尖顶，使山尖变成赤红色，像被熔化了的金属。他感到清晨的风的凉意，露水冷而清澈。他的脚踩在山径上，腐烂的落叶贴着他的脚底，像某种冰冷小兽的薄薄的皮，而枯枝和小石子儿则刺痛了他。

　　　　　　　　　　　　　　　　　　　　　　　2015 年 12 月 3 日

林春红

我的奶奶，叫林春红。

不过很多时候，我都会把我的奶奶和林春红，当成两个人。一直到现在，虽然奶奶已经去世很多年了，我也仍然不敢确定，那个我记忆里的奶奶和林春红，是不是就真的是同一个人。

我第一次见到林春红，是在我读小学三年级时的一个冬天的晚上。那天夜里我起来小便，看到厕所的灯亮着，门却没有关，我以为是爸爸在里面。但是爸爸并不在里面，只有一个七八岁的小女孩，蹲在角落里，没有穿衣服。看见我来了，她有点害怕，但她好像也不是怕我，而是怕别的什么东西。我吓了一跳："你是谁？是不是小偷？"但是我马上就知道我问得很傻，怎么会有这么小这么笨而且还是不穿衣服的小偷呢？但如果她不是小偷她又怎么会半夜出现在我的家里？她看了我一眼，忽然用客家话对我说："去拿衣服给我穿，好冷啊！"我又问："那你是谁？"她说："我是你奶奶。"我下意识地去拿衣服，你想，她是我奶奶，奶奶的话我怎么可能不听呢？我从我的衣柜里拿了些衣服，突然又想到，她怎么可能是我的奶奶呢？她那么小，比我还小，我的奶奶怎么可能比我还小？拿衣服到厕所里去的时候，我顺便把奶奶房间的门推开了一道缝，灯虽然没有开，但我还是能看见奶奶好好地睡在床上。很显然这个小女孩绝不可能是我的奶奶,那么她又是谁?

但是当我重新回到厕所的时候,她已经不见了。我拿着衣服,傻傻地站在那里,我一定是做了一个梦。但是厕所的灯是亮着的,很显然我刚才并没有把灯打开。

奶奶躺在床上已经很多年了,差不多是我刚出生不久她就开始躺在床上,她是得了脑血栓,半身不遂了。奶奶还能够说话,但是口齿不清,只有妈妈能够听清她究竟在说什么,她的左手和左脚还能稍微地动一动,右手和右脚就完全不能动弹了。妈妈没有工作,天天待在家里照顾她,当然还要照顾我们。白天,爸爸会把奶奶从房间里扶出来,让她坐在一张专门为她准备的下面有轮子的沙发椅上看电视和吃饭,奶奶的听力还很好,视力也还行,脑筋也还清楚,就是很啰唆,不停地唠叨她年轻的时候的事情,反反复复说了无数遍,我们都差不多能倒背如流了。

周末的时候,我们也会把奶奶抱到轮椅上,推着她在附近转上一转,奶奶斜斜地坐着,眼睛低垂,似乎对外面的东西并不感兴趣,但我们还是觉得让她出去随便看看呼吸呼吸新鲜空气要好些,而且这个也是医生要求的。

我们都以为奶奶大概就只能这样过下去了,她都已经九十多岁了,就算是有一天……嗯,其实我们都已经做好了她突然去世的准备。

几天之后的一个晚上,我从睡梦里醒来,听到有人在我的房间里翻东西,我的第一反应是:又做梦了!果然,我睁开眼睛,借着窗外透过来的微弱的光,看到一个没穿衣服的小女孩正站在我的衣柜前翻着什么。好神奇呀!我想,居然能接上几天前做的那个梦!

“你在找衣服穿吗?”我问她。

她没有回答我,她在很仔细地找衣服,一边找还一边随手把我衣柜里的衣服叠好。像所有的男生一样,我的衣柜里的衣服总是很乱,妈妈整理好了,过两天,又乱成一团糟。

“我有一条背心,我穿有点小,可能你穿正好合适。内裤嘛,反正你那么小,不穿也不要紧,我也是一直到一年级才开始穿内裤的。线裤和裤子都在那边,对,就

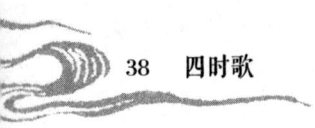

是你的左手边。外套——唉，在家里就不用穿外套了。你穿上背心和线裤上来好了，被窝里很暖和的，我们一起睡觉吧，我明天还要上课呢！"

她还是找了一条我的内裤穿上，又穿上我说的那条小背心，再穿上一条线裤，她把叠好的衣服整整齐齐地码进衣柜里，就爬上床，她带着一股冷气钻进被窝里，满足地躺在我的旁边，我把被子拉过去一点，好让她也能盖到，然后我把被子再裹紧，她的身体冰凉冰凉的。

早上妈妈把我叫醒的时候，手里拿着一条小背心、一条内裤和一条线裤，说是在奶奶房间里捡到的，问我晚上是不是梦游了。我愣愣的，都不知道应该怎么回答她才好！

然后又是好几天都没有什么异常。每天早上，我去跟奶奶道别的时候，她还是像以前那样对我爱理不理的。从小我就觉得她并不喜欢我，或许是因为她不喜欢我的妈妈才连带着不喜欢我吧，可是她为什么会不喜欢我的妈妈呢？这个是大人的事情，我就不清楚了。

奶奶的床上有好多好多的闹钟，可能有七八个，也可能有十多个，我从来没有数过。我不知道她为什么那么喜欢闹钟，爸爸妈妈也不清楚，可能她只是喜欢听闹钟"嘀嘀嗒嗒"的声音，尤其是在每天早上，妈妈出门买菜的时候，她一个人躺在床上，家里空空荡荡的，那时候能听到一点"嘀嗒"的声音也会很舒服吧。

我不是一个好学生，只要一有机会我就会逃学，逃学了也常常不知道干什么好，就是在外面乱逛，只要小心别让别的老师或者让在街上买菜的妈妈看到就好。

我第三次看见林春红，大概是在早上九点钟，我知道这时候妈妈正在街上买菜，家里只有奶奶一个人，我就偷偷从学校里跑出来，想回家去吃点东西。我远远地就看见我家阳台上坐着一个人，阳台是用铁笼子罩住的，那个人坐在栏杆上，两条腿从铁笼子的缝里吊下来，一晃一晃的，哎，就是林春红，她还穿着我的衣服呢。我拼命跑上楼，一边跑一边把钥匙摸出来。我打开门，跑到阳台上，林春红还坐在那里，她看见我并没有表现得很惊讶，只是冷冷地说："又逃学了。"——当然这句话还是用客家话说的，不过为了讲故事方便，我就直接把她的话翻译成普通话了。

我一跳，坐到了栏杆上，抓住她的胳膊，凑近去看她的脸，看得那么近，连毛孔都看到了。我不可能大白天的做这样神奇的梦,那么前两次我见到她的时候也就并不是在做梦了,但是她为什么会这样突然地出现又突然地消失呢?难道她真的是我的奶奶吗?她为什么那么小,比我还小?

我还有许多问题要问她,但是她突然说:"你妈妈要回来了。"就把脚收回来,跳下栏杆,向奶奶的房间走去。我急忙也跳下来,追上前去想把她拉住,但是等我追到奶奶的房间里的时候,却已经看不见林春红了,地上只有几件我的衣服,奶奶在睡觉,钟在"嘀嘀嗒嗒"地走,我突然想到我是逃学回来的,急忙把地上的衣服抱起来随便扔进衣柜里,就从家里跑出来,溜回学校去了。

林春红出现得越来越频繁。她似乎一直在躲避着我的爸爸和妈妈,但是并不躲避我。我也不想把这件事告诉爸爸和妈妈,告诉他们只会带来许多的麻烦,这个用脚后跟想想都会知道。

林春红出现之后,我逃学的次数也跟着增加了,开始我只是趁着妈妈和爸爸不在的时候跑回家去,陪着林春红在家里傻坐着,我还拿冰淇淋给她吃,开电视给她看,后来我开始带她出去玩。

离学校不远的地方有一片很大的龙眼树林,春天和夏天的时候里面有很多的"臭屁虫",这是一种黄褐色的生活在龙眼树上的害虫,它们多的时候会满树都是,你随便踢树干一脚,就会听到一阵"嗡嗡"的声音,看见一团黄雾从树冠里升起,那就是"臭屁虫"们在飞起来。这种虫拉出的尿很臭,拉到手上黄黄的一片,用肥皂都洗不脱,这种尿是它们的防身武器,如果它们把尿尿到你的眼睛里,你就等着哭上一整天吧。

天气好的时候,我就带林春红去龙眼树林里捉"臭屁虫",自从有了她之后,我也懒得跟别人一起玩了。我们把"臭屁虫"捉来之后,扯去它们的脚,然后用沥青把它们粘在竹片上。竹片是我们事先就削好的,要削得非常滑非常薄,沥青放在竹片上,然后用火烤,等沥青被烤融了,就把已经被我们扯去腿的"臭屁虫"摁上去,这样就把"臭屁虫"和竹片粘在一起了。"臭屁虫"被摁上去的时候会发出痛苦的"吱吱"声,这对我们来说是一件乐事,大约小孩子都喜欢看到别人被残酷地对待。我们粘好了"臭屁虫",就把它们带到池塘边,那里没什么人,有一个小码头是用水泥建的，上面很光滑，我们把"臭屁虫"放在码头上，竹片的那一面朝下，一放下去，"臭屁虫"就会鼓动翅膀，它们在码头光滑的水泥面上滑行，然后就飞起来，它们一定以为这是它们逃生的机会，但是飞不远它们就会因为竹片的重量掉进水里去。

我们很是过了几天开心的日子，但是很快老师就把状告到我爸爸那儿去了，逃学就罢了，关键是这一回我身边还跟着一个小女孩。

"你说，你是不是早恋了！"爸爸问我。

我不屑地看了他一眼，早恋是怎么回事我自然知道，但是你儿子也不至于小学三年级就早恋吧，这也太夸张了，我毛毛都还没长出来呢！

我说："你妈……"——本来我是想说"你妈才早恋呢"，可是一想这句话也不对，只好又改口说："我和你妈在一起，我没早恋。"

可是这句话听起来更像是在骂人，我爸毫不客气地在我脸上扇了一巴掌，"你小子怎么说话的？"

我想了一下，发现刚才说的那句话果然也不对，只好又改口说："我和林春红在一起，我没早恋！"

我爸又扇了我一下，"你再说一次！"

我想了想，果然我说得也不对，可我该怎么说才对呢？好吧，我什么也不说好了。我爸气坏了，罚我脱光了跪在地板上，拿皮带抽我，后来奶奶就在里面咳起来，咳得很厉害，爸爸才把我放了。

可是我们还是在一起玩，只不过采用了一种更地下的方式。我们甚至还弄到了一杆气枪，我带着林春红去野外打苦楝鸟，那里有茶叶地、木薯地、甘蔗地、松林和坟墓，没有人，静得只有鸟叫，我可以和林春红牵着手走路。我们遇到了很多神奇的事情，比如有一次我们打下了一只苦楝鸟，可是它浑身上下都没有伤口，后来是林春红发现它的嘴里有一些血迹，我才想明白，一定是它正在张嘴唱歌的时候，铅弹打进了它的嘴巴里，然后又从屁眼里钻出来，所以它的身上才没有伤口。还有一次，突然下起雨来，我们只好在别人的墓碑下面避雨——那个墓碑建得好大，还有屋檐，可是林春红很怕，好吧，对于一个小女孩来说在墓碑下面避雨真的很可怕。其实我自己也很怕。后来林春红又说她看见许多人在雨里走来走去，她抱着我哭个不停，我只好拿气枪去打，其实我什么也看不到，只是随便乱打罢了。

夏天的时候，我们最喜欢做的事情是采蘑菇，那时候因为有暑假，我跟林春红在一起的时间更长。林春红很喜欢采蘑菇，每次一打雷下雨，林春红都会悄悄地出现在我的房间里——她能够突然地在我们家的任何一个地方出现，而且出现的时候总是没穿衣服，后来为了穿衣服方便，她就总是先出现在我的房间里——我会把门关上，等着林春红把衣服穿好，雨一停，我就出去把妈妈缠住，通常她不是在做饭就是在洗衣服，而爸爸一般都是在上班不在家的，林春红就趁着这个机会溜出去，她会在松树林边等着我，我等上一会儿，也溜出去了。蘑菇长得很快，雷一打就冒出头来，如果没有人理它们，隔上一天它们就会坏掉，像一朵朵烂掉的花。松树底下长着许多的松菇，这是一种长着褐色条纹的小蘑菇，木薯地里还长着许多的大白菇，这种蘑菇是一大片一大片地长的，有一次我们就发现了一大片，我把它们全采下来塞进衣兜里带回家，可是回到家都不能吃了，因为已经被我压坏了。

暑假结束也就差不多算是好日子的结束，因为爸爸再一次发现我和林春红在一起。那是一个晚上，半夜里，大家都睡着了，我和林春红躺在床上絮絮叨叨地说话，大概我们太忘乎所以，说话的声音太响了，爸爸突然推开门问："你在和谁说话？"他一定是看到我的床上还躺着一个人，就把灯打开了，开关就在门的旁边。我看到爸爸的眼神，是从生气到疑惑，他看着林春红，但没有出声。后来妈妈也来了，她站在爸爸的身后："她是谁？"她好像是在问我，也像是在问爸爸。但其实她也一定知道林春红是谁吧！因为只需要看一眼爸爸的表情也就清楚了。

林春红本来是和我一起缩在床角上的，这时候突然站起来，跳下床，推开爸爸和妈妈向奶奶的房间跑去。我喊着："林春红！林春红！"但她没有停下来，我只好也跳下床追上去，我看到奶奶的房门大开着，奶奶正在睡觉，林春红像风一样，是啊，她好像没有了重量，她飘起来，向奶奶的身子里扑去，衣服飘落在地上。她就这样消失了。

很长一段时间是平安无事的，林春红没有再出现，爸爸和妈妈也好像忘了这件事情，只不过有一次我偷听到他们的谈话。

"真的是妈妈吗？"这是妈妈的声音。

"啊……"爸爸不置可否，妈妈也没有再出声。

停了一阵之后，爸爸突然又说："我多想有这样一个女儿。"

"怎么可能呢？"妈妈说。

这似乎就是他们对林春红这件事情的所有的交流，当然更可能的是他们还谈到了别的方面而我并不知道，总之，在夏天还没有完全结束的时候，爸爸突然说要带我去看一个叔叔，奇怪的是还让我带上一件厚外套，他自己也带着一件。

他先是骑自行车搭着我到公路边的停车场去，我突然有一种感觉，觉得爸爸其实是要把我拿去卖掉，他只需要林春红一个人就足够了。我很是害怕了好一阵，差不多想从自行车上跳下来跑掉，可后来又想林春红自从上次被爸爸妈妈看到之后就没有再出来，凭什么爸爸把我卖掉之后她就愿意出来给爸爸做女儿呢？我就这样胡思乱想着上了一辆中巴，中巴里又脏又臭，挤死了，我们坐在发动机盖上，晃了半天，在半路中间下了车，爸爸叫了一辆三轮车，谈好了价钱，我们又上去。三轮车"咣咣"地响着，在泥土路上一跳一跳地走，好像它很开心似的。我已经累得开始打瞌睡了，不知道过了多久，三轮车终于停了，是停在一个小村子边上，我们下车，爸爸付了车钱，三轮车就又很开心地"咣咣"响着走掉了。三轮车一走，周围都静了下来，爸爸扯着我的手向村子里走，虽然只是一个很小的村子，但是走进去之后路径却是曲里拐弯的，我很快就迷了路，觉得转来转去都是一样的木窗子、青瓦或者红瓦的屋顶、土围墙、土围墙上蛇一样的青藤，地上到处是被踩得稀烂的干了或者还没干的牛粪，路边的臭水沟上"嗡嗡"地挤着蚊子……终于在一扇木门前停下来，爸爸自己把外套穿上，也让我穿上，我虽然很不愿意但又觉得大热的天里穿上厚外套也挺好玩，就磨蹭着也穿上了。爸爸敲了敲门，里面说："进来。"门一推就开了，一股寒气猛地扑过来，我一抖，不由自主地打了个喷嚏。

门里是个小院子，空空的什么也没种，露着黄泥的地。穿过小院子就是正屋，里面一个男人正在火盆边烤火，现在我知道爸爸为什么要让我穿上外套了，其实即便是穿上了外套我还是觉得冷。我只好靠近火盆，把手伸出来在炭火上烤着。

那个男人白白净净的，四十多岁的样子，穿得很旧，但衣服倒都还没有补过。

他从炭灰里翻出已经烤好的红薯来让我吃,我就不客气地吃了。爸爸和他说起话来,他们说的话我不太听得懂,后来那个男人就问我林春红长得什么样,我们平常在一起干什么,又问我林春红是怎么在奶奶房间里消失的,后来那个男人又对爸爸说,你明天早上在停车场上等我吧。然后我和爸爸就走了。

老实说,虽然他的烤红薯很好吃,但我是再也不愿意见到他了。

后来究竟发生了什么事,我不知道。我去上课了。我只知道那天早上爸爸没有去上班,奶奶安静地躺在床上,爷爷的牌位前不知道什么时候已经上了香,我很想念林春红,我去和奶奶道别,但是奶奶没有理我。

奶奶床上的钟,就是从那天晚上开始停的。第一个钟停下的时候,爸爸像以前那样给它换了电池,但它仍然没有走,爸爸以为是钟坏了,没有在意,但是第二天另一个钟也停了,爸爸也给它换了电池,可是它仍然没有走,爸爸把钟拿去修,但是没修好,钟表匠说钟一点儿问题也没有,就是不走了。爸爸气呼呼地回来,说钟表匠修不好钟还想向他要钱。

钟一个接一个地停了,我们都很不安,妈妈整天坐在奶奶床边和奶奶说话,爸爸似乎又去找了那个男人一次,但是他没有再来。我们沉默着,知道无论我们再做什么都没有用了。

差不多半个月之后,钟终于全都停了,那天夜里奶奶突然发起烧来,爸爸打电话叫医生过来,护士给奶奶输液,输了一天一夜,后来奶奶就死了。奶奶死的时候我并不知道,我正在睡觉,早上我起来,觉得家里好安静啊,原来护士在的时候总是有人走来走去的,我就去看奶奶,护士已经走了,奶奶安安静静地躺在床上,脸雪白雪白的让人害怕,我去摸奶奶的手,但是是冰凉的,就像林春红第一次钻进我的被窝时那样的冰凉。

回来了好多人。以前只有春节的时候他们才会回来。有时候我倒是觉得挺开心的,因为很多人我平常都是看不到的,还有别的人来和我们一起守灵,他们是奶奶生前的朋友的孩子或者孩子的孩子,我们把奶奶的衣服什么的都烧了,烧了很长一段时间,火通红,烤得人一身汗,后来大家又打起麻将和扑克来。我和大家一起守了三天三夜,很多大人后来忍不住都去睡觉了,可是我一直没有睡,我想,说不定林春红会来找我，我就盯着奶奶的棺材看，等着棺材盖自己打开，林春红从里面钻出来，可我又想林春红是不会从棺材里出来的，她只会突然地出现在家里某一个没有人的地方，可是现在家里到处都是人，她再也找不到地方出来了。

墓地是早就选好了的，是在一片松林里，周围还有许多别人的墓，墓旁有一棵枫树，树上有一个又黑又大的蚂蚁窝。

林春红后来没有再出现过。许多年以后，我曾经偷偷地按着我的记忆去找那个男人，但是当我费尽力气找到那个小村子，推开那扇木门的时候，并没有我所期盼的冷气扑上来。房子还是老样子，但在那一片阴暗里看着我的，却是一个黑黑的小男孩，而不是那个男人。

后来我就没有再指望能重新见到林春红了。清明的时候我总是会到奶奶的墓前去坐一坐，或者下雨或者不下雨，我沉默着，想象着林春红正在松林的深处跳着行走，想象着她正和我一起坐在池塘边等待夏天的雷声。

2007 年 7 月 22 日

我的外公是雷神

——献给我的国王，我爱他！

很小的时候，我就知道我的外公是一个雷神。

那时我们还住在"团结"，那是一座农场下的分场。沿着354国道，从南宁往西走七八十公里，向右拐进一条村道，再往前走几公里，就是团结分场了。那条村道那时还是黄泥铺路，上面撒着细细的沙粒，自行车走在上面"沙沙"地响，村道两旁是密密的松林，夹杂着枫树和苦楝树。沿着村道走不到一公里，就可以看见大片的橙果树了，如果是四五月份，正是开花的季节，可以闻到微风里淡淡的甜香。橙果的花是青白色的，碎碎的，跟它的香是一样的颜色和形状。村道横贯过橙果地，村道与橙果地之间是高高的柠檬桉树，这种树有淡青色的树皮，夏天的时候树皮变干变硬脱落在地上，是很好的引火物。有时会有人爬上高高的树顶，割下柠檬桉的叶子，又在树下支起锅来熬油，它的叶子是像手指那样的长条形，但是略宽，藏青色，有一种刺鼻的香味。在接近橙果地的边缘，村道分叉了，直走可以到苗圃队，左拐是四队，我很少去。记得那里有一道独木桥，桥旁是磨坊或者发电站，右拐再左拐，就是一队。我外公的家在一队的坡顶上，那是农场为职工们建起的标准住房——全是一栋栋青瓦白墙双坡顶的平房，排在路的两边，我外公住在其中最靠近路边的一套：进去是一个长长的客厅，左边是三间卧房，有两间有窗子，有一间没有，客厅和卧室的地上都铺着水泥，从客厅正对着进去原本是厨房，我外公把那里变成了一个洗衣洗碗还有洗澡的地方，有水龙头和大水池，还有洗澡间，然后在房子靠近路的一边建起了披屋作为厨房，厨房里有长长的灶台，有一只黄猫总喜欢在炉灰里睡觉，有一条黄狗总喜欢追着黄猫跑，从屋梁上垂下钓钩，上面挂着篮子，篮子里有一些不想被老鼠偷吃的东西，比如咸鱼或萝卜干。

外公做豆酱是一把好手，夏天把黄豆铺在大大的竹匾上，在屋檐上晒着，不久就生起了白毛。外公还养鸽子，养羊，不过他在生产队负责的工作却是养猪。

羊圈在院子里，院子没有篱笆，用矮矮的冬青树围起来，但是并不严实，客人随时可以从冬青的缺口处进来。院子里有油梨树，有番石榴树，有龙眼树，有柑果树，有石榴树，有青菜。羊圈在院子靠路边的一角，用草和木头搭建起来的是一个吊脚的小屋，羊的粪便落在羊圈下面，有一个三级的小木梯搭在那里，好让黑羊们每天早上从羊圈里出来——嗯，那些羊全是黑色的，长着弯弯的角，长长的胡子，"咩咩"地叫着，眼睛是黄色的。

外公有时会带着我去生产队的猪圈，他养的猪总是瘦瘦的，长着长长的黑鬃，跟野猪似的。但是他放羊的时候从不带上我，有时我会追着豆豉一样的羊粪去寻找我的外公，一直沿着村道走出去很远，走到密密的松林边，那些粪便忽然就消失了，我一直没有找到过我外公放羊的地方。

我深信外公就是在这密密的松林里放羊的，我深信在这松林里的某一处地方，隐藏着巨大的草原，那里长满了青草，而外公的黑羊们就在那里啃草吃。我大着胆子深入到松林里去，里面生着松萝、茅草、羊齿蕨、麻疯草、桃金娘、噼啪筒果、毛毛虫和荆棘，我找了很久，但是没有找到外公，只找到一个驼着背的正在用竹笊篱扒松毛的老女人，我吓了一跳，赶紧跑出来。

但是到松林里去了几次之后，我就不再害怕了。从仲夏到初秋，我一边在松林里寻找外公，一边摘桃金娘的果实吃，那是一种椭圆形的小果，顶着皇冠一样的小帽子，成熟的果实是黑紫色的，里面有细小的籽，我常常一边往松林里走，一边从矮矮的桃金娘树上摘果吃，直到我的嘴唇和舌头都变成黑紫色还不罢休。

　　有时候我会听见羊的"咩咩"的叫声，但或许只是我的幻觉，因为每当我追随着那叫声去寻找的时候，总是一无所获。我在松林里转圈，最后不得不放弃，直到可能是我五岁还是六岁的时候，我才很偶然地在松林里发现了他，或者应该说是"它"，不过我觉得还是用"他"比较好。他没有穿衣服，他的皮肤是青色的，背上长着一对巨大的翅膀，光秃秃的三角形的头颅，鸟一样的黄色尖嘴，青色的眼睛又大又圆，而且还鼓出来，他的手和脚都细而长，像树根一样，他从松林里飞起，扇起大片的松毛，突破松枝和松针的围困，如同火箭一般地升上蔚蓝的天空，转瞬间就消失在天边了。

　　我觉得我一定打扰了外公放羊，忐忑不安地回到家里，然而外公还没有回来，一直到天快黑了，他才赶着羊群回来，看到我的时候依旧是一副爱理不理的样子。我不知道他到底有没有生我的气，但是我想假如我保守这个秘密，不告诉别人他其实是一个难看的妖怪，那么他大概就会原谅我吧。

　　当时我还一直以为他就是一个妖怪，而不知道他其实是一个雷神，直到有一天，他带回一套小纸片给我，那是他到锣圩（距团结分场大概五公里的一个大镇子）去赶集回来买给我的，就是那种上面印有各种人物的小纸片，有时是《西游记》里的各种妖怪，有时是《水浒传》里的一百单八将，有时是岳家将或者杨家将……他买给我的是一套印着各种神仙的小纸片，大概有二十多三十张，其中的一张上面印着的那个怪物跟我在松林里看见的那个长着大翅膀的家伙一模一样，那张纸片边上还印着两个字，我猜想那必定是这个神仙的名字，于是我假装毫不在意地去找我的其中一个阿姨——我一共有五个阿姨——我一张一张地问她这些纸片上的神仙的名字，她一边在一个大铁盆子里洗衣服，一边心不在焉地回答我，告诉我这是麻姑、那是吕洞宾什么的，直到我拿出那张纸片来，我很害怕她会突然不告诉我这上面究竟印的是谁，但是她瞟了一眼，就肯定地说："这是雷神。"我又问："雷神是什么？"她说："雷神就是专门在天上打雷的。"于是我满足了，带着小纸片走了。

　　啊，我亲爱的外公，我是决不会告诉别人你是一个雷神的。

　　有时候外公也会带我去打鱼。他身材高大，秃顶，长着一个大大的蒜头鼻，留着山羊胡子，走起路来虎虎生风。他背着渔网走在前面，而我则背着鱼篓子小跑着跟在他的身后。去五队的路边有一个小湖，外公常常在那里打鱼，湖的周围长满了高高的柠檬桉树，它们的身材又细又直，像一群不穿衣服的少年，不过我从来就没有注意过这些树，我只关心外公又网到了什么鱼。他把渔网撒出去，渔网张开来，铺到水面上，又在锡块的带动下往水里沉去，外公站在水里，水没到他的膝盖上，他脚下的烂泥"汩汩"地冒着泡，他一边抖动渔网一边把渔网收回来，我可以看见鱼在渔网里扑腾，溅出水花，甚至可以闻到那清新的鲜鱼的腥香，当然有时候也会网到一些田螺或是小虾米，有时候甚至只是一只烂鞋或是一个破罐子。每当我们网到鱼的时候，我都很高兴，外公让我帮他把渔网里的鱼拾起来，扔进一个鱼篓子里——鱼篓子的口子有竹篾，形成一个开口向上的漏斗，所以即便把鱼篓子放在水里，鱼也不会跑出来。

有一次我们还捕到了一尾红鲤鱼，它有我的巴掌那么大，全身从须子到尾巴都是红色的，鳞片里甚至还带着一点点的金色，真是漂亮极了，我央求外公不要杀这条鱼，我要养它，外公答应了。我把它养在一个大陶罐里，那个陶罐原本是外婆用来做酸菜的，后来陶罐缺了口子，她就把陶罐扔在油梨树下，陶罐里原本就有多年积下来的雨水，里面长着绿藻和孑孓，养鲤鱼是正好，我每天又用蚯蚓和米饭来喂它，就这样养了大概有半个月。有一天下起大雨来，我就没有去幼儿园，家里只有我和外婆，外婆在厨房里，我一个人无聊地坐在大门边屋檐下的大石臼里，雨哗啦啦地下下来，把天地都遮住了。在雷声中，我看到那油梨树下的陶罐突然摇晃起来，一忽儿快，一忽儿慢，我感到非常好奇，忽然那陶罐剧烈地抖动起来，我急忙站起来向外冲，雨水打下来，把我的眼睛打得都睁不开了，我一边用手遮挡雨水，一边向油梨树下跑去，但是没有等我靠近，陶罐就四分五裂了，陶罐里的水炸开来，像一朵开在雨里的巨大牡丹，从这朵牡丹的中心冲出一个怪异的东西，长长的，有脚，有鳞片，像蛇，又不是蛇，它是金红色的，即使是在雨里这颜色仍然像火一样灼人的眼，它逆着雨水向天上冲去，如同一道闪电，转瞬即逝，只在我的视网膜上灼下一道刺目的红影。

我失魂落魄地回到屋里，外婆一边咒骂我，一边给我换被雨浇得湿透的衣服，她甚至都没有注意到油梨树下破裂的陶罐，对于她来说，除了我，一切都是不重要的。她瘦小，老了之后有些驼背，长着一个稍微有些鹰钩的尖鼻子，目光有时会突然变得阴鸷，但其实她是一个极其慈祥的女人，无条件地溺爱着我，也无条件地溺爱着我之后的她的每一个孙子和孙女。她不识字，但是对数字极度敏感，能够以极快的速度心算。从十六岁到五十岁，她一共生下了十一个子女，其中最大的两个夭折了，长大的九个中，其中三个是我的舅舅，五个是我的阿姨，还有一个是我的母亲。

　　我始终都记得那个早晨，天有点阴，外婆正准备送我去幼儿园，外公正准备到养猪场去，小舅已经到学校去了，别的舅舅和阿姨们也已经出工去了。这时家里来了三个穿绿衣服的年轻人，两男一女，女的腰上还扎着皮带，一开始我是很高兴的，在家里跑来跑去，试图吸引他们的注意力，但随后我就有些失望了，因为他们根本就没有注意到我，而且他们似乎很不客气，虽然进了屋，但是根本就不愿意坐下来，他们严厉地跟外公说着什么，然后就把外公带走了。他们把外公夹在中间，四个人一起往场部的方向走去，我以为外公很快就会回来，但是一直等到我去幼儿园了，外公还没有回来。等到我从幼儿园回来了，外公还是没有回来，等到我睡了一觉，再一次要去幼儿园了，外公仍然没有回来。最初我是欢喜的，因为我觉得家里没有外公我就更自由了，想什么时候睡觉就什么时候睡觉，想吃什么东西就吃什么东西，比如我就可以无所顾忌地吃番石榴了，一直吃到我的大便屙不出来，蹲在树下哭喊着叫外婆的时候为止。但随后我就感到郁闷了，因为这样就没有人带我去猪圈看那些猪，也没有人带我去打鱼了。现在是我的二舅放羊，他倒是愿意带我和他一起去放羊，但是他并没有到松林里去放羊，而是换了一个方向，跑到山脚下去了，那里有许多坟墓，我去了几次之后，就不想去了。
　　我问那些大人，外公究竟到哪里去了？但是那些大人都说大人的事情你不用管，又说外公很快就会回来。然而在我的记忆中，外公似乎很多很多天以后都没有回来，直到我几乎要把他忘记了，他仍然没有回来。但是或许是因为我太小所以才会有这样的幻觉，或许外公离开得也并不久，可能只是几天，或者十几天，但是可以确定的是我确实有些把他忘了。我找到了新的乐趣，比如跟我的小舅去捉蟋蟀，或者跟别的小朋友玩捉迷藏和拍皮球，或者骑着那辆外公做的小三轮车，费力地爬到家门前的坡上去，又"呼呼"地冲下来。

在外公还没有回来的日子里发生了一件事，有一天小舅放学回来，说要带我到场部去看一样奇怪的东西，我就跟着他去了。场部离外公家不远，顺着大路走下去，不要右拐，而是一直走进一条小路，经过米糠厂和大池塘，就是场部那是四排平房，围成一个正方形。我们是从场部的后面进去的，那里有一个口子方便生产队的人进出，场部的大门开在正对着大路的另一边，我从来就没有从那里进过场部。那时场部里已经围了不少人了，有大人也有小孩，他们都围在场部角落那间有铁门的房前，那间房子平常是用来关坏人的，小舅一边和别人打招呼，一边带着我走过去，他把我举起来，让我从窗户的铁格子往里看。一开始是一片黑暗，随后我的眼睛调整过来，我看到房间的角落里趴着一个东西，还闻到一股野生动物才有的气息，我再把眼睛往里凑近一些，于是我就看到了那对巨大的翅膀——那怪物突然回过头来看着我，我认出了那双眼睛，在阴暗的用来关坏人的牢房中，那双眼睛里闪着火一样的青色光芒。我发起抖来，从小舅的双手间挣脱，摔倒在地上，又爬起来，一边哭着一边往家里跑。我觉得外公这回一定要死了，我不知道应该怎么办，我突然深刻地感觉到了即将失去亲人的痛苦，我想我一定要把他救出来。

然而我并不知道要怎样才能救出外公，我跟所有人说那其实是我的外公，央求他们把他放出来，但是没有一个人相信。我只好每天都跑到场部去看他，并给他带去水和米饭，但他从来都是不吃也不喝。我想场部那些人大概一时间也不知道应该怎么处理他，或者是他们在等着总场的人来把他带走，总之在那几天里，他一直都被关在那里。我看着他那巨大翅膀上的羽毛渐渐脱落，露出青色的遍布毛孔的皮肤，看着他的目光渐渐变得黯淡以至于绝望，看着他突然振翅而起，又被紧锁在脚上的铁链无情地扯下来，他身上的野生动物的气息渐渐没有了，我现在只能闻到越来越浓重的腐烂的气息，我尝试着在没有人的时候拿铁棍去撬那个窗户，但是根本没有用，有一次还被一个大人发现了，把我从窗户上扯下来，骂了我一顿。

然而我还是打算再试一次，因为我发现了一个新的方法。那是我从外公买给我的小纸片上发现的，我看见那个纸片上的雷神是一只手拿着锤子、一只手拿着凿子的，而且还有一道闪电从凿子的尖端射出来，我想如果我把锤子和凿子找出来，从窗格子里扔进去给外公的话，外公或许就能发出他那吓人的闪电和雷声，轻易地挣脱那条锁住他的铁链。我知道外公的锤子和凿子是放在他床下的一个铁盒子里，我把它们取出来，锤子和凿子都是铁做的，锤子有一个油黄的木柄，非常沉，我把它们装在一个画着红太阳的布口袋里，很费力地拎到场部去。我找了一个大太阳的中午去，那时大家都午睡了，我爬上窗台，把锤子和凿子从窗格子里塞了进去，我听到了铁器落在水泥地板上的脆响，然而外公并没有动，也没有看我，他趴伏在地上，仿佛就快死了。我一直等着他把锤子和凿子拾起来，但他始终都是那样地趴伏着，直到两点钟，有人到场部里来了，我只好从窗台上跳下来，一溜烟跑了。

又过了两天，还是没有什么动静。我觉得那锤子和凿子一定是没有用的，或许外公有专门的用来打雷的锤子和凿子，但是我并没有找到，我在家里疯狂地翻找，但是并没有找到别的锤子和凿子。外婆无可奈何地跟在我的身后收拾屋子，直到我绝望地瘫坐在地上。

深夜里下起了雨，很大，敲得屋瓦噼里啪啦乱响，我被惊醒了，迷茫地从床上坐起，随后我就听到了那一声霹雳，仿佛就响在我的耳边。这回连外婆也醒了，她以为我是害怕了，就搂着我，然而我挣脱了，从床上跳下来，赤着脚跑出去，推开门，站在屋檐下，望着不时被闪电照亮的天空。

雷声不断地响着，仿佛就在我们的头顶上滚过，在此之前，在外公被关在场部里的日子里，无论雨有多大，都是没有雷声的，然而这回雷声终于又重新响起了，闪电不断地撕裂天空，打在大地上。不知道什么时候，外婆也出来了，站在我的身后，和我一起望着天空，望着那些美丽而又残忍的闪电。终于雷声止息了，闪电也消失了，然而雨仍然很大。就在我和外婆都准备进到屋里去的时候，我突然听到了巨大的扑翅声，雨水打着旋扑过来了，随后他就出现在了屋檐下，缓慢地拍打着双翼，悬在空中，向我递出了锤子和凿子。他的眼睛里重又燃起青色的火焰，他的双翅上的羽毛是丰满的，就如同我第一次在松林里见到他时的样子。我接过了锤子和凿子，然后他又递给我一样东西，是一块黑色的小石头，我也接过来，然后他就缓缓地退着向外飞，雨水再一次扑过来，当我再睁开眼睛的时候，他已经消失了。

　　我转身，看到外婆，我想外婆一定也看到了我所看到的一切，但是她什么也没有说，就如同她以前早就经历过一样。

　　外婆告诉我，那块黑色的小石头，是雷公石，那是一块坚硬的黑色三角形小石头，放在阳光下会闪闪发光。

　　第二天一大早，就有人跑过来说场部里关着的那个怪物已经不见了，关怪物的牢房屋顶被劈开了，屋子里像被火烧过一样，场部院子中央那棵大梧桐树也被劈倒了，砸坏了几间房子，幸好因为是晚上，所以没有伤到人。我们都跑到场部去看，那里一片狼藉，空气里弥漫着淡淡的硫黄的气息。

　　第二天，外公就一瘸一拐地回来了，衣服破了，身上还有一股因为多日不洗澡而产生的臭味，但是精神还好。舅舅们把他离开的时候发生的事情告诉他，外公沉着脸，什么也没有说。

　　一直到那时为止，我都以为我的外公就是那个长着巨大翅膀有着青色皮肤的像鸟一样的雷神，然而有一天中午，我正在幼儿园教室的课桌上和别的小朋友们一起午睡的时候，突然听到外面传来几声尖利的类似鸟鸣的叫声，我悄悄爬起来，跨过小朋友们的身体，走出教室，原来外面已经刮起了风，乌云压在树顶上。从幼儿园院子中间的那棵高大的油梨树上再一次传来鸣叫声，我抬头看去，看到他隐身在油梨树浓绿的枝叶中，他看到我出来了，就从油梨树上跳下，蹲在院子中间，他的巨大双翼已经收起，露出瘦骨嶙峋的双肩，他摆了摆头，示意我爬到他的肩上去，我战战兢兢地爬上去，又害怕，又满怀着好奇，这时候我已经怀疑他其实并不是我的外公了，因为外公对我总是很严厉，决不会允许我坐在他的肩上。我搂紧他的脖子，问他："你不是我的外公，是吧？"他回过头来，眨了眨他巨大的鼓突的眼睛，似乎对我居然有这样的想法感到很奇怪。他点点头，又摇了摇脖子，好看看我抱紧了没有，接着他就从地上站起，并将收起在背上的巨大双翼缓缓张开。风猛地变大了，他仰起头，似乎在感受风的方向，他翅膀上的羽毛在风里轻快地翻动着，像一层层细浪，他慢慢地扑打双翼，突然向空中一跃，我就尖叫起来，拼命地抱住他的细细的脖子，因为我忽然感觉到我已经离开了大地，感觉到有什么东西在把我向他的身体上压去。我们斜着飞向天空，幼儿园的屋顶迅速地向下跌落，接着是我外公家的屋顶和厨房那红砖砌的烟囱——我总是通过它有没有冒烟来判断外婆究竟在不在家，接着我又看到了场部那方形的院子，然后，是我和外公去打鱼的那个小湖，还有似乎是无边无际的橙果地和从国道边一直延伸到天边的密密的松林，有很长的一阵我以为并不是我们在飞起而是大地在离我们而去……随后就是突然的黑暗——我们已经飞入了乌云之中，然而没过多久，他就带着我冲出了乌云，从黑暗里一下跃入了阳光之中。强烈的阳光灼得我睁不开眼，他似乎也并不喜欢阳光，迅速地转了个圈，又带着我俯冲入黑沉沉地正在不停地翻涌的云海中，我们一直不停地向下俯冲，我感觉不到我的身体的重量了，我觉得我仿佛是一个飘浮于云海之中的泡沫，随时都有可能被风裹挟着冲上天空，终于我们再一次冲出云层，看到了被乌云笼罩的苍绿色与土黄色间杂的大地。

他在午睡时间结束前把我送回了幼儿园，他降落在幼儿园的院子里，让我自己从他的肩上跳下，然后他就飞走了。我刚走进屋里没多久，雨就下下来了，雷声由远而近，隆隆滚过，闪电像蛇一样地蜿蜒于天空之上，我知道这一切都是他的杰作。

我一直以为外公回来之后就再也不会离开我们了，但是不久之后，又来了三个穿绿衣服的人，他们再一次把外公带走了，这一次的情况似乎比上一次的还要严重，因为上一次舅舅和阿姨们都还比较镇定，而这一次他们都慌张起来，在家里彻夜商议。我并不清楚他们究竟在说什么，只是不断地听到他们说"特务""反革命"之类的词。我知道什么是"特务"和"反革命"，他们都是坏人，在连环画里总是长得獐头鼠目尖嘴猴腮，可是外公怎么可能是"特务"和"反革命"呢？首先长得就不像嘛！第二天一早，大舅就穿得整整齐齐地出门去了，每次他穿成那样子就意味着他要到总场去办事，外婆昨晚上就已经准备了今天要带给外公的东西，有换洗的衣服和下饭用的咸菜和豆酱，大舅把这些东西都装在一个大纸箱里，又拎上一个半旧的上面有闪闪发光的天安门的人造革包，就出门了。

下午大舅回来了，脸色阴郁，看得出情况并不好，我听到他说"明天就要游街"，我一下子就紧张起来，因为之前已经有人到总场去游过街，二舅也带我去看过，因此我知道游街是怎么回事。那些被游街的人都是罪大恶极的反革命，他们都戴着丑陋的高帽子，脖子上还挂着大木牌子，上面写着他们的名字和他们所犯的罪，还画上了大大的红叉，我和二舅曾经愤怒地向这些被游街的坏人扔过石头，吐过口水。然而突然之间我的外公就变成了"特务"，变成了"反革命"，也要去游街，我一想到外公要被那些人扔石头、吐口水，就闷闷不乐。

第二天一早，大舅和二舅就出门去了，这一次他们穿的是劳动时穿的旧衣服，什么也没有带，下午他们回来的时候，身上的衣服被撕破了，脸上还带着伤，大舅说他们被人认出来了，被人说是"反革命的后代"，有人来推他们，还有人朝他们吐口水。当天晚上小舅带我去捉蟋蟀的时候，又跟人打了一架，因为有人说外公是"特务"，是"美帝的走狗"，小舅就跑上去打那个人，结果招来了群殴，小舅被打得差点儿回不了家。

我不知道应该怎么办，我坚信我的外公绝不可能是"特务"或"反革命"，更不可能是什么"美帝的走狗"，我想他一定是被冤枉的，要不然就是在为了革命事业牺牲自己，就像电影里那些地下党一样，他们都假装自己是国民党。但是周围的人，除了我的外婆和舅舅阿姨们之外，却全都坚信我的外公就是一个"特务"，他们不到我们的院子里来了，不得不经过我们家门口的时候都是一阵小跑，甚至于幼儿园里的小朋友也不跟我说话了，因为幼儿园里的阿姨都说我是"反革命的后代"，让大家当心我，不要让我做坏事。外婆听说了这件事之后，就不让我到幼儿园去了，原本不用去幼儿园一直都是我的梦想，然而现在虽然不用去幼儿园了，我却更郁闷了，因为即便在家里，也不会有人来跟我玩，我常常把屁股整个地塞进屋檐下的那个冰凉的大石臼里，看着院子里的番石榴树，一坐就是一整天。

然而没过几天，我就连番石榴树也不能看了，因为大舅把它砍了。大舅不仅把番石榴树砍了，他还把院子里的油梨树、石榴树什么的全给砍了，羊圈也拆了，羊们全都被牵到场部去了，鸽子笼也一样，那些鸽子们"咕咕"地叫着，被装在一个大笼子里带走了。虽然后来几天时间里还不断有鸽子又飞回来，但是每次都被大舅捉住再送回到场部去，外婆甚至连酸菜和豆酱都不做了，因为据说这一切全都是外公的"罪证"，特别是鸽子，因为外公就是用那些鸽子来向美帝传递情报的。

那天中午，当我坐在石臼里，面对着光秃秃的院子的时候，突然想到了那个雷神，我想他一定有办法能救出我的外公。但是我并不知道如何才能找到他，我想或许我可以到松林去——我就是在那里第一次见到他的，而且松林那里也很僻静，他出来见我应该也不会有人发现。于是我就向松林走去。那是一个安静的午后，阳光猛烈，然而我早已经习惯了在灼热的午后出门去玩了，我赤着脚走在沙土路上，那些沙子被太阳晒得滚烫，轻轻地硌着我的脚板，非常地舒服。

走到了松林后，我却仍然不知道应该怎么办，因为我甚至都不知道他的名字，于是我就喊："喂——！喂——！"我喊了很久，松林里仍然是安静的，但我不死心，一边在松林里乱转着，一边继续喊："喂——！喂——！"我不知道自己究竟转了有多久，突然发现自己已经转到了一个陌生的地方，虽然我以前来过这片松林很多次，但是我从来都没有来过这里。我停止了喊叫，一边好奇地张望着，一边小心翼翼地往前走，突然间松林不见了，我看到一大片草地，这草地中间是凹下去的，明显这里原来是一个小湖，后来干涸了，就变成了草地，我看到草地中间有一只黑羊正在吃草，我认出它来，它是外公养的羊，名叫"大黑"，不知怎么回事它竟然没有被送到场部去而独自留在了这里。大黑看到我，就停止吃草，向我走来，它走到我面前，突然立起来，并且说起话来，它说道："你是来找阿杌的吗？"我被羊说人话这事情给吓蒙了，一下子没有反应过来，呆呆地立在那里，好一会儿我才问道："阿杌是谁？"我还以为大黑说的是另外一只羊呢，但是我的印象中外公养的羊并没有叫"阿杌"的。大黑说："阿杌就是那个带你飞到天上去玩的雷公。"我急忙点点头，大黑就说："那你把他给你的那块雷公石给我，我去叫他下来。"我急忙从口袋里把雷公石掏出来递给它——我一直都把雷公石带在身边，大黑用嘴叼住雷公石，把前脚放下来，然后就一跳一跳地往天上跳去，仿佛有一个无形的台阶砌在那里，它越跳越高，终于跳进了一朵白云里，再也看不见了。

我无聊地在草地上转起圈来，突然想起这片草地一定就是外公平常来放羊的草地，以前在我的想象中，这里应该非常大，是一片广袤的草原，然而现在这片草地的大小距离我的想象非常遥远——它大概只有两个足球场那么大，甚至可能还不到，不过这里也足够外公来放羊了，这里的草比外面的草要绿一些，也要肥嫩一些，以前这里必定不时有羊"咩咩"地叫，然而现在这里却是安静的，甚至连风声也没有。

我叼了一根草叶，在草地上躺下，不知不觉就睡着了，直到我感觉到有一个巨大的阴影立在了我的面前才猛然醒来，他——也就是大黑所说的阿杌，已经来了。他仍然是不穿衣服的，但是这回腰上系了一根草绳，草绳上挂着一个石锤和一个石凿子, 他蹲下来, 让我像上次一样爬到他的肩膀上, 我说: "起飞, 去救外公。" 他就缓缓地拍动翅膀飞起来了, 我又说: "你的锤子和凿子比我外公的差远了。" 他就摸了摸腰上, 点了点头——他真是一个老实的雷神。

我们沿着国道向总场飞去, 总场离团结分场大概有二十多公里, 阿杌一边飞着, 乌云就一边在他的身后聚集, 仿佛乌云是随着我们一起向总场扩张的, 风在他的翅尖上呼啸, 刮得我的脸生痛, 我的眼泪都被吹出来了, 就把头埋在他的头顶上, 直到他缓缓地降落在总场办公楼的楼顶上, 我才把头抬起。阿杌立在总场办公楼那根粗粗的避雷针的尖端上, 从这里可以看见整个总场, 在中心广场上有一座用竹子和木头搭起来的台子, 上面立着许多红旗, 台下聚集着的人少说也有几千, 我想那里应该就是他们批斗外公的地方。

这时候乌云已经整个地笼罩了总场的上空, 风猛烈地刮着, 把台子上的红旗吹倒了, 聚集在台子下的人群开始四散去躲雨, 但台子上的人并没有离开。我听到有人用喇叭高喊: "不能离开, 我们一定要将革命坚持到底, 争取最后的胜利! " 但是没有人听他的, 大家还是在散去。

阿杌从腰上解下石锤和石凿子, 握在手中, 再一次飞上了天空, 他直直地飞入乌云之中, 在乌云里盘旋着, 突然我感到全身剧烈地一震, 一道闪电已经从他的手中放出, 那闪电是如此之亮, 以至于我的眼睛里除了一大片白亮的光什么也没有看到, 随后我就听到了巨大的雷声从我们身边向四周滚去, 这是闪电扰动了乌云激起的响声, 它比我以前听到过的任何雷声都更雄浑, 也更可怕。

我真的害怕极了, 只好紧紧地抱着阿杌的脖子, 把头埋在他的头顶上, 把眼睛紧紧地闭上。即便如此, 当阿杌最终把我放在外公家的院子里的时候, 我的眼中仍满是白光, 耳里也仍然是雷声隆隆。

外公第二天就回来了, 他把我绑在长椅上狠狠地打了一顿, 外婆以前在外公打我的时候总是出来护着我的, 但是这一次甚至连她也不管我了, 后来我终于知道了外公为什么要打我, 因为在那一天的批斗大会上, 在那场雷雨中, 站在台上的总共有二十五个人, 其中十个是被批斗的人, 另外十五个则是批斗别人的革命小将, 这十五个革命小将全部被雷劈死了, 而那十个被批斗的人却毫发无损。后来外公再没有被带到总场去, 他继续养猪, 人们小心翼翼地对待我们, 既不过分接近，也决不得罪我们。

后来我再也没有见过阿杌，也没有见过那只名叫"大黑"的黑羊，外公也再也没有养过羊和鸽子。我们离开了团结，外公渐渐老去，但是身体一直都很壮健，到他七十多岁的时候，他还经常用冷水洗澡，他穿着大大的短裤，站在水泥铺地的天井里，把一桶一桶的冷水从头下浇下去，但是到八十岁的时候，他就真的衰老下去了，他渐渐长出了肚腩和老人斑，耳朵越来越大，耳垂越来越长，鼻孔也逐渐张大，露出里面白色的鼻毛，但他仍然自己上街买菜，当他不满意外婆做的菜的时候，他仍然会自己做菜，他这样子一直保持到九十岁，有一次买菜的时候他摔倒了，跌断了右边的股骨，他去南宁做了接骨手术，在床上躺了半年，终于站起来了，但这时他已经不能自己上街买菜了，他逐渐地不再出门，最多只是拄着拐杖在门前转一转。他订了《参考消息》，每天最重要的工作就是等待邮递员把报纸送来，然后一版一版认真地看，他始终都不用老花眼镜，虽然随着年龄的增大他的耳朵越来越聋，以至于到最后我们跟他说话都必须喊着才行。

到九十六岁的时候，他再一次摔了一跤，这回跌断的是左边的股骨，他仍然去南宁做了接骨手术，这一次要好一些，因为麻醉药有了进步，手术不像前几年那样痛苦，他在床上躺了半年，竟然又一次站了起来，不过走路也比以前更困难了，他几乎不再出门，只在有太阳的时候坐在院子里晒太阳看报纸，他虽然在不断地变老，但我们一直以为他将永远地活下去，至少，也要活过一百岁。

然而他终于还是没有活到一百岁，在九十九岁生日前大概一个月，他死了。孩子、孙子还有曾孙子们全都回来，我们送他到火葬场去，火葬场在县城边上的一片松林里，有一条只容一辆车的水泥路穿过松林，通往那里。

一切都结束了之后，我们沿着水泥路往回走，车子在松林外等着我们，然而忽然下起了雨，我们就拼命地跑，想在雨下大前赶到车里去，就在我跟着他们向松林外跑的时候，忽然看见有一个长长的红色怪物正盘在松林里的一棵老松上，我忽然想起很久以前外公帮我用渔网捕到的那尾红鲤鱼，现在这红色怪物又回来了，现在我已经能够确定它是一条虬龙，我没有告诉别人，独自向那虬龙跑去，它看见我来了，就蜿蜒着在松林里飞起来，但飞得并不快，我知道它必定是在引着我去一个什么地方，就跟在它的后面走，我不知道我究竟在松林里走了有多久，大雨早已经把我浇得湿透，但我却完全忘了下雨这回事，我们终于在松林间的一块草地前停了下来，我看到一个神奇的景象：在草地中间，正盘着一条巨大的龙，但也不完全是龙，因为他的头并不是龙的样子——是的，他是我的外公，他正在用巨大的龙爪弹动他的肚子，于是响起了雷声，隆隆隆隆隆……"阿公！"我拼命地在雷声里喊，希望他能听到，能看我一眼，"阿公！"但他没有，他开始向天上伸展他的身子，并且缓缓地飞起来，一边飞着，一边还弹着自己的肚子，于是雷声不断地响起，充塞了天地，仿佛无穷无尽，仿佛来自远古。

后来我看《山海经》，才知道我的外公真的是一个雷神，而且还是最早的一种雷神。《山海经》里说："雷泽中有雷神，龙身人头，鼓其腹则雷。"但是我不知道外公为什么会来到人间，也不知道他为什么会像一个普通的人那样生活了一辈子，我把这些事情写在这里，以纪念我的外公，并希望他在天上比在人间要幸福。

2009 年 7 月 30 日

夜　叉

　　我出生后不久，我父母就把我送去了外婆家，一直到我六岁，即将要读一年级了，他们才把我要回来。

　　那时家里已多了一个妹妹，她比我小一岁半，她一直就在我父母的身边，她与我不同，她是我父母的宝贝。

　　我的家简直可以说就是建在荒野上，从后门出去，便是深深的草莽，我每天去上学，都要越过一道三四米宽的小溪，爬上一道几十米长的坡路，坡上铺满了圆鼓鼓的白石，夏天赤脚踩上去滚烫，坡两边是青得发黑的茅草，茅草后面是大片的木薯地，爬上山坡，还要经过一段几百米长的山路，路在松林里蜿蜒，我就是从那时开始体会到了寂静，体会到书包拍在自己屁股上的"啪啪"的声响是多么地可怕，体会到自己被自己的脚步声吓得半死是什么感觉。

　　家里曾经抓到过一条蛇。那条蛇蜷伏在厨房后面放木柴的窝棚里，把正在做饭的妈妈吓得半死。爸爸冲过来用扁担把蛇打死了。那条蛇很大，有我的手臂那么粗，好几米长。他们做了一锅美美的蛇汤，但我没有吃。

　　厨房很低很矮，被灶火熏得黑黑的。家里还有一个天井，天井里靠近墙壁的地方有个水槽，水槽上有个水龙头。水槽是用砖块和水泥砌成的，上面爬满青苔，

在夏天的夜晚，有时我从床上爬起来小便，可以看到潮湿的蛞蝓在水龙头后面的墙壁上缓慢地蠕动，并留下一道道银白的湿痕。

那是一个夏天的夜晚，我们在厨房的一张矮木桌上吃饭。四个人都坐在矮板凳上，围着桌子，头上是昏黄的灯泡，黑的灯影映在房梁上，微微晃动。突然，从灯影里探出一只手，手很大，青色的、筋骨盘结的手臂上长满长毛，指节粗粗的，指甲又尖又长，一个尖细的声音哀求道："给我一块肉吃吧！给我一块肉吃吧！"

妹妹吓得跳进了妈妈怀里。我抬头向上望，但灯影里黑黑的，什么也没有，那只手好像是从虚空里生出来的，但那声音仍在喊："给我一块肉吃吧！给我一块肉吃吧！"爸爸夹了一块肉，扔进那只手里。手缩了回去，我们听到咬嚼东西的声音，很快，那只手又探了下来，尖细的声音道："真好吃啊！好久没吃过这么好吃的东西啦！再给一块吧！"

你知道，那时我们要吃上肉也并不容易，爸爸坚决地不再给了。"没有肉了，你快滚出去！"爸爸怒气冲冲地说。怪物似乎有些怕爸爸，于是大手转而向妈妈伸去。"给我一块肉吃吧！给我一块肉吃吧！"那声音说。妈妈抱紧妹妹，拼命地摇着头。

妹妹终于吓得哭出声来，可是怪物仍在不停地喊："给我一块肉吃吧！给我一块肉吃吧！"爸爸站起身，从门后面抽出扁担，朝灯影里捅去。灯影里传出一声尖叫，一大团青色的东西从黑暗里蹿了出来，紧贴着墙壁冲进天井，转眼消失了。

爸爸说："门窗都关得紧紧的，它一定是从天井里进来的！"我们都默不作声，妹妹也慢慢停止了哭泣，我们继续吃饭，但已没什么胃口了。

第二天吃晚饭的时候，爸爸让我们像往常那样在桌子边坐下，他自己拿着扁担等在天井里。果然，不久之后，那怪物又出现了，它贴着屋瓦无声无息地滑下来，爸爸不等它落地，就挥起扁担没头没脑地砸过去，怪物"唧唧"地尖叫，缩在水槽里，爸爸冲过去，照着它连打了十几下，怪物尖声地叫着，求爸爸饶了他。爸爸收起了扁担，说："如果你还敢来，我就把你打成肉酱。"怪物慢慢爬起来，跃上墙头，它的身躯非常大，大概是常人的三倍，它在墙头上瑟缩着身子，看了我一眼，轻轻一跃，就消失在了夜色中。

后来，怪物确实没有再来打扰我们了，但是我却常常在我家门外的海红豆树上看到它的身影。那些树已经很老了，青色的树干上布满丑陋的树瘤，树冠在很低的地方就开始铺展，暗绿色的、细长的叶片冬天也不凋谢，春天它们开出满树黄色小花，结出长长的豆荚，到了夏天，豆荚裂开了，于是里面的朱红豆粒落得满地都是。怪物常常是蹲坐在树干上，它上身赤裸，下身只穿一条肥肥大大的皮裤衩，即便冬天也是如此。有时它只是看着我走出家门，有时它会一直跟着我，它跑起来轻捷而迅疾，好像它的身体并没有重量，它在松树与松树之间跳跃，不发出一丝声响，简直像是一团青色的雾。

而我孤独又寂寞，我没有朋友，也很少和家人说话，我觉得我是把我自己关在了我的身体里，我安静而敏感，即使是在学校被人欺负了，我也只是在夜里躲在床上默默地哭泣，而决不会把我的委曲告诉我的父母或别的什么人。

不久之后的一天，我在放学回家的路上，遇上了一场暴雨。那是中午，起初天气非常的晴朗，但是在我走出校门之后，乌云从山的背后涌了过来。我看见白茫茫的雨雾笼罩了远山，就拼命地往回跑，但雨像一大群白鸟一样飞了过来，吞食着金色的阳光，我知道无论我跑得多快，都不可能比雨更快。我只好钻进松林里，指望着在那儿避一下，等雨过了再回去。

我在松树下躲了很久，但雨不但没有要停的意思，反而愈来愈大，还刮起了风，闪电似乎就在我的耳边炸响，我的衣服全湿透了，我知道继续躲下去已没有意义，就把鞋脱下拎在手上，从松林里冲了出来。我害怕极了，闪电好像在追着我，这场暴雨仿佛只为我一个人而下。坡路上的白石被雨水冲洗得异常光滑，我跌了好几跤才来到溪边，但溪水已经涨起来了，我原先踩着过溪的那几块石头早已不见了踪影，我不得不向下游走几十米，那儿有一座独木桥。

从松林里冲出来之后，我就发现怪物一直在跟着我。它一忽儿在我身后，一忽儿又跑到我身前，它的身体好像真的变成了一团青雾，雨水穿过它生满长毛的手臂、胸膛、脚……穿过它短而鬈曲的绿发，就像它并不存在。

怪物发现我要过独木桥之后，叫了起来，我一时听不太懂它究竟叫的什么，它的声音尖细，仿佛它是一只巨大的麻雀。我凭着记忆找到了那座独木桥，它已被淹没在水下，我小心翼翼地伸出脚去，一点一点试探着，桥有些滑，水流又非常湍急，我怕得浑身打战。怪物在小溪对岸跳着脚喊，那会儿，我终于听懂它究竟喊的什么了，它叫我不要走独木桥，它可以背我过去。可是，就这么一分神，我摔下桥去，溪水把我向下游冲去，我哭喊起来，我的鞋子早已不知被扔到哪儿去了，我胡乱地挥着双手，想抓住岸上的什么东西，但却什么也抓不到，突然，一只大手伸过来，把我从水里拎起，放在岸上。

我搂着肩膀，发着抖，看了怪物一眼，就向家里跑去。爸爸撑着伞，拿着雨衣出来接我，我甩去他披在我身上的雨衣，攥着拳头往回走，他跟在我身后，为我撑伞，雨依旧大得吓人，把雨伞砸得"啪啪"直响，我根本听不到爸爸的脚步声。

怪物和我成了朋友。它说它是夜叉，我问夜叉是什么，它说夜叉什么也不是，夜叉就是怪物。

它有时候会背我去上学，在溪水、木薯地和松林之上奔跑，比风还快。我上课的时候，它就坐在屋脊上，一下课我就从教室里跑出来，我和坐在屋脊上的它大声说话。班里有一个同学叫张伟的，以前总喜欢捏我的脸蛋欺负我，我就叫夜叉把张伟拎起来放在高高的树梢上，张伟吓得大哭，还尿了裤子。从此以后，再也没有人敢欺负我了，当然也没有人敢接近我，不过反正我并不在乎。

我把家里煮熟的肉偷出来给夜叉吃，而夜叉则带着我去偷红薯和西瓜。下午放学时，我们就在路边的红薯地里随便挖出几块红薯，又在野地上挖了个土窑，在那儿把红薯烤得又焦又香，"嗞嗞"地咧着嘴吃。填饱了肚子以后，我们一直坐到天黑，然后夜叉就带着我去偷潘鱼生的西瓜，潘鱼生总是醉醺醺的，他的瓜也小，又多是白瓤，却很甜。我们把潘鱼生的瓜地弄得乱七八糟的，潘鱼生却很少发现我们，有几次他听到了声音，冲出来，但夜叉早已背起我跑出了老远，潘鱼生一直以为是来了野猪。我们远远地看着潘鱼生站在地头瞎嚷，就捧着肚子笑，夜叉笑起来"啾啾啾"的，就像鸟在叫。

松林深处有一个小湖，每年春天，那儿都会飞来一大群白鸟，夜叉带着我去掏它们的蛋。白鸟把窝搭在岸边的苇丛里，夜叉和我总是在中午大摇大摆地冲进去，我们手脚麻利，拼命地从鸟窝里掏蛋，我是把蛋装在衣兜里，夜叉则是把蛋扔进它的大裤衩里。很快正在抱窝的白鸟就会发现我们，它们冲上半空"嘎嘎"地呼叫它们的伙伴，这时夜叉就会闪电般跃过来把我抱起，甩开大脚冲过清可见底的湖面，钻入松林中。大群的白鸟跟在我们后面，"呼啦啦"的鼓翅声震耳欲聋，我好像都能闻到它们身上的气味，那是一种唯有生活在荒野上的鸟类才有的气味，只要一想起这种气味，我就会想，要是我也能像它们那样，不用上课，每天在湖水上飞翔，那该多好。

鸟蛋很好吃，清甜里带着淡淡的苦腥，但夜叉不让我去得太多，它说如果去得太多了，白鸟明年就不会来了。它说的是对的。

好日子没能持续多久。一个星期天的早晨，我还躺在床上，班主任突然来家访了。他对我爸爸说，我最近老是和一个怪物在一起，经常逃学，成绩也下降得很厉害。

班主任走了以后，爸爸脱下皮带，把我从床上拖下来要打我。妈妈听到声响冲进房间里来，抱住爸爸的手不让打，妹妹"哇哇"地哭起来，我只穿着背心短裤，赤着脚，跑到门外，大声地说："你们只爱妹妹，不爱我，你们不是我的爸爸妈妈！"

爸爸和妈妈愣了愣，爸爸先回过神来，大声地骂："你这野小子，看我不抽死你！"他甩开妈妈，一边喊一边冲过来，我转身就跑。爸爸的一只手得一直提着裤子，根本就跑不快，追不上我。我听见妈妈在责怪爸爸，爸爸在辩解着什么。我拼命地跑，很快就越过了小溪，向山坡上冲去。妈妈在后面追着，喊着我的名字，我回了一下头，没停下，冲进了松林里。

夜叉在那儿等着我，它把我抱起来，跳到松树上，我和它并排坐在树枝上，它递给我一粒鸟蛋，我敲开一个小口，嚷了起来，浑身都在打战。

妈妈追到了树下，她喊我，她说是爸爸和妈妈不好，她说他们一直都是爱我的，和他们爱妹妹一样爱。

我坐在树上，发着抖，不理她。妈妈哭起来，她说你下来好不好，和妈妈回去，爸爸再也不会打你了。但我仍然不理她，后来她又说，你下来让妈妈抱抱，就让妈妈抱抱，妈妈不要你回去了，就想抱抱你。我犹豫了一阵，但我看她哭得很厉害，有些心软了，就从树上爬下来。妈妈走过来，把我紧紧地抱在怀里，我从来没有让

她这样抱过，因为我根本就不让他们抱我。

"快放手！"我说。可妈妈不放手，"和妈妈回去！"她说。"不要！"我拼命地挣着，妈妈挣不过我，我把她推开，跳过一边。"我不会回去了！"我说。我爬上树，跳到夜叉的背上。"快走！带我走！"我说。夜叉轻轻一跃，就跳到了另一棵松树上，松针尖尖的、绿绿的，在我眼前晃着，我听见妈妈在嘶哑地喊着我的名字，我把头抵在夜叉的肩上，哭了。

夜里我听到许多人在山上找我，他们举着火把，喊着我的名字。"你应该回去，"夜叉对我说，"他们是你的爸爸妈妈！"

我也有些想回去了，穿着背心短裤在山里过夜并不好受。我从树上溜下来，装着是被他们发现的样子。爸爸没有打我，也没有再提逃学的事，一切都像是从未发生过一样。但我明显地感到他们在我和妹妹之间搞公平，为妹妹买了一件新衣服，就一定也要为我买一件，给妹妹留下了什么好吃的，也一定要为我留下相同的一份，爸爸也不再老说要打我，有时我考试考得不好，他不但不骂我，反倒责怪老师教得不好，有时我都觉得好笑，觉得他们简直像是有些怕我的样子。

但我也不再像以前那样老是逃学了，班主任也没再上我们家来。我仍然每天和夜叉在一起玩，它总是有许多新花样，它教我用松紧带弹射蜻蜓和壁虎，教我捉蚂蚱折下它们的大腿再把它们放跑，教我在干涸的水塘里挖河蚌，教我从泥洞里拖出黄而大的老鲶鱼，为了报答它，我不时地把家里的肉偷出来给它吃，它喜欢吃妈妈煮的肉，它说妈妈煮的肉好吃，如果我没有肉给它，它就只好吃生鱼和鸟蛋，有时也吃河蚌。

爸爸不太管我们，只要我不逃学，成绩还过得去，他就让我和夜叉在一起。但我知道他决不会允许我带夜叉回家，也决不会允许我把家里的肉偷出来给夜叉吃。

有一天中午，我从菜橱里拿肉的时候，被妹妹碰上了。这个"告状精"立刻跑去告诉爸爸，爸爸黑着脸问我为什么要偷菜橱里的肉，我自然不说。但即便我不说，爸爸也猜得出来我为什么偷肉。他揪住我，把我拖进房间里，扔在床上，用皮带抽我的屁股，"叫你偷东西！叫你偷东西！"他一边抽一边骂着。妈妈只能在门外哭喊,爸爸把门反锁了,她进不来。

爸爸打够了,把我关在屋里,不让我上学,叫我"反省反省",但我把窗格子撬弯,从窗口钻了出去。

我想我恨死他们了。夜叉站在松林里等我,"你真的很恨他们?"它问我。我说:"我恨死他们了,最好他们全都死去,就剩下我一个人才好!"它把我举起来,举到它的眼前,轻声笑着,说:"我可以帮你!"我突然发现它的眼睛原来是赤红的,嘴角上还生着四颗獠牙。"你怎么帮我呢?你连我爸爸都打不过!""我可以带你去找别的夜叉,它们比我厉害得多,"夜叉把笑容收起,郑重地说,"不过你不要后悔!""我不后悔。"我说。

于是夜叉把我放在背上,向松林深处跑去。金黄的阳光开始还斜斜地照进松林里,但很快太阳就落了下去,暮色像雾一样地从地下升起,我们跑到湖边的时候,天已黑透了,月亮悬在湖对岸的松树梢上,就像一粒大得出奇的白色药丸。

夜叉背着我跳入水中,水面"呼啦"一声破开了,我们向深处潜去,奇怪的是我并不觉得气闷,似乎我在水里仍然能够呼吸。

我们潜得很深,我从未想到这个小湖居然能有这么深。四周漆黑一片,清冷的湖水滑过我的皮肤,让我知道我们一直在前进。忽然,远处亮起了一个白点,又游近些,看得出原来是两盏灯,灯光白亮,擎着灯的居然是两只螃蟹,一个雪白的怪物睡在一块大青石上,它的身躯比夜叉小多了,蜷在青石上,似乎只是一个婴儿。

"大哥!大哥!"夜叉低声地叫着。那个雪白的小怪物翻了个身,又继续睡。夜叉把嘴凑近了些,喊道:"大哥醒醒,小弟有事相求!"小怪物伸了个懒腰,从大青石上坐起,嘟哝着道:"有什么要紧事,才让我睡了一百年,又来喊我了!"

夜叉弯下腰,对着小怪物媚笑道:"这个小兄弟有事相求!"小怪物看了看我,道:"又是想让我把他的父母吃了吗?我还没饿哪!"

夜叉道:"请大哥帮帮忙,他是我的好朋友,经常偷肉给我吃,是很讲义气的!"

小怪物瞟了我一眼,道:"既然如此,我就跑一趟,下回没什么事不要叫我,也让我好好地睡上一觉再说。"夜叉急忙道:"是,小弟没什么事,也不敢唤醒大哥。"小怪物站起身,道:"嗯,你把你的朋友拉开些!"

夜叉赶紧拉住我的手,转身往水面上游去,远远地听到小怪物在下面喊:"可以了吗?"夜叉便哑着声应道:"还没,请大哥稍等片刻!"我们像箭一样冲出了水面,夜叉背着我在水上狂奔,跃上了岸,又跑出几百米远,在一棵松树上站定,夜叉才放声喊道:"请大哥动身!"

片刻的寂静之后,小湖的中心"汩汩"地涌出了巨浪,巨浪向四周翻涌,愈来愈急,愈来愈高,冲上了湖岸,银白的湖水直涌到我们所站立的松树之下,才缓缓止息。忽然一声天崩地裂的巨响,小怪物从湖底冲了出来,带着一阵雷鸣,往我家的方向飞去了。

我忽然有些害怕,它真的会把我的爸爸妈妈还有我的妹妹吃掉吗?假如他们都没有了,我该怎么办呢?我忽然想起以后洗澡再也没人先为我放好洗澡水了,就有些伤心起来。

"走吧!"夜叉说,"我送你回家。"

家里似乎还是老样子,灯亮着,电视也开着,是《铁臂阿童木》。我走进去,但椅子上没有人,平时总是妹妹坐在那儿看电视,而爸爸则坐在茶几旁看报纸。我继续往里走,妈妈也不在,她本应是在水槽边洗衣服的。"妈妈!"我喊了一声,没有人应,家里出奇地静。

我走进厨房,饭菜都放在锅里,已经冷了。我重新把锅盖盖上,又走回去,打开房间里的灯,"妹妹!"我喊,可房间里也没有人,妹妹的娃娃扔在床上,眼睛闭着,长长的睫毛垂下来。

他们不会真的被小怪物吃掉了吧?我越想越怕,不会的,这世界上怎么会有这种事,再说,那小怪物那么小,怎么可能一下把他们都吃下去呢?

我走回厨房,揭开锅盖,看看锅里的菜,我想他们一定是看我逃出去了,都出去找我了。我从灶旁摸出些小木柴,把灶火生起,不管他们,先吃了饭再说。

红红的火燃起来,"滋滋啦啦"地响,灶下堆着的木柴已经没了,靠那几根小木柴热不了那些饭菜,我推开后门,想去抱几根大柴火进来。

月亮还是挂在树梢上,似乎时间并没有过去多久,月光洒下来,地上像起了一层霜。我伸手从柴堆上拿下几根干柴抱在怀里,正想进屋去,脚下忽然踢到了什么东西。我低头去看，是一堆白白的骨头，一股血腥气直涌入我的脑门，我的脑海里有瞬间是空白的，但很快我就明白了，这是爸爸妈妈和妹妹的骨头，那个小怪物真的把他们吃掉了。我像被闪电击中了一样，呆呆地站在那儿，木柴掉下来，砸在我的脚上，我都不知道疼。

我疯了一样地向松林跑去，我越过草地，跳过小溪，一边跑就一边"呜呜"地哭，我从来没想过有一天我真的会失去他们，也从来没想过当我真的失去他们了，我会这么伤心。

夜叉站在那铺满白石的山坡上。我冲上去，哭叫着："你这个坏蛋！快还我爸爸妈妈，快还我妹妹！"

夜叉冷冷地笑着，道："你不是说你不会后悔吗？"我才不管它说的什么，只是拼命地哭叫着："快还我爸爸妈妈，快还我妹妹！"

夜叉跳开来，说："你已经用不着我了！"它转身向坡顶上跑去，我哭喊着追它，可它跑得太快了，我根本就追不上。夜叉跑上坡顶，冲进松林里，又跳到一棵松树上，它站在那儿，月亮又大又白，悬在它的背后，它大声地喊："你已经用不着我了！"然后它"啾啾"地笑着，就像鸟在叫，突然他一转身，就不见了踪影。

只有月亮仍是挂在那儿，天空瓦蓝瓦蓝的，真的很美。

我在坡上哭啊！哭啊！哭到嗓子都哑了，再也哭不出来了，月亮还是老挂在那儿，一动也不动。我想，我还是回去吧！最好还是先把爸爸妈妈还有妹妹埋起来，我就往回走。

家里似乎还是老样子，灯亮着，电视也开着，是《铁臂阿童木》。我走进去，妹妹坐在椅子上，看见我进来，就大声地喊："妈妈，哥哥回来了！"爸爸坐在茶几旁，目光抬起，瞄了我一眼，又继续看报纸，似乎什么也不曾发生过。我走进去，妈妈正在水槽边洗衣服，她看见我进来了，就站起身，在围裙上擦着手，走过来，说："跑去哪里了？饭菜在锅里，都冷了，要热过了才能吃。"

她看见我脸上的泪痕，就蹲下来，说："怎么又哭了，跟人打架了吗？"她抬起手，要替我擦泪，我退了一步，终究还是定住了，她轻轻地擦去我脸颊上的泪，说："火都熄了，还得重新起火。"我低声说："我来吧！"就向厨房里走去，妈妈说："你出去抱几根柴火进来好啦，我来起火。"我推开后门，月亮还是挂在树梢上，月光洒下来，地上像起了一层霜。我伸手从柴堆上拿下几根干柴抱在怀里，低头看了看，地上什么也没有。

妈妈在里面喊着："不要一下抱太多，小心砸了脚。"我"嗯"了一声，"嘿嘿"地笑起来，突然鼻子一酸，眼泪也跟着涌了下来。

多年以后，我们从那个几近荒野的地方搬走了，而那儿现在也已不再是荒野：建起了许多房子，野草没有了，小溪干涸了，松林虽然还在，但每当我经过那儿，总是无法相信那片松林原来是如此之小，而松林里的那个小湖也不过是一个小水塘罢了，只有那几棵海红豆树，依然立在那儿，也依然是如此地葱郁而苍老。

有一天，我经过那儿，看见一个又黑又瘦的小孩坐在海红豆树的树枝上，我还听到从小孩的身旁，传来一种"啾啾啾"的笑声，就像鸟在叫，我浑身一颤，抬头望去，但小孩的身边什么也没有。

我知道我再也看不到它了，我知道它此刻正蹲在树枝上，俯视着我，它伟岸的身躯是青色的，它咧着嘴笑，露出四颗雪白的獠牙，它的眼珠是赤红的，像两团火苗，像两团小小的火苗，它们正在燃烧，热烈而隐秘。

2004 年 2 月 21 日

蛙之歌

　　很多年以前，我在一个乡镇中学里当语文老师，同时还是班主任。

　　我并不是一个好老师，学生们总是说我说话太快，声音也不够响亮，坐在后排的人常常听不清我说的什么，我不得不尽力克服这些缺点。我尤其不是一个好的班主任，我任班主任的那个班，成绩是最差的，纪律是最乱的，课桌椅没几张是完好的，参加文体活动总是最后一名，到现在我都还觉得我对不起他们。我想他们跟我在一起的时候决不会感到自豪，唯一让我感到安慰的是，很久之后，我的学生们来找我，他们并没有因为我的不称职而责怪我。

　　做班主任是一件辛苦的事，你必须每天早上五点半就起床，等在操场上，监督学生们做早操，然后匆匆忙忙吃过早饭，再在八点钟之前到教室里去监督学生们早读。早上我一般有两节课，有时是四节课，中午经常不能午睡，因为总有学生为了各种千奇百怪的事情来找我，下午我一般都没有课，可以用这段时间改作业备课什么的，但有时也会有班会或者大扫除的任务，然后晚上还有两节晚自习，也要不断地到班里去看。没老师巡察，这些学生马上就会闹翻天，我曾经发现他们在晚自习时玩飞刀，还有偷偷摸摸在角落里抽烟的。

　　学生们的宿舍是用旧教室改造的，二十多张上下铺的木床，把宿舍挤得满满的，因为害怕小偷进来，窗户全都用木条钉死了。女生宿舍要好些，男生宿舍条件就极是恶劣了：地上总是湿的，半干的衣服挂在床与床的缝隙间，空气污浊沉闷，光线阴暗，我根本没有办法在里面多待，而他们却必须在这样的宿舍里至少住上三年。

我至今还记得一些学生的名字，如果要一个一个地查出来，或许也能做到，因为他们其中的许多人曾经把他们的生活费——一个星期几块钱罢了——交给我保管。我有一个专门的笔记本为他们记着账，而那个笔记本现在我还保存着。

我任班主任那个班的班长叫曾建，是个男生，我都已经忘了他究竟是怎么当上班长的了，似乎一开始是我安排的，后来重选的时候，他也并没有被选下去。他住在镇里，父亲还是副镇长，家境比别的同学好一些，见的世面也多一些，我当时安排他当班长，也是很自然的事。

曾建是一个瘦瘦的、白白净净的小男生，他这种白净在这个学校里显得格外突兀，因为大部分学生回到家里都是要做农活的，总是晒得一身黑。曾建的成绩并不十分好，但我安排下去的事情他总是能格外认真地完成。他有一个小缺点，就是爱打小报告，但这也算不上什么，所以在我任班主任的时候，一直也没有换掉他。

潘明的事情，就是曾建偷偷告诉我的。曾建因为家在镇里，所以并没有住在学校里，这件事情一定也是别人告诉他然后他再过来告诉我的。那时已经下晚自习了，我回到我的单身宿舍里，正坐在破桌子前改作业，外面传来学生们骑自行车回家时发出的嘈杂的声音，隔壁女生宿舍里女生们在叽叽喳喳地说着话——她们说的是土话，我一句也听不懂。

我听到轻轻的、谨慎的敲门声，我说："进来。"

那扇门掩得有些紧，外面的人轻推了一下没推开，我便走过去把门打开，是曾建在外面。我把他让进来，他并不坐，显得有些紧张："老师，我想跟你说件事。"

我说："说吧，什么事啊？"

他小声地说："我听说潘明每天晚上熄灯了以后还跑出去，不知道干什么。"

我"哦"了一声，说知道了，笑着让他早点回家。

他鞠了一躬，转身出去了。他的自行车停在门外，是一辆二十八寸的老旧的自行车，显然是他爸爸以前骑的，曾建这样瘦小的个子骑在这辆车上颇有些可笑。

十点半熄灯了之后，我就拿上烟和打火机到篮球场上守着。学生的宿舍是几排平房，把篮球场围了半个圈，另半圈住的是老师，我老远地坐在球场的水泥看台上，点上烟，等着潘明出来。

大概十一点钟的时候，男生宿舍里果然钻出一个小个子，我把烟踩灭了，从篮球场边上小跑着绕过去。那个小个子已经上了坡，向学校后门走去了，我跑到后门边的时候，他正准备要翻墙出去。后门只是小小的一扇门，平常都是不开的，出去是一座石头山，山下有池塘，没有人住，很是荒凉，这扇门只有学生上劳动课需要到山上去的时候，才会打开一小会儿。

我吼了一声："潘明！"

那个身影停住了，我走过去一看，果然是潘明。他是我们班个子最小的男生，瘦，黑黄的皮肤，大嘴巴，扁鼻子，穷，平常总是被同学们欺负。

我问："你出去干什么？"

他不吭声，也不跑，一副逆来顺受的样子。这些来自农村的学生总是这个样子，就是上课被点名回答问题了，他们答不出来，也是这个样子，让人拿他们没办法，有时简直会让我感到绝望。

我说："回去吧，这么晚了不睡觉，明天怎么上课。"

他就乖乖地跟我回去了。

"以后不要再出去了。"我说。

但是很显然潘明并没有听我的话，他再一次翻墙出去的时候被值夜的老师抓住了。星期一升旗仪式的时候，他和其他几个违反了纪律的学生被罚站在旗杆下示众，我把他找到我的宿舍去，他一声不吭，我们对着熬了两个小时，他还是不解释为什么在夜里翻墙出去，我不得不把他放回宿舍。

这件事情一直拖到秋天。天冷下来了，似乎潘明也怕冷，再也不在夜里翻墙出去了。不过奇怪的是，他夜里乖乖地睡觉了，人却变得更瘦了，精神也差了许多，经常在上课时打瞌睡、流口水，被同学们耻笑，但他脸上总是没有表情，总是那副逆来顺受的让人无可奈何的样子。

过了一年，到初二上学期准备要期末考的时候，潘明突然不来了。他那个村里只有他这么一个学生，所以我在班里也问不出究竟，过了一个星期，我决定到他家里去看看。

星期天一大早，我就骑上自行车出发了，在柏油路上骑了足足有十几公里，又在石头铺的山路上推着自行车走了几公里，最后差不多没有路了，我只能扛着自行车往前走，累得半死，终于在正午的时候到了他们村里，只是山沟沟里零星的几亩地，十几家人种着。我以前并没有到潘明家里来家访过，这一次来都还是一路问过来的，到了村里，也不知道潘明家究竟是哪一户，我看到村口有几个老头儿蹲着，就过去问。有个老头儿站起来，说领我过去，又回身用土话对着旁边的人说了几句，就有另一个老头儿站起来，叼着烟向田里走去。

潘明的家是一栋土房子，屋顶铺了青瓦——其实这村里的房子大多都是土房子，潘明家还算好的了，至少屋顶上还有瓦片，许多人家屋顶上铺的还是茅草。一扇破烂的木门，并没有锁，虚掩着，推开一看，里面黑黑的、空空的，一张床摆在屋角，蚊帐是放下来的，那蚊帐也很久没洗了，又黑又黄；另一边屋角堆着一个用石块垒起的炉灶，灶上一口破锅，里面有半锅的稀粥，垒着炉灶的那一面墙都被柴火熏黑了；屋子中间放着几张小板凳，还有一张小小的旧木桌，大约是吃饭用的。我看屋子里太黑，就拎了两张小板凳，和领我来的老头儿在门边坐着。老头儿拿出一包我们那儿最便宜的"青竹"烟，低头哈腰地给我敬烟。他年纪比我大多了，弄得我很不好意思。像我这样一个中学老师，在他们看来都已经是一个了不得的大人物了。等了一会儿，看到田埂上一男一女急匆匆地走过来，后面跟着一个瘦瘦的孩子，正是潘明。

潘明的父亲和母亲也都很瘦，他父亲的名字我记得是叫潘文锦，母亲的名字似乎是叫潘色葵，但是之前我也只见过他父亲一次，是潘明刚上初一的时候他父亲领他来学校时见到的，一个老实巴交的农民，潘明的母亲是一个哑巴，我却是一直到那天才知道。我把我的来意大概说了一下，无非是让潘明继续读书，我会想办法让学校减免潘明的学杂费。他们很热情，但是又有些畏惧，对他们来说我是一个吃公家饭的见过世面的人，或许也并不仅止于此，我并不知道，虽然我在这里生活了那么久，但我与他们之间仍然充满了隔阂，我不会说他们的语言，不清楚他们的习俗——但是，即便有一天，我通晓了他们的语言，清楚了他们的习俗，我就真敢说我已经融入了他们之中了吗? 不, 我总觉得我做得还不够, 我觉得我或许需要被生活彻底地打败, 接受常人难以忍受的耻辱, 才有可能真正地完全融入这片土地之中。

我坚持着不愿意留下来吃饭, 一方面是我不愿麻烦他们; 另一方面也是因为我觉得我与他们毕竟还是格格不入。他们的脸上写满了失望, 潘明的母亲已经趁着我们说话的时候, 从外面拎了一小袋米和一只鸡回来, 大约是从别人家里借来的, 但我还是坚持着要走, 那时我并不知道我的拒绝其实已经伤害了他们。

他们一直送我到村口, 潘明的父亲坚持要帮我把自行车扛到外面路上, 一直到我能够推着车走为止。我知道我没有办法阻止他, 只好让他扛起车子在前面走, 我在后面默默地跟着。出村之后没多久, 天就暗了下来, 刮起了风, 跟着闪电就在山顶上亮起来, 雷声也"轰隆隆"地响起来, 眼看是要下大雨了。如果下雨的话, 这段山路根本没法走, 潘明的父亲再一次请求我到他家里去, 等吃了午饭再走, 我没办法, 只好答应。

我的重新出现让潘明的哑巴母亲欢天喜地, 鸡很快就杀好了在锅里炖着, 潘明的父亲又跑去请来村长, 原来就是那位领我来潘明家的老头儿, 村长也姓潘, 但名字我记不住了, 他带来了一条草鱼, 让潘明的父亲把鱼杀了做生鱼片吃, 我很怀疑潘明家里就算是过春节的时候也没吃得那么好。鸡炖好了之后, 潘明又不知道从哪里弄来了一斤"米单"———种很淡的米酒, 我们就着鸡肉和生鱼片喝"米单"。雨下了一个下午, 一直到天快黑了才慢慢停下来, 我今天自然是走不了的了, 虽然担心明天星期一的课怎么办, 但也只好先住一夜了。

潘明家里根本没地方让我睡, 村长领着我到他家里去。喝了些酒, 我们的话也多起来。我说潘明长得和他爸不太像。村长突然说, 潘文锦是潘明的继父, 潘明的父亲叫潘瑞祥, 前几年在小煤窑里被砸死了, 抬回来差不多只剩块皮, 村里没人当着潘明的面提这件事, 就是那栋瓦顶的土房子, 都还是靠着小煤窑赔的几千块钱, 才建起来的。

也就是在那一刻, 我突然明白潘明为什么会在夜里翻墙出去了。

那还是在我读初中的时候, 潘瑞祥和我同校, 不过他读的是高中。说起来潘明果然跟潘瑞祥有些像, 都是大嘴巴, 扁鼻子, 黑黄的皮肤, 就像潘明现在在班里总是被人欺负一样，潘瑞祥在学校里也总是被人欺负。

　　我跟潘瑞祥并不熟，只是知道学校里有这么一个怪人。我对潘瑞祥的态度是不愿去欺负他，但也不愿去搭理他，我记得他的脸上总是带着谦卑的笑容，无论别人如何讥笑他他也不会生气，他虽然是整个学校里最刻苦的人——常常四点多就起床到教室里去看书，但成绩却非常地差，我简直无法相信像他这样的人居然也能考上高中。

　　我们的宿舍是在学校的后墙边上，翻过围墙，就是一个大池塘，到夏天的时候，池塘里总是蛙声一片。因为我是睡在靠窗的上铺，有时候夜里尿急了，懒得下床，就会把家伙掏出来，对着窗外尿尿——有些同学比我勤快些，跑到外面走廊上，站在栏杆上尿尿，结果被值夜的老师抓住了示众，实在是丢脸，还不如我这样尿尿来得安全。

　　有一次我又在夜里对着窗外尿尿，忽然看到有一个人正在翻围墙，正是月圆的时候，天上又没有云，我一眼就认出来那个翻墙的人是潘瑞祥，我奇怪地看着，想知道他在半夜里大家都睡着的时候翻墙出去想干什么。后来的很多年，我都无法确信我所看到的一切是真实的，我没有跟任何人说起过这件事，也没有去问过潘瑞祥，实际上一直到我到潘明家里家访的时候，我才确认很多年前我所看到的那件事是真实的——我看到潘瑞祥在池塘边慢慢地走着，他站住了，把衣服脱得精光扔在池塘边，突然的一瞬间，他变成了一只巨大的青蛙，然后他——还是"它"？——以青蛙所特有的笨拙而敏捷的姿态跃进了池塘里。

　　我一直以为我只是做了一场梦，但现在想来，其实潘瑞祥的一些奇怪的行径，却都可以用这个怪异的梦来解释，比如在夏天的时候，他常常一天只吃一餐饭，或者根本不吃，居然也并没有显出很饿的样子，比如他身上所独有的一丝淡淡的腥气——这腥气在村长向我提到潘瑞祥的时候，突然地在我的记忆中苏醒过来，并如此清晰地弥漫了整座村庄，弥漫在这个村庄里的每一个人身上，我不得不承认我的愚钝和漫不经心，因为实际上，这腥气也如此清晰地在夏天的潘明身上散发出来，而我却一直没有注意到。

　　那一夜我根本无法入睡。村里甚至都还没有通电，天黑了没多久，整个村庄就漆黑一片，似乎所有的人都上了床。村里没有别的声音，只有青蛙的"呱呱"声在此起彼伏。大概半夜十二点钟的时候——我不断地打着打火机看表——村长到床边叫我，我假装睡着了，然后他就出去了。我悄悄下了床，站在窗边，我看到村长家里的所有人都随着村长鱼贯而出，别的人家里也不断地有人走出来，他们不约而同地向小河边走去，然后村里再也没有人了，我只听到更为繁密的蛙鸣。

我不知道我应该如何面对这件事，我唯一能做的就是把这件事当成一场梦，就像我初中的时候看到潘瑞祥变成青蛙时把那一切也当成了一场梦一样，我从没对别人提起这些事，并试图把这一切忘掉，但很明显我并没有做到。

潘明终于还是跟着我回到了学校。星期六下午下了课之后，我让他到我宿舍来，说要请他吃饭，让他等着，他局促不安，连话都说不出来。我也不管他，米下了锅，就自己骑上自行车到街上买了肉菜，回来的时候看见一个小卖部门口摆了许多花花绿绿的风车，就买了一个，虽然觉得潘明不见得喜欢，但也不知道该送他什么好。

两个人闷头吃饭，他吃得特别多。吃完后，他自己收拾了碗筷到水龙头那边去刷碗，我改作业。他刷完了碗，说要走，我说别走了，在我这里看会儿电视吧，就"啪"地把电视拧开，虽然只是一台十二寸的小黑白，但他看得津津有味。一直看到晚上十一点多，学生宿舍早熄灯了，我才想起他现在回不去了，索性让他洗了澡，睡我床上好了，我自己打地铺睡，反正是夏天，也无所谓。

不知怎么回事醒得很早，天还没有亮，窗外传来疏疏落落的蛙鸣。床上的潘明竟然也醒着，正拿着风车，对着窗户，让它转着。

我说："你怎么不睡？"

他没吭声。

我又说："跟我到池塘边走走吧。"

他就乖乖地下来，穿上衣服鞋子，风车还是紧紧地抓在手里。我也穿上衣服鞋子，打开门，自己先走出去。

没有雾，我们翻过围墙走到池塘边时，露水已经把裤脚打湿了。池塘暗沉沉的。我对潘明说："我认识你爸爸。"

潘明抬头看我，脸上又惊又喜，他知道我说的是他的亲爸爸："你认识我爸呀！他长得什么样？"

我笑笑:"跟你很像。"

他撇了撇嘴:"我太丑了!"

我拍了一下他的头。

他突然说:"我会在青蛙的叫声上跳,我跳给老师看!"

我问:"你们村里的人都会吗?"

他已经向池塘里跃去了,回过头来大声地回答我:"不,只有我和我爸会!"

天已微亮,蛙鸣很稀疏了,他跳得曲曲折折,手里还抓着风车,渐渐地向对岸去了。

我从池塘边绕过去,潘明已经坐在池塘边一块石头上,裤子是湿的,看到我就"嘿嘿"地笑。

我和他一起坐在石头上,风车呼呼地转着,太阳已经升起,阳光暖暖地扑在他黝黑的脸上。

但是潘明并没有能把书继续读下去,学校不同意减免他的学杂费,因为像潘明这样情况的学生实在太多了,不可能只减免潘明一个人的学杂费而不减免别的学生的学杂费,而如果都减免的话,学校又负担不了。

对此我无话可说。我曾经提出帮潘明支付学杂费,但潘明却并不领情,他不愿意接受任何人的怜悯。我只能看着潘明梗着脖子再一次离开学校。后来我一直没有到那个村里去,也没有再跟潘明有任何的联系。一直到好几年之后,县里面开始推行九年制义务教育,我突然想到潘明可以再回来读书了,就抽了一个周末再一次骑上自行车到村里去,然而出乎我意料的是,那个村里已经空无一人,田里的稻子还在长着,但房子里却积满了灰尘,灶是冷的,老鼠到处乱窜,看见我也并不畏惧。但村里也并不是寂静无声的,偶尔还有蛙鸣,虽然百无聊赖。

回去的路上,看到一台挖掘机正在山上开路,我上去对着挖掘机手打手势,他停了下来。显然他是外地人,对这个村子的情况也并不熟悉,他说县里在这一带搞开发,准备做成一个万亩果园,他来了已经有快两个月了,村子里本来是有人的,可是突然一夜之间都消失了,县里的公安还来看过,但是也查不出究竟。

几个星期之后,我接到曾建的电话,他已经上了大学,但偶尔还会给我打电话,问问好什么的。我们聊了几分钟,他说到了大学里才知道世界有多大,还说班里有些同学富得他根本没法想象,我们说了有一阵,就在快要挂电话的时候,他突然提到他爸爸跟他说起的一件事,说镇里面有几个干部,跟着县里下来的人,到某某村去搞开发,遇到一件怪事,有一天晚上那个村里的人突然全都失踪了。我说我知道,潘明的家就在那个村里。曾建沉默了,正是这异常的沉默让我确定,曾建其实是知道潘明的事的,他打这个电话只是在做最后的确认。

然后,我再一次听到曾建的声音——仿佛并不真实:"镇里下去的一个干部,有一天夜里很无聊,就拿开山的炸药到小河里炸鱼,结果炸死了好多大青蛙。"

在本县的县志里,记载着这么一件事:民国初年,发生了大饥荒,曾经有许多饥民饿得不行了,竟变成了青蛙捕食昆虫充饥。当然编撰县志的人并不认为这件事情是真实的,我也从来不认为这件事情是真实的,我一直确信这一切只不过是来自我的虚构,来自一场我永远也无法忘记的真实的梦魇。

很多年之后,我早已离开了那所中学、那个小镇,我四处漂泊,居无定所。有一天,我突然收到一封没有署名的信,我不知道是谁寄来的,也不知道究竟是不是真的就是寄给我的,但我还是把它撕开了,里面是用钢笔写的一大段文字:

傍晚天还没有黑的时候,池塘绿得仿佛固体,水面平静,只有池塘的中心有一些细小的波纹。鼋蝽在水面上划水而行,红的和黄的蜻蜓在水上飞过,梦一般地变幻着它们飞行的方向。

有一天我看到许多小人儿在山脚下穿梭奔跑,穿着草叶做成的衣服,它们的肤色或者是白或者是黑,它们的身高最多只到我的脚背,它们在灌木丛里奔跑,就如同受到惊吓的老鼠。就是在那一天,我第一次看到、或者不如说听到了蛙鸣的形状,它们真的是有形的。那第一声蛙鸣其实很平淡,后来我听到了无数次与那一声蛙鸣同样形状的蛙鸣,就像它们用鼓膜在那固体的、光滑的池塘上迅疾地刮过一样,短促,清亮,是一块马鞍形的、表面光洁的玉石。

渐渐地我学会了在蛙鸣声里跳跃而行。最开始我只是在池塘边小心翼翼地练习,在两只青蛙之间,我从这只青蛙的鸣唱上跃到另一只青蛙的鸣唱上,仿佛我在与它们合作表演一种简单的舞蹈,我是舞者,而它们提供音乐与舞台。它们素朴、沉静的歌声能让人忘记身外的一切,我无法从舞台上下来,更无法停止我笨拙的舞蹈,那如黄金、如青铜、如玉石、如钢铁一般的歌声啊!

到五月的中旬,我就可以沿着池塘的岸跳跃了,我对近岸的蛙鸣都已熟悉,它们何时开始鸣唱,何时沉入水中休息,我都已清楚。不时会有空出的舞台,我知道那是它们找到了它们那唯一的、永久的倾听者,它们已沉入水中,它们的歌唱将只送给那唯一的倾听者听,旁的人、旁的青蛙再也不会听到,但总会有新的、孤独的青蛙出现在那空出的舞台上,它们的歌唱还有些生涩,当我跃上去的时候,能感觉到那歌声略嫌粗糙的表面。

而池塘的中心对我而言仍是无法到达之处,那里的青蛙太少,那里的舞台与舞台之间的空疏太大。但我却梦想着到那里去,每当黎明,当几乎所有的青蛙都沉寂下去、沉寂下去……夜空下只余蟋蟀的清唱的时候,会有异常洪亮的蛙鸣从池塘的中心隆起,简直如同来自地狱的钟鸣。但我一直不敢过去,就算我知道我已经有足够的能力跃到那声音上,我仍是不敢过去。那洪亮的蛙鸣慢慢地隆起、扩张,直到整个的池塘都被它吞没,然后倏乎而逝,而另一声蛙鸣又已从池塘的中心隆起。

我从没对人说这件事,夜深人静时,我独自在池塘上跳跃,在蛙鸣最繁密的时候,我甚至可以在池塘上平躺着不动,任由它们的歌声把我托起。

五月的下旬,可以在浅水里看到黑色的蝌蚪,你分不清它们到底是青蛙还是癞蛤蟆。

夏天终于过去,青蛙们都安静了。冬天的时候,池塘照例是干涸的,露出龟裂的塘泥,在泥与泥的裂缝间躲藏着青壳的蚌,而岸边的泥洞里,则隐藏着巨大的黄色鲶鱼,它们的相貌有点像长着两撇长须的弥勒佛。我有时会在草地里挖出冬眠的青蛙,它们跳不起来了。

池塘岸边原本长着成片的相思树,每株都是我抱不拢的老树,但在我还读小学的时候,它们就被伐倒了,它们青绿而粗糙的、长满树瘤的身体里渗出微黄的汁液,而在皮与骨之间,有着黯淡的红。

　　很多年之后的某一天，不知道为什么，青蛙们突然不再鸣唱。它们爬出池塘，在岸上跳跃，柏油路上已没有立足之地，小镇里到处都布满了青蛙，你无法相信这个世界竟会有如此多的青蛙存在，屋顶上、马路上，它们像抗议的人群一般涌动着。但它们是沉默的，它们只是跳跃，后来它们甚至跳进了屋子里，就算把门窗都紧闭了，它们还是能够一只一只地跳进来，跳到桌子上、床上、电视机或煤气炉上。小镇里的人用汽车碾杀它们，后来又用上了杀虫剂和农药，但青蛙的数量并没有减少。在夏天尚未结束的时候，小镇里的人就不得不习惯与青蛙一起生活了。

　　整个小镇都变得潮湿而静谧，一种让人恶心的洁净感长久地横亘在小镇居民的胸腹间，无法消散。

　　然后它们在一夜间消失了，并从此不再出现，池塘里再也没有一声蛙鸣。每年的五月我都无法入睡，只能一整夜一整夜地坐在池塘边，穿着草叶的小人儿在我的四周无声地奔跑，蚊子比以前的任何时候都多，直到蜻蜓出现。我记得我看见第一只蜻蜓时的喜悦，那是一只黄蜻蜓，在玉米地里飞，露水打湿了它的翅膀，我轻轻地捏住它的尾巴，它褐色的复眼里没有忧和喜。

　　而青蛙再也没有出现，直到夏天的最后一天。我相信那必定是夏天的最后一天。夜深人静时，一只巨大的青蛙从池塘的中心孤独地浮起，它是如此之大，以至于我几乎把它误认为一条鳄鱼，它与我对视着，我知道它将不会再歌唱，不会再发出它那洪钟一般的蛙鸣，因为再也没有另一只青蛙或另一个人，能做它永久的倾听者。

　　我把信收好，安静地睡了几天，然后开始收拾行李。我住的那栋房子外面，也有一个池塘，在我即将离开的那一天的清晨，我看见一只黑绿条纹的青蛙伏在窗台上，我悄悄地走向它，并向它伸出我的手。但它转身跃下了窗台，笨拙地跳跃着，转眼间消失在那片通往池塘岸边的暗绿的灌木丛里。

2005 年 5 月 14 日初稿

2007 年 6 月 17 日定稿

终　南

小　引

　　祖咏,洛阳人,开元十二年进士,其诗《终南望余雪》曰:"终南阴岭秀,积雪浮云端。林表明霁色,城中增暮寒。"相传此诗为应制诗,按规定为五言六韵,共十二句,但祖咏只写了四句就交卷了,问他为何不把全篇写出,他答道:"意尽。"

一

　　终南山在长安之南,山上有天下第一大道观"楼观台",为尹喜真人观星望气以待老子处。

　　楼观台内有道士几百,个个肥头大耳,多修习"蹑云神功"。相传此功为春秋时列御寇所创，讲究以气御劲，修到第九重时，能随风上下，白日飞升。

观深五进，最里一殿供的是太上玄灵斗姆大圣元君，斗姆殿进去，乃是一小院，院内又一小殿。

小殿依山而建，山高万仞，直插云霄，仰首不见其顶。

每月月圆之夜，道士们沐浴净身，然后在住持及监院的引领下，列队入小殿中。殿内阴暗狭小，供着三清，坛前燃着两盏长明灯。绕到坛后，是一暗门，推开，露出一洞。众道士悄无声息步入洞中，在黑暗里走了约半盏茶工夫，豁然开朗，眼前是万壑千峰，月色如洗。

道士们所立之处，乃是一平台。往上望，壁立千仞，明月高悬；往下看，云雾缭绕，深不见底。

平台中间一小坛，镌着“升仙坛”三字。

道士们五个一组，上坛静坐。方入坛中，衣袂已向上飘举，就如天上有极大力将他们往上吸一般。有些道士，能升起半尺有余，但多是只听见衣衫作响而身体不动的，突然就有一人，定是“蹑云神功”练到第九重的，缓缓升起。众人齐声惊叹，目光亦随着此人的升高而抬起。那道士便在众人羡艳的目光中直直地向上升去，越来越小，忽然“倏”的一声，再无踪影。

众人啧啧称奇，在住持及监院引领下，原路返回，待到下个月的月圆之夜，再来一次。

二

那一日，来了两个挂单的道士。

两人一样打扮，皆是圆领青褐色道袍，偃月冠，白布腰长袜及多耳麻鞋，清清爽爽。

说是师兄弟，大的叫朱抱朴，瘦高精干；小的叫梁守拙，塌鼻厚唇，看去十分的厚道。

知客报过监院，安排他们在客房住下。

只对他们说斗姆殿后小院，乃是住持闭关之所，不可轻入，其他地方，尽可随意走动。

两人唯唯诺诺。

平日里担水扫地，种菜砍柴，十分地勤快，一有闲暇，便研读经卷。

问他们是从哪里来的，却是池州青阳县陵阳山万寿宫，乃窦子明得道处。

又说师兄弟两人自小一起长大，师兄朱抱朴仰慕终南胜境，要来瞻仰，师弟梁守拙便跟着来了。

三

转眼又是月圆之夜，众道士在平台上肃立，看升仙坛上的五人于月光中静坐，默运神功，以期得道成仙。

四周一片静寂，只偶尔有山果跌落，砸在地上，传来"卜"的一声。

突然一声暴喝："你两个是从哪里来的！"

便见到两条人影从人丛中跃出，几个起落，已抢到了洞口。

楼观台的住持叶静能正在升仙坛上，此时已升起一丈多高，猛听到那声暴喝，内息一乱，"呼"地从高处跌落下来。

也不见他如何动作，已鬼魅般移到了洞口处，仍是闭目静坐着，却挡住了那两人的去路。

而众人此时亦已蜂拥而至，把那两人团团围住。

原来却是那两个挂单的道士，此刻被围在中间，面白如纸。

师兄朱抱朴两腿一软，"扑通"跪下了。师弟梁守拙却仍是呆呆地站着，有些不知所措。

叶静能仍是闭目静坐着，微微牵动嘴角，道："扔到崖下去。"

就有八个人出来，四人抓住朱抱朴手脚将他举起，另四人则依样画葫芦地举起梁守拙，走到崖边，喊一声"一、二、三"，就把两人扔了下去。

四

两人在云雾里悠悠忽忽下落，竟不知落了多久，只当这回非摔成一团肉泥不可了，却见下面隐约有水光映上来，再仔细看去，果然是一处深潭，在谷底静静地卧着。

自己却听不见身子落入潭水中的巨响，只觉五脏六腑都被震移了位，脑里"嗡"的一下，就晕了过去。

梁守拙身子比较粗壮，醒得快一些，他拼命游到岸边，喘了半天粗气，却不见师兄浮起，便又潜入水中，一点一点地摸索着，总算是把朱抱朴摸到了，又死命把他拖上岸，直把自己累得筋疲力尽。

次日二人醒来，四周一望，便叫声："苦也！"

原来谷底竟是寸草不生，只除了一个深潭外，就是火红的岩石。

往上望去，也只见石壁森森，不要说人，便是换了黄羊老猿，也别想爬得上去。

两人只当潭里能有些鱼，没想到潜入水中一看，不要说鱼，竟是连根水草也没有，倒是找到了几具白森森的人骨。

待到第三日，两人已是饿得头昏眼花，只管喝水下去填肚，开始还有些效果，到了后来，肚子便不再上这个当了，喝下去反更觉得难受。

朱抱朴心里盘算着，再这样饿下去，两人非得全死了不可，只是吃的又没有，爬又爬不上去，如今唯一的办法，就是两人中牺牲一个做另一人的食物，多撑一些时候，或许还能找到机会，逃得一条命。

他此刻只想着如何把自己的肚子填饱，竟丝毫记不起梁守拙乃是与他自小一块长大的师弟，且曾救过他一命。

他心里存了吃人的念头，表面却不露出来，暗中寻了一块拳头般大的石块，藏在怀里，待到夜深之时，悄悄地摸到梁守拙身边，默念了一通"往生咒"，便举起手

中石块,狠命砸了下去。

<h1 style="text-align:center">五</h1>

朱抱朴将梁守拙的尸体,洗净剥皮,放在石上阴干,足足吃了一月有余,方才吃尽。

刚开始吃时还有些恶心,吃到后来,与吃猪牛羊肉,也没什么分别了。

不时有秃鹫下来与朱抱朴争食,朱抱朴只好整日守在梁守拙的尸体旁边,连睡觉时也抱着,生怕一不小心,就给秃鹫撕了一块去。

眼看又要没得吃的时候,从天上又掉了一个人下来。

朱抱朴欣喜异常,只当是又掉下来一大块肉,早早地拿了一块大石头在潭边等着,待那人爬上岸了,照头砸下去。那人便又如梁守拙一般,稀里糊涂地成了块人肉脯。

朱抱朴精打细算,每日只吃一丁点儿,又寻来许多碎石,当暗器去打那些秃鹫,偶尔也能捕得一只两只。

就这么人肉鸟肉掺杂着吃,又撑了半年有余。

平日无事,亦曾幻想有朝一日逃出谷去,如何找叶静能报仇,又想自己如何坐在升仙坛上白日飞升,虽然知道这些都不过是痴人说梦,但仍忍不住要去想上一想。

那一日,又是月圆之夜,半夜里,朱抱朴正抱着尸体熟睡,忽然"扑通"一声,从天上又掉了东西下来。

朱抱朴喜滋滋地拿了块石头在潭边等,等了半天,只看见一个似人非人的怪物浮上来,游近去借着月光一看,原来这人的手脚耳鼻都没了,只光秃秃的一个身体,若不是朱抱朴吃惯了人肉,乍看到这么个怪物,非得吓死不可。

朱抱朴也不管他,举起石块,就要砸下去。

却听到那怪物哑声喊道:"且慢!"

朱抱朴便放下石块,听他怎么说。

那怪物道:"我是叶静能,我教你'蹑云神功'。"

六

白日里看去,叶静能的容貌更见诡异。

除了少了手脚耳鼻之外,他身上没有一根毛发,却布满道道伤痕,双唇尽失,牙齿露在外面,眼睑也没有了,即便是睡觉,也只能睁着双眼。

朱抱朴也曾问他如何会弄成这副样子,叶静能只说是"为劣徒所害"。

朱抱朴听他说得不尽不实,便也不再详问。

但叶静能教朱抱朴修习"蹑云神功"却颇为用心,朱抱朴只当他是想借自己之力逃出深谷,亦不疑有他。

练到第二重时,朱抱朴便已能徒手捉住秃鹫。

叶静能躺在岩石上,装作已死,引得秃鹫从天上下来啄食,朱抱朴便运起神功,闪电般冲上前去,捉住秃鹫脖子一扭。

他们便不需再食人肉。有时从崖上掉下人来,死了便罢了,若是侥幸爬上岸,朱抱朴却也不救,只任那人自生自灭。这些人大多都被活活饿死,死了之后,又被秃鹫啄食。这些秃鹫极是厉害,竟连骨头都能敲开来,啄食里面的骨髓,所以这些人最后都落了个尸骨无存。

"蹑云神功"极是奇妙,叶静能虽已手脚皆无,却仍能随风上下,只可惜山谷四周封闭,偶尔有风吹进来,也是极小,升起数尺,便已无可借力,设若他有手有脚,便是无风,也可攀住崖壁上的裂隙,如壁虎般爬上崖顶。

朱抱朴练到第五重时,已能在水面上随意行走;练到第七重时,已是逾岩越谷,捷若飞鸟。此时他要逃出谷底,已是轻而易举,但他却只说若要带叶静能上去,还需练到第九重才有把握,只催着叶静能向他传授功法,竟不提离去之事。

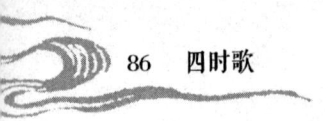

偶尔他也悄悄攀到崖上，捉一个楼观台的道士下来，看着他被活活饿死，又被秃鹫啄食，便如消遣一般。

七

没想到要从第七重练到第九重，竟是比登天还难。

朱抱朴自己也记不清已经捉了几个楼观台的道士下来了，"蹑云神功"却仍是沾不到第九重的边。

他寻思必是叶静能心怀鬼胎，担心自己练到第九重后，独自出谷，所以不尽心传授，便变着法子讨叶静能欢心。

道士自然是不捉了，每夜还施展神功，跑到山下小镇去，窃得鸡鸭鱼肉来，让叶静能大快朵颐。

以他现在的轻功，到江湖上去，已是第一流的人物，但每夜都干这最末流的小偷行径，竟是不以为耻。

如此过了半年，仍是没什么进步，但他对叶静能，却是益发孝敬。

三跪九叩拜了师父不说，还隔三岔五地跑去长安城盗来美酒佳食，若不是叶静能的男根已失，只怕他连宫中的妃子也要抱得几个来，让叶静能享受。

叶静能只是淡淡的，有酒便喝，有肉便吃，偶尔点拨几句，朱抱朴却也不敢催他。

八

也不知在谷中待了几年几月，忽一日，朱抱朴只觉有一股真气直透玄关，知道这是"蹑云神功"练到第九重了，喜得仰天长笑。

叶静能躺在旁边，斜眼看他，只是冷笑。

朱抱朴俯身道："你这肉丸子笑什么？"

他的神功既已练成，自然不须再对叶静能恭恭敬敬。

叶静能道："你练成'蹑云神功'，我自然欢喜了。"

朱抱朴道："你当我会带你上去吗？"

叶静能淡淡地道："你不带我上去，只怕难免要后悔。"

朱抱朴道："我当日掉到这谷中，实是拜你所赐，现在你教我'蹑云神功'，救我上去，亦不能算是对我有恩，我不救你上去，其实也没什么。"

叶静能只是冷笑，道："你说得对，我掉到这谷中，本来早就该饿死了，是你令我又多活了许久，应该说是你对我有恩才对。"

朱抱朴"嘻嘻"一笑，背手在谷内闲走，碰到有秃鹫，便捉了来喂叶静能吃。

如此过了几日，又是月圆之夜，朱抱朴照着叶静能身上踢了一脚，道："肉丸子，你自己看着办吧！你老子可要走了。"

说罢，背着身轻轻一跃，便如一只大鸟般，飞上岩壁，又是一跃，"呼"地又往上升起了数丈。

叶静能仰脸看他迅速消失在夜色中，脸上漾起了恶毒的笑容。

九

平台上仍是空无一人。

朱抱朴缓步登上升仙坛，心内百感交集。

月光下，恍惚见到梁守拙和另外几个人，又着手站在坛下，冷眼看他，定睛看去，却又空无一人。

他打了个抖，勉强收摄心神，盘腿坐在坛中，眼观鼻，鼻观心，静待天上传来的吸力。

约摸一盏茶的工夫之后，果然隐隐有吸力传来。

　　朱抱朴任真气在体内流转，渐至空明无为之境。于是身体随吸力缓缓升起，越升越高，越高则吸力越大，上升的速度亦越快。

　　心里只是无限的欢喜。

　　竟不知升了多久，张眼下视，升仙坛已变得极小，而吸力之大，令朱抱朴的衣衫猎猎作响，毛发亦直直向上竖起。

　　鼻中嗅到腥味。

　　朱抱朴心中一凛，抬眼往上一看，只见一个大洞，黑黑的，自己则正向那洞中飞去。

　　洞口愈来愈大，朱抱朴忽然看清了，这并不是什么大洞，而是一条蟒蛇的大嘴。

　　这条蟒蛇每当月圆之夜，便于崖顶上，噘嘴往下吸。本来它的吸力，自崖顶到平台，已变得极弱，但练了"蹑云神功"的道士，却善能借力飞举，蟒蛇便以食人为乐，渐成习惯。道士们却以为此乃是得道成仙，竟趋之若鹜；如朱抱朴之类者，更不惜冒性命之危，潜入楼观台中，妄想鸡犬飞升。

　　朱抱朴想通了这一层，却也已无济于事——他身子在半空中，即便"蹑云神功"练得再好，没有借力之处，亦无法可施。

　　只听"咪"的一声，身子已落入蟒蛇口内，方才想起，叶静能亦曾为蟒蛇所食，却被他不知以何法，又从蟒蛇肚内逃出，只是手脚耳鼻，已被蟒蛇化去，所以才变得如此怪异。

　　半个时辰之后，楼观台内的道士列队来到平台上。

　　今日却有些奇怪，天上并没有吸力下来。道士们五个一组，轮流在升仙坛上坐了半个晚上，却不见一点动静。

　　他们不知道，这一夜，崖顶上的蟒蛇已吃了朱抱朴，肚子饱胀，不想再吃别人了。

2010 年 6 月

吴单贾义列传

　　太初年间，飞将军李广的孙子骑都尉李陵听闻楚人剽悍，就到楚地去招兵。吴单本是楚地的猎户，家境贫苦，无法在家乡生活下去，就应征入伍了。李陵一共在楚地招了五千人，他带着这五千人到张掖和酒泉去，教他们射术和刀术，带领他们与匈奴人作战。吴单原本射术极佳，又跟李陵学会了刀术，作战也很勇敢，还学会了骑马，李陵很器重他，就提拔他做了百人将。

　　天汉元年，大将军李广利率五万骑出征青海，皇帝命李陵出居延，向匈奴境内的浚稽山进军，以牵制敌人的兵力，李陵就带着他的五千步卒出发了。在草原上走了一月有余，万幸并没有碰上大股敌军，李陵很高兴，在浚稽山扎下营寨后，就派部将陈步乐回长安去向皇帝报信。由浚稽山到长安去，有数千里远，途中还有可能碰到匈奴人，陈步乐自己一个人自然无法回去，李陵又从步卒里挑选了八个射术和刀术都很精湛而且会骑马的人，保护陈步乐回到长安去，吴单亦在其中。

　　在途中因为与匈奴人作战又死去了两个步卒，最后回到长安的加上陈步乐自己只有七个人。陈步乐向皇帝报告了李陵的军队已经到达浚稽山的好消息，皇帝龙颜大悦，封陈步乐为郎中，俸禄三百石，与陈步乐一起回来的六个步卒，也得到了殊赏。

然而坏消息很快传来，李陵的军队遇到了匈奴军的主力，李陵率五千步卒，边战边退，箭尽粮绝，仍没有等到救援，最后在退到距居延关只有数百里远的地方的时候，被匈奴大军包围，李陵突围没有成功，只好投降了匈奴。

皇帝大怒，不仅剥夺了陈步乐郎中的头衔，还要把他和他手下的六个步卒全都斩首。这时候，全国上下人等，都觉得陈步乐等人死有余辜，唯有太史令司马迁觉得陈步乐冤枉。司马迁性情耿直，虽然皇帝正在大怒，但他仍然直言进谏道："陈步乐回来的时候，李陵还在浚稽山下与匈奴作战，他不可能知道李陵后来会投降匈奴，他其实是没有什么过错的。"皇帝也知道自己杀陈步乐是杀错了，就说："如果他们能用钱或者用腐刑赎死，朕就放过他们。"

汉朝有用钱赎死的法令，不过那笔钱数额巨大，达到五十万钱，不是一般人能凑得出来的。陈步乐出身晋阳的世家，倾家荡产，倒是勉强凑足了这笔钱，幸运地捡回了一条命，他手下的六个步卒，却凑不出这笔钱，而他们又不愿接受用腐刑赎死的办法——可怜他们没有死在草原上，却要死在长安，死在皇帝的刽子手的斧头下了！

就在要执行死刑的前一夜，步卒们终于决定还是要想办法活下去，于是他们对关押他们的狱卒说："男子汉大丈夫，遭到腐刑的话，也没有脸活下去了，如果皇帝能够同意我们用别的刑罚来赎死，无论是劓刑还是刖刑，我们都愿意接受。"幸运的是那个狱卒也是一个有良心有见识的人，他把步卒们的请求向上面报告了，皇帝此时怒气已消，竟然破天荒地同意了，于是那六个步卒，包括吴单在内，都幸运地逃得一命，不过他们也付出了巨大的代价，有的失去了鼻子，有的失去了一条腿。

吴单失去了鼻子，没有脸再回到家乡去，只能留在长安，以屠狗为生。与他同行的另外五个步卒，有两个回楚地去了，后来再也没有得到他们的消息，还有另外三个也像吴单一样没有脸回家乡去，无奈地留在了长安。这三个人中，有两个像吴单一样失去了鼻子，还有一个则失去了一条腿。然而留在长安的日子也并不好过，因为他们身上都残留着受过劓刑或刖刑的痕迹，长安市井里的人都看不起他们，更有一些人，知道他们原来的身份和受刑的原因，把他们视为叛徒和汉奸，还把这消息散布开来，终于，在一个月之后，有一位步卒因为受不了别人的污辱，从东市的旗亭上跳下来死掉了，还有一位步卒，也在不久之后，杀死了污辱了他的人，然后自刎而死。

　　和吴单一起在长安活下来的那个步卒，本名刘义，身长八尺，是以"角觝第一"称雄于李陵军中的。他和吴单一样失去了鼻子，也不愿回楚地去，因此留在了长安。他本来是想以幼时在家乡学会的角觝谋生，但是长安人都看不起他，根本不愿与他赌赛，刘义无法，只能在长安街头游荡。有一天他到柳市去寻食，偶然遇见了柳市有名的大侠萬子夏，萬子夏看他可怜，就让他改名叫贾义，又让他戴上青铜的半遮面的面罩，跟外面的人宣扬说他本是轵地的大侠郭解的门客，因为帮郭解复仇才失去了鼻子。郭解是有名的大侠，二十多年前被皇帝族杀了，但是在民间仍有极高的威望，而萬子夏又是当时长安第一有名的大侠客，他说贾义本是郭解的门客，大家自然都相信，愿意与贾义结识，于是贾义就在长安生活了下来，还娶了媳妇，家境却比靠屠狗为生的吴单要好得多。

　　吴单因为缺了鼻子，长安市内百姓又都知道他曾是李陵的步卒，不愿买他的狗肉，因此生计艰难。吴单本是猎户，看到只靠屠狗无法维持生计，就重操旧业——长安附近本没有可以打猎的地方，除非跑到终南山去，但吴单却嫌终南山太远；城西的上林苑，是皇家苑囿，里面有许多野物，于是吴单趁着夜色，翻进上林苑中，挑了个个头不是很大的鹿，射杀了抬回去，在长安的黑市里卖。鹿肉本不易得，长安的富户里面，有不少人成了吴单的主顾，因此吴单也渐渐在长安城内安定下来。

　　转眼到了次年的春季，三月的时候，却传来了李陵的家人要被处斩的消息。原来李陵投降了匈奴之后，皇帝大怒，再加上皇帝的小舅子大将军李广利也大败而回，朝廷上那些官员，见风使舵，把这次大败的责任全都算到李陵头上，唯有太史公司马迁进谏道："李陵以五千步卒，孤军深入，没有后援，与匈奴八万骑兵缠斗，斩敌上万，退至边境附近，箭尽粮绝，才不得已投降了匈奴，李陵心中必定还是向着大汉的，以后若有机会，他必定要乘时而起！"皇帝怒气消后，也觉得司马迁说得有理，就派因杆将军公孙敖带兵到边境上去，作李陵的接应。公孙敖等了一年多,不耐烦了,正好捉到一个俘虏,说李陵在匈奴教匈奴人练兵,公孙敖就把这消息报告给皇帝,皇帝震怒,觉得自己上了司马迁的当,不仅把司马迁关入狱中,更要把李陵的一家老小全都砍头。

原本死刑都是要到秋后才执行,但这一回皇帝却不耐烦了,要在春天杀人。砍头的地点,定在东市的门口——这里本是长安的刑场,以前就砍过不少人的头,"七国之乱"时,御史大夫晁错也是在这里,穿着上朝的官服就被腰斩了的。

吴单以为李陵对自己有恩,他去找贾义,说要想办法救出李陵的家人。贾义的媳妇这时已有身孕,自然不肯跟吴单去冒险,吴单也觉得仅凭两人之力,要把李陵一家老小几十口从牢里救出,不太现实,就决定在长安到甘泉宫去的路上拦住皇帝的卤簿①,为李陵的家人喊冤。

于是他趁着夜色躲到长安城北的横桥下,这里是长安往甘泉宫去的必经之路。他赤裸上身,双箭贯耳,在桥下等了一夜。天蒙蒙亮时,有大队的车马过来了,他就跳出来,跪在桥上,却没能等到皇帝就已经被开路的静室令扔到河里去了。吴单大喊:"我有话说!我要见皇帝!"但是静室令们只嫌他碍事——他们半夜里爬起来为皇帝开路已经很气愤了,看到有不相干的人捣乱,自然不会客气。

吴单并不放弃,远远地跟着皇帝的卤簿,一直跟到了甘泉宫,他以为总会有机会接近皇帝的,因为甘泉宫周围的防卫并不像长安城和道路上那么严密。

皇帝的卤簿绵延了数十里,皇帝坐在一辆由一百二十匹马拉动的、宽达数十丈的巨大车辇之中,车上不仅有无数的金玉和流苏作装饰,更有数十宫娥陪伴着皇帝,以免他在路上感到寂寞。

甘泉宫在长安城北三百里处,宫内有通天台,高三十余丈,台上有铜仙人托承露盘,到了夜里,就有三百童男女彻夜而歌,声震云霄,皇帝在台上朝天而拜,期待仙人下降。吴单趁着白日里通天台疏于防卫爬上台去,躲在铜仙人后,到了晚上,四周都亮起火把,明亮如白昼,童男女们唱起求仙歌来,皇帝在铜仙人之下跪拜,吴单就跳出来,依旧是赤裸上身,双箭贯耳,匍匐在皇帝脚下,高呼"冤枉"。皇帝看到突然有一个人跳出来,起初还以为是神仙下降,再看此人衣衫褴褛双箭贯耳口呼冤枉,就知道又是来喊冤的小民,大怒,一挥手令身边的卫士把吴单扔下

---

① 古代帝王外出时扈从的仪仗队。

通天台去。通天台虽然高，台下却有很多草木，吴单又是步卒出身，因此侥幸没有摔死，但也把腿给摔断了。他在台下歇到半夜，听着祈天的歌声渐渐低了下去，看着皇帝又一次失望地离开通天台，才慢慢地爬起来，把耳朵上的箭拔出扔了，折了两根树枝作夹棍固定断腿，又找了根棍子做拐杖，一路乞讨着，垂头丧气地回了长安去。

吴单回到长安，备了瓮酒，到砍头的时候，抱上断头台去，送李陵的家人上路。但李陵的老母和夫人，一看到吴单没有鼻子，都知道他曾是李陵的步卒，竟不愿接他的酒。原来她们也都以李陵投降匈奴为耻，竟是心甘情愿地上了断头台，更有一个李陵的小儿子，年方八岁，在临死前还高呼"大汉朝万岁，皇帝万岁"——他这样的举动，自然只能招来下面看客的鄙夷，以为叛徒的儿子哪有资格这样喊。

吴单觉得太史公司马迁也是自己的救命恩人，如果不是他当时冒险直言进谏，自己和贾义等人哪里还能有生还的机会？现在李陵的家人已经救不了了，但是太史公却是非救不可的。他便拄着拐杖去找贾义，对贾义说太史公司马迁对他们有大恩，一定要想办法救出来。贾义也知道吴单说的没错，但他自己却也不愿出头冒险，便对吴单说："蛮干的事情，我是不来的，现在唯一的办法，就是看看能不能凑足五十万钱，把太史公赎出来。"吴单也知道贾义说得有理，他的想法是，先想办法凑钱，到入秋时如果还是凑不出这笔钱，那时就是拼了性命，也要把太史公救出。但是吴单自己还在靠屠狗射鹿为生，贾义虽然家境好些，要他拿出五十万钱，也是不可能的。贾义想了想，道："我已有家小，是不愿出头露面的，你可以去柳市找萬子夏，他必定有办法弄到这笔钱。"吴单看贾义不愿出头，也没有办法，只好先到柳市去找萬子夏，算是死马当作活马医。

柳市在长安城西，就是当年周亚夫扎营的地方。吴单拖着断腿，走了半日才到。萬子夏是长安当地的人，年轻时就因好侠仗义而知名于世，长安的黑白两道，很多人都出自他的门下。吴单找到萬子夏，把救司马迁的事情一说，萬子夏道："太史公虽是个文人，但性格豪爽，有侠义心肠，跟我们江湖中人倒是很像，五十万钱太多，我自己也拿不出来，不过你可以拿着我这把刀，到北邙坂去找袁广汉，他或许会有办法。"萬子夏说完，就把刀从腰间解下，连刀鞘递给吴单。吴单接了萬子

夏的刀，也不进城了，拖着断腿，直接从城外绕到北邙坂去找袁广汉。

袁广汉是长安城有名的富人，他在北邙坂下有一座庄园，方圆数十里，里面亭台楼阁，奇树怪石，不输于皇家园林，但是谁也搞不清楚他究竟是哪里的人，他的钱财又是怎么来的。吴单把萬子夏的刀递进去，袁广汉就急急忙忙迎出来，吴单把来意一说，袁广汉只说好办，先留吴单吃了酒，待吴单吃饱喝足了，才领他到后院去，那里有一架黄牛车，车上堆着五个麻布袋子，每袋十万钱装得满满的，正是五十万钱，吴单看到大喜，连夜驾着黄牛车从北邙坂到茂陵去找太史公的家人，免得夜长梦多。

司马迁的家却是在茂陵显武里，司马迁遭到这样的祸事，他的夫人和女儿整天都是悲戚戚的，虽然四处求告，但那些亲友们却都避之唯恐不及，哪里还敢借钱给她们。这天晚上，母女俩又在相拥而泣的时候，突然听见院内几声巨响，两人还以为又是爱国青年扔石头进来了，战战兢兢出去一看，却是五个麻布口袋落在院内，打开一看，全是黄灿灿的铜钱，两人大喜过望，又不知道是谁人相助，只能望空跪拜，求老天保佑这位帮助她们的贵人。

吴单把钱交给太史公家人之后，就在显武里的门洞里猫了一夜，到天微亮时，里门才开，就看见太史公的夫人和女儿领着仆役舁着那几袋钱，匆匆忙忙往长安城的方向去了，才放下心，驾上黄牛车，慢慢地回城里去。

吴单原本以为这五十万钱送上去之后，太史公放出来是十拿九稳的了，便在家中静候好消息，哪里想到等了两个月，他的脚都好了，却依旧音信全无。正在疑惑的时候，贾义突然跑上门来，浑身上下遮得严严实实，说袁广汉的家已被抄了，那些奇树怪石全都搬到上林苑去了，袁广汉也已下了大狱，不日就要砍头；萬子夏听到风声，已经跑得无影无踪，要吴单也收拾收拾，赶紧找一个地方藏起来先避避风头。贾义说完转身就走。吴单家徒四壁，又没有家小，没什么可收拾的，就带上平日打猎用的刀箭，拿斗笠遮了头脸，趁着天色渐暗出了里门，直往上林苑去了。刚走出里门不远，迎头碰上一队执金吾，气势汹汹往自己家的方向去了，就惊出了一身冷汗。

上林苑方圆数百里，东起长安，西至夏阳，北抵渭水，南至终南，山高林密，有很多地方可以藏身。吴单因为经常来这里偷猎野鹿，要论对上林苑的熟悉，只怕那些管理上林苑的官员都比不上他。吴单在上林苑一处山洞内躲藏，白日里只管睡觉，到了晚上就出来捕鱼猎兔摘野果充饥，躲了大概有半个月，倒也悠然自得，比起往日里在长安城内屠狗倒还自在些。那天晚上，吴单正在河边拿削尖的树枝叉鱼的时候，远远看到有灯笼过来，赶紧爬到树上躲藏。那灯笼渐渐近了，却是两个小黄门，也不知道要到哪里去，一路走一路说着闲话，吴单隐约听到说太史令已经由诏狱搬到蚕室去了，明天就要行腐刑。吴单听了，寻思必是皇帝不准太史公用钱赎死，太史公没有办法，只好选择用腐刑赎死。行腐刑却需到蚕室中，而蚕室却在上林苑，所以那两个上林苑的小黄门才知道此事。吴单想定之后，也不捉鱼了，跳下树直往蚕室去了。

　　蚕室比不得诏狱，守卫并不严密。吴单等到半夜，上前去把两个打瞌睡的守卫都打昏了，寻出钥匙打开蚕室大门，进去一看，一排排的都是蚕匾，西边角上一个小门，亮着烛火，吴单过去一看，里面一个四十来岁的中年人，穿着囚服，披着头发，坐在几案旁，就着烛光在竹简上写着什么，听到吴单进来了也不抬头。吴单看这情形，知道必是太史公无疑，就上前跪倒，口称"恩公"。司马迁把笔放下，抬头看了吴单一眼，道："你是李陵的步卒吧？还不快快逃走，来这里做什么？"吴单道："小人吴单，前来救恩公出去，免受腐刑之苦。"司马迁却道："我不出去。"吴单还以为司马迁是担心自己背着他逃不出去，就道："恩公放心，吴单常常在上林苑里偷猎野鹿，几百斤的鹿背在背上，跳跃如飞，定能救得恩公出去。"司马迁笑笑，道："我不是担心你带着我逃不出去，而是我自己本就不想出去。"吴单听了一愣，他却是万万没有料到太史公原来竟是甘受腐刑之苦也不愿逃出蚕室的。司马迁又道："那笔钱，也是你去找萬子夏和袁广汉凑的吧？为了我这条命，袁广汉和萬子夏已经遭了祸，我若不心甘情愿地受了腐刑，只怕还会有更多的人被我拖累，落得和袁广汉萬子夏一样的下场。我受了腐刑之后，虽是奇耻大辱，但却能安心写完《太史公书》，完成父亲的嘱托，以慰他在天之灵。"吴单这回明白太史公的意思了，他是宁受腐刑之辱，也要把《太史公书》写完，自然不会和自己一起逃走，遭流离颠沛和官府通缉之苦而无法著书。吴单想明白之后，便也不再强求，只道："请问恩公还有什么话要对家人说的，吴单手脚却还灵便，想必可以带到。"司马迁摇头道："不必了，该说的我前日已经对她们说了，倒是你千万要小心，不要留在长安，回楚地去生活吧。"吴单听了，点点头，退出小门，离蚕室而去。

萬子夏也没有逃出去，终究还是被捉住了，和袁广汉一起在东市门口被砍了头。贾义失了萬子夏这个靠山，被仇家将他以前曾是李陵步卒的真实身份翻出来，在长安城里也生活不下去了，先是有不少爱国青年天天往他家院子里扔石头、往大门上泼粪，随后媳妇也抛弃了他和刚出生的儿子，跟着年轻的仆人跑了，顺带还卷去了不少钱财。贾义又变得一贫如洗，无处可去，只能背着孩子，在三辅内卖艺为生，幸好他的身体却还健壮，虽已四十多岁，吃些餐风宿露的苦，也不当一回事；只是孩子却遭了罪。

这一天，贾义正在一个小镇跳丸弄剑吞刀吐火骗钱，突然上来一个人，抓住他的臂膊，贾义回头一看，是一个二十出头的年轻人，自己并不认识，就道："小哥认错人了，快快放手，不要碍我挣钱。"那年轻人却道："英雄贵姓贾，单名一个义字，本是郭解郭大侠的门客，在下说得没错吧？"贾义听了，搔搔头，道："你找我何事？"那年轻人道："在下有要事相求，请英雄借一步说话。"贾义只好把孩子背上，把东西都收拾了，道："且让我到客栈去把东西放了，再同你走。"那年轻人却一把把东西都拎在手里，走到街边一个茶铺里，跟老板招呼了一声，就把东西存在里面，那老板对年轻人竟极是恭敬。年轻人回来，把住贾义的手，道："东西且放在茶铺里，英雄回头再取就是。"一边说着，一边引着贾义往镇外走去。

两人走了约有一个时辰，却到了一座大庄园前面，周围群山环抱，一带绿水从庄前流过，庄园大门前植着数十株柳树，极是僻静。原来那年轻人名叫郭远，是郭解的孙子，这庄园是他们家的产业，外面人都称这庄园为郭家庄。郭远引着贾义到草堂前面，令婢女过来把孩子领去照顾，又备了酒菜，陪着贾义吃得酒足饭饱，又坐着喝茶，说些闲话，渐渐地又看到有一些人进来，跟贾义见了礼，在旁边坐下。不久天黑了下来，郭远命仆人打上灯笼，引着大伙儿往庄园后面去了，七拐八弯，却到了后园一间密室，密室内供着一个矮个汉子的画像，想必便是郭解。众人坐定后，郭远"扑通"跪在贾义面前，倒把贾义吓了一跳。郭远道："郭远出生不久祖父就离世了，郭远深以为憾，今日万幸能见到祖父门下英雄，请英雄受郭远一拜。"郭远说完，就向着贾义磕了三个响头，其他的七八个人，也跟着他一起朝着贾义磕了三个头。贾义原本以为萬子夏口中所说的"郭解的门客贾义"全是子虚乌有，哪里想到原来还真有这么一个人，而且现在竟然还被郭解的后人认了真，一时手足无措，不知如何是好，又担心郭远问起郭解旧事自己回答不上来，心里暗暗着急。

郭远把那七八个人一一介绍给贾义，贾义心内有鬼，也分不清楚谁是谁，只知道郭远成立了一个名叫"抗暴团"的组织，这几个人都是"抗暴团"的骨干。原来郭解被族杀时郭远还未足月，得老仆冒死救出养大，后来风声过了，大家知道他是郭解的孙子，想起郭解以前的好处，都可怜他，赠他钱财，郭远拿这些钱财建了这郭家庄，又组织了"抗暴团"，宗旨却是抵抗暴君刘彻的统治，为郭解报仇。这几年来，"抗暴团"策划了几次刺杀皇帝的行动，都失败了，损失了不少人。前几日郭远打听得贾义的消息，才去把他找来，想来贾义嫉恶如仇，必定也想着要为郭解报仇的，所以直接把"抗暴团"的事情跟贾义说了，并无隐瞒。贾义听了哭笑不得，只好一味点头。郭远看到贾义点头，大喜道："得贾英雄相助，我们这一次的行动必定能够成功！"原来再过几日，皇帝要在平乐观观看角觝，"抗暴团"觉得这一次是刺杀皇帝的好机会，因为皇帝在观看角觝时，距离角觝者很近，但是"抗暴团"却苦于找不到会角觝的刺客，因此郭远才找到贾义，请求贾义到宫里去比斗角觝，趁着皇帝不注意时，把皇帝杀死。

贾义听了冷汗直流，他原本只想着若能背着儿子，靠卖艺挣来的钱将他养大，此生足矣，哪里想到平白无故冒出一个郭解的孙子来，认定了他就是郭解的门客，还要他去行刺皇帝为郭解报仇。正在犹豫的时候，郭远和一班"抗暴团"的骨干又跪了下来，郭远道："英雄只管放心，这一次行动计划极周密，宫内的侍卫中又有我们的人，事成之后，必能接英雄出来，英雄的儿子且先安置于郭家庄，待英雄回来，再由英雄照顾。"郭远的话虽然说得婉转，但明摆着是拿贾义的儿子当人质，逼着贾义去行刺。贾义听了暗暗叫苦，只好打肿脸充胖子，假装英雄好汉，歃血为盟，答应了郭远。

原来皇帝自从元封三年以大角觝戏飨安息使者后，对角觝就产生了浓厚的兴趣，命宫中卫士都要练习角觝，每年都要比试数次，优胜者能够得到殊赏。最近，又因为不满于宫内卫士的角觝水平，热衷于在民间寻找角觝的高手到宫内去与卫士们比拼，若能胜得宫内的高手，皇帝就要赏赐，甚至还有可能直接收入宫中做卫士。角觝比赛的时间却不固定，地点都是在上林苑的平乐观内，目下宫内卫士已经比拼完毕，皇帝正下令官员们寻找举荐民间的高手，郭远也不知道通过什么渠道，就把贾义也作为民间的角觝高手，送了进去。

说到角觝，贾义也确乎是一等一的高手，这不仅因为他出身角觝世家，从小浸淫其中，更因为他在李陵军中又得到了许多的磨练。汉时军中亦盛行角觝，军中的角觝却又与民间的不同，民间的因为更注重表演性，所以往往动作夸张，实用性却缺乏，军中的角觝，练习时虽还不至于以命相搏，但却全是为了上战场而准备，因此更注重实用性，下手也更隐蔽和狠辣，讲究一击致胜，因此让贾义去宫中与卫士们比拼角觝，却也是选对了人。

平乐观内的设施却也简单，只在御座前准备了一方方圆数十尺的大毡，皇帝靠着铺了绸缎的玉几，坐在上面观赏，又有专门的太监作评判，宫内卫士五人，民间高手五人，分别捉对比拼。

贾义还在郭家庄时，郭远便告诉贾义，因为进平乐观前都要搜身检查，用古语说的话就叫"露索"，因此兵刃暗器都是没有办法携带的，贾义只能趁着比拼胜利，接受皇帝赏赐的时候，扑上去用角觝的手法杀死皇帝。因为角觝本身就与现在的摔跤相近，都是不准使用兵刃的，最多只能使用戴在头上的牛角互相顶撞，所以让贾义赤手置人于死，本也不是难事。

轮到贾义上场，周旋了一会儿，他看准机会，以一个"背摔技"击败了对手，五位从民间找来的高手中，只有贾义一人战胜了自己的对手。皇帝又让另外四名卫士挑战贾义，结果贾义又将他们全都击败，皇帝非常高兴，命贾义上前受赏，还要将贾义任为宫中卫士。皇帝看到贾义一直戴着面罩，便命他将面罩取下，贾义缓缓取下面罩，皇帝看到贾义竟然没有鼻子，不禁一愣——此时贾义所跪之处距离皇帝不到一丈，贾义一直就等着这个机会，他一跃而起，如恶虎一般扑向皇帝，狠狠地将他压在身下，双手绞住皇帝的头，正待用一个"剪技"将他的脖子拧断，那皇帝却哭喊起来："朕不想死！英雄饶命！"贾义却没想到皇帝会如此草包，稍一犹豫，身后的几个卫士已扑上来将他摁在地上。

卫士们将贾义拉到一边摁住，皇帝从地上爬起，面色苍白，想起刚才的情形仍是心有余悸，再想起自己向贾义求饶的情形被卫士和太监们看到了，更是恼羞成怒，已是暗中决定要把平乐观内的人全都杀死，以免自己的丑态传到外面，被人耻笑。贾义被送到著名的酷吏廷尉张汤处审问，张汤很快就查出贾义本名刘义，受过劓刑，本是李陵帐下的步卒。张汤用尽了酷刑，想问出贾义身后的主使，但贾义想到儿子还在郭家庄，若招出来儿子便连一个藏身之处都没有了，所以抵死不说，只说是自己想为李陵报仇，并无他人主使。张汤又穷究将贾义举荐到平乐观去的官员，却发现那个官员已经在家中自杀，张汤无法，把贾义又审了几日，仍是没有结果，只好向皇帝禀报，皇帝知道若是连张汤都审不出来，别人更是没有办法，便命张汤把贾义送到上林苑的虎圈观去，让他与老虎相斗，让老虎把他吃了。

平乐观是皇帝观赏角觝的地方，虎圈观则是皇帝观赏人虎相斗的地方，常常有死囚被送到这里与老虎相斗，但人怎么能与饿虎相争？所以结局也不过是一个死。贾义被送到这里，自知已是必死无疑，只是担心儿子还小，没有人可以托付，自己死不瞑目。正在昏昏沉沉的时候，却隐隐听到有人呼唤自己，贾义侧耳细听，果然听到有人在墙外压低了嗓门唤道："刘义！刘义！"听起来却似乎是吴单的声音。

原来吴单从蚕室出来之后，并未离开上林苑。虽然太史公叫他回楚地去，但他细细想来，天下虽大，除了上林苑外，竟没有别的地方可以容身，他索性就打定了在上林苑住下去的主意，在苑中捉鱼捕鹿，倒也悠然自得，恍若世外桃源。这一日晚间又在苑中捕鹿，偶然听得虎圈观新来一个死囚名唤贾义，他悚然一惊，急忙到虎圈观来查看。他知道虎圈观关死囚的牢房的位置，便趁着夜色，潜到牢房外呼唤贾义，果然被贾义听到。

死囚牢虽有窗口，但开得极高极小，上面又安有儿臂粗的铁栅，吴单自知一时无法将贾义救出，想到贾义还有一个嗷嗷待哺的儿子，只希望能打听得他儿子的行踪，也好去相救。万幸让贾义听到了他的呼唤，贾义勉力站起，对着窗口道："你出西门，走两个时辰，到洪庆镇，再向南走一个时辰，那儿有个郭家庄，我儿子名叫'病己'，你千万要记住了。"吴单道一声"诺"，也不再多说，转身便走。

　　次日吴单便出上林苑向西，按贾义所说的方向去寻找郭家庄，寻了几日，竟没有丝毫的消息。洪庆镇南边倒真有一个大庄园，但那庄园却不叫郭家庄，而是叫柳庄，庄主也不姓郭，而是姓霍。吴单不死心，夜里潜入庄园内探查，也没有查出什么结果，只知道这庄园原来竟是奉车都尉霍光名下的产业，但是除此之外似乎也没有什么特异之处。

　　吴单又连着查了数日，仍是毫无头绪，只好先回到上林苑中，再探听贾义的消息，却得知他已经在虎圈观中被饿虎咬死了。吴单垂头丧气，在上林苑和长安城内游荡，失魂落魄，只觉生不如死。

　　上林苑昆明池旁，有一小湖名孤树池，孤树池中有一小洲，洲上有一棵杉树，高达百丈，是上林苑中最高的树，站在树上，整个长安城尽收眼底。天气晴好时，吴单喜欢在树上过夜。

　　吴单躲藏于上林苑中，也不知又过去了多少天。有一天，他又在孤树池的杉树上过夜，清晨时却被一阵号角声惊醒，原来是皇帝到昆明池游玩来了。昆明池本是为了讨伐越嶲、昆明两国而挖的大池，皇帝在上面训练水军，后来水军没有练成，但昆明池却留了下来。吴单立于杉树之上，对昆明池上的情形看得清清楚楚，只见数十小船围着一艘巨大的龙船，小船上有角觚伎乐在表演，中间的龙船高达十几丈，披着绫罗绸缎金银珠宝，华丽之极，龙船的甲板上，一群太监围着一个穿龙袍的人，也不知在干什么。吴单的弓箭一直都是随身带着的，他把弓背上，挑了一支箭咬住，往杉树的最高处爬去。他挑了一个易于站立视野也好的粗枝，稳稳站住，张弓搭箭，瞄着那龙船上的皇帝一箭射去。那支箭跟随吴单多年，在草原上射杀过匈奴人，在上林苑里射杀过野鹿，箭羽早不知被吴单换过多少次，箭镞也是数次磨损后又重新磨得锋利。吴单这一箭射出去，便看见皇帝仰面倒在船上，胸口插着自己的箭，却不知生死。船上的人乱成一团，随后就有卫士惶急地向昆明池四方搜查。吴单看到有一队卫士向孤树池的方向来了，便转身躲入杉树上一个树洞中。他在上林苑生活了几年，这树洞却是他偶然发现的，除了他之外再没有旁的人知道，人躲藏于树洞之中，树下的人除非知道树上有一个能藏人的洞，否则的话绝不可能料到树上有人。

那些卫士从树下经过，果然没有发现吴单。吴单在洞中躲到天黑，悄悄地下树来，除了弓箭什么也没带。他知道出了这事之后，上林苑没法待了，便出了上林苑，到显武里去找太史公司马迁。此时距李陵之事已有好几年，早就没人记得还有一个名叫吴单的步卒在逃亡了，吴单光明正大地在天亮之后进了显武里，敲开太史公的家门。司马迁此时早已不是太史令——受了腐刑之后，皇帝命他做了中书令，相当于皇帝的秘书长，地位却比太史令高。

司马迁却还记得吴单，看到吴单来找自己也并不惊讶，只让吴单到后面去洗了个澡，把衣服换了。到了夜深无人时，方才把吴单唤来，问道："今天早上，主上在上林苑内被人刺杀，险些驾崩，这事是你做的？"吴单点头。司马迁道："李陵帐下的一位百人将，都有如此高超的射术，真是令人惊叹。"吴单听到皇帝没有死，却有些惋惜。司马迁又道："宫内的守卫是由大将军霍光负责的，我现在虽然是中书令，但也没有办法接近主上，只听说箭是射在背上，受伤虽重，性命却无碍。"吴单道："吴单清楚记得，箭是射入了皇帝的前胸。"司马迁听了，沉吟道："这其中必有蹊跷，霍光封闭了宫门，隐瞒皇帝的伤情，必定另有图谋。这几日你不要出去，这件事也决不可对别人提起，免得惹祸上身。"吴单点头，忽然想到刚才司马迁提到的霍光，自己之前在洪庆镇查到的那个庄园，似乎也是霍光的，不知其中是否又有隐情，不如向太史公请教，便把贾义托自己寻找儿子的事，以及自己在洪庆镇查找却一无所获的情况，跟司马迁说了。司马迁听了之后，道："必是贾义被人以儿子相要挟，逼他去行刺皇帝，他才不得已入宫行刺，失手被擒，他的儿子在那些人手中，他自然不敢招出主使，只是被你偶尔得知他儿子是在洪庆镇郭家庄中，但那些人为求万全，也决不会告诉贾义他们的真实身份，其实你既然查到了那个庄园是霍光的产业，自然就应该猜到这事情应该是霍光的谋划了，可惜当时你没有继续查下去，此时要再去查，只怕更困难了，不过你当时没有查下去也好，霍光外表仁厚谨慎，内里机心却甚深，你当时如果再查下去，只怕性命也保不住了。"

吴单听了司马迁说的话，并没有说什么，却在当天晚上悄悄地离开了司马迁的府第。他怀揣一把匕首，在黑夜中潜入大将军霍光的宅子隐藏起来，不吃不喝，一直等了三天才找到机会，他从藏身的地方跃出，将匕首架在霍光的脖子上，逼问他是否还记得几年前有一个叫贾义的人，曾经被他挟持着去刺杀皇帝。霍光虽是霍去病的弟弟，但并不像霍去病那样高大威武，而是儒雅沉着的一个人，虽然被吴单拿匕首架在脖子上，却也并不惊慌，点头道："自然记得，想必你便是吴单了。"吴单被他一下子说出了身份，却有些出乎意料，厉声道："你不用管我是谁，你若能将贾义的儿子刘病己交给我，并送我们出城，我必不伤你性命！"霍光道："病己现在就在门外，我叫他进来，若他愿与你一起出去，我自然不会阻拦。"吴单听霍光如此说，更是不知所措，正在沉吟的时候，霍光已大声道："病己，你吴单叔叔来了，你还不进来！"话音刚落，门果然被推开了，进来一个七八岁的孩子，乍看去果然与贾义有些相像，只是目光却沉着坚定，与贾义大不相同。吴单一看孩子进来了，急忙放下匕首。他却全没有料到，那么容易地就能见到刘病己，更没有料到霍光似乎并未向孩子隐瞒他的真实身份。霍光道："吴单叔叔是你父亲的兄弟，当年一起打过匈奴，受过劓刑，这回来接你来了，你可愿与他一起走？"刘病己摇摇头，道："我在这儿过得好好的，并不愿与旁的人一起离开这里。"

吴单从霍光府中出来，茫然无措，只觉得万念俱灰，自此后便在司马迁府中躲藏，也不再提刘病己的事，后来更索性改名司马单，做了司马迁府中的一个仆人；但司马迁对他却极恭敬，并不把他当成一个仆人看待。征和年间，宫内出了著名的"巫蛊之祸"，太子刘据被逼自杀，幼子刘弗陵成为太子，霍光成了辅政的大臣。到征和四年，皇帝又一反常态，下了罪己诏，声称此后要与民生息，再也不穷兵黩武，劳民伤财。

皇帝崩于后元二年，谥"武"，史称汉武帝。太子刘弗陵继位，是为昭帝。刘弗陵继位之后不久，司马迁也死了，吴单跟着司马迁的女儿离开茂陵，到了长安。刘弗陵在位十三年，崩于元平元年，太子刘贺继位，刘贺在位二十七天，霍光以其不堪帝位为由，废刘贺为昌邑王，并从民间找来戾太子刘据唯一的遗孙刘病己，立为皇帝，是为汉宣帝。

此时吴单也已重病在床，命悬一线，除了早已死去的司马迁之外，没有人知道这个受过劓刑的曾经的李陵的步卒、楚地的猎户，竟然曾刺杀过皇帝刘彻和权臣霍光，更没有人知道，还有另一个名叫刘义的步卒，他曾经有一个儿子，名字也叫"病己"。

2010 年 9 月 8 日

春之牙

雪下了三天,有人在雪窝里光脚倒行。

脚印踩在雪上,轻浅、纤秀,穿过被大雪覆盖的草原,向北去了。

尔朱叉罗以为是逃跑的女奴,策马沿足迹追去。那年,他只有二十岁,长着一双猫也似的蓝眼,那蓝色,淡得像滹沱河三月的河水。

在结了冰的滹沱河边,他找到了那个女人。她一丝不挂,用警惕的眼神看着尔朱叉罗,一步步后退,靠在了河边那棵柳树上。

尔朱叉罗熟悉那棵柳树。小时候,他和他的哥哥尔朱菩提,还有他的弟弟尔朱文殊,喜欢在这柳树下用鱼叉叉鱼。滹沱河是如此地清澈,人们可以一眼看到河底,即便是结了冰,透过数尺厚的冰面,仍可以看到鱼在河水里潜游,在一些异常晴朗的日子,鱼甚至会游着游着就游出水面,在阳光里飞翔,直到它们发现了这一点,才在惊诧中落下,在河面上砸出一圈圈的涟漪。

"跟我回去!"尔朱叉罗向女人伸出手。女人似乎听不懂他说的什么,仍是紧紧地靠着柳树。柳树的叶子早已落尽,但是,尔朱叉罗看到,在女人靠上去之后,嫩黄的柳芽从枝上迸了出来。

尔朱叉罗跳下马,向女人靠近,说:"跟我回去,我要你!"女人龇着雪白的牙齿,像母兽一样尖叫。尔朱叉罗笑了笑,他觉得他的心好像被一根细绳紧紧勒住了,他的胸膛里像塞满了沙,又重、又闷。

他一把抓住女人的手。女人使劲把手往回拉,但似乎她并不是想把手挣出来,而只是想把尔朱叉罗拉得更近。尔朱叉罗嗅到女人身上淡淡的草香,仿佛她刚在春天的草原上打了个滚回来。尔朱叉罗觉得自己的骨头里充满了泡沫,他觉得自己就要飞起来了,他觉得自己真的飞起来了。

女人突然一低头,咬在了尔朱叉罗的手背上。尔朱叉罗一动也不动,任她狠狠地咬着,血流出来,洇红了女人的双唇。"跟我回去。"尔朱叉罗说。

女人慢慢松了嘴,略有些惊讶地看着尔朱叉罗,眼里的惊恐与愤怒渐渐逝去,手上的力道也渐渐消失,忽然,她的身子一软,倒在了雪地上。尔朱叉罗看到她的背上有一个伤口,有淡绿的微光从伤口里透出来。他跪下抱起女人,他看到女人的血是白色的,是的,白色的血,从伤口里汩汩涌出,如同牛乳。

尔朱叉罗叫她柳芽。

尔朱叉罗娶她为妻。

尔朱叉罗的父亲,契胡人的首领尔朱荣为他们搭起华美的青庐,但柳芽并不喜欢,后来他们还是在蓝天之下、白雪之上举行了婚礼。随着柳芽的到来,春天提前来到了秀容川。雪在一夜之间全化了,滹沱河的河水涨了起来,一直淹到柳树的根部。冰冷的河水在夜里淹没了一些住在河边的契胡人的毡帐,他们先是惊诧莫名,跟着又欢呼雀跃。几天之后,河水退了,草从湿漉漉的黑土中长出,它们长得如此之快,不论白天还是黑夜,契胡人都能听到它们疯狂生长的"沙沙"声。羊圈里的土地头天晚上还是光秃秃的一片,可是第二天醒来,就已经变得绿油油的,高高的、厚厚的、缎子一样的青草甚至能把小羊羔托起来。此后的几年里,春天再也没有离开过秀容川。契胡人不再骑马,他们发明了一种用牛皮制成的滑板,在青草上滑行。秀容川的青草是如此肥美、如此厚实,以至于连马匹都只能浮在上面,无法行动,不过它们也不需要太多的行动,被它们吃得陷下去的草地,第二天清晨,就会长成原来的模样。尔朱荣认为这样下去契胡人只会变得越来越懒,于是把男人和马群带到圣山的山麓之下,那里的草没有那么厚,还能够让马儿奔跑。很早以前，契胡人就在圣山之下挖出了铁矿，尔朱荣分出一些男人锻造武器和铠甲，其余的男人则随着他去狩猎。他们追逐和猎杀野牛群、围捕野狼、伏击虎豹……尔朱荣把他们训练成一群嗜血的武士，他们叫嚣着掠过北方的草原，袭击柔然人的部落，抢夺他们的牲畜和女人，杀死他们的男人，并把被杀者的皮制成雪白的旗帜，插在马背上，带着它到处奔跑。留在滹沱河边的契胡女人们，不知道仅仅几年的时间，她们的丈夫就已经由朴实的牧人，变成了血腥的杀戮者。当她们的丈夫张着人皮的旗帜，从圣山下回到滹沱河边的时候，女人们以为那些旗帜是用最好的羊皮制成的，她们从她们的丈夫那里要来这些"羊皮"，并把它们制成袍子，穿在她们的孩子身上。

契胡人的历史，可以一直追溯到五百年前的羯族。这个小小的游牧部族，被柔然人驱赶，被鲜卑人奴役，他们的女人被掠夺，他们的男人被残杀，他们从未拥有过自己的牧场，只能日复一日地在草原上流浪。他们的祖先的灵魂也跟着他们在草原上流浪，因为，即便是在阴间，契胡人也一样地被驱赶、被奴役、被掠夺、被残杀。在并不久远的过去，这个小小的部族的生者与死者是生活在一起的，而死者比生者要多得多，于是便出现了这样的情形：在几千个生者身后，几万、十几万个死者吵吵嚷嚷地、争先恐后地，在一望无际的草原上，毫无目的地漫游。一直到尔朱荣的高祖尔朱羽健时，契胡人才因为帮助鲜卑人征服了晋阳，获得了秀容川的三百里草原，得以过上略为安定的生活。而那些浪荡了几个世纪的鬼魂，也才得以在秀容川北部的圣山定居下来。

尔朱荣十岁时，与他的父亲尔朱新兴一起登上圣山。在那泓蓝色的圣湖边，尔朱荣听到了震天动地的鼓声。他看到在湖水上，在森林里，在天空中……无数的鬼魂在敲着鼓、在跳跃、在舞蹈、在欢呼、在哭泣……尔朱新兴朝着圣湖跪下，眼里流出了鲜血，他的嗓子里似乎有火在烧，他说："祖宗传下一句话，谁在圣湖边听到了鼓声，谁就是复仇者，鲜血将因他而在大地上流淌，连石头也要漂起！"

尔朱荣深信自己就是那个复仇者。虽然因为柳芽的到来，秀容川已经变成了整个北方最富庶的地区，但在契胡人的心中，仇恨并未因此而泯灭，他们只是把仇恨埋在了灵魂的最深处，一旦时机成熟，他们就将拿起武器，去驱赶、去奴役、去掠夺、去残杀那些曾经驱赶、奴役、掠夺和残杀过他们的人。

那一年的春天,传来了鲜卑族皇帝驾崩的消息。三月,尔朱荣集结了一万骑兵,南下洛阳。契胡人带着复杂的心情上路:一方面,他们是去复仇的;另一方面,他们又是去朝圣的——不是去朝见那个已经死去的鲜卑族皇帝,而是去朝觐那个仿佛是只存在于传说中的伟大的都城洛阳。

尔朱荣让柳芽和尔朱叉罗同乘一骑,一起南下。既然柳芽曾经给秀容川带来富庶,那么,尔朱荣也希望她能给此次战争带来胜利。

柳芽终于学会了说话,虽然仍不能说太长的句子。尔朱叉罗带着柳芽,踩着牛皮制成的滑板,在秀容川的草原上滑行。柳芽跟着尔朱叉罗说出每一座山峰、每一条河流、每一棵树木、每一片草原的名称。那些词语因为被柳芽说出而具有了某种原本是物质才有的属性:有些词语变得像钻石一样明亮,有些词语则带上了青草的香味,有些词语一被说出就会破碎而散入风中,有些词语变得坚硬而沉默,像一块深埋于土中的青石……渐渐地,柳芽能够说出一些简短的句子,于是契胡人的孩子们常常在黄昏时看到许多词语的精灵排成队列,在草原之上奔跑、舞蹈和飞翔,孩子们追逐着这些精灵——它们的身躯晶莹剔透,像风一样无法把握,孩子们总是在一阵狂喜之后,才发现自己所捉到的不过是一场空虚。大人们看不到这些精灵,总是把孩子们激动的诉说当成他们无休无止的幻想的一部分,这草原是如此地静谧、和谐,孩子们很容易地就会沉入幻想之中,或者不如说,整个草原都不过是一个美丽的幻想。

柳芽一直无法真正习惯人的生活,最开始的时候,她甚至不愿意穿衣服。虽然明知道她是尔朱叉罗的老婆,但契胡的男人们仍然忍不住地要沉迷于她美丽的裸体而不能自拔,契胡的女人们因此而妒忌、恼怒,但她们知道这并不能怪她们的男人,于是她们对尔朱荣说,如果柳芽一直像现在这样一丝不挂地到处乱跑,那么契胡人都要饿死,因为男人们都被她吸引过去而忘了干活了。尔朱荣自己也正被这个问题所困扰,他对尔朱叉罗说,柳芽必须穿衣服。被幸福弄得晕头转向的尔朱叉罗直到此刻才发现了这个问题的严重性,但柳芽穿不惯契胡人的衣服,这些衣服的料子太粗糙,会磨坏她的皮肤,尔朱荣不得不从南朝买来最好的丝绸,这些丝绸是如此地轻柔,披在身上什么也感觉不到,柳芽在这些绸布上捅出三个大洞,从头上往下一套,两手伸出来,就算是穿上了衣服。实际上她这样的打扮比赤身裸体还更诱惑男人,幸好这时尔朱荣把契胡的男人们都带去圣山了,于是,没有人再逼着柳芽穿上更多的衣服了,但柳芽也没有把衣服脱下,她已经渐渐地习惯。日复一日地,她赤着双脚,穿着简单的罩衫,在秀容川里游荡,弯腰捋下一茎茎青草,放入嘴中咀嚼,直到嘴角变得碧绿;她默默地期待着尔朱叉罗从圣山回来的日子,孤独和甜蜜缠绕着她,在她心中,世界缩小为一方只能容纳两个人的华美墓穴,这两个人,一个,是柳芽自己,另一个,便是尔朱叉罗。

有一次,尔朱叉罗从圣山回来,柳芽拉着他的手,到佛龛前,指着佛龛里的一块牙形玉石,说柳芽想要。这块玉石是很久以前,契胡的一位祖先从南朝带回来的,叫作鲸玡。这块叫作鲸玡的玉石,乍看去便如一根野兽的獠牙,但是,在四月的夜晚,这块玉石会化成一曲高亢而渺远的歌声,在水晶一般的夜色里缭绕盘旋。这歌声透明如水、空灵如玉、锋利如刀,契胡人从梦中惊醒,茫然若失,他们寻找了很久,才发现鲸玡的秘密,因为当鲸玡重新由歌声变为玉石时,浑身都沾满了露水与月光。契胡人把鲸玡供在了佛龛上,在每年的四月,他们总是彻夜不眠,一整夜一整夜地,听着那歌声由大地猛地冲上夜空,又直直地坠下,在草尖之上激荡,直到歌声止息,他们才精疲力竭地倒下,然而,一旦那歌声再一次响起,他们就又会像一只受惊的鹿一样从地上跃起,竖起双耳,生怕错过了某一个音节。

尔朱荣召集起所有的契胡人,说出了柳芽的要求。没有人反对,所有人都认为只有柳芽才有资格做这块玉石的主人,于是尔朱荣从佛龛上取下了鲸玡,交到了柳芽的手上。柳芽把鲸玡当成发笄,即便睡觉时也戴着,在尔朱叉罗与柳芽相爱的时候,鲸玡就会化成野火一样的歌声,在毡帐里低沉而热烈地回响。

在从秀容川到洛阳的路上,尔朱叉罗和柳芽无法抑制他们火一样的激情,常常,他们走着走着,就落在了后面,于是尔朱叉罗让马儿跃过路边的小溪、沟壑,向深山里走去,去寻找那蝴蝶一样的寂静,他们在树上、在山石上、在溪流里……在一切他们忍不住要忘情地相爱的地方,忘情地相爱。

一直到黄昏日落,他们才从激情中苏醒,跨上马背。在无边的暮色中,他们让马儿像风一样驰骋,追上正在为扎营而忙碌的契胡骑兵们。

有一天，在暮色中，他们遇上了一个小孩，他穿着黄布衫，脸色也是蜡黄的，阻住了尔朱叉罗和柳芽的去路。让人不解的是，柳芽竟被这小孩吓得浑身发抖。"哈哈哈！"那小孩尖声笑道，"不知死活的畜生，总算让我黄虐儿找到你啦！"他猛地一跃，伸手向柳芽抓来，柳芽紧紧抱住了尔朱叉罗，她发间的鲸玡伸出一道蛇芯似的微芒，忽然暴长，鞭子一样地抽在了黄虐儿手上。黄虐儿惊叫一声，他的手眨眼间便被烧成了黑色，他反身退走，一路尖啸着，所经之处，山石飞上空中，树木断裂、倾倒，巨大的声响在山谷中回荡，直至尔朱叉罗和柳芽走出了十里之外，仍听得到。

柳芽再也不愿意离开骑兵们了。尔朱叉罗的心中充满了疑惑，而柳芽却什么也不愿意说。白天，两个人相互依偎着骑在马上，沉默着，只用淡淡的吻和轻柔的爱抚来表达他们心中的爱意；夜里，柳芽蜷缩在尔朱叉罗的怀中瑟瑟发抖，那些恐怖的回忆在她的脑海中复活，使她的眼神失去了光彩，使她的嘴唇变得苍白。"告诉我，为什么？"尔朱叉罗不断地问着她，但柳芽不断地摇着头："尔朱叉罗会不要柳芽！""不，是你会离开我！"尔朱叉罗恼怒地说，"告诉我，你是谁？你为什么会来到我的身边？"柳芽茫然地看着尔朱叉罗，重复着他的话："你是谁？你为什么会来到我的身边？"有时，这样的追问会持续一整夜。有一回，尔朱叉罗甚至忍不住打了柳芽，但柳芽仍然不愿意说出事情的原委。"柳芽宁愿尔朱叉罗打柳芽，也不愿尔朱叉罗知道一切！"她抽泣着说。

黄虐儿第二次出现，是在十几日之后。他站在半山腰一棵柏树上，随着树枝一上一下地起伏着。契胡骑兵停下了，惊慌的情绪悄悄地在他们中间蔓延。忽然，黄虐儿从半山腰上直冲了下来，像一道黄色的烟尘。骑兵们一碰到黄虐儿，就连人带马翻倒，马儿嘶鸣着想站起来，而人则浑身战栗着在地上翻滚。眨眼之间，黄虐儿就冲到了尔朱叉罗和柳芽马前，他再一次向柳芽抓去，尔朱叉罗看到那只手已被烧得只剩森森白骨，鲸玡的光再一次抽在那只手上，那只手"咔"的一声，在一团黄白的火焰中消失了。但黄虐儿并不后退，而是再次跃起，用另一只手向柳芽抓去，但那只手也被鲸玡烧成了灰烬。黄虐儿呆呆地站在马前，似乎无法相信眼前的现实，他的眉毛竖了起来，腾身跃起，向柳芽扑去，鲸玡的光芒穿透了他的胸膛，他在空中停住，火从他的身体中燃起，他在距离尔朱叉罗和柳芽不到一丈的地方"嘭"地爆开,残躯四散,尚未落地,就已被烧成了灰,随着山风飘得无影无踪。

那些被黄虐儿碰到的骑兵和马匹,冒着冷汗,在地上呻吟,身躯变得蜡黄,不久之后,都死去了。尔朱荣命令一小队骑兵把他们埋葬,在夜里,这一小队骑兵也像他们所埋葬的死者那样死去了。契胡人吓坏了,不敢触碰他们,只是远远地用火箭把尸体点燃,就乘着夜色,匆匆向洛阳进发。

那些被他们抛弃的死者的尸体,有些并未燃尽,有些则被野兽从坟里拖出,它们都成了野兽的食物,于是这种怪异的疾病在野兽间传播,并在十年以后,进入洛阳,那时洛阳已成为一座类似于废墟的城市,总共有三百二十个人、七百三十七只野猫、八百二十九只野狗在这场疫病中死去,于是,洛阳完全地沉寂了,成为一座死城。

但此前的洛阳,却是全中国、或许也是全世界最繁华的城市。它像一朵盛开在邙山之南、洛水之北的被揉碎的向日葵一样,散发着破败的香氛,燃亮着末世才有的、神秘的、暗褐色的火焰。上百万黑蚂蚁一样的人聚居于此,他们笃信佛教,酷爱淫靡的音乐、狂放的舞蹈、妖冶的绘画、威严的塑像、壮丽的兰若、雄伟的浮图、华美的绮绣、芳馨的美酒和精致的食物,树木浓绿的枝条从窗户伸展入他们燃着暗香的卧房,楼宇间震荡着寺院悠远而清亮的钟声,节日一个接着一个,街上挤满了狂欢的人群,这样的狂欢直到黑夜降临仍不止息,他们摆起豪奢的夜宴,跳起放荡的胡舞,直到月上中天,他们累了,于是吹响箫管,弹起箜篌,低吟悲伤的古曲。可当晨曦照亮他们的庭院,他们又重新变得精神焕发,冲到街上,开始新一轮的狂欢。这样的狂欢会在他们的一生中持续,直到那不醒的酣眠来临,他们才会在曼妙而哀伤的挽歌声中,乘着洁白的輀车,登上高广的北邙,被埋入那早已为他们准备好的墓穴,在那里,他们将会开始新的、无止尽的狂欢。

偶尔,会有死去的人从墓穴中走出,回到这人间的天堂。他们怀念那地狱的美景,在坟墓边徘徊不去,等待着大地张开黑暗的大嘴,重新将他们吞食;但奇迹很少再次发生,他们离开了坟墓,贴着墙根走入城中,去寻找他们以前的家人,但这些人或者已经死去,或者已将他们遗忘,或者虽然仍记得他们,却因害怕而不愿

接受他们。于是，这些无主的游魂，只能在洛阳的街衢上游荡。他们惧怕阳光，惧怕人群，他们依靠讲述另一个世界的荒诞不经的故事为生，他们的身体渐渐缩小，渐渐变黑，突然，在某一个没有月光的夜晚，他们消失了，就像一小滴墨汁落入了墨池之中，就像一小块黑暗落入了黑暗之中。

　　然而，有一个女人是例外，这个女人，叫兰撒露。在绵延不绝的时间长河中，她一次又一次地从墓穴中复活，重归洛阳。人们记不清她究竟复活了多少次，她最早出现在史书中，是汉平帝刘衎年间，距今已有五百多年。她披散着满头红发，从墓穴中升起，赤裸的身躯像星光一般纯洁美丽，她降落在洛阳城最繁华的地方，像呼吸空气一样地吞噬男人。她是一个巨大的漩涡，把所有的男人都卷了进去，男人们心甘情愿地死在她的床上，有更多的男人渴望着死在她的床上而不可得，因为皇帝会很快地把她迎入宫中，立她为自己最最宠爱的妃子。但是，皇帝的幸福最多也只能持续一个月，因为没有任何一个男人能够在兰撒露身边一个月而不死去。这个皇帝也是兰撒露这一次复活的最后一个男人，她会和皇帝一起死去，一起下葬，一起被埋入黑暗之中，直到不知多少年之后，她会突然地再一次从墓穴中升起，再一次，像呼吸空气一样地吞噬男人。

　　孝明帝元诩就是和兰撒露一起，死在龙榻上的，那一年，他十九岁。他的母亲胡太后松了口气，她已执掌朝政多年，一直在害怕终有一天，自己不得不把权力交还给已经长大的儿子。为了长久地保持权力，胡太后立一个只有三岁的孙女为皇帝，但这显然太可笑了，几天之后，她又改立一个只有三岁的孙子为皇帝。但时局已无法挽回，一直虎视眈眈的尔朱荣率兵南下了，立长乐王元子攸为帝——他正当壮年，在朝臣中素有威望，显然比胡太后立的皇帝更有号召力。胡太后派出去抵抗的军队很快地溃散了，她不得不带着小皇帝，去向尔朱荣投降，尔朱荣把她和小皇帝，都扔进了黄河之中。之后，两千多名王公大臣，也都渡过黄河，去迎接新皇帝和尔朱荣，但是，尔朱荣命令骑兵们，把这两千多名王公大臣，全都杀死。

　　柳芽目睹了这两起惨剧。

　　每天清晨，柳芽总是到河滩上去吃草，尔朱叉罗忙于作战，没有时间陪她。她一个人静静地坐在河滩上，看河水打着漩儿，绕过上游那道血红的山崖，无声地向东奔流。

那一天，她看到一个小小的黄色人影从高高的崖壁上飘了下来，好像一张剪纸，在河风里缓缓飘落，终于，在仿佛是广阔无垠的河面上溅起了一星白色的水花。跟着，是一个稍大些的人影飘了下来，那人一边向下飘落，一边尖叫、咒骂。

第二天，柳芽亲身经历了那场更血腥的屠杀。正当她坐在河滩上百无聊赖地咀嚼青草的时候，一大群穿着怪模怪样的衣衫、戴着高高的帽子、手里捧着或白或黄的板子的男人踉跄着走过来，把她围住了。他们全都不出声，有的脸色白得像雪，有的嘴角一动一动地似乎想说什么又说不出来，有的双腿打着颤，差不多连站都站不住了……一声长长的呼哨之后，柳芽听到有人高声喊道："皇上谕旨，尔等皆为叛逆，罪不容赦，尽皆处斩。钦此！"话音刚落，人们就像炸了锅一样地哀号起来。柳芽听到了马蹄踩在河滩的碎石上的声音，听到了最外圈的人的惨叫声，人们像一群被驱赶的羊一样奔跑起来，但很快又掉回头向另一个方向跑去，仿佛前面刮起了一阵狂风，把他们又卷了回去。但四处都有马蹄声，人们被逼进了河中，骑兵冲入人群，肆意残杀。柳芽被裹挟着，在河滩上乱跑，四周不断有人被砍翻在地，但奇怪的是，骑兵的利刃始终没有伤害到她，最后，她被扔在了浅滩上，四周躺满了死人，河水被染红了，水面上漂满了尸体。一个骑兵，"嗒嗒嗒"地过来，人和马都浸在鲜血里，他在柳芽面前立住。柳芽抬起头，她看到了这个残忍的杀戮者——他的苍白的面颊上挣扎着一缕恐怖的笑意——不是别人，正是尔朱叉罗。

那天晚上，柳芽闻到尔朱叉罗身上有浓浓的血腥气，她再也不愿蜷进尔朱叉罗的怀抱里了，她远远地睡着，不许尔朱叉罗触碰自己。尔朱叉罗离开她，向河岸走去，许久也没回来。柳芽赤着脚，踩着月光，一路小跑着，到河边去寻找尔朱叉罗。她看到尔朱叉罗赤裸着身躯，站在河里，拼命地用手搓着自己的身体，搓得浑身的皮肤都因充血而变得通红。他看到柳芽来了，停止了搓洗，向柳芽笑了笑，那笑容是乞怜的，却依旧恐怖得令柳芽战栗。

还在离洛阳城很远的地方，尔朱叉罗就听到了永宁寺佛塔上的宝铎的"叮叮"声。在更远的地方，在黄河岸边，尔朱叉罗甚至曾经看到过那座佛塔的倩丽的身

影: 它浮在缥缈的云雾中, 仿佛是存在于另一个世界。

　　距洛阳愈近, 那悠扬清澈、沁人心脾的"叮叮"声就愈清晰。尔朱叉罗的心中渐渐沥沥地下起了春雨, 燕语呢喃, 春风熏人欲醉, 但大地却是一片泥泞, 一种模模糊糊的感觉从他的内心深处如雾般升起, 他觉得柳芽就要离开自己了。

　　当他牵着柳芽的手, 穿过铜驼街, 避开仓皇逃命的人群, 拐入永宁寺前纤尘不染的大道, 当他站在大道旁的青槐下, 抬头仰望永宁寺东门的雄伟的门楼, 抬头仰望那耸入云霄的佛塔, 他暂时地把所有的痛苦都忘却了。他拉着柳芽的手, 一层一层地上去。地上铺着华丽的地毯, 墙上绘着森严的壁画, 空气间浮动着寺院独有的冷香, 喧嚣渐渐逝去, 仿佛他们正在脱离尘世, 要融入那虚无缥缈的佛国。

　　尔朱叉罗在最高一层立住了。从窗口望出去, 北边是金碧辉煌的宫殿群, 东边和西边是密密麻麻的坊市, 南边是森严的太庙、太社, 太庙和太社旁是正在建筑中的明堂和辟雍——它们的规模是如此庞大, 以至于五年后迁都邺城时, 也没来得及完工, 最终只能不了了之。

　　就在尔朱叉罗为这城市的盛大而惊叹时, 柳芽突然挣开了他的手, 从窗口飘出去, 立在塔檐上。

　　"柳芽, 柳芽……"尔朱叉罗喊着, 他知道他一直担心的那一刻终于来到了。柳芽脱去了罩衫, 伸手拔下乌发间的鲸珃, 放在窗边。"你身上有血。"她说。她光洁的肌肤下透出了淡绿的微光, 她在阳光中浮起, 渐渐上升, 她的目光平静, 双手垂在膝旁, 她长长的黑发在风里摇漾。尔朱叉罗拼命地冲出去, 冒着摔下塔去的危险, 想把柳芽抓住, 但他只碰到了柳芽的足尖。他趴在塔檐上, 向着整个洛阳嗥叫, 像一头被围困的受伤的狼。在后来很长一段时间里, 他不断地重温着指尖那温润的感觉, 他不再洗手, 直至他历尽无数艰辛, 重新找到柳芽为止。

　　火是从第八层开始烧起来的。

　　那时柳芽离开尔朱叉罗已近一年。

　　三更时分, 下起了黑色的大雨。黑色的水流从黑色的天空倾注而下, 在街衢上流淌, 无数灰白的鬼魂在雨中飘荡、呼叫、痛哭、歌唱, 使人不得不怀疑, 这雨水并非来自天空, 而是来自地狱。拂晓时, 一道霹雳打在了佛塔塔顶的金瓶上, 这道霹雳是如此之响，以至于整座城池似乎都被它震得跳动不已。人们从未见过如此怪异的大雨，也从未听到过如此震天动地的霹雳，他们预感到亘古未有的大祸即将来临，却又无计可施。第一个发现佛塔上的大火的，是凌云台上值夜的小太监，他跌跌撞撞地冲入雨中，向孝庄帝元子攸的寝宫跑去，他跪在寝宫外的阶墀上，放声大哭。孝庄帝被惊醒了，一弄清原委，便登上龙辇，冒雨到凌云台去观火。火已经蔓延到第四层，孝庄帝含着眼泪，命尔朱叉罗率一千羽林军前去救火，但谁都知道这于事无补——如果连地狱的大雨都无法将火扑灭，一千羽林军又有何用？

尔朱叉罗率羽林军赶到佛塔下的时候，永宁寺中已挤满了观火的人群，起初，还有人试图取水救火，但很快就没有人再做这无用之事了。人们一层层地围住佛塔，捶胸顿足，号啕大哭。火愈燃愈烈，突然，一个人跃入了火中，人们似乎恍然大悟，纷纷跟着跃入——尔朱叉罗的一千羽林军已不是在救火，而是在救人。但是，仍有三个比丘尼，穿过微小的罅隙，冲入火中。那时大火已将整座佛塔点燃，巨大的火柱"嘶啦嘶啦"地响着，雨水尚未落入火中，就已被蒸腾成黑色的雾。尔朱叉罗紧跟着冲入了大火之中，他也不知自己究竟是想救人，还是想自杀。他拼尽全力把三个比丘尼从火里给扔了出来，自己却陷在了里面。正是在这熊熊烈火中，他看到了柳芽，她出现在尔朱叉罗面前，化身成一头淡绿色的独角兽。烈火闪开了一条通道，独角兽俯下长颈，伸出柔软的舌头，轻舔尔朱叉罗的面颊，然后咬住他的衣襟，把他拖出了火海。

尔朱叉罗平安无事地躺在人群中，浑身没有一点的伤。他甚至能够目睹那壮观而可怖的景象：天地一片昏暗，千尺高的火柱在大雨中缓缓塌陷，热浪翻涌，吞噬它所遇到的一切，永宁寺成了一个火狱。

大火足足烧了三个月。火苗沿柱而下，点燃了塔基，于是，在整座佛塔化为灰烬之后一年，仍有烟气从地底冒出，那是埋藏在地下的塔基在默默燃烧。那年五月，有人在茫茫大海上看到了佛塔，光明照耀，俨然如新，于是人们相信佛塔仍然矗立着，只是不再是矗立于繁华而罪恶的洛阳城，而是矗立于那永无烦恼的西方净土。

四月里的一天，尔朱叉罗从迷梦中醒来，天还没亮，他听到长秋寺里响起了清凉的钟声。他独自住在延年里一幢旧宅里,与长秋寺相邻。他试图从昏乱的思绪中理出一根清晰的线来,但没有用,一直到钟声停了,僧人们的梵呗声由低沉到洪亮,又由洪亮到低沉,从他的窗前响过,他才想起今天是四月四日。这一天,一年一度地,长秋寺的释迦像要出寺游城,以辟邪、祈福。

他随便披了一件衣衫,追出门去。游行的队伍尚未走远,许多人跟在后面,还有更多的人,挤在路边观看。尔朱叉罗跑呀! 跑呀! 追上了那些身着缁衣、低眉闭目、合掌前行、口中念念有词的僧人,追上了那些吞刀吐火、腾骧上索以眩人眼目的伎人,也追上那尊被众多僧人抬着的释迦像,这尊像,只有在今天,才能被人观看,平日都是深藏于长秋寺中。尔朱叉罗直愣愣地看着那尊佛像——不,他看的并不是释迦,而是那驮着释迦的独角兽。"柳芽、柳芽……"他喃喃念着。

这时,游行队伍突然停止了,原来是前面出现了一队瑶光寺的比丘尼。瑶光寺在阊阖门御道北,尔朱荣入洛阳时,纵兵大掠三日,有数十个契胡骑兵,闯入瑶光寺,大行淫秽,瑶光寺的女尼们受不了这样的凌辱,投缳的投缳,跳井的跳井,没有自尽的,也都不敢出寺了。那些女尼们也是身着缁衣,奇怪的是,她们每人肩上都背着一小捆干柴。她们列队站在街心,挡住了人们的去路。为游行队伍开路的两头狮子,也被这队乌鸦一样的比丘尼吓住了,不再腾跃吼叫,而是避到了路边。

女尼们向着释迦跪下,低声念了阵经文,便站起身,向永宁寺的方向走去。许多人都不跟着长秋寺的佛像了,而是跟上了这群女尼,想看看她们究竟要干什么。

女尼们来到了永宁寺,把肩上的干柴放在佛塔的废墟上。废墟依然滚烫,冒着烟。干柴搭成了三个柴堆,女尼们把三个人抬到了柴堆上。尔朱叉罗认出了,那三个趺坐于柴堆上的人,便是那日自己从火海中救出的三个比丘尼。尔朱叉罗已经不再想着去救她们了,有一会儿,他甚至想,自己也应该和她们一起,坐在柴堆上。女尼们把柴堆点燃了,火试探着,轻舔着,忽然张开双臂,把她们拥入怀中,她们的缁衣被火的手指舞动,像一面面黑色的旗帜。

对于被污辱、被摧残的女性,这是她们最后的控诉方式,没有人,有权利阻止。

这件事过去了好几个月,仍然有人肉燃烧的味道在佛塔的废墟上飘荡。

　　三个自焚的比丘尼的鬼魂在洛阳城里游弋，天刚黑下来，她们就出现在永宁寺的残垣断壁间，唱着曼妙而凄凉的梵歌，在空无一人的街道上行走，飘上宫阙的飞檐，徘徊于城楼与城楼之间，或是并排坐在永宁寺前的青槐的粗大的枝干上……她们的歌声是如此地动听，以至于不断有少年郎被她们诱惑，在梦中从床上爬起，随着她们的歌声，踩着她们的脚步，在洛阳城中漫游。每个清晨，在城墙之下，在佛塔之巅，在绿波荡漾的洛水之畔，在雾气迷蒙的北邙山麓……总能发现那些少年郎的尸体——鲜血从他们的耳中流出，而他们的脸上，则带着幸福的笑容，仿佛他们愿意这样再死无数次。

　　那些还没听到过三个女尼的歌声的少年郎，带着一种恐怖的期盼入睡，希望自己也能够像别的少年郎那样，在永恒的幸福中死去。而他们的父母则在他们熟睡之后，偷偷地用蜡塞住他们的双耳，并整夜整夜地守在他们的床前。但是，仍然有少年郎，或许是因为耳中的蜡掉了，或许是因为塞得不够紧，而从床上爬起，跨过他们的因耐不住疲劳而入睡的父母，走出门外，翻过高高的坊墙，并最终死在女尼们的歌声之中。

　　后来，父母们不得不在少年郎入睡之后，用麻绳把他们的手脚绑住，于是少年郎们就整夜整夜地听着女尼们曼妙如仙乐的梵歌，直听得他们的耳朵里流出了血，陶醉而痛苦。父母们只好又把他们的耳朵塞住，但已无济于事，他们仅仅在心中回想着那些歌声就会陶醉，耳朵里就会流出血，他们就这样，被死死地绑在床上，一天又一天地，陶醉于萦绕在他们心中的梵歌，直到有一天，他们的耳中再也流不出血，他们的脸也变得像雪一样白，于是他们死去，在这唯有地狱才有的幸福中死去。

　　这样的情形一直持续到入秋，忽然有一天晚上，歌声，无论是天空中的，还是心中的，都停止了。父母们把少年郎从床上放了下来，把蜡从他们的耳中取出，但他们已不会走路，他们日复一日地坐在窗前，内心被甜蜜的忧郁包围。他们已习惯了寂静无声的世界，任何一点声音都让他们心烦意乱，一直到他们娶妻生子，一直到他们再也不是一个少年郎，他们仍然厌恶听到任何声音，仍然热衷于回想那段寂静无声的时光，并渴盼着能够回到那永远也回不去的过往。

尔朱叉罗总是在比丘尼曼妙的梵歌中倾听他的弟弟尔朱文殊讲述关于野春猊的传说。进入洛阳后，尔朱文殊在长秋寺中做了一个普通的僧人，在那些不眠的夜晚，两兄弟头并头地躺在那简陋的僧榻上，街上传来少年郎们追逐比丘尼的脚步声，天上飘着比丘尼蚀耳的梵音，尔朱叉罗仿佛又回到无数劫前，看到一只淡绿色的独角兽，誓愿要焚尽自己的血肉，以照亮和温暖这个黑暗而寒冷的世界。"佛渡她上灵山，赐她神力，"尔朱文殊总是用这样一句结尾，"她的目光能给人安宁，她的血能起死回生，她在的地方，总是四季如春，风调雨顺，五谷丰登，六畜兴旺，但是，在许久许久以前，这个世界就不再有野春猊了！"尔朱文殊的语调平静，似乎并不因野春猊的离去而感到惋惜，在他看来，这个世界无论有没有野春猊，都是火窟，活着本是受苦，他之所以不尽快地结束自己的生命，不过是因为他对活着或死去，早已不再挂怀。

尔朱叉罗在延年里的府第不断地扩建。这并非他的本意，但皇帝为了讨好尔朱氏，不停地赏赐东西给他们父子。尔朱叉罗的周围迅速堆满了华丽的锦缎、耀眼的珠宝、各种珍禽异兽和数不清的奴婢，那幢旧宅很快就装不下了，于是皇帝赐给他一幢大得多的府第，但尔朱叉罗却不愿搬去，因为这不方便他与尔朱文殊碰面，皇帝只好差将作监的人为尔朱叉罗扩建旧宅。最终，延年里被尔朱叉罗的府第占满了，所有的人都被驱赶出去，他们的房子被推倒，在废墟上建起尔朱叉罗的新的楼宇，只有长秋寺仍在其中，因为它是佛寺，而佛，是不能被亵渎的。

两年之后，羽林军奉圣旨，来抓捕尔朱叉罗。他们撞开了这幢庞大的房子的紧闭的大门，但尔朱叉罗却早已不在其中，奴婢们隐瞒了尔朱叉罗失踪的消息，把这里当成他们隐秘的乐土，这里有数千间房间供他们居住，有无数的金银财宝供他们花天酒地，他们在镶嵌着宝石的浴池里游泳，浴池里装的不是水，而是葡萄酒，他们把帷幔撕下来擦拭身体，点燃厌哒进贡的地毯取暖，并在火上烧烤从花园里捉来的仙鹤……羽林军把这些谵妄的人全都杀了，又冲出去，敲开长秋寺的山门。尔朱文殊正在禅房内打坐，他平静地和羽林军一起来到宫中，在那里，他的父亲尔朱荣已经变成了肉酱，阉官宣读了皇帝的手谕，在手谕中，皇帝指责尔朱氏妄图谋反。手谕读罢，羽林军便一拥而上，当着皇帝的面，把尔朱文殊也剁成了肉酱。从始至终，尔朱文殊没有说一句话，或许，在日复一日的禅定中，他早已预见了自己的死亡。

尔朱叉罗并不关心自己的周围多了一些什么或少了一些什么，不知从何时起，他爱上了在洛阳城里猎杀老鼠的游戏，仿佛他不是一个人，而是一只猫。那些老鼠因为吃了太多的死人肉而变得肥大、凶狠，猫儿根本就拿它们没办法，它们肆无忌惮地在城内横行，甚至发生了数起老鼠吞食婴儿的事件。尔朱叉罗骑上最好的马，背上最劲最准的弓，天刚黑下来，他就呼啸着跃出大门，在洛阳城里驰骋，仿佛这不是繁华的都市，而是一马平川的草原。他轻巧地跃过坊墙，策马跳上屋脊，在房子与房子间纵跃，箭不虚发，射杀了无数的老鼠。到了后来，老鼠们只要远远地听到尔朱叉罗的马蹄声，就会四散而逃，有些洛阳人，索性在家里挂上尔朱叉罗的画像以驱赶老鼠，更不可思议的是，老鼠们只要听到尔朱叉罗的名字，就会吓得战栗不已，甚至因此而暴毙在鼠洞之中。

在尔朱叉罗热衷于猎杀老鼠的时候，他的哥哥尔朱菩提则热衷于挖掘坟墓。他对陪葬品的嗜好似乎没有餍足的时候，他领着一小队契胡人——那些契胡人装备齐整，带着挖土用的铁铲、撬棺材用的磨尖的铁棒、缒人下墓穴用的麻绳和铜铃、用来装陪葬品的布袋、用来装土的簸箕……为了驱避墓穴里的鬼魂，他们甚至还带上了一个巫师。尔朱菩提带着这队人，挖遍了北邙山上所有的坟墓，他的府第里堆满了挖来的宝贝，从鲜艳的壁画到镶嵌着宝石的金尿壶，无所不有，但他仍不满足，渐渐地扩大自己的挖掘范围，以至于有时不得不在挖了一半的坟墓边过夜，因为路途实在太遥远了。有一回，他挖出了一座地下之城，契胡人趴在坟坑中向地底张望，那是一个大洞，有璀璨的光芒从洞里射出，还能隐隐听到欢乐的歌声，尔朱菩提以为这就是地狱，但巫师说这不是地狱，这是暗域，因为他从那个洞里，闻到了销魂的酒香。出于对死亡的恐惧，尔朱菩提命令契胡人填埋那个墓穴，并禁止他们向任何人提起这件事。他们继续挖掘坟墓，把挖掘范围扩张到了洛阳城百里之外。那些地下的骨殖，一听到尔朱菩提和他的手下人的马蹄声，就吓得在棺材里"格格"作响，这反而方便了尔朱菩提的挖掘，即便是那些没有坟包或是坟包太大而被人误认为是一座山的坟墓，也因为它们自己的胆怯，而难以逃脱被挖的厄运。

尔朱菩提就是这样发现了孝明帝元诩的坟墓，那"格格"声实在太响了，以至于十里之外都听得到。尔朱菩提调集人手，准备大干一场；他挖出了无数的珍宝，其中有会唱歌的玉人，会跳舞的石兽，能放出馥郁奇香的琉璃玫瑰，天一黑下来就会自己飞起并放出光明的铜制萤火虫……但这些都不是最宝贵的，最宝贵的，是和孝明帝葬在一起的、能够不断地复活的、魔鬼一样的美人兰撒露。

她躺在孝明帝腐烂的尸身旁，肌肤光洁如玉，脸上带着神圣的微笑，周身发出洁白的毫光。尔朱菩提从此放弃了挖掘坟墓的嗜好，他把兰撒露抱回自己的府第，放在自己的床上，为了对这个不会走路不会说话甚至也不会呼吸的美人表达自己狗一样的爱意，他把以前娶的十几个女人全都杀了。他请来洛阳城所有的医生，从宫里的太医，到永桥桥头卖假药的骗子，他全都请来，答应他们，只要有谁能让兰撒露复活，就让谁拥有半座洛阳城的财富；但没有谁能让兰撒露复活，尔朱菩提转而乞求和尚、道士和巫师，但他们也无能为力。尔朱菩提彻底绝望了，他跪在兰撒露床前，像小孩一样地哭泣，他这样哭了两个月，忽然在一个晚上死去了。有人看见一道黄色的人影冲进来把他杀死，又抱走了兰撒露。尔朱荣把尔朱菩提葬在了一个隐密的地方，但是，在那场政变之后，他的坟墓仍然被找到了，人们把他的尸体挖出来，撕成碎片，扔在荒野上，任野狗啃食。

政变是在契胡人进入洛阳三年后发生的，但在政变发生之前一年的一个晚上，尔朱叉罗在猎杀老鼠的时候，就遇上了那三个失踪已久的比丘尼的鬼魂。

"我是妙衣。"

"我是妙相。"

第三个年纪小些，她躲在妙相的身后，只探出半边身子，脸红红地说："我……我是璎珞。"

妙衣合掌弯腰，打了个问讯，说："请施主随我们来。"

尔朱叉罗便策马随她们去了。他的心中宁静祥和，比丘尼们着缁衣的身影在前面飘忽不定，周遭的景物渐渐模糊，尔朱叉罗不太能确定自己究竟走了多远，又走了多久，他只觉得自己似乎是在不断地向下走，向下走。璎珞有时会落下一点，怯怯地瞥上尔朱叉罗一眼，脸上一红，又匆匆地赶上前面的妙衣和妙相——她们两个一声不吭地齐步而行，连头也不回一下。

有一回,璎珞又一次偷眼看尔朱叉罗,尔朱叉罗忽然说:"小师父唱首歌吧!"璎珞的脸霎时红透了,她用力地摇了摇头,赶上前去。但是,就在尔朱叉罗以为她肯定不会唱歌的时候,她忽然唱了起来。那是怎样的歌声啊!那样超脱尘世的寂寞与繁华,像一朵淡青的牡丹,在阴暗的天空下层层绽放;清泉一样的嗓音潺潺流淌,濯洗着尔朱叉罗的灵魂,尔朱叉罗逐渐忘了自己是从何处来,又是要到何处去,他被歌声牵引着向前走,并暗中希望这昏暗的旅程永远也不要结束。但歌声逐渐变得缥缈了,变得杳不可闻了,他猛地睁开眼,云雾正渐渐散去,一座黑暗之城出现在黑暗的光里,尔朱叉罗仰头向上望,在高高的城楼上,立着一个羽人,他一看到尔朱叉罗,便张开一双巨大的黑色羽翼,直冲上天空,打了个转,向城里飞去。

吊桥放了下来,城门轧轧而开。一道艳丽的灯火从城门的缝隙间透出来,还有隐约的歌声,随着缝隙愈来愈大,那灯火也愈加璀璨,歌声也愈加婉转媚人,当尔朱叉罗一下跨进那光影里的时候,一座美丽的地下之城展现在他的眼前。比丘尼们引着尔朱叉罗向城里走去,鳞次栉比的酒肆把道路挤得窄小而弯曲,酒肆与酒肆之间有飞阁相通,天空中飘满了奇形怪状的鬼魂,路上行走着载满酒桶的车子,拉车的都是尔朱叉罗从未见过的怪兽,不久便会有一群喝得醉醺醺的鬼魂,把臂踏歌,在尔朱叉罗身边欢跃而过。

渐渐地,灯火黯淡了,歌声也消失了,一个大坑突然出现在尔朱叉罗脚下。深深的、黑黑的大坑,大得似乎没有边际。比丘尼们引着尔朱叉罗绕坑而行,璎珞胆怯地牵住了妙相的衣襟,不时有鬼魂打着灯笼,在大坑上飘行。终于又远远地看到前面有了成片的灯火,歌声也丝丝缕缕地传来,依旧是鳞次栉比的酒肆,依旧是载满酒桶的车子,依旧是醉醺醺的把臂踏歌的鬼魂……

这座地下之城,便是尔朱菩提挖掘墓穴时,所挖出的暗域。这里原本是一个流放地,在地狱里犯了重罪的鬼魂,都将被流放到这座黑暗之城。但是,这些被流放的鬼魂,却在这里种植出了整个娑婆世界最美味的黑粟。他们驱使跛足的毒龙为他们犁地,那些毒龙,因为它们的跛足,被从天上赶了下来。他们用地狱之精锻炼出最锋利的犁,他们日复一日地在黑色的荒凉之雾上耕耘,并从冥河拉来黑色之水浇灌他们的庄稼，就这样，他们种出了最完美的黑粟，当他们收割的时候，从天堂到地狱，到处都充斥着黑粟那诱人的香气。暗域因此而繁荣起来，他们用黑粟交换来强壮的毒龙和其他的怪兽，以扩展他们的耕耘范围，几千年之后，他们又尝试着用黑粟酿酒，并且很快取得了成功，那酒泛着黑色琉璃般的光泽，散发出天地间从未有过的裂鼻之香，任何人只要嗅到它的馨香，就永远也无法忘怀。暗域就是这样成为了天堂与地狱之外的另一座幸福之城，在柳芽离开尔朱叉罗来寻求她的庇护之前，她就已经是无比地繁荣了，在柳芽到来之后，她有理由期望获得更大的繁荣。

　　但兰撒露的存在却一直在威胁着暗域。大约五百年前，兰撒露第一次在洛阳城里复活，通过媚术收集了数十个男人的灵魂作为她的男宠，他们在洛阳城下建起了野春苑，他们在野春苑里饲养野春犽，因为兰撒露只有喝了野春犽的血，才能从死中复活。起初，他们饲养的野春犽很少，因此兰撒露要许久才能复活一次，但是后来，他们竟然把所有的野春犽都捕获了，兰撒露复活所需要的时间也愈来愈短，她所收集到的男宠，自然也愈来愈多。

　　数年前，一条鲸鱼从遥远的南海游来，它跨越苍穹，在洛阳上空唱起了嘹亮的鲸歌。歌声使野春苑坍塌了一角，几只野春犽逃了出来，但是，很快地又被兰撒露的男宠们尽数捉回，唯一没有被捉回的便是柳芽，她很幸运，得到了鲸犽的保护。但是，在她离开尔朱叉罗之后，她就不得不寻求暗域的庇护了。

　　暗域为尔朱叉罗准备了一艘无与伦比的三桅帆船，当主帆和所有的副帆都张开来时，从正面看去，那艘船就像一只有着四对白色翅膀的大鸟，它高高鼓起黑色的胸脯，缓缓上升，于是，似乎整座暗域都在它的覆盖之下了。

　　帆船直向黑暗的天空升去，愈升愈高，在下面，璀璨的灯火在黑暗的雾中闪烁。尔朱叉罗看到了暗域的全景：灯火像一群群闪光的小虫，一直爬入四周无边的黑暗之中——那里是尔朱叉罗所无法看到的无边无际的黑粟田，黑色的毒龙在上面拉动山一样的铁犁，在黑暗的雾中犁出几丈深的垄沟；在暗域的中心，是一个巨大的、深不见底的大坑，这是战争留下的残迹，在那场战争中，暗域烧毁了永宁寺的佛塔，战胜了兰撒露的男宠，保住了柳芽；但是，兰撒露即将复活，在兰撒露复活之前，暗域必须得到鲸鱼的帮助，否则，必败无疑。

成千上万的鬼魂在帆船四周飘舞，他们随着帆船向黑暗的天空上升。忽然，帆船猛地一震，像是冲破了一层无形的障壁，鬼魂们都留在了下面，那是他们的世界；在这层无形的障壁之上，则是人的世界。夜色笼罩着这个世界，尔朱叉罗仰望天空，银河在他的头顶上无声地闪耀，似乎暗域突然之间又从船底翻了上来，带着深沉的骄傲，无言地展示着自己炫目的美丽。

"扯高风帆！"船长费达拉站在船头楼上喊道，"转舵向南——！"

他来自拂菻国，这艘船上所有的水手都来自拂菻国，他们原本是捕鲸者，像他们这样的捕鲸者在拂菻国有许多，因为拂菻国的女人需要用鲸须骨来撑起她们华美的裙子。暗域将他们请来，让他们带尔朱叉罗到南海去寻找鲸群，报酬是一百桶黑粟酒。

找到鲸群之后，尔朱叉罗将用鲸珏把鲸群引到洛阳。

尔朱叉罗摸了摸他一直贴身放在怀中的鲸珏，自从柳芽离去，它就一直放在那里，这块牙形玉石，是鲸鱼的歌声所化，但是，并非所有鲸鱼的歌声，都能够化成玉石，唯有那沉醉在大海一样深的爱中的雄鲸所唱的情歌，才能凝结为玉，而一旦这鲸珏出现在雌鲸的面前，所有的雌鲸都将为它而疯狂。

尔朱叉罗现在也正在为柳芽而疯狂。璎珞陪着他到暗域的深处去寻找柳芽，在夏季的黎明一般清澈的梵歌声中，尔朱叉罗在外边站了一夜。鬼魂们被璎珞的歌声引来，把柳芽的草庐围了一层又一层，他们随着梵歌的曲调波涛般涌动，他们黑色的、飘着酒香的泪水竟然把暗域的城墙也浮起来，可当一曲唱罢，他们又欢乐地大笑，把整座城市震得簌簌抖动。璎珞就这样唱了一首又一首，直到有人说，她不能再唱了，否则整座暗域都将在她的歌声中毁灭，她才停止。但柳芽一直没有出来，她的草庐在歌声中兀立不动，如同香花海上的一块黑色礁石……

"再唱首歌吧！"尔朱叉罗对身边的璎珞说。璎珞浅浅一笑，双手扶住船舷，轻声而唱。水手们都静了下来，帆在风中"啪啪"地响着，像是在为璎珞轻轻地打着拍子。

船下，云彩在静默中汹涌澎湃。

　　船长费达拉是一位凡尘中的圣徒,他真的是一位圣徒,他曾经在拂菻国最高的山峰上隐修了二十年,为了抵御魔鬼的诱惑,他用斧头砍去了自己的一根手指,最后,他终于获得了行奇迹的能力,能让盲人复明,让哑巴说话,他成了拂菻国最有名的圣徒,人们不远千里来求他治病,向他忏悔;但是有一天,他突然放弃了自己行奇迹的能力,从山上下来,隐姓埋名,来到捕鲸船上,当了一个捕鲸者。

　　他热爱美酒和女人,就像现在,即便是在进行一次最遥远的航行,他也没忘了带上十桶黑粟酒和五个暗域最美丽的妓女。天一黑下来,他就会对他的大副高喊:"甲板上归你管啦!"就转身钻进舱室,抱住女人痛饮美酒,并在喝醉了之后,从船上跳下来,因为以为自己是一只正在向南迁移的鹳,而在空中盘旋飞翔,忧伤地"嘎嘎"叫,寻找着那根本就不存在的伙伴,直到黎明降临,他才从酒醉中醒来,落在船头楼上,把木槌柄敲得打雷般响,喊道:"全都出来!全都出来!上帆——高高低低,前后两边都升上去!"

　　每当这时,璎珞总是在甲板上掩嘴而笑。她偷偷地爱上了尔朱叉罗,只要尔朱叉罗那雪松一样的身躯在甲板上一出现,她的心就会战栗不已,她为自己的感觉而感到羞涩,却并不知道,原来这就是爱。当妙衣问谁愿意陪着尔朱叉罗去找鲸群的时候,她满脸通红地从人群中站了出来。那时她骄傲而幸福,这种幸福与在青灯古佛下默诵佛经时所感受到幸福完全不同,却同样地使她跌入了一种忘我的境界。

　　船在天空中飞行,有时,尔朱叉罗可以看到无边的大地,像一个肥胖的女子一般躺在船下,上面点缀着蓝色的湖泊、绿色的群山;有时,一切都被云层遮住了,电光在云层中狂暴地闪耀,仿佛那里正发生着一场战争;有时,白云高高地堆起,仿佛里面隐藏着一座又一座美丽的天空之城。但更多的时候,尔朱叉罗是寂寞的,他沉入回忆之中,细细地回味与柳芽在一起时的点点滴滴,有些事情由模糊变得清晰,有些事情,却由清晰变得模糊。忽然,他开始怀疑自己是不是真的爱柳芽了,他不知道自己爱的究竟是作为一个女人的柳芽,还是作为一只野春狖的柳芽,或者,还是两者都不爱,他真正爱的,其实是柳芽所带来的那个幻象。他变得沉默寡言。他头顶上的天空,无论是阳光灿烂还是星光璀璨,都是一样的明澈而澄净,蓝,就蓝得醉人,黑,就黑得静穆。他喜欢盘腿坐于船头,让风吹拂自己的身体,让心渐渐地,变得沉静,于是他能够短暂地忘却一切烦恼,以为自己是在秀容川里,正与柳芽乘着滑板,在青草之上滑行。

终于,船落到了海上,它在海面上平稳地跳动,就像一块在打着水漂的扁平的石子。这是四月的大海,光滑而充满生机,像一头辽阔无垠的美丽怪兽,有着一身翡翠绿色的肌肤。

水手们用神秘的语言唱起了粗野而豪放的捕鲸谣,他们全都长着一身虎皮,大海是他们的家园和牧场,也是他们永恒的墓床,海水让他们兴奋而安宁;三根桅杆上都升起了瞭望者,费达拉站在桅杆下,时不时地,就会仰头喊道:"水手啊!看见什么了吗?""什么也没看到!什么也没看到!"水手应道。有时候,会突然从桅顶上传下一声高喊:"它在喷水啦!它在喷水啦!""在哪儿——!"水手们都放眼朝海上望去。"那儿——!那儿——!靠近风向的地方!"真的,在那儿升起了两根水柱,花一样地打开来,又散成白雾飘落。但他们要找的是鲸群,而不是孤独的鲸。

数日之后,水手们看到海上有成片的黄色小鱼,这是鲸鱼喜欢的食物。"看哪!看哪!有小鱼!"桅顶的水手高声喊道。"我看到了,"费达拉高喊,"把大家都找来,加帆急驶!"

他们不眠不息地追了几天,黄色小鱼愈来愈多,后来竟铺满了海面,使整个大海都由蓝色变成了杏黄色。有时候,这些小鱼会游出水面,在帆船上悠闲地觅食,它们啄食着帆索、舷窗、桅杆、舵柄,甚至水手的脸。水手们像拍打苍蝇一样地拍打着这些烦人的小鱼,但它们实在太多了,最后,水手们不再管这些小鱼了,他们在小鱼的啄食中驾船、喝水、蹲在船舷上大便、眯着眼睛打瞌睡,渐渐地习惯了一切。鲸群却杳无踪迹。费达拉并不气馁,放慢船速让水手们稍稍休息了一会儿,又继续全速而行。一天夜里,宁静的海面上升起了悠扬的鲸歌,这不是一条雄鲸在唱,而是几百条雄鲸在同时放声高歌,水手们浑身战栗着跑到甲板上,聆听那几百把锋利的、闪着冰冷光芒的钢刀把夜色劈得破碎而美丽。

尔朱叉罗觉得自己怀中的鲸玡也在不安地跳动着,"它也要化歌而去了吗?"尔朱叉罗心想,他把襟怀敞开,但那一夜,直到天明,鲸玡也没有最终从他的怀中

跃出。

　　天色微明的时候，桅顶的水手忽然喊道："我看到那些鸟儿啦！"那是一大群白鸟，在海面上忽上忽下地盘旋。"跟着它们！"费达拉高喊着。海水平静而光滑，并无任何的异常，尔朱叉罗只是在风中嗅到了一丝淡淡的、怪异的腥香，偶尔，会有几条或十几条鲸鱼从海底冒出来吸气、喷水，它们甩动巨大的平尾，拍开海面，当它们重新沉入水中，海面上留下了许多色彩斑斓的水泡。

　　几个时辰之后，帆船即将驶入一个狭长的海峡。"看吧！看吧！"桅顶上的人兴奋地高喊。原来是鲸鱼都从水中浮了出来，因为海峡的狭窄，它们不得不挤在了一起，上千条鲸鱼不约而同地喷起了水，海面上像是升起了一座白色之城。

　　尔朱叉罗第一次同时看到这么多的鲸鱼，在秀容川，他也曾经看过成千上万的马群掠过草原，那也曾让他惊心动魄，但与此刻的景象相比，那简直就是不值一提了。

　　天黑下来之后，雄鲸们再次唱起了情歌。璎珞脸颊微红，在船尾徘徊，"我还没听过鲸珃的歌声呢！"她对站在船舷边的尔朱叉罗说。但就是这时候，尔朱叉罗突然觉得怀里一空，鲸珃跃了出来，清澈明净的歌声从海面摇曳着升起、升起、升起……变得细弱而渺远，似乎已升到了九霄之外，忽然又如一道瀑布般从天际奔腾而下，在黑蓝的海面上破碎成无数悦耳的音符，繁密而清脆，便如下了一场落在玉磬上的暴雨，转瞬之间，这些音符又合而为一，如一条暴怒的苍龙，直冲向星辉灿烂的夜空，龙吟一般的歌声充塞了天与地。

　　别的雄鲸都停止了歌唱。不知不觉间，璎珞已牵住了尔朱叉罗的衣襟。她用手指轻轻地摩挲着尔朱叉罗的衣角，心里一忽儿甘甜，一忽儿苦涩，她忽然黯然神伤，觉得自己已然情根深种，难以自拔，忽然又忍不住喜极而泣，觉得人生于世，能爱一个人爱到极致，其实也不枉了。

　　"升起来！升起来！"费达拉喊道。帆船从海上升了起来。鲸珃的歌声随着帆船，愈升愈高。鲸鱼也跟着冲出了水面，先是雌鲸和小鲸，随后是雄鲸，它们蓝色花岗岩一样的庞大身躯在月光中浮起，一片片水花像雪白的碎锦，从它们的身躯上挂下来，慢慢落入了大海之中。

柳芽慢慢地落了下去。这是哪儿？这是哪儿？她焦急地问着自己。黑暗、黑暗、没有一丝一毫光亮的黑暗，仿佛冰冷而浓稠的铁汁，冻得她浑身发抖，又堵得她喘不过气来。她不知自己究竟落了多久，也不知自己将落在何方。远处传来痛苦的哀鸣，熟悉而陌生，一点一点锯着她的心。忽然，她跌入了白亮的光芒之中，她睁不开眼，她用手臂护住眼睛，又战战兢兢地挪开，她看到自己是落进了一个深不见底的、巨大的白洞里，许多穿黄衣的男人，手中捧着玉盘，在洞里上上下下地飘飞；在洞顶上，一个美艳的女人躺着，全身都浸在乳白的液体中。洞壁上有许多装了铁栅的小孔，她向其中一个小孔飘去，向里面张望，一个狭小的洞穴，一只憔悴的淡绿色独角兽，怏怏地趴伏于地，背上插着一根管子，一个黄衣人正用玉盘接取从那管子里流出的乳液。柳芽换了一个小孔，里面仍然是一只淡绿色的独角兽，正有气无力地啃食几根干枯的草，是野春狃！是野春狃！她恐怖地想着。那只野春狃看见她来了，摇摇摆摆地走过来，把嘴从铁栅之间探出，伸出舌头，轻舔着柳芽的手，眼中盈满泪水……

柳芽从梦魇中惊醒，暗域的灯火在她的脚下闪耀。那一天，柳芽就是站在这里，目送着帆船向黑暗的天空飘去，愈来愈高，愈来愈高，终于冲破了阴世与阳间的阻隔；一道刺目的星光射下来，又瞬间消失，天空重新闭合，那些鬼魂纷纷从空中飘落，就像在下一场阴森恐怖的、黑色的大雪。

下面似乎起了一阵骚动，许多鬼魂骑着毒龙飘了起来，手中都拿着武器。天空被劈开一道闪电似的裂口，虽然迅即弥合了，但一道阳光仍然泻了进来，在城中引燃了一场大火。黑暗并没有持续多久，天空又被劈出一道新的裂口，紧接着又是一道，又是一道，城中到处都燃起了大火；飘上空中的鬼魂一个紧接着一个，密密麻麻地把整座城市都遮蔽了；金色的光柱瞬间立于天空与城市之间，又瞬间消失，只在柳芽眼中留下一道道久久不灭的光影。

远远地，妙衣飘了过来，一把抓住柳芽的手。"跟我走，"她的声音平静，似乎在说一件无足轻重的事，"兰撒露复活了。"

兰撒露复活了！可尔朱叉罗还没回来，鲸群还没找到！暗域会在兰撒露的魔法中毁灭。柳芽看到鬼魂们在天空中和兰撒露的男宠激战，便对正在拉着自己向前疾飞的妙衣说："柳芽跟他们去好啦！"妙衣并不回头，冷冷地说："就算你跟他们

去了，他们也一样要毁掉暗域！"

她把柳芽藏在了一个酒窖中，说："千万不要出来，在这里等你的情郎，等鲸群的到来！"说完，她就拔出长剑，向天上飞去。

柳芽蜷缩在酒窖里，从窄小的窖口望出去，她看到天空上不断闪现出火光，有些是黑色的，有些是黄色。柳芽知道黑色的火是暗域的鬼魂死了，黄色的火是兰撒露的男宠死了，她盼着黄色的火越多越好，她觉得她的期盼是有用的，她看到黄色的火真的越来越多了，突然，她看到兰撒露在天空中出现了，黑色的火迅速地增多，但鬼魂们仍然不顾一切地向兰撒露冲去。这是他们的城市啊！这是他们的黑粟酒啊！这是他们开垦的黑粟田啊！柳芽爱这些鬼魂，他们直率而爽朗，总是大着嗓门说话，总是快乐着，也总是醉醺醺的，他们喜欢骑着巨大的毒龙打马球，他们是骄傲的，虽然天堂上的神灵和地狱里的鬼怪从来就没把他们放在眼里，但他们是骄傲的，因为他们种出了最好的黑粟，酿出了最香的酒。

一个燃烧着的鬼魂，连同他骑乘的巨大的毒龙，从天上滚落，堵住了窖口。柳芽听到他的身子"滋滋"作响，他燃烧时飘出的不是臭味，而是一种好像烈酒燃烧时所发出的透人心脾的香。他把头探进窖口，张开大嘴笑着，"你就是那个野春犽吧？你真美啊！"他高喊着，"如果我还能活下去，我一定要做你的情郎！可是，那个老不死的臭婆娘把我烧着啦！"

那个快乐而痛苦地燃烧着的鬼魂就是这样一边赞美着柳芽的美丽，一边咒骂着兰撒露，直到他被烧得只有核桃那么大了，他仍然在骂骂咧咧："那个骚骚的僵尸……"

就是这时，一个兰撒露的男宠向酒窖走来，他似乎是听到了鬼魂的咒骂声。他蹲在窖口，探头朝里面一看，瘦瘦的脸上立时浮起了奸笑，"在这里，你逃不掉啦……"他正要探身而入，那一小团黑色的火焰，突然从地上冲入了他的体内，把他也给点燃了，他大叫一声，须臾之间，已变成了一团烈烈燃烧的黄火，"嘶嘶"地被风吹走。

柳芽喘着气，悄悄探头出去张望：暗域已变成火海，城垣倒塌，酒肆全都化为灰烬，兰撒露的男宠在追杀最后的几个暗域的鬼魂。柳芽把头缩回来，蜷进酒窖的角落，心里一片灰暗。

突然，她听到了"嚓嚓"的脚步声，是一个男宠走过来了，他似乎早就看见柳芽了，一走到窑口，就停了下来，短暂的安静之后，一个头探了进来。他脸上的皮肉被撕扯殆尽，连骨头也似乎是一点点拼起来的，他用一双空洞的眼睛，冷冷地看着柳芽。

当尔朱叉罗回到暗域的时候，暗域已不存在了，那曾经灯火璀璨的地方，现在只剩无边无际的荒凉的黑雾，偶尔，几堵断壁残垣从黑雾里露出，又随即被吞没。

"快走！鲸群就在后面！"费达拉一只手拿着酒壶，在帆船上高喊，"暗域完蛋啦！我那一百桶黑粟酒也没啦！"尔朱叉罗并无心情开玩笑，他沉默着，一遍一遍地扫视船下的黑雾，希望能看见柳芽从雾中走出，但除了像波浪般翻滚的黑雾，他什么也看不到。

帆船再一次冲破了阴间与阳世之间那无形的障壁，向天空直升。鲸群就在船后不远处，像一大片乌云，黑压压地游了过来。

"看哪！这繁华的城市！这罪恶的城市！"当费达拉远远地看到洛阳城出现在地平线上的时候，他高喊起来，"它浸泡在阳光里，它是开在世界之巅的淫靡之花，它是俗世的天堂，人间的地狱！有谁相信这城里的人都是虔诚的信徒，有谁相信他们最终都能进入西天的佛国！他们今夜通宵达旦地痛饮美酒，却不知明朝自己会否死在刀剑之下！他们的生命辉煌而短暂，像春天里的蝴蝶，这是一座蝴蝶之城！你这座蝴蝶之城啊！现在，我为你招来了大鲸，这无与伦比的海兽，这上帝的宠儿，它将为你们唱响最后的挽歌！"

鲸鱼们唱了起来，连同尔朱叉罗怀中的鲸玙，歌声如悠长而沉闷的雷声，在洛阳城上空滚过。整个洛阳都在颤抖，人们冲到大街上，朝着天空跪拜、哭号。风从天上吹了下来，寺院里的钟"嗡嗡"作响，巨树被掀翻，宫殿的琉璃瓦被吹得到处乱飞，黑衣的和尚们抬着佛像，高声念着经文，在街上列队而行……突然，大地裂开了，兰撒露的许多男宠从裂口里飞了出来，向帆船冲去，但是，尚未触到帆船，他们就已被鲸歌点燃，帆船四周盛开了无数的黄色焰火，但男宠们仍然在拼命地向帆船冲去，他们被点燃的那一瞬间，浮现在他们脸上的不是痛苦，而是狰狞的笑容：这些兰撒露的奴隶，沉迷于罪恶的爱情之中，无法自拔，或许，死对他们而言

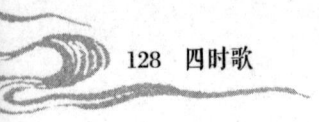

并不是痛苦的结束,而是一次期盼已久的解脱。

最后,再也没有男宠了。鲸鱼们都停止了歌唱,唯有鲸玡的歌声仍在天地间回旋。费达拉高喊:"上来吧!你这美丽的骷髅,你因奇迹而重生,亦将因奇迹而重死!"兰撒露从裂口中升了上来,她的手脚似乎都被缚住了,她挣扎、怒骂、乞求、哀哭,都无法从困境中脱出,她跌在甲板上,红发飘舞,目光涣散而狞厉。水手们都直愣愣地看着这个女人,吞咽着口水,难以相信这样一个美丽的女人竟是恶毒的魔鬼,有些水手竟浑身发颤地倒在甲板上,向兰撒露爬去,想要亲吻她裸露的脚趾。"来呀!来呀!"兰撒露媚笑着,把小腿伸出,圆润的脚踝绷紧,那光洁的趾尖,闪着珍珠的光辉。费达拉仰脖喝了一大口黑粟酒,轻轻叹了口气。就在水手即将摸到兰撒露的脚趾的时候,她忽然变成了一具雪白的骷髅,水手也跟着轻叹了一声,抬起兰撒露只剩骨头的小脚,吻了下去——即便只是一具骷髅,她也仍然是美的。

一群群淡绿色的独角兽,从裂口里冲出,逃向四面八方,大地在轻轻地抖动,仿佛正有无数小巧的牙,在温柔地咬着她、咬着她,咬得她浑身都起了浅浅的牙印,终于将她从荒芜中唤醒。

尔朱叉罗站在船舷上呼唤着:"柳芽——!柳芽——!"他喊得嗓子里都出了血,却没有一只野春犴停下来,直到裂口里再也没有野春犴跑出来了,尔朱叉罗仍在喊:"柳芽——!柳芽——!"

"我要下去,她一定还在下面!"尔朱叉罗对费达拉说。费达拉喊起来:"水手们,把船开到裂口上,这个疯子要下去找他的情人!"船真的缓缓驶了过去。从船上望下去,那裂口又黑又深;一丝丝刺鼻的血腥从下面飘了上来。尔朱叉罗找了根缆绳绑在腰上,另一头绑在桅杆上,慢慢地坠了下去。天空在他的头顶上闭合,血腥之气愈来愈浓,而脚下是无底的黑暗。突然,他头上传来一阵巨响,像是什么坚硬而沉重的东西被撕裂了,一小块石头掉下来砸在他的肩上,又是一小块石头掉下来,片刻的寂静之后,无数的石头砸了下来,雷鸣般的响声在他的身周撞击回旋。他把身子缩成一团,直到再也没有石头砸下,才继续慢慢地向下坠。竟不知坠了多深,也不知坠了多久,他忽然摸到了一具飘浮在黑暗中的尸体,是一只野春犴吧?他一点一点地摸着那具尸体,不会是柳芽的!不会是柳芽的!虽然他不断地否定着，但心里却益发地肯定这便是柳芽了。猛地，一团黄色火焰从洞底升起，照亮了他眼前这具野春犽的尸身，也照亮了他身周无数野春犽的尸身。

这是最后的一个男宠，他克服了死亡的诱惑，一直躲在地底，却依旧被隐约的鲸歌点燃。他慢慢地燃烧，慢慢地上升，直升到尔朱叉罗眼前。尔朱叉罗看到他只有一只手，脸上的皮肉已被撕扯殆尽，连骨头也似乎是一点点拼起来的，他觉得这男宠在死瞪着自己，那眼神是如此熟悉，他惊呼："你是尔朱菩提！"火猛地燃烧起来，尔朱菩提的全身都被点燃了，他在火中轻道："去找她吧！她在暗域，我为她点起了蜡烛！"然后，他就随着那火光一起消失了。

尔朱叉罗找到柳芽的时候，那蜡烛已将熄灭。那是尔朱菩提的一只手，它在黑雾之中缓缓燃烧，将灭而未灭，却正是这一星黯淡的烛火，帮助尔朱叉罗从重重迷雾中找到了柳芽——她已经昏过去了，在长久的等待中，她忍受着饥渴和绝望，也正是这一星黯淡的烛火，给了她最后一点活下去的勇气。

他们回到秀容川中，费达拉和他们在一起。他再也不需要酒和女人了，因为他已经彻底把自己当成了一只鹳。在尔朱叉罗毡包旁的一棵大树上，他用枯枝搭起一个巨大的巢，每天清晨，他都会和另外的十几只鹳一起，飞到滹沱河边猎食青蛙、鱼和小蛇。他爱上了一只雌鹳，以为自己能够和她结成夫妻，生下一大堆小鹳，但那只雌鹳却很清楚他们之间的差别，一直不愿接受费达拉的爱情。他活了很久，留了长长的胡子，以至于仅靠胡须的飘舞就能飞起，后来他把自己的名字改为"玛士撒拉"，据说这是古代的一个长寿者的名称。他一直爱着那只雌鹳，虽然她早已死去了好几百年。"玛士撒拉"死时是九百六十九岁，不是死于衰老或疾病，而是死于对那只雌鹳的刻骨的思念。璎珞则在圣山上搭起了一个草庵，她奇妙地在佛经与爱情间找到了平衡，谁也弄不清她是如何达到这一点的。每天的清晨和黄昏，她都会念经，圣山上那些暴戾的鬼魂被她的诵经声净化了，现在他们的鼓只用来敲击欢快的节奏，但并不是说他们完全忘却了仇恨，他们只是找到了比仇恨更有趣的事。天黑下来之后，璎珞就会唱起梵歌，当她的歌声响起，圣山上所有的活着和死去的生灵，都会俯伏在她的脚下。有一天晚上，她在梵歌声中飘了起来，天上落下圣洁的黑色小花，在圣山上铺了厚厚的一层。她不断地上升，最终消失在群星之间。那些小花发出蚀骨的幽香，圣山在这香气中浮了起来，直到香气渐渐变得稀薄，终于完全消散，便是用猎豹的鼻子，也无法捕捉得到，圣山才轰然落下。

秀容川里的草继续疯长，后来它们长得比树还高，连滹沱河也被青草遮住了，河水在草的下面暗暗流淌，站在河边，根本就见不到阳光。有时候尔朱叉罗会想，照这么长下去，或许会长得比圣山还高，或许还会更高，可能会一直长到天上。谁知道呢？这个世界，诡异而美丽。

2004 年 1 月 19 日

归　墟

　　广州之设市舶司管理海商,始于开元初年。市舶使多由宦官担任。虽然是宦官,但也娶妻,有些甚至还是三妻六妾。

　　市舶使李勉的大舅子成自虚,在市舶司衙门对面开了个金山客栈。客栈的饭菜差强人意,客房亦只能算是马马虎虎,但那些大胡子海商却都一上岸便往这里钻,个中缘由,自然不须多说了。

　　据说成自虚未发迹时,原叫成福,是扬州城里出了名的泼皮,不单会打架,更有一身好水性,能在海里待上一日一夜不浮头。但也只是据说而已,谁也没见过他打架,至于游水,倒是有,但也不见得如何神奇。他性喜食脍,尤其喜食刚从海里捕获的金枪鱼,他有好几把专门用来做脍的刀,锋利无比,皆是从波斯商人手里重金购来,他将金枪鱼去皮剔骨,只取鱼胸腹处一块肉,切成纸一般的薄片,然后将两个金橙捣碎作为脍齑,便呼朋引伴,大快朵颐。往日里和他一起食脍的,有三个人,两个是胡商,一个叫马哥里比,另一个叫萨达,还有一个是多年不第的穷酸秀才,姓卢,叫卢仝。

　　贞元七年九月的一天,成自虚先已在外喝了酒,回来时正好碰到鱼老大黄金水,送给他两条活蹦乱跳的金枪鱼,每条皆有四五十斤重。他回到客栈,便命小二

去将马哥里比、萨达和卢全请来，四人围坐，食脍，饮酒，闲聊。

喝到半醉时，卢全摇头晃脑地道："喝闷酒没有意思，且让我说一个中国古时的故事，让大家听听。"

马哥里比道："有话就说，有屁就放。"

萨达道："说吧说吧，只是不能'之乎者也'。"

卢全"吱"地喝了一杯酒下去，便道："屈原有诗曰：'东流不溢，孰知其故？'问的是那江河之水，每日不停地向东流，流到那大海里去，却不知为何大海竟没有满而溢出的时候。又有一本书叫《列子》的，说在那极东之处，有一无底深谷，名为'归墟'，不单是江河湖海中的水，竟连那天上的银河之水，也是灌到这归墟里去的，但归墟却不因水多而溢，亦不因水少而枯。书中又说，在归墟上浮着五座神山，依次为岱舆、员峤、方壶、瀛洲和蓬莱。每座山皆高三万里，方三万里，山上有仙人鼓翼而飞，又有黄金白玉建造之仙宫，更有能让人长生不死之仙药。后来始皇派徐福出海去寻仙山，徐福却一去不回，有人说他死了，也有人说他已找到了仙山，吃了仙药，长生不死，成为仙人了。"

萨达道："卢兄说的，奇是奇了，不过奇得太难让人相信。"

马哥里比亦摇头道："不信不信。"

成自虚却道："若是二十年前，这些鬼话我也不信。但我二十五岁那年，遇上了一件奇事，便与这归墟有关，却令我不敢说不信了。"

三人便道："快说快说！"

成自虚夹了一片鱼肉放进嘴里，细细咀嚼，吞下肚去，方才说道："诸位可曾听说过这样一种武功，练这种武功的人，每日都要吸食生血……"

他停下了，目光中隐现惊惧，半晌，他摇摇头，深深地吸了口气，接着道："那时我还年轻，行事莽撞，杀了一个极有势力的大人物，被仇家追赶，走投无路，躲藏在一艘大海船的底舱里。那海船也不知装运的是何货物，只见舱内堆得满满的，只留下几条小路，以做取货之用。我在舱内躲了一个晚上，估摸仇家已走了，便偷偷爬到甲板上，想溜下船去。没想到上去一看，只见四周大海茫茫，原来那艘海船竟已在夜间开航，那时早已不知驶到哪里去了。

"我想事已至此，只有去见船主，求他放下一艘小舢板，送我回去。那船主并不像是常常出海的样子，船老大我见得多了，大多非常地粗豪，但这船主却是雍容华贵，不怒自威，倒有点像是大官儿。

"只见那船主箕踞于上，旁边几个妖娆女子给他扇风捶腿。我作了个揖道：'小的不慎上了官人的航船，烦请官人放只舢板，送小的回岸上。'那船主乜斜着眼睛，道：'看你长得还颇精壮，不知有什么本事没有？'我道：'小的从小在海里待惯了，倒识得一点水性。'那船主微微一笑，道：'我这艘船上也有个水性好的水手，你若是能在水中把他杀了，我便留下你一道出海。'他说这句话时轻描淡写，竟仿佛说的是杀一只鸡一样。

"那水手的水性也颇不赖，我和他在海里斗了有一个时辰的法，才觑着个破绽，把他杀了。

"我上了船，心里颇为自得。没想到那船主旁边的一个女子却道：'老爷，这人的水性颇为精熟，奴家竟有些技痒。'那船主哈哈大笑，一扬手，把一个白玉杯子扔进海里，道：'谁先寻着这个杯子，便算谁赢。'那女子嘻嘻一笑，进去换了一身鲨鱼皮的水靠，对我福了福身，便'噗'地跳到海里去了。

"我也跟着跳下去，只见下面一条黑色的人影，正如箭一般直往下潜去。我本就存了让她赢的心思，便只紧跟在她的后面，看她如何找那白玉杯子。却见她竟仿佛与那杯子心有灵犀一般，毫不犹豫地就潜到了那杯子旁边，伸手一捞，就把杯子抓在了手中。

"后来我才知道，她本是扶桑岛上的采珠女，自己给自己取了个中国名字，叫罗素素，而那船主，却是一位江湖中大大有名的豪杰，名叫李炎，此番出航，乃是去寻找传说中的归墟。

"这李炎却有个怪癖，每日皆需吸食生血。船工们每日张网捕鱼，他吸了鱼血之后，便到船头去，面对东方，盘腿而坐，不久有白气从他头上升起，他这样坐了约有一个时辰，再起身时，精神大振。

"船上有二十名船工，底舱内的东西，全都是食物和淡水。

"船行甚速，几个月之后，已过了琉球、扶桑、爪哇诸岛，虽然也曾碰到几次风暴，但都是有惊无险。……"

渐行渐东,海水由碧蓝而墨绿而黝黑,无风,无浪,亦无雨,天和海静静的,逼得人要疯掉。

月明星稀之夜,罗素素换上她故乡的衣服,盘着一个高高的发髻,脸涂得雪白,手中拿着一把折扇,在甲板上边舞边唱。

唱的什么,谁也不懂。她的舞蹈简单至极,曲调亦简单至极。

她的歌声薄如蝉翼,细如游丝,仿佛一碰就会碎,就会断。

但听着看着,鼻子就发酸,忍不住要落泪。

原先,海水总是形成不同的洋流,向各个方向流动,但渐渐地,这些洋流都不见了,所有的海水都像是被什么东西牵扯着一般,向正东方流去。

虽然极为缓慢,但却是归墟存在的铁证。

船工们常常网到极大的鱼,有时竟要把倒钩装进鱼肚子里,十个人同时绞动云车,才能把鱼从海里吊上来。有一天,船工们网到一条大鱼,费了好大劲,才拉出半边鱼背,那云车却已不堪重负,"吱吱"作响,在一边指挥的老船工龙叔喊着:"断开!断开!"原来那缆绳每十丈留有一个接环,遇险时可以很方便地掐断。缆绳一断,那大鱼重又沉入水中,在船边带起一阵阵的漩涡,而回弹的缆绳竟将船舷上遮浪的披水板劈去了一块,木屑飞得到处都是。

也有网不到鱼的时候,那时就只能靠成福下海去捉。李炎给了他一把青铜匕首,又教了他一招击刺术,虽然只有一招,但用来捉鱼,却极有效。起初,成福只能捉一些较小的鱼,慢慢地,他的匕首用得愈来愈顺手,也能捉一些较大的鱼了,到了后来,他竟捉起了鲨鱼:他坐在小舢板上,远远地划出去,扔一片鱼肉在水中,不一会儿,总会有鲨鱼游过来,成福待它近前,跃入水中,尽力一刺,手中匕首已狠狠地刺入鲨鱼的心脏中,他并不拔出匕首,而是将鲨鱼拖到舢板上,划回大船,船工把鲨鱼吊上去。李炎早已在甲板上等着了,他急切地俯下身,嘴对着鲨鱼胸口处,拔出匕首,血喷涌而出,李炎奋力一吸,竟是一滴也不浪费。

一条鲨鱼的血,只够李炎一天所需。

后来,船工们也不再张网捕鱼了,只任凭成福下海去捉。但成福也并非每天皆能捉到鱼。李炎只需一天无血吸食,脸色便苍白如纸,到第二天,竟变作了青绿色,眼珠赤红,第三天,他的双手开始发颤,行止坐卧,焦躁不安。

每当这时，罗素素便也与成福一起，下海捉鱼。她潜得极深，她说，在极深的海底，有许多奇形怪状的鱼。成福惊讶于她竟能潜得如此之深，常常，一直到看不见丝毫的光，四周已是漆黑如铁，海水更是冷得像冰，可她仍是在拼命地往下潜，像一尾想游入地狱之中的鱼。成福不敢再随着她往下潜，只好独自浮到海面。好久之后，她会浮上来，有时捉到了鱼，他们便回大船上去，但更多的时候，她只是浮上来换口气，她的嘴唇因为憋气而变得乌紫，脸色却是青白，眼珠被水压得向外凸起，她一个翻身，再次潜入水中，常常，她要换上四五口气，才能捉到一条鱼。

那些鱼都没有眼睛，身子扁平，长得阴沉。

有时会潜了一天也捉不到一条鱼，或者捉到了，却太小，不足李炎所需。罗素素会一直不断地潜下去，即使天黑了，她仍然会借着月光向下潜，她已精疲力竭，因为没有足够的力气潜到海底，她会抱着铁锚，和铁锚一起下潜，她在腰上系一根长绳，当她想升上来，便摇动长绳，让船上的人把她拉起。

李炎冷冷地站在船舷边，等着罗素素捉鱼上来，当他吸够了血，他会点点头，然后走到船头去盘腿而坐。而罗素素已站都站不稳了，她坐在甲板上，裹着毯子，蜷成一团，一点一点地，喝着船工递给她的烈酒取暖。

没有人知道她为什么会如此拼命，很明显，她与别的几个女人不同，但李炎对她也并无特殊的优待。当李炎和别的女人在一起的时候，她会独自待在一间小小的船舱里，透过舷窗，看着茫无涯际的、正在向东滚滚奔流的大海。

有一天，当罗素素躲在船舱里看海的时候，发现海天相接之处浮着一点隐约的绿色，她跑上甲板，船工们也已发现了那个小岛，他们欣喜若狂，恨不得立时跳入海中，向小岛游去。

小岛四周的海水清可见底，船浮在上面，便如浮在虚空中一般。海底铺着细沙，生长着色彩斑斓的珊瑚，无数鱼儿穿梭其间。到了夜里，月亮升起，在银色的月光中，许多珠蚌从海沙中探出，张开蚌壳，向海面升去。蚌壳内闪着灼灼的光华，那是珍珠的光芒，珠蚌升到海面后，并不停止，而是带着如银的水带向天上飘去，无数的珠蚌浮起在月光中，向上升，向上升，仿佛它们要飞到月亮上去。

从遥远的海面上，传来鲛人的歌声，丝丝缕缕，若有若无，如泣如诉。

　　那一夜，所有的人都没有睡，便是李炎，也似乎被眼前的奇景所震撼。而罗素素独自坐在船头，不时抓住从她身边漂过的珠蚌。珠蚌一被罗素素抓住，立时便闭拢了。罗素素从腰上摘下一把奇巧的小刀，轻轻将珠蚌撬开，撕下里面的蚌肉，丢入嘴中咀嚼，而蚌内的珍珠，她则随意地丢在甲板上，不久之后，甲板上便滚动着许多美丽的珍珠，小的只如米粒，大的竟如鸽卵。

　　次日，当船工们从岛上寻找淡水回来时，他们看到罗素素赤裸着身躯，只在腰间挂着一个小竹篮，披散着如云的长发，从船头跃下。她健美的身躯在海天之间划出一道柔美的弧，当她没入水中，所有人都发出一声长长的叹息。

　　她从水底采来一颗拳头般大的夜明珠，放在李炎华美的舱室里，所有的珍宝都在这颗夜明珠面前黯然失色。一条白色的蛟龙在小岛四周徘徊不去，发出悠长而哀怨的龙吟，直到李炎把那颗夜明珠投入水中，蛟龙才沉入海底，不再出现。

　　或许唯一能够与那颗夜明珠相媲美的珍宝，便是那透明的海水了，它如一块巨大的淡蓝翡翠，中间镶嵌着绿玉似的小岛，但它却无法如夜明珠那样，被人握在手中，带在身边。当海船离开小岛，船工们的心中都有些不舍。前面依旧是茫茫大海，谁也不知道还要航行多久，才能找到归墟，或许他们要一直这样航行下去，直到他们老去，并最终葬身于大海之中。

　　海水重又变得碧蓝，变得墨绿，变得黝黑。日复一日，他们被海水推扯着，向东航行。有时他们也会遇到极大的风暴，海水立起数十丈高，他们在波峰浪谷间颠簸，似乎随时都会倾覆，有时他们又会被卷入巨大的漩涡，似乎已经要被海水撕扯得粉碎，但老船工龙叔却总能带着他们脱离险境。

　　在平静的夜里，龙叔会说一些海外的逸闻奇谈。

　　他说海上有一种跳蛙，它们在海面上跳啊跳的，把它们遇到的一切都吃掉，如果它们只是几百只聚在一起，还没什么，可有时候，它们会千百万只聚在一起，向着一个方向，跳啊跳，那时候，便是海里最大的巨鲸，也会在一瞬间被它们吃掉；他还说，有些海面生长着葡萄，看起来和陆地上的没什么两样，但是要比陆地上的高大得多，人们都说那是神仙种的葡萄，船一旦驶入葡萄架下，船上的一切木器都会发芽、生根，长出叶和花，结出果来；他还说，有一处海面，那里的海水比石头还硬，比冰还光滑，又有着五彩的颜色，谁得到那里的一块水，都是得到了无价之宝，但是，鱼儿们并不会觉得那里的水比石头还硬，它们还是在那坚硬的水里游来游去，谁也不知道这究竟是怎么一回事。

后来，他还说到归墟，他说归墟上原本有五座神山，就是岱舆、员峤、方壶、瀛洲和蓬莱，这五座神山，每座之间相隔七万里，神仙们在海潮上来去，从这一座神山到那一座神山，需一天的时间。最早的时候，神山是在海上漂来漂去的，神仙们担心神山会漂走，就上奏天帝，请他想个办法。天帝便派了十五只神鳌下来，分作三队，每队五只，轮番用头去撑住神山，不让它们漂走。可是，那时有一个龙伯之国，那里的人都很大，他们几步就走到了神山的地方，用一根钓竿，一下就钓走了六只神鳌，于是，岱舆和员峤便随着海潮漂走了，为此而搬家的神仙，以亿万计，到如今，归墟里其实只余三座神山了，那便是方壶、瀛洲和蓬莱。

"可也并非只有神山上的神仙，才能在海潮上飞。"那一天晚上，龙叔靠着船舷坐着，用一只鱼骨制成的烟斗，吸着晒干的海草，神秘地说："在极东之处的天上，有一个雷国，那里的人，都生着双翼，鸟首人身。他们不仅能飞，还能唤来雷电。"便是此时，一根巨大的鸟羽从天上飘了下来，落在甲板上，一个船工把它拾起，这是一根黑色的鸟羽，似鹰的翅翎，但又比鹰的翅翎要大得多。"给我！"龙叔急切地说，"这便是雷民的羽毛啊！"他将那根羽毛收入怀中，敲了敲熄灭的烟斗，回船舱去了。

愈往东去，这样的羽毛便愈多，有时一天能落下十几根，大多落到了海里，偶尔也有落到船上的，龙叔总是把这些羽毛收起，有时，如果羽毛落得离船不太远，他还会放下小舢板，划过去把羽毛捞起晾干。有人问他，收藏这些羽毛做何用？他只是笑笑，说不过是自己的嗜好罢了，谈不上有什么用。

终于有一天，船上的人亲眼见到了雷民。那是在一个黑沉沉的夜晚，他们先是看到在东南方向的海面上，亮起一道道的电光。这并不像是一场雷雨，因为无论多大的雷雨，闪电都只能一道接着一道，而此时的闪电，却是聚于一处，并且是数道甚至数十道同时亮起。因为隔得太远，他们还只能看到电光，而无法听到雷声。那电光或淡蓝，或淡紫，或带着血色，或嫩黄如初春的柳枝，当它们同时亮起，便如在暗夜里绽放开一朵绚烂夺目的牡丹。

　　航行了一夜之后，那些闪电已移到了正东方。天色微明时，他们听到了雷声，开始似乎只是蚊蚋在"嗡嗡"作响，但不久之后，便可以确定那是雷声了，像一个小石球，在琉璃的海面上滚动，远远地来去，仿佛在找着什么，接着，石球变大了，也变多了，雷声呼啸而来，海面被推起一道道的巨浪，在巨浪的后面，一条巨大的鱼浮着，黑黑地耸立，比山还高。

　　龙叔高喊道："那是巨鲸！"他的眼睛因为兴奋和惊惧而变得血红，老皱的脸奇怪地扭在了一起，胡子也翘了起来。"看哪！"他喊道，"他们在猎捕这头巨鲸！"所有人，包括船头楼上的李炎，都顺着龙叔的手指，向巨鲸的背上看去，在那里，几百个背上生着双翼的雷民，在一上一下地飞翔，他们的手中不知拿着什么武器，轻轻一敲，便有耀眼的、如蟒蛇一般的电光咬在巨鲸的身上，巨鲸在痛苦地颤抖，显然，在遭受一夜这样的电击之后，它就要支撑不住了。

　　"放下铁锚！"龙叔喊着。但李炎命令海船继续向巨鲸航行，直到他们可以很清楚地看到攀附在巨鲸身上的贝壳，看到雷民们因为屠戮而变得血红的翅膀，他才令大船停下。

　　终于，雷声和闪电都停止了，方圆百里的海域都被巨鲸的鲜血染红。更多的雷民从云层上飞下，手中都拿着一捆捆粗大的绳索，他们扎入水中，又从巨鲸的另一边飞出，把绳索绕在巨鲸身上。这样的雷民大约有数千之多。先一步把绳索绕好的雷民在天空轻拍着双翼，等候后面来的同伴把绳索绕好。一些幼小的雷民在巨鲸的身上戏要打闹，对他们而言这或许是一个节日。

　　雷民们把阳光都遮住了，大船的上空一片阴暗。不时有羽毛飘落在甲板上，龙叔忙着将它们拾起。突然，尖唳声此起彼伏，幼小的雷民从巨鲸身上飞了起来，带着短促的、快乐的鸣叫，然后，那绕过巨鲸的数千根绳索被慢慢地扯直了，旁边有几十个雷民，一起发出短促而有力的尖唳，绳索猛地绷紧，巨鲸在水中晃了晃，又往下沉去，但雷民们再一次同时振动羽翼，巨鲸又晃了晃，慢慢地离开了水面，先是它的巨大的、跟身体似乎有些不成比例的头颅，然后是它的背，但雷民们似乎不堪重负了，巨鲸的平尾始终无法从水里出来，反倒又慢慢地向下沉去。这时，从天上飞下了一群有着一双银色羽翼的雷民，他们迅速地把绳索绕在巨鲸身上，和别的雷民一起振翅向天上飞去，于是有节奏的、高亢的尖唳又再响起，巨鲸终于完全离开了水面，带着浓重的血腥和焦臭，它离开了它从未离开过的大海，摇摇晃晃地，向天空升去。

雷民们鼓翼时激起的巨浪把大船带得左右摇晃，在巨鲸离开海面时，水流瀑布一样从它的身上落下，海面上溅起了大朵的浪花；渐渐地水流变细了，也变少了，巨鲸的腥臭和雷民鼓翼时激起的风都变得微弱，天空中的巨鲸似乎并不大，仿佛不过是一条寻常的石斑鱼，不久，连石斑鱼也不是了，它变成了一个微不足道的黑色圆点，如果不仔细搜寻，一定无法从无垠的天空中找到它。

一片羽毛飘啊飘的，落在了刚才巨鲸曾经漂浮过的海面上，现在那里什么也没有了，黑色的海水打着微小的漩儿，向东流去，仿佛什么也不曾发生过。

但是那一夜，雄浑而悲壮的鲸歌，一直没有止歇。或许那头巨鲸是它们的王，而它们正在为它的死而悲伤。

再往东去，天气渐渐变得寒冷。龙叔说，那是因为他们离月亮愈来愈近的缘故。月亮是冰做的，但在上面却生长着绿的树，雪白的鹿在草原上迁移，它们的角是透明的，寒玉虎——它们披着蓝白相间的皮毛——躲在树丛中，而月之熊，这高大而凶猛的动物，有时会从月亮上下来，在结冰的大海上游荡，捕食能在冰里游动的何罗鱼。

为了绕过冰冷的月亮，他们不得不改变航向，转向东南方航行。

因为寒冷，下海捕鱼就变成了一件极其可怕的事。成福向龙叔打听，能不能捕捉那能在冰里游动的何罗鱼？龙叔看着无边的雪原，道："何罗鱼只有一个头，却有十个身体，它在冰里游动，疾速如飞，本是很难捕捉得到的，但据我所知，它们一旦游入水中，就会变得异常笨拙。月之熊便是利用了何罗鱼的这一弱点捕食何罗鱼的，它们跑到冰川的最薄处，挖出洞孔来，在那边坐等不小心游入海水内的何罗鱼，然后趁着它们动弹不得的时候，把它们击杀。"

成福与罗素素商量之后，便停船于冰川旁。这里本就是冰川的边缘，冰并不厚，更有许多的浮冰到处漂荡。成福与罗素素带着十个船工，到冰川上去，挖出一条三尺多宽、几十丈长的沟渠，然后每数丈派一个船工看守，坐等何罗鱼来。

果然，不久之后，便有一条何罗鱼落入了陷阱。它在冰冷的海水里艰难地摇着尾,却无法移动半分,虽然冰就在它前后不到半尺处,它却怎么也无法再游到冰里去了。成福用一个大桶把何罗鱼捞起里,它果然只有一个头,却有着十个身子。它在桶里拍着它的十条尾巴,终于,它的一条尾巴碰到了桶壁,它一借力,便从桶里钻了出来,掉在冰上,扑了一下,已消失在冰里了,而那个木桶却仍完好无缺,冰面也仍是一片光滑,并无缺损。

捕到第二条何罗鱼时,成福便换了一个更大的桶。他命两个船工立即把桶抬回船上,以免夜长梦多,再出差错,又让何罗鱼跑了。船上早已备下了一个大水池,船工们把何罗鱼和水一起倒入池中,看到那条鱼浮于水上,便似被水粘住了一般。

那一日,他们捕到了五条何罗鱼,每条皆有十几斤重。但出乎意料的是,李炎在吸这些何罗鱼的血时,却碰到了麻烦。原来他像往常一般,举手去抓何罗鱼时,手竟穿过了何罗鱼的身躯,什么也抓不到,他索性把头探入水下,张嘴便咬,却依旧咬了个空,李炎大笑道:"有趣!有趣!"又道,"我就不信我拿你这怪鱼无法!"他寻思了一会儿,探手入水,再出来时,手中竟已多了一把透明的水剑,他用水剑轻轻把何罗鱼拨得肚子朝上,跟着一刺,何罗鱼的血便喷了出来,李炎张嘴一吸,把那些血全都吸入了嘴中,他接着刺何罗鱼的第二、第三条身子,果然也都有血喷出来,不一会儿,李炎已吸完了一条何罗鱼的血,仍不尽兴,又吸了另一条何罗鱼的血,方才走到船头,盘腿而坐。

而那两条何罗鱼,已被吸得身子干枯,它们慢慢沉入水中,与寻常的鱼,没什么两样了。

后来成福亲眼看到了月之熊杀死何罗鱼的方法,与李炎的方法竟有异曲同工之妙。它们把嘴伸入水中,喝饱了,然后将水从口中喷出,射在何罗鱼的头上,轻易地便把何罗鱼的头砸烂了。

月亮就在他们前面不远处,一个巨大的冰球,几乎占去了半边夜空。

每个月的月底,草原遮住了整个月亮,使它看起来不像是一个冰球,而是一个草球,而其亮度,自然也大大地降低了。月之熊对保持月亮表面的冰原状态有着一种奇妙的嗜好,它们把散于各处的、双角透明的白鹿赶到一处。当这些鹿散于各处时,它们吃草的速度远远赶不上草生长的速度,但它们聚于一处后,草生长的速度就无法与它们吃草的速度相比了，于是草原开始退缩，冰原露了出来。鹿在月之熊的驱赶下，不断地向草原进攻，同时它们的种群也在成倍地扩张，终于在每个月的月中，月亮上的草被鹿吃光了，冰原完整地显露出来，只有一些零星的树木立在这壮美的冰原之上。月之熊们趁着月亮从海上升起的时候，从月亮上下来，在结了冰的海面上庆祝它们的伟大的胜利。然而，月亮上的白鹿却因为没有草吃而成群地死去，而草也从鹿群最初开始吃草的地方长了出来，它们渐渐地扩张自己的地盘，终于在月末的时候，再一次把冰原完全地吞没了。于是，月之熊们，再一次把散于各处的白鹿驱赶到一处……

当被草原覆盖的月亮从海里升起，借着灿烂的星光，可以清楚地看到那些草是长得如此之高，以至于它们竟能高过那些鹿，而当鹿聚在一起吃草时，它们发出的"喳喳"的声响，船工们在睡梦中都能听到。

而月亮每次的升起，都让船工们异常惊惧。它先是在大海之下滚动，激起滔天的巨浪，然后，它猛地撑破冰川，探出头来，在它撑破冰川的那一瞬间，"喀喇喇"的尖啸声传向四面八方，冰川破裂，又长又大的裂缝在冰川上蔓延，海水从裂缝之下喷涌而出，足有十几丈高，那些因为不慎而没有避开裂缝的月之熊，被喷射出来的水柱高高地推到了天上，又随着水柱落下，无声无息地，就被淹没于大海之中。但裂缝还在不断地向更远的地方延伸，月亮慢慢地从海里爬了出来，直到它爬出了一半，裂缝的延伸才停止，而后裂缝中的海水又开始迅速地结冰，把裂缝填补起来，当月亮完全悬在冰面上时，裂缝也消失了，冰川上仍然是一望无际的雪白。可那是怎样的奇景啊！巨大的冰球，悬在所有人的头上，慢慢地向天空升去。唯有在此时此地，月光才真正地像银子一样闪亮，而按龙叔的说法，世上的银子其实都是月光所化，不过月光化成白银所需要的时间，实在太过漫长，不是寻常人所能想象。

唯一让船工们不解的是，当月亮在海水之下滚动时，那些鹿、寒玉虎还有月之熊为什么没有被淹死？即便是龙叔也无法回答这个问题。船朝着东南方向航行了两个月，才绕过了那片月亮冻结的海面，继续向正东方驶去，而在不远的地方，太阳正等着他们的到来。

　　天气越来越热，海里充塞着各种各样古怪的鱼，有时船会被水草缠住，他们不得不跃入水中，用刀一点一点地把水草砍去，才能继续前行，但行不多远，水草又再一次缠住了他们……成福也不需要下海捕鱼了，因为可以很轻易地用网捕到大量的鱼，有时甚至有鱼儿自己跳上船来。天上飞着成群的海鸟，它们环绕海船飞着，根本就不怕人，有时还落在甲板上，争夺船工们网到的鱼。每天夜里都会下一场暴雨，稍稍舒缓一下那难耐的燠热。

　　太阳已经变得非常大了，每当它从海里升起，整个东方的天空都变得赤红。龙叔令船改向东北方航行，这样一来能抢到从东面吹来的愈来愈强劲的海风，二来也可以避开太阳的酷热。他们想绕过这一片海域，就像他们绕过那片被月亮冻结的海域一样。

　　有时，太阳升起后不久，会有一种巨大的红蝴蝶掠过天空，落在海上，变成熊熊烈火，把海水烧得通红。龙叔说，这是炎阳火蝶，它们把卵产在太阳上，当太阳升起时，这些卵都孵化了，那些艳红的幼虫是如此之多，以至于太阳都变成了艳红色。幼虫迅速地长大成炎阳火蝶，炎阳火蝶产下新的卵后，从太阳上飞起，它们或者落到海里，或者撞入云中，大海和云都被它们烧得通红；离太阳较近的云彩，因为有太多的炎阳火蝶撞入而被烧成紫色，而离太阳太远的云彩，则因为撞在上面的炎阳火蝶太少，只是显出淡淡的粉色。太阳因为炎阳火蝶的离开而变得耀眼，到正午的时候，所有的炎阳火蝶都飞走了，这也是太阳最亮最热的时候，而后，卵又开始孵化出来，太阳慢慢地变红，到黄昏时，新的幼虫全都孵化出来了，再一次把太阳遮住，于是太阳又变得通红，炎阳火蝶随着太阳的沉落而成群地飞离，太阳四周的云彩和大海，因它们的燃烧而再一次变得或红或紫，直到太阳完全地沉入海中。

　　偶尔地，在夜幕降临之后，仍有一两只炎阳火蝶在大海之上飞舞，它们壮美的双翼在暗夜里缓缓舞动，带起一阵阵炎热的风，那翅膀上闪耀的火光，令月亮都变得黯淡了。也有极小的炎阳火蝶，成群地在船桅上飞过，凡是被它们碰到的地方，立时就被烧成焦炭。幸好这样的炎阳火蝶并不多，更多的炎阳火蝶只是缓缓掠过海船的上空，远远地落在海面上，海船对于它们，便如蚊蝇一样渺小。但龙叔仍然极度小心，每天黄昏，他都亲自掌舵，又令一个目力好的船工到桅梢上去，远远看见炎阳火蝶飞来了，便大声提醒。有一天，一只炎阳火蝶落在了距他们非常近的地方，所有人都吓得跑到甲板上，以为海船已经被炎阳火蝶撞到了，船上燃起了大火，但海船实际上只是被炎阳火蝶火红的双翅映得通红罢了。那只炎阳火蝶庞大无比的头颅就在距左舷不到二十里的地方，它的长长的触角伸了过来，仿佛就在船头，他们看到它卷曲的嘴，还有它的眼睛，里面排列着一个一个的小眼——说它小，也不过是相对而言罢了，如果真的挖出来，或许也有一头大象那么大吧！李炎背着手站在船头，罗素素和成福站在他的身后，李炎喟然叹道："这样一个庞然大物，却只有半天的生命！"罗素素和成福都不知道该如何应答才对。这时火已经燃起来了，先从炎阳火蝶的翅尖，然后慢慢地蔓延到它的腹部、胸部和头部，它的长足痛苦地扑打着海水，卷曲的长嘴也不断地伸缩着。"它原来也是知道痛苦的啊！"李炎说罢，便转身走入船舱中，似乎不忍心看炎阳火蝶自焚而死的惨况。火继续燃烧，一直到月亮升起，才完全地熄灭。

每天清晨，海水的流速都会显著地加快，那是因为太阳从海底向海面升起时蒸发了大量的海水的缘故。巨大的气泡从海底冒出来，发出震耳欲聋的轰响，将海里的鱼和在海面上飞行的水鸟炸为齑粉，那些水泡之大超出了人们的想象，即便是最大的炎阳火蝶，也无法将它填满，一直到太阳升起在海面上，仍然有气泡不断地从海底冒出来，阳光照在气泡的表面，闪烁出绚烂的色彩，便是最美的彩虹，也无法与之相比。龙叔总是十分小心地不让海流把船只卷进去，因为，虽然有着从东方吹过来的海风，也无法抵抗这强劲的海流，一旦被卷进去，就只能无可奈何地向太阳的方向驶去，直到被烧成灰烬。

虽然如此，有一天晚上，他们还是被卷入了那强劲的海流之中。是被一条他们网到的大鱼拖进去的。船工们拼命地绞动云车，试图把网收上来，但船仍然被那网中的鱼拖得飞速地向东方滑去，龙叔大叫道："要被拖进去啦！砍断网索！"但船工们犹豫着，龙叔急了起来，又叫道："你们想被烧成灰吗？快砍！"就在船工们俯身去寻找斧头的时候，李炎跃了过来，运掌如刀，"哧哧"两声，把网索砍断了。船猛地一轻，慢了下来，船上的人都是一个趔趄。渔网像石头一样沉入了水中，不久之后，在数里之外，一条大鱼从海里跃了出来，炫耀似的在月光下展现它的光滑优美的身躯，和仍然缠绕在它身上的渔网。

龙叔已令船工们拿起船桨,拼命地向西划去,但海流实在太强劲了,船挣扎了一下,仍是向东漂去了。李炎把一个船工赶开,自己拿起船桨划起来,船似乎停了一下,然后渐渐地向偏西的方向行去,但也只支撑了数里,虽然李炎仍有余力,船工们却已力竭,船抖了两抖,终于再一次改变了航向,而且这一次因为没有船工们划桨,比前一次漂得更为疾速。李炎大喝一声,挣破了衣衫,露出满身肌肉,拼尽全力划去,可是以一己之力,又怎能与大海相抗? 船在海面上转了两圈,仍然向东漂去了,而且愈漂就愈快。

船工们大汗淋漓,看着东方的天空慢慢露出鱼肚白来,都沉默无语。谁都知道这样漂下去将正好冲入即将升起的太阳之中,李炎的几个侍妾想到死期将至,竟不由自主地啜泣起来。

李炎站在船头楼上,突然"哈哈"大笑,道:"能死在太阳中,也不枉了,你们又哭什么!"他又指着东方道,"看看此时的美景,天下之人,有谁似我等这般幸运!"太阳已浮起了一小块在海面上,水泡从海底升起,又接连不断地炸开,发出雷一样的轰响,船上的人,除了李炎之外,都捂住了耳朵。炎阳火蝶从太阳上飞了起来,或是向天上飞去,或是远远地落在了他们后面的海上。太阳出来得愈来愈多,看得出是一个庞大无比的炽热火球,上面伏着无数的炎阳火蝶,一层一层地堆积起来,竟不知有几亿万只。

而从东面吹过来的风也愈来愈热,忽然"砰"的一声,船帆竟燃了起来,跟着是众人身上的衣衫,有几个船工已要跃入海中,他们宁愿淹死,也不愿被烧死,这时,有人指着天上喊道:"看哪! 雷民!"真的,从被炎阳火蝶燃得赤红的云彩后面,有无数的雷民飞下来,他们的羽毛被太阳映得通红,似乎也很快就要燃起来了。

"他们要干什么呢?"就在众人尚在疑惑的时候,雷民已开始扎入水中,把绳索绕过海船,就像他们以前把绳索绕过巨鲸一样。很快,海船就被雷民的绳索一根根地绕过去,到最后,竟如同有两道绳的墙竖在船的两侧。尖喋声响了起来,船慢慢地从海里升起来了。

船缓缓地向天上升去,雷民们扑打翅膀的声响,听起来便如海潮一般,一阵又一阵地翻涌过来,"呼啦啦……呼啦啦……"激荡着船上众人的耳鼓。太阳就在前面,以极慢的速度翻滚着,仿佛是极近了,近到一不小心就会掉进去,但就在船上的人都以为自己会冲入太阳里的时候,船却忽然从两块巨大的火烧云的狭缝间穿了过去,蔚蓝色的天空瞬间展现在他们的头顶上,宁静而美丽。在东南方约数十里远处,一座壮美的岛屿浮在空中。所有的人都在这奇妙的景象面前窒息了,那个岛屿慢慢地旋转着,墨绿的森林覆盖了它的大部分,只有零星的几幢石头搭建的房子散布其中。当这岛屿飘浮在火烧云之上时,它的底部被映得通红,而当它飘浮到没有云的地方时,阳光直接照射上来,便会在岛的四周形成一道宏伟的光幕,像是一个圆形的、向着天空流泻的瀑布。

"这就是雷国吗?"龙叔用颤抖的声音道,似乎不相信自己竟真地能看到如此的奇景。

雷民们带着船向东飞去,半个时辰之后,岛愈来愈近了。原来,森林里的树上还搭建了许多鸟巢一样的房子,这大约便是雷民们居住的地方吧,而那几幢石头房子,则应该是他们议事之处。

陆续有许多雷民从岛上飞来,在船的四周盘旋,似乎对他们极度好奇,但又因为害怕,而不敢真的到船上来。它们一直伴着海船,直到它从岛的上空掠过,火烧云再一次在船底出现,他们才飞回岛上。这时,一个年轻的雷民仍不愿离去,他尝试着在桅杆上降落,使劲地向后扇着双翅,终于用脚抓住了一根帆桁,但也只停留了片刻,这似乎已满足了他的好奇心,他猛地振翼飞向空中,在那些正在搬运海船的雷民之下一个漂亮的回旋,已远远地飞到船后面去了。

此时,太阳也已从海面完全升起,如今它是在船的后面、也是在浮岛的后面了,这轮红日看上去是如此地巨大,浮岛与它比起来,只不过像是一粒粟米,而海船,就是一颗微尘了。

又飞了两个时辰之后,雷民们才慢慢地下降,太阳已升得极高,光芒也变得微弱了,现在它是在西面,而海水也是在朝着西方流动,又飞了半个时辰之后,船降落在海上,这时的海水已经重新向东流了,显然它们已经摆脱了太阳的影响,仍旧向归墟而去了。

雷民们尖喙着,似乎在和船上的人打招呼,他们把绳索收起,卷成一团缠在腰间,回身向浮岛的方向飞去。没有人能够解释他们为什么要救这条船,即便是龙

叔，也只能苦笑着望着已经变成一个小黑点的浮岛，沉默不语。

　　再向东去，就仿佛是在向着永恒的黑夜行驶了。太阳虽然依旧每天在西方升起，但却是向着更西的西方去的，于是他们愈往东去，白昼就愈短，航行一个月之后，白昼已缩短为只有一个时辰了，唯有清晨太阳升起在海面上时，天才有一些蒙蒙亮，而后，黑夜就迅速地降临了。而这黑夜也与他们惯常所见到的黑夜颇为不同，因为月亮只在西天运行，而星星却变得异常地繁密，而且每颗星星都比他们以前见到的更大、更璀璨。

　　气温也愈来愈低，幸好大海也一直没有结冰，大约是因为流速过快的缘故吧！海中已经很少有鱼了，虽然在靠近太阳时，船上积蓄了大量腌制的鱼干，足够全船人再吃上半年，但谁也不知道还要航行多久，所以吃的时候也小心起来，而淡水的问题更严重一些，船上同样积蓄了大量的淡水，但是大约是远离了太阳的缘故，连雨雪都少了，照此情形，愈往东去，雨雪就会愈少，淡水的饮用原本就已是极为小心，现在就更为严厉了。

　　但这一切与李炎所碰到的困难相比起来，就都无关紧要了。成福已经很难捕到足够的鱼给李炎，只能靠罗素素不断地潜到深海去捕捉——或许是因为地热的缘故，深海中的鱼类并不见减少，反而似乎增多了。海水非常地冷，又没有丝毫光线，在其中捕鱼原本是非常危险的事，但罗素素却乐此不疲，有时她甚至兴致勃勃地给成福讲述起深海的美景来，而她所说的一切就更不可思议了。

　　她曾经说到深海中有一种巨大的鱼类，它们的尾巴长在海底，因此它们不能移动，它们的鳞片和身体是相离的，中间有极细的细丝相连，它们张大嘴巴在海里摇摆着，等着别的鱼儿自己送上门去被它们吃掉。"这怎么可能呢？"罗素素说到这里，兴奋起来，用力地挥着双手，小舢板在海上颠簸，"可就是有这样的鱼啊！有一种美丽的鱼，它们的身上有五种颜色，看起来就好像是它们身上长着彩虹，它们就很喜欢被那种大鱼吃掉，它们成群结队地游到大鱼的嘴巴里去，如果不被吃掉，它们似乎还不高兴呢！"成福根本就不相信她说的话，因为他自己也潜海，知道海中是一丝的光也没有的，那么所谓的"身上有五种颜色的鱼"，就只能是罗素素自己编造出来的了，但他并不想揭穿，因为罗素素说的时候，是那么地高兴。

罗素素平常捉上来的鱼，多是一种身上披着硬甲、行动迟缓且目力极差的怪鱼，虽然它们长得异常丑陋，但每次看到李炎吸食它们的血，成福都觉得实在太过残忍了：李炎是先用掌力劈开它们的硬甲，然后活生生地从里面揪出那怪鱼的软软的身躯来……但对罗素素而言，这或许是她唯一能从深海中捕捉到的鱼类了，所以多少天过去了，李炎一直在吸食这种怪鱼的血，而对他来说，只要有血吸食就行了，至于究竟是谁的血，他并不在乎。

但渐渐地，罗素素似乎连这样的怪鱼也捉不到了，李炎常常在疯狂的边缘徘徊，罗素素一次又一次地潜入海中，而她捉上来的鱼却愈来愈丑陋。"与陆上的生物相比，大约便类似于蜥蜴、蚯蚓、蜗牛之类吧！"成福常常不由自主地这样想。而李炎也照吸不误，或许便是真的拿了一只蜥蜴给他，此时的他也会照样地吮吸吧！

但令人意想不到的是，不久之后竟连这样丑陋的鱼也没有了。那是一次寻常的潜海，之前并无特殊之处，但罗素素下潜之后，却很久没有上来。成福有些心慌了，他也跟着跃入水中，但他所看到的只是一片漆黑，简直不能想象罗素素是如何在这样的漆黑里捉到鱼的，成福只好浮上来，但又不得不再一次潜下去寻找，在这样无济于事地潜了几次之后，他听见小舢板上有人在叫自己："喂，我在这里呢！"成福惊喜地看见罗素素已经在小舢板上了，但很快他就不再惊喜了，因为罗素素人虽然还活着，但两条腿却已经被不知什么鱼生生咬断了。

罗素素没有死，李炎点了她腿上的穴道，血很快就止住了。但她不能再捕鱼了，在余下的时间里，她一直独自待在那个小船舱里，看着黑沉沉的大海，直到李炎来吸她的血。

在此之前，李炎已经吸完了他的侍妾和船工们的血，不过并不是所有的船工，因为有两个船工是跳入了海中——他们宁愿葬身鱼腹，也不愿被李炎吸血而死，还有一个船工，则是奇迹般地逃脱了，这个船工便是龙叔。

龙叔是飞走的，这似乎不可思议，但他真的是飞走的。他站在船头，肩上插着两个巨大的翅膀，他的手就套在翅膀下面，他用力地扇动双翅，竟真的飞了起来，虽然看上去有些笨拙可笑，但毕竟是真的飞起来了。后来成福回忆起来，他以前不断地收集雷民的翅翎，大约是早已料到有这么一天吧！在灿烂的星光下，龙叔摇摇晃晃地飞起,他仍是向东方飞的,这是唯一有可能活下去的方向,西方是茫无涯际的、黑沉沉的大海,南方和北方更不可预知,而东方——说不定,归墟就在星星的后面。

龙叔飞走之后,李炎便来吸罗素素的血了,因为除了成福和李炎之外,船上已再无别人,而李炎大约还希望成福能替他捉到鱼吧!

那时李炎已处于一种完全疯狂的状态,他的嘴唇上还粘着别人的血,手颤抖着,几乎连站也站不稳了,罗素素似乎早已知道有这一天,当李炎咬上她的咽喉的时候,她居然还抬手去抚摸李炎的头。

成福胆战心惊地在旁边看着,当李炎离开时,他甚至还朝着成福笑了一下。成福扶起罗素素的时候,她还没有死,她用眼睛示意成福去看她的右手,在那里,一只干枯的小鱼,静静地躺着,让成福惊讶的是,那只小鱼,身上真的有五种颜色。

然后,船上就只有成福和李炎两个人了。成福一直守在罗素素的尸体旁,他似乎不想采取任何的行动来保住自己的性命,而只是想像罗素素那样,静静地等着李炎来吸自己的血。

从船舱中看出去,星星竟灿烂得有些刺目了,一颗颗星星紧密地排列着,看上去不像是星星,竟像是一朵朵的花。成福想起龙叔曾经说过的,他说星星并不是星星,而是花,是一种名叫龙骨星兰的花,它们生长在银河里,一亿年一开花,一亿年一结果,在花丛之间,生活着一种寿命漫长的人类,他们骑着巨鲸在银河里游弋,一亿年对他们而言,只是像春天或秋天这样的一个季节罢了。他们种植和收获龙骨星兰,并用龙骨星兰制出各种奇妙的物品,有酒,有香料,有镜子,也有剑……

"银河不是从北向南流的吗?为什么在极东的地方能碰到银河呢?"有一个船工不解地问。龙叔摇摇头,道:"我也不清楚,难道,极东之处,便是极南之处,也是极北之处、极西之处?那这个世界究竟是什么模样呢?""嘿嘿嘿……"众人都笑起来,没有人能够想象出这样一个神奇的世界。

而如今,龙骨星兰真的就在不远处了,罗素素死了三天以后,成福已经能够清楚地看到,那些星星真的都是美丽的花了,有的在盛放着,有的却是含苞待吐,还有的, 却只是花蕾, 它们的色彩亦是各不相同, 有银白, 有橙红, 有柳黄, 有天青, 有淡金……银河的水像薄雾一样流淌着, 茂密的龙骨星兰随着水流轻轻摇摆, 它们的叶片长长的, 细细的, 就像是人间的荇草。

就在成福为龙骨星兰而痴迷的时候, 李炎来了。他似乎已经镇定下来了, "能在这样的美景里死去, 夫复何求!"

成福仿佛突然从梦中醒过来, 他害怕得浑身战栗。李炎猛地扑过来, 把他压在身下, 张嘴咬住了他的喉咙, 随后便发出了满足的呻吟。但这呻吟声突然中断了, 成福使劲地推开李炎, 一只手捂住喉咙处的伤口, 不让血再流出来。李炎已经死了, 他仰面躺在地上, 小腹处插着一把匕首, 那把匕首, 正是李炎给成福捉鱼用的那把青铜匕首。

就在成福与李炎生死相搏的时候, 一朵龙骨星兰凋谢了, 它飘落下来, 梦一样地燃烧, 拖曳着长长的光痕, 在海面上无声无息地消失。后来的时间, 成福痴迷于看龙骨星兰的凋谢, 无论是一朵、两朵、三朵……还是千百朵龙骨星兰同时地凋谢, 都让他像喝醉了酒一样地兴奋。当然, 千百朵龙骨星兰同时凋谢是极少的事, 但当它发生的时候, 世间还有什么美景能和它相比呢? 连荒凉的大海也被它们临死前的光芒铺染得绚丽无比了, 那雨一样落下的龙骨星兰啊! 而在此时, 在这些龙骨星兰凋谢的同时, 在遥远的人间, 又有多少人, 匆匆地许下了他们的愿望!

龙骨星兰凋谢的时候, 也是它们香气最为馥郁的时候, 虽然即使是平时, 它们的香气也会凝成各种颜色的露水, 从银河上落下, 在海面上珍珠一样地滚动, 可是, 当千百朵龙骨星兰同时凋谢时, 那就真的是在下一场香雨了, 整条船都被这香雨浇透了。成福有时会想, 如果把这条船带回去, 那么自己大约会成为世间最富有的人吧! 这些浸透了龙骨星兰香气的木头, 每一块都是无价之宝!

偶尔地, 成福能够看到那骑着巨鲸在龙骨星兰之间游弋的寿命漫长的星农, 成福拼命地挥舞着双手, 想引起他们的注意, 但对他们而言, 这艘船一定是太小了, 更不用说在船上无可奈何地挥手的成福了, 他们继续用长长的镰刀收割成熟的龙骨星兰, 并把它们扎成一束束的, 就像人间的农夫收割稻谷一样。他们把那一束束的龙骨星兰堆在巨鲸的背上, 然后, 驾驭着巨鲸向银河的深处游去。

他们总是孤独地来去，成福从未见到有两个星农同时出现在银河上，有时成福能够听到他们唱歌，那总是在他们收获完龙骨星兰向银河的深处游去的时候，青铜一样的歌声在海天之间回响，节奏缓慢到了极致，以至于在成福听来，他们实际上是一直在唱着同一个音，根本就没有变化，但这或许是因为他们的生命太过漫长的缘故吧！或许他们的一首歌尚为唱完，人间便已是几度的沧海桑田了！

与星农最近的一次接触，是在成福进入银河之后。海船在龙骨星兰巨大的球茎之间穿行，那些球茎上盘绕着许多巨龙的尸骸，大约星农们是用这些巨龙来做龙骨星兰的肥料吧！而这或许便是龙骨星兰之被称为龙骨星兰的原因。银河的水十分稀薄，在成福看来，甚至都不能称为水，而只能称为雾，真想不通那些巨鲸是如何在这样稀薄的水里游动的。正是在这样稀薄的水里，成福遇上了一个星农，这也是他见到的最后一个星农，他正骑在驭着高高的龙骨星兰的巨鲸的背上，往银河的深处游去，他似乎看到了海船，于是伸出了他的手掌，想把海船捞在手中，但对成福和他的船而言，星农的动作实在太慢了，而激起的水流又把成福更快地向银河的深处推去，成福看到星农看着自己空空的手掌，眼中满是迷惑。

因为没有日夜之分，成福也不知道自己究竟用了多长的时间，才穿过银河。在银河的另一头，出乎意料的是，他看到的不再是永恒的黑夜，而是无边无际的微光。船航行得愈来愈快，不久之后，简直是在呼啸着向前飞驰了，成福紧紧地抓住船舷，生怕自己会飞出去，突然，他觉得自己真的飞出去了。他惊叫起来，却发现自己其实还在船上，而这艘船，正在这无边的微光中飞行着。

这一回，时间好像真的是静止了。四周总是毫无变化的微茫的光，无论船飞行了多久，也没有一丁点儿的变化。可是有一次，很偶然地，成福到船尾去，却猛地发现，在那微光中，似乎立着一堵水的墙，这墙仿佛是立在天地之间，向上看，看不到顶，向下看，也没有底，向左向右看，亦是没有边际，这水无休无止地落着，没有些微的声响。

成福有些迟钝了，他想世间怎会有如此巨大的瀑布，难道它真的是立在南北两极之间？不过它必定是有顶的吧！因为自己正是从它的最高处落下来的，那么说，自己也不是在飞了，而是在下落！可它究竟有没有底呢？如果有底，那么这样多的水落在上面, 必定要发出轰响才对, 可自己却是什么也听不到, 如果它没有底……可是, 又怎会有一个瀑布, 是没有底的呢?

他反复地思考着这个问题, 有时, 他的心思也会飘逸出去, 想到罗素素, 想到月之熊、何罗鱼、炎阳火蝶、巨鲸……那些似乎都是非常遥远的事了。突然有一刻, 他明白过来, 这不正是归墟吗? 原来自己真到找到了归墟! 他兴奋地大叫, 在船头和船尾之间奔跑, 期待着那些能在海潮上飞行的仙人们来迎接自己。但这一切都没有发生, 船还是在下落、下落……瀑布还是没有声响, 四周还是无边的微光。渐渐地, 他绝望了, 只是每天坐在船头, 肚子饿了, 就去啃几块鱼干, 对一切都不再关心。

船落下去, 落下去……

不知多久之后, 成福重又看到了茫无涯际的大海, 蔚蓝, 宁静。船落在海面上, 砸出一个深深的坑, 但这个坑很快又被填平了, 像什么也不曾发生一般。船碎裂了, 沉入海中, 成福抱着一块船板, 在海面上漂浮了两天, 才被人发现, 将绳索绑在他腰间, 吊上了一艘大船。

令成福惊讶的是, 船上的人都没有翅膀, 而且, 似乎也不会飞翔……

酒席上是怪异的沉默。

萨达牵了牵嘴角, 哈哈笑道:"成兄, 你当真以为我们应该会飞吗? "

成自虚笑了笑, 不置可否。

马哥里比道:"成兄真会编故事, 我记得我们拉你上来的时候, 你说你碰到了海盗; 后来, 你又对我们说其实你自己就是海盗, 是因为分赃不均被抛入海中的; 后来, 你又说, 你是因为触怒了某个大帮派, 所以被抛入海中; 还有, 还有, 我记得你前两年还说你是自己跳入海中的, 是因为你被爱人抛弃, 想寻死; 这一次, 你又说你是去寻找归墟。不过, 我看这故事中却有个破绽——那李炎武功如此高强, 岂能那么容易便被你杀死……"

这时, 卢全插了一句进来:"成兄, 那个龙叔……不知是否也回到了人间? "成自虚道:"这就不得而知了, 不过前几年, 我曾听说, 在胶东一带, 有人看见过一个会飞的老头。"卢全又指着桌上的一把匕首, 问道:"这把匕首, 以前似乎没有见过。"成自虚道:"这便是李炎给我的那把匕首,我今日偶然想起,便用它来做脸,没想到竟异常地锋利。"

那是一把青铜匕首,平放在黑漆的桌面上,样式古朴,应该是秦汉时的古物了。

四人直喝到三更时才散去。成自虚送他们出了大门,回到屋中,忽觉得小腹处的伤疤麻痒难当。他暗暗地想:今日来得却有些早。他强忍着走入内院,推开一扇暗门,密室内燃着一支细细的蜡烛,空荡荡的,只安放着一个鱼池,池中,黄金水送给他的另一条金枪鱼,正缓缓游动。

成自虚把手伸入水中,拇指和食指插入鱼腮,把鱼从水中捞出。

硕大的鱼尾在空气中"啪啪"地甩着。

成自虚缓缓低下头,一口咬在了鱼腮处,用力地吮吸着,血从他的嘴角渗了出来,滴落在地上。

2004 年 9 月 7 日

四时歌

春之花

我读大专的时候，有一个同学，叫韦春花。

她很穷，但也不算是学校里面最穷的。她的性格比较孤僻，有些自卑、敏感，她的成绩也不好，每年总有一两科要补考，但也不至于考不过。总之，她就是那种普普通通的同学，长得又一般，既不好看，但也谈不上丑，所以如果不是出了那件事，我大概会一毕业就把她忘掉。

我们班的女生是住在一幢文革时期建的甚至也可能是由苏俄援建的二层楼房里面，楼房虽然旧，但也还好住，冬暖夏凉，屋顶上铺着红瓦，房前房后种满桂花树；因为寝室里没有阳台，女生们就在桂花树下扯上铁线或绳子晾衣服，天气好的时候，树下花花绿绿的，里面也不乏胸罩和内裤，很好看。

从大一的时候开始，就陆陆续续有女同学说她们的衣服不见了，因为衣服丢得也不是特别频繁，而且丢的衣服什么样的都有，并不仅仅是内衣裤，所以也排除了色情狂来偷的可能，因此大家对这件事都不是很在意。但这件事持续的时间实在是太长了，到后来似乎班里的所有女同学都丢过衣服，不仅如此，后来住在那幢楼里的女同学——都是同一个系的，大概住了有一百多个学生在里面——有很多也丢了衣服。系里面来查，在韦春花的床底下拖出一个大箱子来，里面整整齐齐地装满各种各样的女式衣服，真相大白了，韦春花被记了大过，这还是系里手下留情。

有一段时间衣服不再丢了，但持续得不是很久，大概过了几个月，衣服又开始不见了。这次连查都不用查了，大家都认定了是韦春花偷的，丢了衣服的女生，害羞的就在她背后指着脊梁骨小声地骂，泼辣的就直接冲到她的床前去，到处乱翻，但总是什么也翻不出来，翻出来的也只是一些韦春花自己的破旧衣衫，后来大家看翻不出什么，就不再去翻了，但总还是认定是韦春花偷的。

后来韦春花开始谈恋爱，这也是一件正常的事，她虽然性格古怪，名声不好，但长得也说不上丑，总还是会有男生喜欢她的。那个男生是她的老乡，似乎也跟她一样的穷，两个人甜甜蜜蜜地过了一段时间，后来突然就分手了。就有谣言说，那个男生本来是真喜欢韦春花的，但是他后来碰到了一件古怪的事：原来，男生想跟韦春花亲热一下，但是他发现自己怎么也脱不完韦春花身上的衣裳，一件又一件，那些脱下来的衣裳在旁边堆得老高了，可韦春花却还是穿得严严实实的，后来那男生终于绝望了，就跟韦春花彻底分了手。本来他答应不把这件事说出来，但这世界哪有不透风的墙，这件事最终还是在学校里传遍了。

大家这时就都想起来，还真是有很长的时间没有看见韦春花裸过身子了，她似乎也有很长的时间没有洗过澡了，和她同寝室的同学也想起来，她睡觉时，即使是在夏天，身上也穿得严严实实的。难道她把她偷来的所有衣服都穿在身上了吗？可这怎么可能呢？到大三要毕业的时候，女生们决定证实一下。

那时马上就要毕业了，大家的工作也差不多都定下来了，本来大家倒没有真想跟韦春花为难的，但是正好有一个女同学，说她看到她刚丢的衣服就穿在韦春花的身上，就有一个泼辣的女同学，拖着她推开韦春花寝室的门，看见韦春花正坐在床上，一看见她们进来，就下意识地掩住自己敞开的衣襟。那个丢了衣服的女同学结结巴巴地说："里面……里面那件……粉色的，就是……我的。"那个泼辣的女同学就冲上去,扯住韦春花的衣领,大喊:"把衣服脱下来!"韦春花先是不动,后来就哭起来。女同学们听到动静,都进来了,把寝室里挤得满满的,外面走廊上也全是人,大家都没有吭声,只把韦春花堵在里面,逼着她把身上的衣服脱下来。

后来韦春花就开始脱衣服了,她哭哭啼啼,脱得很不利索,但大家似乎都很耐心,她每脱下一件,就有人把衣服传出去,于是总有一个女生说:"这件是我的。"

就是这样,韦春花脱了很久,她身上的衣服似乎是无穷无尽的,谁也不知道她是怎么把这么多的衣服同时穿在身上却又不显得臃肿的。同学们沉默着,团团地把她围住,开始时似乎大家都是义愤填膺,可后来却有女同学受不了了,小声地说着:"不要再脱了。"可是事情已经停不下来了。

韦春花终于脱到只剩内衣裤了,可是即便是胸罩和内裤她也脱了很久,一层又一层,站在最里面的女同学看见韦春花瘦而且青白的四肢,上面爬着暗的静脉。"不要再脱了!"又有女同学说。可韦春花仍然在脱,她已经不哭了,现在脱衣服已经是她自愿的而不是别人强迫的了,同学们看到随着她身上的衣服越来越少,她的身体也在渐渐地消失,仿佛空气是水,而她是由某种会在水中溶解的物质做成,当她脱下最后一件胸罩和最后一件内裤的时候,她终于也完全地消失于空气之中了。

夏之河

夏季的某一个晚上,河水暴涨,把村庄给淹没了。村民们从梦中惊醒,跑到山上躲避洪水。天亮之后,洪水退去,他们回到村中,排去积水,把淤泥清理掉,打捞被洪水冲走的农具,重建垮塌的房子,抢收被洪水冲毁的庄稼。

他们深爱这片土地,不愿离开,何况除了这一次的洪水,这河流一直都很平静。这些村民性格坚韧,对未来也充满希望,决不会因洪水而失去生活的勇气。渐渐地,这个村庄又重新繁盛起来,麦苗青青,炊烟袅袅,鸡鸣狗吠,男耕女织,如果你是一个外地人,你绝对不会想到,这个村庄曾经经历过一次不可思议的劫难。

　　最早,村民们是因为战乱从别的地方搬迁过来的,这一片肥沃的土地深藏在深山里,非常地偏僻,轻易不会有人来。雪水从高山上潺潺而下,汇聚成河,流过这黑色的平原,重又隐入深山之中。他们已经习惯了没有外人打扰的日子,他们满足于这平静而安宁的生活,并因自己村庄的富足而骄傲;唯一让村民们焦心的是,自从洪水之后,这村里就再也没有新的生命降生,也不再有人死去。

　　村里的长老祈求巫祝解答这个问题,但巫祝在长老们的百般逼问下,终于不得不承认,自从那次洪水之后,他就彻底失去了与神的联系,因此即便是他也无法解答这个问题。长老们一时不知所措,在痛责了巫祝一顿后,也只能黯然离去。

　　这村庄逐渐变得寂静,村民们仍然是日出而作,日落而息,他们仍然在庆祝节庆,但他们的内心深处却在渐渐地变得绝望。很快地,他们又发现了另一件可怕的事,那就是这村庄里再也没有人变老,也再也没有人长大。

　　开始有村民因为没有办法承受这村庄里的寂静而离开,大多数人都是一去不返,再也没有回来,只有一个人回来了,但他却对山外的世界闭口不提。

　　很久之后,又一群逃避战乱的人群来到这里。一开始村民们对这群人充满了期待,以为他们会改变这个村庄的寂静,村民们用最热情的礼节欢迎这逃难的人群,请他们喝最香醇的美酒,但这些逃难的人对村民们视若无睹,似乎村民们并不存在,不仅如此,他们对整个村庄也视若无睹,他们在村庄里穿行,穿过紧闭的房门,穿过石头建起的屋墙,他们甚至穿过村民们的身体,他们在已经建好的房屋里建起新的房屋,在已经挖好的沟渠里挖出新的沟渠,他们在青葱的麦田里耕地播种,他们在井中挖井,在路上筑路,对他们而言,这村庄并不存在,这里只是一片荒芜而肥沃的土地,他们在重建一个新的村庄。

　　村民们对这些逃难的人群的期待很快就消失了,转而变成愤怒和痛恨,他们认为这些人在侵占他们的家园,他们破口大骂,但逃难的人群似乎听不到他们的怒吼,他们挥起武器去砍杀这些入侵者,但这些入侵者没有任何的反应,他们想放起大火焚烧入侵者们建起的房屋,但他们甚至无法点燃入侵者的一根干草,他们无可奈何,痛哭流涕,最后,有些村民离开了,有些村民留了下来。留下的村民不舍得离开他们的村庄,但很快他们就发现这村庄也已经不再是他们的村庄了,因为这村庄在慢慢地毁坏,门窗朽烂了,屋墙倒塌了,田里长的已经不是村民们的麦苗而是别人的麦苗,这村庄已经没有什么东西,是属于原来的村民的了。

　　而离去的村民也终于理解了那唯一一个在离开之后又回到村庄的村民的沉默,因为对于这个世界来说,他们早已在那年夏天的洪水中死去,他们早已不存在,他们只活在他们自己的执着中,他们早已被遗忘。

秋之狱

　　大理寺在皇城东南角,太宗年间,大理寺狱里曾经很荒凉,院子里的柏树上甚至都有老鸦筑的巢,但现在是武皇当朝,大理寺狱里挤满了人,但这还不是最人满为患的时候。据说前些年,来俊臣还在做大理寺卿的时候,大理寺里挤得更厉害。

　　尉迟无量那时二十岁,刚刚结了婚就被抓到牢里来了,至于为什么会被抓到牢里,他自己也不清楚。他被关在一间很大的牢房里,牢房里有十几个衣衫褴褛胡子脏污的犯人,看起来都被关了很久,表情都很木讷。

　　尉迟无量一开始还指望着家里人来救自己,但是他在牢里待了有好几个月,竟然连一个来探视他的人都没有,不仅如此,大理寺似乎也已经把这个犯人给彻底地忘了,一直也没有人来提审他,似乎他命中注定要在这个监狱里关一辈子。

　　在牢里关得久了,尉迟无量也渐渐地跟别的人熟络起来,其中有一个老头子很奇怪,似乎从大理寺狱存在的那一天起他就已经在这里面了,而他的容貌又从来都没有改变过,一直都是这么地老。

　　尉迟无量觉得老头子一定是一个有道行的人,他待在牢里只是为了修行,或者是因为别的某种凡人所不知道的原因,总之,既然老头子是一个有道行的人,那么他要从牢里出去必定是一件很简单的事,既然这样,那么他要帮助尉迟无量从牢里出去,应该也是轻而易举的。

　　从此,尉迟无量就对老头子特别好,他把好吃的留给老头子吃(虽然牢里也没什么可吃的),每天替老头子把屎把尿,还给老头子按摩,这样坚持了一两个月,老头子终于说话了:"我知道你想出去,但是我也没有理由只帮你一个人。这样吧,我有一个办法,能够让这间牢房里的所有人都出去,不过要大家配合一下。"

所有人都聚拢过来,听老头子讲出狱的办法,然后大家都忙碌起来。原来老头子的办法是这样的:武皇不是喜欢祥瑞吗?老头子让大家想办法在牢房里凿出一个大脚印,然后跟狱卒说有神人下降在这间牢房里了,这脚印就是神人留下的,武皇一高兴,自然就会把大家放出去了。

这个办法果然有效,武皇龙心大悦,大赦天下,死刑的改流配,罪轻的直接出狱,至于尉迟无量和他的朋友们,自然也得偿所愿,从大理寺狱里出来了。

尉迟无量一出狱就兴冲冲回家里去了,但是一进门就觉得不对头,原来他的父母亲已经死了,妻子也已改嫁,他成了一个无家可归的人,只好到处流浪。几年过去了,有一天,他在路上偶然冲撞了一个大官的车驾,本以为要被打死,哪里想到那个大官竟是原来和他一起关在同一个牢房里的牢友,他出狱后官复原职,现在已经是五品官了。尉迟无量这回时来运转,那个牢友安排他在自己手下做了一个幕僚,尉迟无量本来人颇聪明,入狱前就读了不少书,几年流浪,又增长了见识,因此颇得那个五品官赏识。有一回,他帮五品官拟了一个奏折,极是精当,武皇以为那五品官才能不至于此,就问五品官这奏折究竟是谁拟的,五品官就把尉迟无量的名字说了出来。武皇立即把尉迟无量召到宫中,一番长谈,封尉迟无量做了凤阁舍人,这已经是正五品的官了,而且时时都在武皇身边,真是一个人人羡慕的职位。尉迟无量也没让武皇失望,提升得很快,又过了几年,就已经做到丞相的位置了。但武皇生性多疑,年老后对大臣们更是极为猜忌,尉迟无量性格耿直,平常因为说话过于直率得罪过武皇几次,有一回他竟又在朝堂上提出弹劾武皇的面首张易之,并进而指责武皇荒淫,武皇大怒,令武士去了尉迟无量的官服,推倒地上,拿大棒子打,打了几十下,尉迟无量就不省人事了,只听到"砰砰"声不绝于耳,但似乎都不是打在自己的身上,又隐隐听得有人道:"把他打死了!"尉迟无量听得这句话,悚然一惊,竟醒过来,发现自己仍在大理寺狱中,对面坐着那个老头子。老头子看尉迟无量醒了,微微一笑,道:"回来了?"尉迟无量仍在恍惚中,一时不解,看周围那十几个牢友,也都坐在老头子四周,双目紧闭,似乎仍在梦中,面目表情千变万化,一时笑,一时哭,一时怒,一时喜……尉迟无量起初颇是恼怒,跟着却又黯然无言,再过片刻,竟又嗒然若失了。

尉迟无量后来如何，不得而知，不过史书里面倒确确实实记载有这么一件事：某年月日，于大理寺狱中见大足印，以为神人天降，武皇为此改年号为大足。

冬之刃

唐朝开元年间，在当时的云南，有一位乌蛮族少女，名叫阿姹。阿姹从小就长得好，性格又很柔媚可人，是他们部落里面第一美丽的，许多部落的首领或者首领的儿子都来向她求婚。这种求婚场面在现在看来一定是千奇百怪的，因为在当时的云南，真是各种各样千奇百怪的民族都有：有三个求婚的少年是一起来的，一个镶着满嘴的金牙，一个镶着满嘴的银牙，还有一个是把满嘴的牙齿都漆成了黑色；又有两个求婚的少年，也是一起来的，一个两边小腿上都刺满了怪兽的花纹，另一个则是在两边脸颊上刺上各种花朵；还有一个求婚者更怪，他的发髻是结在前面的，据说在这个部族里，谁的发髻愈大，谁的地位就愈高，这位求婚者因为是部落首领，他的发髻就长长地拖到了小肚子前，每次他要走动，都得两个少女在他前面帮他扶着这发髻，他才能开始行动；最怪的是一个以牛为图腾的部族，他们的首领是被人牵来求婚的——首领的鼻子上穿着一个大大的金环，金环上系着一条丝带，每次首领要走动，都有一位少女在前面为他牵着那条丝带……

后来阿姹是嫁给了当时的南宁州都督爨归王，因为爨归王是当时云南除了唐朝派来的官员外最大的官儿，云南所有的部落都归他管辖，你说阿姹能不嫁给他吗？

爨归王自己又是西爨的首领，他趁着机会，带一支精悍部队，于夜间潜袭，杀死了一直不服从自己的东爨首领盖聘和他的儿子盖启，这样爨归王的声望就更大了，就是唐朝派来的官员，也要让他三分。可是后来，东爨的两个大鬼主（就是东爨族里两个大部落的首领，他们信巫，因此把首领称为鬼主），一个叫日进，一个叫崇道，不服爨归王的管制，带兵攻进堡寨中，把爨归王给杀了。

那时候阿姹已经和爨归王生了一个儿子，东爨的大鬼主日进就把她霸占了，可是不久之后，崇道又把日进杀死，把阿姹夺了过来，可是崇道的好日子也没有过多久，原来阿姹的儿子偷偷跑回乌蛮族去，请来援兵，又攻进堡寨来，把崇道给杀死了。当时乌蛮族的首领名叫守隅，既然他已经把崇道给杀死了，那么这千娇百媚的美人儿阿姹自然也就归他所有了。

当时阿姹的名声已经传遍整个云南，其情形大约与希腊史诗中的海伦类似，于是就又有一个叫南诏的部族，首领叫阁逻凤的，觊觎阿姹的美色，带着穿着藤甲的士兵攻入堡寨，杀死守隅，把阿姹给夺走了。阁逻凤是一个有才能又有野心的人，与阿姹之前的几个丈夫都不同，他渐渐地统一了云南的各个部族。唐朝当时的剑南节度使名叫鲜于仲通，性格极是乖戾残酷，他看到阁逻凤势力渐大，担心以后制服不了，而且他也垂涎阿姹的美色，于是他就写了一封信，请阁逻凤带上他的夫人到节度使府来，说要宴请他，酒宴正酣时，早已埋伏在帐中的刀手们蜂拥而出，把阁逻凤砍成了肉泥，而阿姹自然也就被鲜于仲通占有了。

当时阿姹已经四十多岁，但仍是人间难得一见的绝色，鲜于仲通对她宠爱有加，不过阿姹在鲜于仲通的节度使府里只住了几天，就因病而死，临死前她求鲜于仲通将她葬在她的家乡。鲜于仲通答应了她，墓在水边，很大，走过旁边的人都知道这是云南第一美人阿姹的墓。不久之后，墓上生出一种别处没有的兰花，而且愈生愈多，把墓地都遮盖了，有人看见这兰花长得极美，就移植到自己家里去。这兰花被称为阿姹兰，它生命力极强，几十年之后，几乎每个部落里，都生的有这种兰花。

当时的剑南节度使已经换成了章仇兼琼，他的酷毒比起鲜于仲通来有过之而无不及，云南各个地方不断发生暴乱，章仇兼琼索性把各个部落的铁器都收缴上来。云南铁器本来就少，章仇兼琼这一收缴，他自己自然安心了，但大家没了铁器，却连地也不能种了，日子过得就更苦了。

但章仇兼琼却不知道阿姹兰的一个秘密，这秘密只有自己种植过阿姹兰的云南人才会知道。当章仇兼琼把云南所有的铁器都收缴上去之后，所有的生活在云南的部族，只要他们的部落里种的有阿姹兰，他们就都知道自己应该怎么做了，他们都在等待着这年冬天的第一场雪。当第一场雪下下来，阿姹兰的叶子就会变得比钢铁更坚硬，比刀剑更锋利，人们从泥土里拔出这些阿姹兰的叶子，握在手中当成武器，他们聚集在一起，现在他们似乎只是一个民族了，虽然他们的衣着服饰与生活习惯都各不相同，但一旦他们拿起阿姹兰，他们就成为了一个统一的民族。

　　章仇兼琼很快就被杀死了，唐朝的军队被赶出了云南，这里建起一个新的国家，在史书里这个国家被称为南诏国。

2007 年 12 月 20 日

无端儿

　　无端儿一生下来，脸上就被刺上了一只小蜻蜓。他喜欢自己脸上的那只小蜻蜓，与他年龄相近的孩子也有刺青的，但没有哪个人的刺青有他的那么精美。

　　一直到五岁，无端儿都特别害怕针。家里的所有人都知道他为什么害怕针，只有他自己不知道。他一看见针就会发抖、尖叫、哭泣，但他并不是一个胆小、怯懦的孩子；相反，他的性子十分顽劣，胆子非常大，喜欢恶作剧，完全地以自我为中心。那时候他最渴望的就是能像西市里的无赖们那样生活：喝酒，吃肉，刺青，欺负女人，不把当官的放在眼里……他最崇拜一个名叫张干的无赖，那个无赖的左膀上刺着一条龙，右膀上刺着一头虎；其实这个张干在西市只是一个普通得不能再普通的无赖了，但无端儿对此一无所知，在他充满幻想的小脑壳中，张干就是最伟大的英雄。

　　五岁的时候，他偷偷地跑到针线铺里。他的个子很小，针线铺的老掌柜看不到他，他躲在铺子阴暗的角落里，全身痉挛，感觉有无数的针在刺着自己，后来他尖叫起来，于是针线铺里的针全断了，奇怪的是除了针以外，其他的东西都完好无损。从此以后他就不再害怕针了，他甚至还把绣花针含在嘴里玩，弄得自己满嘴是血，后来他掌握了诀窍，就不再出血了。八岁的时候，他已可以把针从嘴里吐出来，把苍蝇钉在墙上。窦家的丫鬟们不得不把所有的针都藏起来，但是无端儿只需要一根针就足够了，他把针从墙上拔出来，慢慢低下头，看死去的苍蝇飘落在地上，嘴角一翘，重新把粘着苍蝇脓血的针含入口中。窦家没什么苍蝇，无端儿只好整天在西市的食肆附近转悠，后来甚至整个西市都找不到一只苍蝇了，他就杀蜘蛛、蚊子、蝴蝶……有一天，几个岁数和他差不多的孩子把他带出城外，那时是夏天，许多黄蜻蜓在黄昏里飞。"快点用你的针杀这些蜻蜓。"孩子们对他说，但是无端儿没有搭理他们。"怎么，你没有办法杀飞着的东西吗？那么你原来都是在吹牛！"无端儿说："我不杀蜻蜓。"于是孩子们尽情地取笑他，最后无端儿生气了，他把绣花针射入了一个孩子的眼中。其他孩子惊呆了，无端儿慢慢地把绣花针从那个孩子的眼中拔出来——上面还沾着一滴血。那个被射瞎了一只眼的孩子拼命地尖叫。无端儿把针含入嘴中，看着其他孩子，于是他们四散而逃。

　　是一个姓黄的道士把小蜻蜓刺到了无端儿的脸上，他似乎是专门为了在无端儿脸上刺上这只小蜻蜓而来——无端儿的母亲一死，他就敲响了窦家的大门。那时候无端儿的母亲已经在床上支撑了三天三夜却仍没能把无端儿生下来，黄道士敲响窦家大门的那一刻，无端儿的母亲死了，而无端儿也正是在那一刻发出了他降临人世后的第一声哭叫。按长安城里的风俗，如果孩子的母亲是死于草蓐（用今天的话说就是死在产床上），那么这个孩子的脸上是要被刺上一些东西才行的，否则就会不利于后人，因此当黄道士说他是来给新生儿刺青的时候，窦家的所有人都把黄道士当成了神仙。

　　一般而言，为了不让这个青记影响孩子的面容，针笔匠们总是把它刺得特别小，而且也不会刻意去刺出什么图案来。但是黄道士却在无端儿的面颊上刺上了一只蜻蜓——在无端儿的父亲窦义的记忆中，黄道士只是一个穿着半旧道袍面容干瘦的中年道士，平平无奇，甚至还有些猥琐。后来，无端儿哭了很久，因为刺青造成的疼痛，如前所述，这种疼痛深深地印在他的脑海中，并以惧怕针的形式表现出来，一直到他五岁时进到那个针线铺中为止。

　　针线铺的掌柜是一个老眼昏花的老头子。无端儿躲在角落里，因为对针的恐惧而瑟瑟发抖。那个老掌柜的孙女——她也是五岁，和无端儿一样大——是看见了无端儿的,她扎着两根冲天辫,脸上歪歪地贴着两个翠钿,晃着两只胖胖的小脚丫子,坐在柜台上,很开心地看无端儿害怕的样子,她喜欢无端儿这个样子,所以她并不告诉她的爷爷。这时候张干进来了,作为西市的一个小无赖,他是来收保护费的。那些大铺子都被别的无赖瓜分掉了,他只能来收这样的小铺子的保护费。为了让别人知道他是一个无赖,张干故意光着两只膀子,露出他的刺青——那条龙和那头虎(为了把它们刺上去他花了一千钱)。相比于无端儿脸上的那只小蜻蜓,龙和虎自然威风漂亮多了。但其实张干的刺青是非常拙劣的,他出不起足够的钱,因此针笔匠只是随随便便地完成了他们的工作,但是因为光线的关系,那龙和虎在幼小的无端儿眼中却美丽无比。

张干收了保护费离去,这时候无端儿被引开的注意力重新回到了针线铺中,他似乎突然地意识到自己现在是待在什么地方,于是尖叫起来,针由近及远地一根根断开,铁的、铜的、玉的、骨的……针线铺里充斥着奇妙的断裂声,听起来像有人在杂乱无章地弹许多极小的琴,细小的尘灰依次从货架上升起,仿佛一次次微型的核爆。老掌柜被吓傻了,而那个小女孩——她叫花思薇,其实她并不叫花思薇,不过无端儿后来就是这么叫她的——从柜台上跳下来,睁圆了她美丽的杏眼,一点一点地走近无端儿,她想看看这个光靠尖叫就能让针断开的小孩儿的嗓子眼里究竟会有些什么。

张干在无端儿心目中的英雄形象仅仅维持了一个月。会昌五年,也就是无端儿和花思薇都是五岁的那一年,京兆尹薛元赏发起了一场规模浩大的打击刺青者的行动。事情的导火索是无赖们把蛇放入了酒楼中以敲诈钱财,薛元赏终于对他们忍无可忍,他派出了五千神策军在整座长安城里抓捕每一个无赖,而一个人究竟是不是无赖又是以他身上是否有刺青为标准来判断的。

审判是不需要的,所有的被抓住的刺青者都在京兆尹衙门里被活活打死。传说总共有几千人被薛元赏杖杀,但是也有说只有几百或者几十的,这事情现在已经不可考。当时在长安城里,刺青是一件时髦的事,不仅年轻的男人刺青,甚至年轻的女人也刺青,幸好薛元赏还没有夸张到连女人也要抓去杖杀的地步。在短短一个月内,长安城里就看不到刺青者了,他们或者被打死,或者已经把身上的图案磨灭——最普通最迅速的办法就是用香把图案炙去,虽然这会让皮肤变得极其难看,而且其痛苦程度甚至比把图案刺上去时更甚。

　　无端儿只有五岁,自然没有必要让他承受被香炙的痛苦,不过窦义仍然禁止他出门。但无端儿并没有真的一直待在家里,他有他的办法。他偷偷地溜出去,在西市里游荡,到吃饭时就跑回家,吃完饭又寻机会再溜出来。他的胆子是如此之大,有一次他甚至跑出了城,跑到乱坟岗子里去了。被杖杀的刺青者的尸体都被扔在那儿,大部分都没有埋葬,有些已经埋葬的也因为埋得太浅而被野狗拖了出来。尸体基本上都被打得不成样子了,但他们身上的刺青仍然残存,无端儿一具具尸体地翻看那些刺青,他入了迷,天快黑了也不知道。城门快要关闭的时候,无端儿找到一具被装在麻袋里的尸体,看来他并不是被打死后再装进麻袋里去的,而是被装进麻袋后才被活活打死的。无端儿好奇地解开麻袋,一条蛇从里面钻出来,吓了他一跳,他退后一步,目不转睛地看着,又一条蛇钻了出来,"哧哧"地钻进草丛中去了,蛇就这样一条接一条地钻出来,什么蛇都有,全都是无端儿不认识的,终于不再有蛇出来了,无端儿把麻袋口开大,里面躺着一具男人的尸体,那尸体上一点儿刺青也没有,皮肤白得像雪。

　　在针对刺青者的行动平息之后,张干来到了窦义家,他是来乞求一份工作的,他说他从来就没有想过要做一个无赖,只是因为身上有了刺青而不得不成为一个无赖,现在他的刺青已经被炙去了——他把衣服脱下来展示他的两只膀子,那里只剩下两块巨大而难看的伤疤。无端儿失望极了,似乎被炙去的并不是一条龙和一头虎,而是他的童年。

　　无端儿从乱坟岗子里捡回两根死人的胫骨,每根胫骨上都有一条蛇——那是刺青,已经深深地印在骨头上了。他每天就敲着这两根胫骨在街上走,嘴里含着针——先是滴着血,后来就不滴了,再后来他看到苍蝇、蚊子、蜘蛛、蝴蝶就"噗"地把针吐出去。那两根胫骨被他敲得"叮叮"响,硬得像铁,但颜色仍然是骨头的颜色,惨白,一眼看过去就知道是人的骨头;渐渐地那骨头也被他摸得发黄了,变得像玉一样晶莹,以至于连长安城里的人也渐渐忘了那两根骨头的来历,真的把它们当成是玉制的了。他嘴角始终带着莫名其妙的笑,吊梢眼儿从来都是斜着看

人。窦乂希望他读书,给他请来了好几个老师,都被他吓跑了,后来索性也不请了,由着他在长安城里窜进窜出。

那时候无端儿最渴望的就是能够找一个人,给自己刺上满身的花纹,但是自从薛元赏杖杀了许多刺青者之后,长安城里的针笔匠都不见了,他们有的成了屠夫,有的成了画师,有的成了绣匠。

张干成了窦家的园丁,他娶了一个厨房里的粗使丫头为妻,生下了两个又丑又脏的娃娃,幸福得连窦乂都羡慕他。有一天他突然说自己是一个解梦者,能够帮助人解开梦之谜团,使他们走上生活的正道,而他之所谓正道大约便是像他一样成为一个园丁并娶妻生子。

人们带着各种各样古怪的梦去请张干解释,那时候他已经成为一个真正的花匠了,面容清癯,三缕长须飘在颔下,说话轻柔,每天晚上和老婆上床前都要拿出长箫吹一曲《高山流水》。他说梦到槐树的人即将死去,梦到蟾蜍的人要当宰相,梦到棺材的人即将娶妻……而这一切居然都应验了。

无端儿也带着自己的梦去找他。无端儿说自己梦到了蜻蜓,无数的蜻蜓在黄昏里飞……张干说你应该出门向南走一百步向右拐再走一百步然后向左拐进你看到的那个门里,无端儿就照着他的话去做:出门向南走一百步向右拐再走一百步然后向左拐……他没有走进那个门,他只是向里面张望了一下,那是一个针线铺,花思薇坐在里面,她美丽的杏眼里闪着春天的光,那时候花思薇十五岁,无端儿也是十五岁。

无端儿回家去,他再一次出门,向北走一百步向左拐再走一百步然后向右拐进了一个门里,里面只坐着一个老头,是一个瞎子,在他枯瘦的手上,一根绣花针蛇一样地游走。无端儿就把衣服脱下来,脱得精光,把老头的手拉起来让他在自己的身上摸。老头从来没有摸过这样光滑的肌肤啊,虽然做了几十年的针笔匠,可他真的从来没有摸过这样光滑的肌肤啊!真是比绸缎还要光滑啊!他的手抖着、抖着,那根针就跳起来、跳起来,在无端儿的身上刺下去,血渗出来,无端儿抖了一下,脸上扭曲着,像是痛,也像是笑。

在无端儿另一边的脸上,老头刺上了一只蝴蝶,它有四对斑斓的翅膀;在无端儿的额头上，老头刺上了一只蝙蝠，它的白牙闪着森然的光；在无端儿光光的脑壳上，老头刺上了一条蜥蜴，从它的嘴中喷出炽热的火焰；在无端儿的脖子，老头刺上了一圈蚯蚓，它们总共有十二条，每条都有不同的颜色；在无端儿的胸口上，老头刺上了九只黄蜂，每只黄蜂的尾上都生着九根毒刺；在无端儿的肚腹上，老头刺上了七只蟋蟀，它们的巨颚比刀还锋利，它们后腿上的刺都生着倒钩；在无端儿的左臂上，老头刺上了一条四足的鲤鱼；在无端儿的右臂上，老头刺上了一条双翼的巨鳗；在无端儿的左腿上，老头刺上了一条独角的蟒蛇；在无端儿的右腿上，老头刺上了一条四头的毒蝮；在无端儿的背上，老头刺上一头独足的夔；在无端儿的臀上，老头刺上了两头凶暴的饕餮；在无端儿的手心里，老头刺上了两条四眼的蜈蚣；在无端儿的足底，老头刺上了两只黑翼的螳螂；最后，老头让无端儿闭上眼睛，在无端儿的眼睑上，老头刺上了两只翠绿的纺织娘。

花思薇后来嫁给了一个回鹘人，那个回鹘人名叫吐迷度。那时候回鹘汗国已经不存在了，花思薇嫁给吐迷度的时候，吐迷度是一个没有国家、没有信仰也没有族人的八十岁的老人，而花思薇那时候只有十八岁，像花朵一样娇艳。

他们住在长安城外，吐迷度把一块方圆几十里的土地圈起来，在里面种上草，他和花思薇就在这人工的草原里骑马放牧牛羊，天黑了之后就在帐篷里睡觉。偶尔会有货郎挑着担子路过这片草原，担子里有胭脂翠钿，花思薇就把他们拦下来，用牛羊的皮毛换取。她在额上的花黄里绘上春天在草原上盛放的野花，她重新把翠钿裁成狐狸和野兔的形状贴满面颊，她穿着桃红的回鹘装束，骑在小马上，乌黑的发结成回鹘髻，在草原上驰骋。

她已经成长为一个肥胖的小美人，当有一天她以这样的装束骑着马进入长安城的时候，整个长安城都为她疯狂了，就是公主见到了她也会觉得羞惭。女人们学着花思薇来打扮自己，重新拾起曾经被她们鄙弃的回鹘装和回鹘髻，她们每天派出婢女出城去看花思薇今天脸上画的是怎样的花黄，贴的是怎样的翠钿，第二天她们就依样画葫芦地打扮自己。

花思薇越来越胖，她终于不再骑马，每天就坐在帐篷里打扮自己。每天清晨她醒来，在牛羊声里穿上回鹘的桃红织锦窄袖长裙，结上回鹘的圆锥形插满头饰的发髻，脚穿回鹘人才有的翘头小靴，她对着青铜镜，细细地在额头上绘上花黄：今天是蓝色五瓣，明天就是一簇簇的猩红。她还给自己一张张地贴上翠钿，樱桃小嘴呵过的翠钿啊，不知被多少个长安城里的男人羡慕着，左边一张，右边一张，如落花，如晚霞。她的青春在吐迷度的呵护中盛放。

但这样的日子也并不长久，农民们开始造反了，节度使们开始打仗了，便是长安城外也有了土匪和强盗。吐迷度的牛羊越来越少，神策军们于是就来打土匪、捉强盗了。土匪没打死几个，强盗也没捉住几个，但是吐迷度的牛羊却被神策军牵走了不少。终于，当吐迷度九十岁的时候，草原里就没有牛也没有羊了。他们睡在帐篷里，听不到羊咩咩叫，也听不到牛哞哞叫，吐迷度就说："现在这里已经没有什么值得我们留恋了！"

他们就这样消失了。当第二天公主的使女们来到这片草原上的时候，帐篷里已经空无一人，没有人知道他们是怎么离去的。

瞎眼的老头花了三年的时间才把无端儿的身体刺满花纹，那天他一寸寸地摸下来，终于再触摸不到一块空着的肌肤了，他就哭起来。

他瞎了五十年，也刺了五十年，他在男人和女人的身体上刺下无数美丽的花纹，自己却不能看上哪怕一眼。最初他是靠着回忆刺出植物和动物——他也并不是从一生下来就瞎的。但是十年之后、二十年之后，那些回忆都渐渐地模糊了，在他的头脑中只剩下了对自己以前刺下的花纹的回忆，这种回忆是以触觉的形式存在的，只有形状和深度，却没有色彩。很早以前他曾经惧怕过这个，那时候他担心一旦自己心中再也没有任何对真实存在的东西的回忆了，那么他将刺些什么呢？但当有一天他意识到自己的心中真的已经空无一物的时候，他却并没有悲伤，他心情平静，他知道新的花纹将从旧的花纹中幻化出来。当他刺了四十年的时候，他就有能力让他刺出的花纹获得生命了，花会散发出芳香，怪物们会在夜里从人的肌肤上走出来，在这个真实的世界上游弋。

但这个瞎老头儿并不是这世界上唯一的一个能够让刺青获得生命的人。早在无端儿五岁之前，他就已经发现那只刺在自己脸颊上的小蜻蜓是有生命的，它会在夜里从无端儿的肌肤里挣脱出来，在黑暗的房间里飞翔。不知道是出于什么原因,幼小的无端儿忍受住了内心隐藏着秘密不能对别人诉说的痛苦,他细致而耐心地守着这个微小的秘密,每天夜里独自与那个小蜻蜓在黑暗中嬉戏,如果一定要说他仍然是有朋友的,那就只能是这只小蜻蜓了。

这也正是他不愿意用他嘴里的针杀死蜻蜓的原因。但这种没有骨骼并不美丽、能够飞翔却又飞得不高也不快的弱小昆虫,一直都是少年们释放他们的嗜杀本能的最佳通道。于是无端儿总是在夜里从家中偷偷地溜出来,翻越高墙,到那些以杀死蜻蜓为乐的少年的家中,将沉睡中的少年唤醒。这些少年会看到那个脸上刺着个小蜻蜓、脾气怪异的少年无端儿突然出现在自己的床头,但那只原本应该是在他脸上的小蜻蜓现在却是在他身周飞舞。无端儿露出浅浅的笑容,他把嘴里的针吐出,从少年的眼角射入,一直深深地扎进少年的脑中。少年便重新沉入梦乡,直到第二天清晨人们才会发现他已经死去,浑身没有一个伤口。无端儿总是在离去前从少年的床下找出他们所收藏的蜻蜓的头颅,他把这些小小的头颅统统埋在他家庭院里的那棵老槐下,春天的时候,窦家的婢女们会发现那棵老槐的叶子会变成一只只的小蜻蜓,但谁也不敢把这个发现说出来,何况,就算说出来了,也不会有人相信的。

在瞎老头儿为无端儿刺青的那三年中,无端儿陷入了狂喜之中。首先被刺出来的是那只蝴蝶,这样每天夜里在无端儿的卧房中,就有两只昆虫在飞舞了。有一天夜里,那只蝴蝶离开了无端儿和小蜻蜓,无端儿以为它再也不会回来了,但是到黎明的时候,它带着无数的蝴蝶来到了无端儿的家中,蝴蝶们拍打翅膀的声响把窦家的所有人都惊醒了,他们推开窗户,看见在黎明的微光中,蝴蝶们在庭院里飞舞,数不清的蝴蝶挤在那儿,使那宽大的庭院也显得狭小了,它们挨挤着、碰撞着、交错着,它们翼上的细粉播撒在空气中,仿佛彩色的雾,一看见窗户开了,它们就呼啦啦地拥入屋中,于是连屋子里面也挤满了蝴蝶。窦家的人都不知道究竟发生了什么事,他们被惊呆了,直到太阳升起,忽然之间蝴蝶就离开了,它们翩跹着飞过了窦家的院墙,散入长安城中。幸好这样的事情后来没有再发生,因此也就没有人把这件事与无端儿脸上的刺青联系在一起。蟋蟀刺出来的时候正是盛夏,它们每天夜里都歌声嘹亮,人们都觉得窦家的庭院里蟋蟀特别地多而且大,并把这归功于张干,后来甚至有以斗蟋蟀为业的人央求窦乂夜里放他们进去捉蟋蜂，但这种要求窦义是肯定不会答应的。最后刺上去的是眼睑上那两只翠绿的纺织娘，那时已经是冬天了，但是在无端儿的房间内仍然传出了纺织娘"吱嘎"的鸣声，人们以为这必定是纺织娘的魂儿在叫，于是有人从玄元观里请来了一张纸符，趁着无端儿不在的时候拿到他的房里烧了。而纺织娘的鸣声也渐渐地弱下去了，并不是因为那张符，而是因为那两只纺织娘终于也不再对自己的生命感到喜悦和好奇。无端儿最喜欢做的事情是让那双翼的巨鳗背着自己在长安城的上空飞翔，他们的阴影从长安城高高低低的房顶上滑过，巨鳗的身体散发着淡淡的腥气，濡湿而黏滑，他们飞越了长安城厚实而高耸的城墙，在吐迷度的草原上盘旋，牛羊们看到这巨大的怪物会发出低低的呼唤，然后又重新沉入梦乡。无端儿让巨鳗降落在帐篷的外面，在帐篷之内，正一点一点肥胖起来的花思薇蜷缩于吐迷度的怀抱里酣睡着，乌云一般的秀发蓬松，几个小小的花钿散落在她的枕边。

这默默地爱着花思薇的人，成为瞎老头儿的最后一件作品。在那个纺织娘鸣叫的冬天，无端儿用针让瞎老头儿永远地沉睡了。他的生命本就是沉溺于黑暗之中，死亡对他而言，不过是从此处的黑暗进入彼处的黑暗罢了。

夏天的时候，长安城里的人要吃一种名叫"槐叶冷淘"的食物。清凉的早晨，窦家的婢女们在老槐的青影下围着石臼，一边唱着歌儿，一边把米春成粉，她们"淙淙"的春米声、还有她们的歌声能够传到很远。她们唱的歌儿是一百年前一个名叫杜甫的老夫子作的诗，那歌里唱道："青青高槐叶，采掇付中厨……碧鲜俱照筯，香饭兼苞芦。经齿冷于雪，劝人投比珠①……"她们把米春成了粉，就爬上庭院里那棵高高的老槐采来最嫩的槐芽，她们把槐芽的汁榨出来用来和面，然后再把和好的面切成一条条的……这就是长安城里最有名的窦家槐叶冷淘了——自从无端儿开始在这棵老槐下掩埋蜻蜓的头颅，这冷淘里就有了特别的苦香和甘甜。

正是在这样的清晨里，花思薇来找无端儿了。婢女们看着这个肥胖的小美人无声地穿过庭院——她脚上的锦靴红得耀人眼目，在青苔如茸的石板小径上舞

---

① 据四库本《全唐诗》，"比珠"一作"此珠"，然"此珠"于意不通，前文并未提"珠"，自然无所谓"此珠"。

蹈一样地跳跃——婢女们并不在意，她们继续唱下去："万里露寒殿，开冰清玉壶。君王纳凉晚，此味亦时须。"而无端儿仍在睡梦中。花思薇推开无端儿卧房的门，屋里充斥着各种古怪的味道，房檐上还有一个小小的蜂巢，墙上有许多灼烧的痕迹——那是蜥蜴夜里出来喷火烧蚂蚁玩儿留下的。花思薇轻轻地揭开帐幕，因为是夏天，无端儿睡觉时几乎是赤裸的，他身上的刺青在晨光里袒露出来。花思薇把手伸出，她的手指无限地贴近无端儿的肌肤，但是却又小心地让自己不要碰上，她的手指顺着刺青的纹路滑动，在自己的想象中她抚摸着它们。然后她走了，在无端儿醒来之前。

无端儿做了一个梦，他梦到花思薇的裸体，梦到花思薇白里透红的肌肤、微微鼓起的小腹和白玉般的大腿，他梦到自己脖子上的蚯蚓在花思薇的裸体上爬行，然后慢慢地钻了进去，把花思薇的身体当成大地来耕耘，并使她逐渐地肥沃起来，于是花思薇的身体上长满了青草和树木，郁郁葱葱。

很多年之后，无端儿重又见到了花思薇，她正与一只白色的鹘一起在天空上飞翔，肥胖得仿佛整个天空都已容纳不下她庞大的娇躯。无端儿小心翼翼地将针射入了她的眼角中，看着她从天空滑落到大地，他把她的头颅割下，埋在那棵老槐下，就如同他小时候在那里埋下无数的蜻蜓的头颅一样。

她是无端儿用针杀死的最后一个人。

他更喜欢用蝙蝠杀人：带着乌黑的怨气，蝙蝠离开无端儿的额头，从窗格子间飞出去。它对血液有偏执的嗜好，它不会留下哪怕一滴血，每一个被蝙蝠杀死的人皮肤都比雪还白，死者的脸上总是带着诡异的笑，因为在被蝙蝠吸血的过程中他们只感到快乐：摆脱那脏污而黑红的液体，身体和灵魂都飞上了天堂——虽然这一切不过是错觉；他还用蜥蜴杀人：蜥蜴昂起头，摇摆着长尾，从无端儿的脑壳上向下爬，惊扰了四翅的蝴蝶，惹恼了那十二只猩红的蚯蚓，碰到了双翼巨鳗的头，搅乱了蟋蟀们的阵形，它大摇大摆地从四头毒蝮的背上爬过，从无端儿的脚趾尖上探出头来，它总是从墙缝间爬出，一路上看到会动的东西都要喷火去烧，被它杀死的人的脸上总是没有了眼睛、鼻子、嘴巴，只有几个黑乎乎的洞躺在焦黑的脸骨上，像肥沃平原上的井；他用蚯蚓杀人：蚯蚓们排着队，小心翼翼地避开别的刺青,从无端儿的脚趾尖钻入地下,在黑暗的地底向目标前进,它们喜欢从死者的肚脐眼钻进去,在里面播下植物的种子(这些种子是它们在地底钻的时候顺带拾到的),于是这些死者的墓上总是会长出莫名其妙的植物,比如牡丹、玉兰、蔷薇、芍药……这些以人的血肉为肥料的植物总是长得异常肥壮;他用黄蜂杀人:九只黄蜂,它们夜里总是住在它们自己筑的位于墙角的蜂巢里,像一团旋风一般,它们卷出门去,被它们的毒针刺死的人会变得肿胀异常,浑身的皮肤也会变得乌黑,仿佛一个充满气的黑球,有时尸体甚至会飘浮起来,如果窗户没有关,尸体就会从窗户飘出去,随着风飘荡,一直到它们被挂在树枝上而泄气变成一张人皮,或者因为飘得太高而在空中爆开;他用蟋蟀杀人:七只蟋蟀,每只都是最好的歌者,它们杀人的时候也忍不住要高歌不止,于是,即使是在冬天,人们也会听到某个人的房中一整夜都有蟋蟀的鸣唱,原本这是极其怪异的事,但是因为这些蟋蟀的鸣声太悠扬太动听了,竟没有人愿意去敲一下那房门,他们害怕敲门声打扰了蟋蟀而令它们的歌声终止,可是,当清晨他们到那房中去的时候,将只会看到一摊血肉,因为那个在房中沉睡的人已经在蟋蟀的鸣声中,被它们的大颚切割成了碎片;他用蜈蚣杀人:两只四眼蜈蚣,平常也总是形影不离,它们有无数的脚,走起路来就像在跳漫长的舞,它们就这样一路跳着舞去杀人,它们爬过坊墙、屋脊、窗台,钻到别人的被窝里,它们的脚步繁密而轻巧,没有一丝一毫的声响,被它们咬过的人,都会做一个漫长的梦,在这个梦里,他们会跳舞至死,他们在水上跳,在森林上跳,在云上跳,但这一切都仅仅是梦而已,他们在梦里舞蹈,在梦里死去;他用四头毒蝮杀人:一个人如果每天都要面对三张镜子,一定会烦恼异常,这四头毒蝮就是这样,它的每个头每天都要同时面对和自己一模一样的另外三个头,因此这四个头总是争吵不休,它们会为了究竟要咬哪个部位而吵上一个晚上,直到天快亮了,而最后的结果总是四个头同时咬下去,各咬各的,于是死者在最短的瞬间就死去了,甚至还没来得及品尝一下死亡的甘甜;他不喜欢用独角蟒蛇杀人,除了因为动静太大之外(它总是推倒墙壁直接闯入别人屋中),还因为独角蟒蛇总是要花一个晚上才能将尸体吞入肚中,于是当它回到无端儿身上的时候,肚子总是鼓鼓的——里面有一具还没来得及消化的尸体,这令无端儿很不开心;他轻易不会用独足的夔杀人,并不是因为它只有一只脚,实际上它虽然只有一只脚但仍然跳得很高很快,主要是因为夔太喜欢唱歌了,而它的歌声又是如此地洪亮,当它从无端儿的身体上出去杀人的时候,它总是歌声嘹亮,整个长安城的人都能听到它的歌声,人们从睡梦中惊醒,但并不气恼,因为这歌声是如此地动听,人们如痴如醉,然后,歌声终止了,因为夔找到了它的目标,于是,它把所有的歌声都献给他,在天堂一般的快乐中,那个人的头颅被歌声震得在瞬间爆开,这大约是最值得羡慕的一种死法了;他几乎不用那两头饕餮杀人,因为它们无所不食,如果它们愿意,它们可以把整个长安城吞入它们的肚子中;还有纺织娘、蝴蝶、蜻蜓、巨鳗、鲤鱼和螳螂,它们是从不杀人的,它们是如此地优雅,它们只喜欢看它们的伙伴们去杀人,用它们所独有的方式。

在一个寻常的夜晚,在黎明到来之前,蛇们爬上了无端儿的身躯。他尚在睡梦之中。它们钻进了无端儿的肌肤之中,在刺青与刺青的缝隙间游走,似乎在寻找最适合自己待的位置,最后,它们终于安定下来,满足地蜷起身子,总共有三十六条蛇,它们填满了所有剩余的空间。

春天的时候,无端儿要造一辆白骨的车。颅骨、胫骨、股骨、肋骨、指骨、脊柱、蝴蝶骨……他为什么要用这些骨头来造一辆车呢? 他从不去深思,他从小就不去想任何事,而只去做。当这白骨的车造出来,庞大、嘎吱嘎吱响、漂亮、阴冷、让人畏惧、闪着寒光……轮子——那是用十个驼背人的脊柱拼成的——转动,车轴发出欢快的鸣唱,车伞微微地抖颤,蜻蜓和蝴蝶在车的四周舞动——双翼巨鳗拉着这魔鬼的车在长安城的夜空里飞翔,而驾驭它的缰绳,是由人的指骨连接而成。他杀死了无数的平常人,也杀死了无数千奇百怪的人,两个头的、四只脚的、没有臀部的、两个身体的、骨头连结在一起的、骨头一碰就碎的、骨骼巨大的、骨骼微小的……如果他不去杀死他们,他永远也不会知道长安城里有如此之多的怪异的人活着,但很快这些人也都被他淡忘了,没有任何的人或事物能长久地留在他的记忆中,他的父亲被他杀死了,张干也被他杀死了,只留下一宽一窄两张皮铺在地上,他家里的女婢们也被他杀死了,只留下几具干尸挂在墙上,他一个人住着,房子逐渐地荒废,不再有人进来,甚至都不再有人敢去敲他家的大门,当他逐渐地把所有人都忘记的时候,别人也逐渐地把他忘记了。到后来,他已习惯于把人在自己的眼中直接分解成各种各样的骨头,那时候他终于打算要建一座白骨的城。

他慢慢地杀死这城市里的人,细心地把他们的骨头堆在屋中,他是那样地耐心,使任何一个人都无法察觉这城市里的人在减少,即便察觉了,也不会想到是因为他,而会以为是因为战争或者饥荒。长安城渐渐地荒芜,荒废的房子越来越多,无端儿就在这些空屋中建起他的白骨之城:他把股骨一根根地深埋入地下作为地基,他以骷髅头为砖建起高墙,他以肋骨为梁,脊骨为柱,额骨为瓦……这白骨之城隐藏在长安城的背后,任何一个发现了这白骨之城的人都会被无端儿杀死,直到有一天,长安城里除了无端儿自己,再也没有任何一个人留下。

并不是所有的人都被他杀死了,有些是远离了这座城市,有些是受不了生活的苦难自己死去,总之,这座屹立了一千多年的城市终于再一次成为一座空城。无端儿加快了他的建城速度,同时开始把那遮蔽了白骨之城的一切清除,到最后,他只留下了城墙没有拆毁。

黄道士在终南山中住了很久了,他总是穿一件半旧的道袍,面容干瘦,相貌平平无奇,甚至还有一点儿猥琐,实在不像一个修道之人。他住在一个小道观里,那个小道观里,除了他自己之外,就只有一个小道童,但是前几天,小道童下山去,碰上了黄巢的军队,被抓去挖土,就一直没有再回来。黄道士也不在意,一个人在道观里枯坐,偶尔也会到松林里走一走。

在一个晴朗温暖的黄昏,无端儿来到了道观里。

他踞坐在黄道士的面前。道观里阴暗而山门外却是金黄一片。他把手指头插入自己的眼眶中,把两个眼珠都抠了出来,却并不出血,他软软地躺在了地上。从那两个黑黑的眼窝里飞出一只蜻蜓来,在道观中转了一圈,便从大门飞出去了,跟着是另一只蜻蜓,这只蜻蜓也没有停留,它直接地向道观外飞去,山门外是一片长满了野草的斜坡,笼罩在氤氲而金黄的阳光里……蜻蜓一只只地从无端儿黑黑的眼眶里飞出,直到那野草坡上已经飞满了蜻蜓了,还有蜻蜓在不断地从无端儿的眼眶里飞出。他的身体已经干瘪下去,变成了一张人皮,皮肤已经失去了光泽和血色,只有那些密布其上的刺青,依然美丽、清晰。

　　距离长安城还有几十里，冲天大将军黄巢就发现长安城的城头上泛着白光，有人说那就是妖气，说明长安城早已被妖孽所据，义军攻城，是替天行道，必胜无疑。

　　探马一直没有发现朝廷的军队，黄巢让弟兄们在长安城外驻扎了两天，终于不想再等下去了。他点齐兵马，备足攻城器械，四更刚过，数十万大军便开拔了。

　　一直攻到了城下，还是没有人，城头上大旗猎猎翻飞。第一个爬上城头的士兵惊讶地张大了嘴，手中的刀落下城头，深深地插入土中。在他的脚下，矗立着一座无边无际的白骨之城，强烈的阳光倾泻而下，这冰冷的城市上飘荡着刺目的银白，恐怖而辉煌。

2006 年 7 月 8 日

双 髻

　　素和尚住在大兴善寺西北角的一个小小庭院里，里面有一、二、三、四、五株桐树。每次我都是径直溜进去。那时我十岁，或是十一岁，总梳着一双丸子一样的小髻，赤着脚。

　　大兴善寺的山门外有几株老松，据说是善于驭龙的不空和尚手植。在我的因为记住了太多事情而乱成一团的脑子里，那几株老松即便是在那时，也已经老得不成样了。京兆尹韦武为了求雨，曾经拜祭过这几株老松，大约他以为它们是不空和尚的龙变化而成，但是没有什么用处。那时我还不认识素和尚，只是随着人群到大兴善寺里看热闹，可是一只猫把我引到一边去了——那只猫太胖。那是一只额头上有一块黑斑的白猫，尾巴很长，它懒懒地在阳光里跑过，就像是在冰上滑过一样。我不由自主地跟着它跑，看它跑进一扇小小的门里，我跟着进去，里面是个小院子，浓荫匝地，走过院子是个小殿，猫儿摇晃着它下垂的大肚子，跑到小殿中间一个和尚的脚前躺下。那个和尚吓了我一跳，他太瘦，瘦得好像身上只剩下骨头和皮了，他的皮也是怪异的青白；他抬起头看了我一眼，又低下头去，继续用手指在纸上写着什么。后来我知道素和尚是在用他的血抄写《法华经》，他已经这样抄写了三万七千部，全都堆在他的身后，如果谁想要一本，只管问他要就是。

那次的天旱持续了可能有两到三个月，京兆尹韦武拜祭了松树好几天后，天还是没有一点儿要下雨的迹象，长安城里到处尘土飞扬。我每天跑到素和尚那里，和奶牛——就是那只猫——待在一起。说是和它待在一起，可是我甚至都没有碰过它，我只是跟着它晃来晃去，它吃我也吃，它睡我也睡，它爬树我也爬树，后来，它似乎是对这种炎热无雨的天气有些不耐烦了，时不时会朝着天空"喵喵"叫几声。这之后的一天黄昏，它从素和尚的脚前站起，伸了个长长的懒腰，这使它看起来好像瘦了一些，它走到屋檐下，像羽毛似的飘了起来，它拼命地蹬着四条短腿，终于让自己飘到比屋檐略高一点儿的地方，然后，它的身子慢慢地拉长、变粗，最后它变成了一条肥胖的、额头上有一块黑斑的白龙，云雾笼罩着它庞大的身躯，它向天上飞去，带着雷声和闪电，大雨足足下了一天一夜。第三天雨停之后，我去找它，它依旧是一只懒洋洋的胖猫，趴在素和尚的脚下，听到我来了，它睁开眼睛，又合上，继续打它的呼噜。

素和尚从来没有离开过这个小院，他的眼里有紫光，这使我不太敢看他的眼睛。我忘了我的父母是谁，但我想我住的地方一定离大兴善寺不远，因为我记得我那时天天跑去大兴善寺玩。常常有些打扮非常斯文的人来拜访素和尚，素和尚一律面带微笑地与他们交谈，后来我发现可以通过院子里的那几棵桐树来判断客人是否受欢迎：如果是不受欢迎的客人，那么桐树上就会落下一些青黑色的油脂，染在客人的衣服上，洗都洗不脱；而如果是素和尚所欢迎的客人，这些油脂就不会出现。但似乎并没有哪个客人是素和尚欢迎的，但是如果所有客人都是素和尚不欢迎的，那么我就无从发现桐树的秘密了，在这一点上我有些糊涂了，不过这无关紧要，还是让我接着说后来所发生的事。

那天有一个太监来访，素和尚像所有的得道高僧一样提前知道了这件事，他让我守在门外，就说他在睡觉，没有空见客。那个太监大约有四十来岁，肥头大耳，平常必定是趾高气扬惯的，此时却只能拱着手立在门外，汗流满面，一句话也不敢说。他的身上有一种奇异的香气，我隔着老远就能闻到。第二天他又来了，素和尚索性什么也不说，让我自己想办法打发他，我也想不出什么办法，只好让他又在太阳底下立了一整天。我迷上了他身上的香气，这香气让我凉得忍不住要打寒战，就像赤着身子猛地扎进潭水里一样。第三天我很早就去找素和尚，我想看看那个太监今天还来不来，但是他今天没有来，我一直等到快中午，我很想问素和尚，但是又不敢。有时候我会对他的处境感到奇怪，如果他对每一件事情都是未卜先知，那么他活着还有什么意思？就像那天，当我坐在殿前的台阶上，支着腮帮子胡思乱想的时候，忽然嗅到那香气像洪水一样地涌来，我觉得浑身都被冻成了冰，似乎院里的阳光也不再是阳光，而是某种来自于天堂的光芒，那时候的惊喜让我确定我永远也不想获得未卜先知的能力。

同昌公主走了很久之后，那香气仍在大兴善寺里弥漫，据说有很多寺里的和尚因此而还了俗。那时我还不知道这香气与还俗有什么关系，直到很多年之后，我在另一个地方遇到一个女子，那香气突然像海潮一样从我的记忆中升起，刹那间把我浑身的血液冻住，使我动弹不得，我才明白了那些和尚的感受。同昌公主是坐着小辇来的，她戴着帽子，帽檐上有薄纱垂下，遮住了她的面容，她穿着窄袖的襦衫，翠绿的裙子，脚下是红色的鹿皮靴子，走在院子里真是足不生尘。我一看到她就呆住了，忘了素和尚叮嘱我的"谁来都不见"的话，傻傻地替她开了门。

我隐约记得同昌公主走后身上并没有被桐树的树脂染到的迹象，但我对我的记忆表示怀疑，假如素和尚对所有的客人都不欢迎，那他又怎么可能欢迎、并且是只欢迎这个女人呢？

几天之后，素和尚给我一封信，让我到乐游苑的苜蓿地去找一个叫散宜生的人，并把信交给他。

平常的日子，乐游苑都是寂寥无人的，这里长满了野生的苜蓿，这些苜蓿因为长久的无人收割而长得异常繁茂，一株株粗大的苜蓿杂乱无章地挤在一起，有些地方的苜蓿甚至高过了人头。这里除了一个养蜂的老太婆，没有别的人。那个老太婆在这儿很久了，大家都叫她虫娘，似乎每个人都认得她，但又似乎每个人都不认得她，她养蜂，卖蜂蜜，在这片野生的苜蓿地里采蜜的每一只蜜蜂都是她的，但是没有人看见过她的蜂箱或蜂巢。我不敢去找她，并向她打听散宜生的下落，在我的头脑中，每个老人都是神秘而可怕的，包括我自己。

"散宜生——散宜生——"我绕着苜蓿地喊，但是没有人答应，只有细微的风在一株株苜蓿间缠转，发出"嘘嘘"的声响。那个养蜂的老太婆在另一头看着我，我总是尽量离她远些。几只蜜蜂"嗡嗡"地跟在我的身后。

喊了几次之后，我忽然对寻找散宜生失去了兴趣，我找来一根木棍，在苜蓿地里乱打，后来我又钻进了地里面，那种奇特的香味，还有泥土的味道，还有一直缠绕在我耳边的风声，都是我喜欢的。我躺在叶子下面，阳光被遮住了，这里是另一个世界，原来我是一匹马，我可以一辈子都躺在这里，不停地睡觉，睡醒了就吃，吃饱了又睡。后来我想我真的睡着了，在我睡着的时候我又变成了一个人，醒来时天已经黑了，我忘了我是睡在哪儿，几只萤火虫儿在苜蓿丛中一闪一闪地飞，我吓得哭了起来。

我哭了很久，后来那个叫作虫娘的养蜂的老太婆举着火把来了，她给了我一块蜂蜜，我放进嘴里，蜂蜜的甜香让我停止了哭泣。虫娘的背好驼啊！她拄着根拐，一笑脸就皱成一团，"别哭喽！别哭喽！"她说，"都是那老头子不好，看我帮你打他！"她就挥着拐杖，四处地打起来，但是她打的并不是苜蓿，也不是别的什么东西，她好像是在打那盘绕在我们四周的风。风果然渐渐地止息了，跟着在我的身前出现了一个老头子。

老头子的眼睛里只有眼白，没有瞳仁，他就是散宜生，一个能变成风的老瞎子，或者是一团能变成老瞎子的风。他生活在苜蓿地里，因为只有苜蓿能锁住风，一旦他离开了苜蓿地，他就要四处流浪，永无止息，除非他变成那个叫作散宜生的人，但是他不喜欢变成人，因为人是那样地沉重和污浊，更何况，那叫作散宜生的人还是一个看不见东西的、丑陋的老头子。

在我存在于这个世界之前，关于双髻翁的传说就已经在长安城里流传了。人们说他是不死的，他的生命甚至比长安城更为久远。他仿佛是长安城的某种象征，他与长安城一样古老、神秘、冷峻，唯一的不同是长安城是巨大无边的，而他却仅仅是一个人；他似乎是无所畏惧的，有时他甚至大白天地出现在城墙上，旁边是那只总是与他在一起的大白鹅（那只大白鹅名叫"王羲之"，有人说它的生命甚至比双髻翁更为古老）。更多的时候他像一个弹丸一样地在长安城的屋脊上跳跃，那种时候总是在夜晚，王羲之立在他的肩上，他仿佛并不是在跳，而是在风里上上下

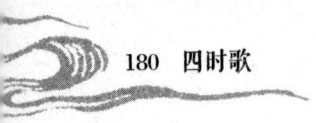

下地飘行，或是在月光里迅速地浮沉。

　　京兆尹韦武曾经派出五千神策军围捕他，但是一无所获；皇上曾经把他当作神仙来祭拜，希望能够从他那儿得到不死药，但他并没有搭理。他是孤独的、骄傲的、神秘的，他唯一的同伴就是那只大白鹅。

　　有一段时间我天黑了也不回家，而是偷偷地爬上大兴善寺高达数十丈的佛塔，等待着双髻翁的出现。但我从来没有看到过他，反而是长安城在夜里显露出她神秘莫测的一面。那样无边无际的屋宇，宫殿的暗影沉默而庞大，蓝的月光在或宽或狭的街道上流淌，我明白长安城原来是一头巨大无比的青皮怪兽，她冷峻、孤单、意懒心灰，但有一天她会醒来，站起，抖落身上的尘灰，于是屋宇、宫殿和城墙都会崩塌，人们像虫子一样地从她的脊背上掉落。我一直在等待着这一天，一直到现在，我还在等待。

　　几天之后，大兴善寺里来了一个我极其厌恶的人，他名叫桑道茂，大约四十来岁，道士打扮，他说他是接到散宜生的召唤后从扬州过来的。一来到大兴善寺，他就把自己关在一间小禅室里，我出于好奇，偷偷地舔开窗户纸看他究竟在干些什么，他的样子真是可怕，原来他正盘腿坐在地上，嘴里源源不绝地吐出丝来，就像他是一只蚕，那些丝已经把他一半的身子裹住了，他似乎是发现我了，朝着我这里看了一眼，我清楚地看到他的每只眼睛里都有一道吓人的绿筋。

　　跟着又来了一个我更厌恶的人，他名叫无端儿，也是散宜生召唤来的，他只有二十多岁，浑身上下都刺满了怪兽的图案，乍看去跟西市里的那些小混混并没什么两样。他也住在素和尚的小院里。这样我到大兴善寺的次数就减少了，除非我从渠里捕到小鱼，要拿去给奶牛吃——它和我一样，都喜欢秋刀鱼的味道——我才很勉强地到大兴善寺去一趟，并且很快就离开。

　　那时候，同昌公主的耻辱已经成为长安城里众所周知的秘密。人们说每天夜里双髻翁都会到皇宫里去找她，没有人能阻挡双髻翁，皇上请来了和尚、道士，甚至摩尼教的慕闍和祆教的麻葛，但都没有办法把他挡在皇宫之外，更不用说捕捉或驱赶了。我联想到同昌公主到大兴善寺来找素和尚，和接踵而来的桑道茂与无端儿，就猜想同昌公主大约已求助于素和尚了，而桑道茂和无端儿就是为了此事而来。

这让我矛盾，我喜欢同昌公主，但同时又对双髻翁抱有好感，我不知道应该帮哪一边，我为此苦恼了好几天，一直到桑道茂扇动着他那双新生的翅膀，从我家的上空飞过，我才暂时地把这件事放在一边。我跑去大兴善寺，桑道茂原先待着的那个禅房已经空了，他现在是坐在桐树的一根横枝上，没有人陪伴他。我慢慢地走过去，他长得真是难看，即便是在他忧伤的时候也很难看，他看见我来了，就苦笑着对我说："我终于长出翅膀了，但是我只能再活九年。"他的翅膀并拢着，收在他的背上，像蝴蝶的翅膀一样美丽。

同样美丽的还有无端儿的文身。他赤着身子在大兴善寺里游荡，每天夜里怪兽都会从他的皮肤里跃出，我无法理解无端儿薄薄的皮肤里怎能容纳下如此多、如此庞大的怪兽，它们在长安城中跳跃、怒吼、追逐、猎捕……双髻翁不再出现，但无端儿的怪兽也无法捕获他，事情就这样僵持着。

怪兽从无端儿的皮肤里跃出，仿佛还带着他的血和肉，还有他的冰冷和残酷，它们的毛发紧紧地贴着它们的身躯，它们的獠牙闪着寒冷的光，它们的眼睛里带着绝望，似乎它们对自己被囚禁和奴役的命运感到不满，它们无声地在长安城的街道上奔跑，吞食它们所遇到的每一个有生命的东西——鸟儿、野狗、醉酒的夜归者和小偷。长安城的夜晚变得阴森可怕，还有谁敢在这样的夜晚外出呢？怪兽们在街道上来回奔驰，发出噩梦一样的吼叫。

我与一个怪兽成了朋友，它叫"夔"，只有它的吼叫声是像唱歌一样悦耳的，它只有一只脚，它就像双髻翁一样地在长安城的屋脊上跳跃着，同时伸出它的长舌，吞食蚊子、蝙蝠和老鼠，而我坐在它的肩上。

有一天晚上，我们发现了双髻翁，夔拼命地跳着，追赶着，竟把我从他的肩上撷了下来，我摔在街道上，晕了过去，醒来的时候，一个白髯老翁站在我身前，他穿着半旧的道袍，麻鞋，和我一样梳着双髻，一只大白鹅站在他的身边，用它绿色的小眼冷冷地看着我。

我想双髻翁的巢穴是在终南山上，但我对他把我带到他的巢穴里来的原因不得而知。这巢穴是用树枝搭建在一株千年老松上的，就好像他是一只老得不能再老的鸟，白天他睡觉、沉思，采食一些奇形怪状的植物，夜里他和王羲之出去，我无法从松树上下来，只能以他采摘来的植物为生。

大部分时候他对我是冰冷的，但有的时候他会用柔软的眼神看我，仿佛我是他的孩子。有一天他带着我从树上跃下，慢慢地向山下走去，那儿有一户人家，人家门前有一个石臼，旁边有待舂的麦子，他自顾自地走过去，帮人舂起麦子来。主人大约是把他当成在山中修道的隐士，又或是索性把他当成了某种妖物，他们不敢去阻止他，也不敢与他交谈。他在那儿舂了一天的麦子，把人家的待舂的麦子都舂完了。我一直在旁边看着他，坐下，或走开一些，但我并不想离去，后来他甚至允许我帮他舂一下，但他显然对我缓慢的动作不满。天黑的时候，活都干完了，但他并不带我离去，他一直坐在石臼旁边，直到主人拿出了几张大饼递给他，他才牵起我的手，带着我像弹丸一样地在树与树之间跳跃。我一边随着他跳，一边一口一口地吃着那些大饼，我已经有很长的时间没有吃到面食了。

但后来我也习惯于以他采来的植物为生了，就在我以为我将与他、还有大白鹅王羲之一起在终南山中永远地生活下去的时候，无端儿找到了我们的巢，和他一起来的还有虫娘。

他从巢中跃出，在终南山上跳跃，从东到西，又从南到北，怪兽从四面八方围捕他，终于他被围住了，我看到虫娘的驼背里飞出了无数的蜜蜂，这些蜜蜂把他裹住，形成一个巨大的圆球，他再也没有办法逃出去，蜜蜂带着他飞向长安。

回到家我反而觉得陌生，那时候我就已经能够轻易地跃上数丈高的围墙，并且只喜欢吃从野外找来的植物。我打算把双髻翁救出来，我知道他被关押的地方。王羲之现在跟着我，连奶牛都害怕它，总是对它敬而远之；除了它走路的样子看起来有些可笑之外，我想这世间的人没有哪一个能比王羲之更高贵。

我准备了茅草，它的烟雾能把蜜蜂熏走。没有什么东西能关住双髻翁，他能够穿越一切东西，木头、石块、钢铁，但他害怕蜜蜂。我轻易地就越过了重重的岗哨，没有人会想到一个小孩儿会胆大到敢来营救他，但是当我到达目的地的时候，我看到了一个女人，不，我首先是嗅到了那熟悉的香气，虽然她刻意地要掩盖它，然后才看到她在无助地扑打着那些蜜蜂。我永远也无法理解女人，她们是比我们更复杂的生命，正是这个女人请人来把双髻翁捉住，而现在也正是这个女人在绝望而无助地营救双髻翁，为此她甚至不害怕蜜蜂因为愤怒而失去理智、忘记了它们的职责转而反噬她。

我点起茅草把蜜蜂熏走，这在我是轻而易举的事，很早的时候我就已经学会爬上树去掏蜂窝了。除了面色有些苍白，双髻翁并没有什么变化，他继续他弹丸一样的跳跃，而她则瘫倒在地上，低声地哭泣。

他们很快就会知道双髻翁已经逃走，因为蜜蜂会飞回去寻找虫娘，我赶快离开了。

同昌公主被锁在了素和尚的小院中，而素和尚则莫名其妙地不见了。在我看来这里面必定有某种阴谋。我借口去看奶牛，偷偷地去看被锁在屋子里的同昌公主，她容颜憔悴，那沁人心脾的香气也已消失无踪。我想这一定是一个假的同昌公主，而且很有可能就是素和尚变化而成，我暗暗地期望双髻翁也能看出这一点。

他果然没有来。无端儿变得越来越不耐烦，他与桑道茂争吵。我一直没看出桑道茂为什么要来，难道仅仅是为了到素和尚这儿来生出翅膀？他在对双髻翁的围捕中没有起到任何作用。他每天飞进飞出，用他的采桑钩采来许多的桑叶，堆在那间小禅房中；那是一把银制的、两尺来长的小钩，非常地锋利，我想它被打造出来，绝不会仅仅是为了用于采摘桑叶。

有一天，无端儿把同昌公主拖到了院子里，她已经虚弱得喊不出来了。无端儿把同昌公主的左手放在桐树的树身上，然后用一把小斧轻轻地把她的一根手指头砍了下来。他似乎从这件事中得到了极大的乐趣，第二天他又用同样的方式把同昌公主的另一根手指头砍了下来，第三天他又砍下了一根……我一直忘了说那些桐树，它们并没有因为无端儿和桑道茂是素和尚请来的客人而不再降下油脂，这两个人的衣服已经被完全染成了青黑色，但是反正他们并不在乎，而无端儿更是常常赤着身子，露出他绚丽的刺青。

这样双髻翁终于来了，怪兽们怒吼了一夜。第二天一大早，我到大兴善寺去，就看到了小院里那个巨大的蜂球，蜜蜂们飞舞着，发出雷鸣一般的嗡响，而素和尚像往常一样坐在小殿中抄写着《法华经》，他左手的手指头少了三个，他用他闪着

紫光的眼睛看着我，我知道他对一切都了如指掌。

　　他知道过去与未来，而他却从未想过要反抗。他任由我把双髻翁救出，再用三根手指的代价把双髻翁重新捉住，但现在我从他的眼神中看出他不会再给我机会。而双髻翁又真的是无法逃脱的吗？当一个人活了一千年，甚至是两千或三千年，他或许也会对生命感到厌倦吧！

　　全长安城的人都出来了，但他们必定会感到失望，因为他们只看到一个大蜂球在街道上"嗡嗡嗡"地移动，别人告诉他们那里面就是双髻翁，于是他们瞪大了双眼，拼命地往前挤着，小孩子们被挤得哇哇大哭，而年轻的女人们则坐在楼里，用扇子遮住自己的半张脸，一边一边面带嘲讽地谈论着同昌公主与双髻翁的暧昧关系。

　　京兆尹韦武主持一切，午时三刻，他发布了行刑的命令。于是我看到桑道茂站了出来，他手里拿着采桑钩，人们惊讶地看着他蝴蝶一样的翅膀。原来他就是为了这一刻而来的啊！如果双髻翁甚至能够穿过钢铁，那么用钢铁制成的武器自然也不能对他造成任何的伤害。

　　蜜蜂在一瞬间散开，双髻翁在空中闭目而立，仿佛在等待着什么，又仿佛什么也不等待而只是存在。桑道茂扇动翅膀，他的身子在飞行的时候被拉长了，似乎他并不是在飞，而是直接地从他站着的地方伸出长长的腰和手，双髻翁的头被砍了下来，血从他的颈项间喷洒而出，他的身子掉落地上，轻轻地抽搐着，与寻常人并没有什么两样。

　　这时疯狂的事情发生了，人们蜂拥而上，去争抢双髻翁的血肉，因为他们相信吃了他的肉就能长生不老，数万人闷声不响地向前挤着，抢到肉的人快乐地尖叫，但转瞬之间又被别的人从他们的手中抢去，人们迫不及待地把双髻翁的肉放入口中，吞下肚去，而更疯狂的人则把那些吃了肉的人捉住，试图把他们的肚子剖开，把肉再挖出来，甚至连我也加入了这争抢的行列，这群情激奋的场面让人忘乎所以，我也抢下了一块肉放入口中，他的血腥和温热让我泪流满面。

　　京兆尹韦武下令屠杀那些抢肉的人，这才维持住了秩序，但是双髻翁的尸体已经血肉模糊，最多只剩下一半。那些剩下的部分同样也是被人吞食了，大部分是被渴望长生的皇上和他的宠妃，一小部分则是属于得到皇上眷顾的佞臣。

同昌公主后来嫁给了一个姓韦的男人，她的婚礼是我所见过的婚礼中最为盛大的，那让我刻骨铭心的香气在整个长安城里弥漫，数月不散。之后大兴善寺遭遇了一场大火，被完全焚毁，但是又在很短的时间内被重建，面积甚至比原来的大兴善寺更大。同昌公主在出嫁后第二年或是第三年就死了，她的丧礼也是我所见过的丧礼中最为盛大的，皇上和公主的母亲郭淑妃一直送到了延兴门外，她的灵柩被埋在长安城东的某个隐秘之处，和她一起被埋葬的除了无数的珍宝之外，还有双髻翁的干枯的阳物。

而那些曾经和我一样吃过双髻翁的血肉的人都死了，只有我一个人活着。我忘了我究竟是从什么时候开始停止生长的，或许是在吃了他的血肉之后，或许是在之前，我不知道。我的一年就是你们的一百年，在我的父母都去世之后我还没有长到十三岁，于是我一直都梳着双髻，并且再没有人能够帮我把它们解开。我看到长安城崩塌、废弃，又再被重建，但是那青皮怪兽却一直未曾醒来。大兴善寺依然屹立在原来的地方，但是那已经不再是原来的大兴善寺了。王羲之和我在一起，我不知道它那小小的头颅是否能记住如此漫长的时间。我在这个被你们称作西安而不是长安的城市里像弹丸一样地跳跃，这些楼宇比一千多年前的更高更庞大，它们用钢筋和水泥建造而成，但对我而言并没有什么不同。我在风中上下，在月光里浮沉，有时候我会睡去，当我醒来，我的身上会长满青草和蘑菇，然后我会接着跳跃，如同弹丸，我知道我也将像他一样，像那个一千多年前的双髻白髯老翁一样，在这个城市里漫无止境漫无目的地生存下去，没有妻子，没有儿女，也无所谓死亡。

2005 年 5 月 6 日

一个没有影子的人

这件事一直埋藏在我心底的最深处，有时候我以为我已经忘记了，但是它却又总是在不经意间浮现出来，像一个水中的幽灵般地浮现出来，令我不寒而栗，无法逃避。

我想，或许唯一的法子，是把它写出来，并公之于众。如果我因为我所做的一切而受到惩罚，那么我也只能坦然地接受和面对，因为我除了面对已无处可去，这早已为我这么多年的生活所证实。

这件事大约发生在十三年前，那时我独自一人，住在成都一个老旧的小区里，靠近玉林，周边很热闹，也很方便，但小区的楼房却破旧、狭窄、肮脏和阴暗。我没有工作，靠写小说为生，我一个人住在一套有四五十平米大的房子里，当我写不出来的时候，我就在房子里游荡。房子里什么也没有，除了散发着陈旧的木头味道的衣柜、桌子和椅子，什么也没有——不，还有一张床，摆在对着大杂院的那间卧室里，而我则在另一间较大的对着街面的房间的窗前写作。

我没有女人，因为我所爱的人都已经离开了我。当我被生理需求折磨的时候，我会用手解决。带着强烈的罪恶感和堕落的激情，我会获得一个晚上的身体上的松弛，随后我就会唾弃自己，发誓以后决不再放纵自己，从而获得短暂的心灵的平静，然而没过多久，我又会堕入淫邪和妄想之中。

　　我的一日三餐也几乎全在外面解决，幸好这并不会让我感到罪恶。常常，早上六点多钟，天还没有亮，我就起床，坐在桌边开始用我那台老旧的笔记本电脑写作，一直写到八九点钟，然后下楼去吃早餐。吃完早餐我会回来继续写作，一直写到中午十二点半，然后下楼去吃午餐，通常是楼下苍蝇馆子里的盖浇饭。吃完午饭我或许会午睡，或许会去菜市场买点肉和菜——如果我下午想自己做饭的话，但其实我真正的目的只是想去见见人，以及看看天空，因为我如果一直都见不到人、看不到天空，我想我或许很快就会崩溃。

　　我是在一个失眠的夜晚遇见她的。我很少失眠，因为我总是尽量按着时间点来吃饭和睡觉，但如果我真的失眠了，就会很绝望。但其实对于我来说，即使绝望也不可怕，因为我也早已经习惯了绝望，因为我早已把我自己也当成了一个他者，一个叙述者，因此我可以清楚地知道，我完全可以把我的绝望锁在牢笼里，锁在他者的身体里，当我第二天早上走出家门，我将仍会是一个正常（或者也可以说是不正常）的我。那天晚上我就是这样的一种状态，一边忍受着绝望的折磨，一边很高兴绝望终于又一次来到了我的灵魂中，如同一个偷情的少女，忍受着她渴盼已久的痛经的折磨。

　　她就是在这时候慢慢地出现在我床前的水泥地板上的。像黑色的水泡，或是黑色的蘑菇，她从地板上鼓起，生长，有了眼睛、鼻子、嘴巴、四肢、乳房和其他的一切，她是赤裸的，她的头发黑得像是来自宇宙原初的黑暗，柔软得像是恒河中的长长的荇草。她蹲在地上，双臂抱着并拢的双腿，把头埋在膝盖中，她的肌肤是黑色的，但却又与头发的黑不同，像是最精致最光滑的橡胶，既带着钢铁的气息，却又饱含着生命的弹性。

　　我把灯关掉，以为她会消失。然而月光却把她黑而光滑的肌肤映得更亮，我听见我沉重的喘息，听见远处汽车呼啸而去，听见滚珠在楼上滚过，发出细小却又震耳欲聋的轰鸣，也听见她急促而微小的呼吸。

　　她是活着的，是我触手可及的。

　　我扶起她，看见她的眼睛、鼻子和嘴巴，每一处，都是我所日日夜夜在渴盼的。一个比梦中的情人更完美的情人，她的缺点和瑕疵却正足以击中我的灵魂的最柔

软处，使我不得不立即紧紧地抱住她，并把头埋在她的双乳间号啕大哭。

我们像情人一样做爱，她的双唇微凉，乳房坚硬，她是被动的，同时却又洋溢着热烈的火，仿佛地底的岩浆。而我则像被烈日炙烤的鱼，情愿在窒息和灼热中死去。我知道她每一丝细微表情和动作背后的含义和渴求，而她也同样如此，因此我们第一次的相爱就如我们的第一千次的相爱一样默契和熟练。我们同时达到高潮，又同时从迷茫中惊醒，又再一次一起坠入疯狂的深渊，如同音乐一般飞翔，在肉体的折磨和放纵中，我们相拥着死去，一次，一次，又一次。

我将永远也无法离开她——当我在第二天的晨曦中醒来，我脑海里首先想到的就是这么一个念头。我的生活将会被改变，我无法在白天出门，也不能出现在光明之地，因为我的影子如今正躺在我的床上，我不可能再与他人交谈，更不可能去结识朋友，我将永远失去结婚的一切可能性，失去拥有一个孩子的一切可能性，因为我的影子如今正躺在我的床上，更因为我是如此地爱她；然而这种爱难道是可以存在的吗？难道这不是一种罪恶，一种比男人爱男人和女人爱女人更大的罪恶？因为我爱的是我自己的子余。在这样痛楚的思虑中，我忍不住再一次进入了她，长久地，残暴地，她仿佛知道了我的一切卑劣和自私，而这对她来说或许是最大的污辱，因为我是如此地爱她，同时又是如此地恨她，更可恶的是，在我如此地恨她的时候，我却仍然能够让她在生理上达到高潮，而这对她来说，一定是比强奸更可怕的伤害。

然而她并没有因此而哭泣，仿佛她从未受到过伤害，或者仿佛她并不需要痛苦来装饰她的生命，又仿佛，她并没有生命，她只是用她乌黑而空洞的眼睛看着我，我能感觉到她的爱，而这纯粹而又无邪的爱却让我更痛苦和绝望，因为正是这种爱使我无法摆脱她，也因为我不可能在世间、在他者的身上，再找到这种无法被替代的爱。

我们沉默了一整天，我既没有感觉到饥饿，也没有感觉到疲劳，我既狂喜莫名，又忧心忡忡。我在房子里走来走去，却没有想出任何的办法，直到夜晚来临，路灯全都开启，映入仿佛无人的我的房子里，我感觉到了这屋里的荒凉。我在绝望中入睡，她紧紧地抱着我，她知道我所想的一切，她在等待我的判决。

这已经是第三天了，我终于感觉到了饥饿，我打电话让人送外卖上来，我不知道她饿不饿，也不知道她需不需要吃东西，当我打电话的时候，她正躺在床上，她的眼睛如此地黑，如此地大，我不敢看太久，她的长发披散在床上，遮住了她的身体，纤弱的，消瘦的。我知道她的恐惧，她害怕一切外部的东西，她只想和我在一起。

敲门的声音对她而言就如同枪在响，我穿着睡袍，开门接了外卖进来，并付钱让送外卖的人离开。我很害怕他会看出我没有影子，但我相信这种害怕是多余的，因为楼道里很暗，我门口的楼道灯又早已损坏，而我又把家里的灯全都关了，只有一些极微弱的光穿过靠着街面的房间的窗户，衍射在房间里，到了我身上的时候，早已微弱得无法分辨。

然而当我看到食物的时候，我又丧失了食欲，我只想回到床上去和她在一起。我们又在床上躺了一整天，我一寸一寸地抚摸她的肌肤，希望她能够感觉到我对她的爱，我们的激情不再是激烈的爆发，如同喷发的火山，而是沉郁而持久，是海啸，是超新星的光在宇宙的传递，或者就是宇宙本身。

我和她做了最后一次的爱，仿佛是告别，然后我到厨房去，那里有一把刀。那时，天早已经黑得不能再黑了。我把窗帘全都拉得严丝合缝，我把屋里的灯也全都关了。我一边感觉到可怕的痛苦，一边又忍不住感到喜悦，为自己终于开始去做那件事而感到喜悦，同时我又为自己的喜悦而鄙弃自己。我拿到了那把刀，回到卧室去。看到她躺在黑暗里，她的眼睛闭上了，我看到她的脸上有两滴黑色的泪，然而这或许也仅仅只是我的幻觉。我把刀插进她的胸膛，在插进去的那一刻我忍不住放声大哭，然而我只停止了片刻，就继续用那把刀切割她的身体，她的身体是那样地柔软、轻盈，仿佛不曾存在过，她的血与夜一样，也是黑色的，她默不作声，我不知道她是否会感觉到疼痛，我想她即便感到了疼痛，也决不会发出声音，因为她知道我害怕她会感到疼痛。她一直都闭着眼睛，直到我把她全都切割成一块块的，散落在床上，她才睁开眼，她依旧能够呼吸。

我哭泣着下床去，跟跄着把灯打开，她终于开始像黑色的油脂一样融化，像黑色的光融入白色的光里，一点点地，变形、缩小、消失。

我一直在哭、一直在哭、一直在哭，为了自己的懦弱和猥琐，为了自己的虚伪和堕落，我一直哭到了天明。然而连我自己也不敢相信，即便是在我最痛苦时，我也是喜悦的，因为我知道我已经摆脱了她。

然而现在我知道这喜悦毫无意义。因为我的生活并没有改变，我没有爱人，没有朋友，甚至也没有亲人，我独自生活在一个荒凉的、既不属于这个世界也不属于我的房子里，我不敢出门，因为我是一个没有影子的男人；然而她却又是无处不在的，我无法摆脱她，就如同我无法摆脱我自己。我随时都能感觉到她的存在，她如同空气和大地，如同白天背后的黑夜，我相信她早已成为了一个更大的阴影，这阴影是如此之大，以至于渺小的我竟无法用肉眼看到。而我在这里把这一切写出来，也并不是为了摆脱她，而仅仅是因为我终于明白，我应该接受她以不存在的方式继续存在下去的事实，这就是我的生命，我的过去和未来，我只能接受，并以我的存在去证明她的曾经存在和永远存在。

2014 年 3 月 23 日

奇事集

狗儿子

　　我妈六十几岁了，身体还行，和爸爸一起住在广东我妹妹那里，因为社保和工资关系都还在广西，所以他们一年中总要回广西老家好几次，一回就住上半个月一个月这样的。而我呢，因为在成都安了家，一年里难得见上他们二老几次，所以渐渐地我们就养成了习惯，就是每周周六的晚上，我妈必会打电话过来。我妈老了以后，跟我什么都说，家长里短，鸡毛蒜皮，全都会在电话里说，而我也不再像年轻时那样毛躁，不管我妈说什么，我都老老实实地听着，有时候，就算她把以前说过的事又重复地跟我说了好几次，我也还是把这事儿当新鲜事一样地听着，决不会打断她。

　　不过上周六的晚上，我妈打电话过来，倒还真说了一件新鲜的事。她先问了我们这里的天气冷暖，又问了我儿子的情况，就把话题一转，问我还记不记得阿乞婆。我说我还记得啊，就是那个被儿子虐待把儿子都告上法院的老太婆嘛，她怎么了？我妈说她上个月死了。我也没吭声，等我妈继续往下说，我知道她既然这样巴巴地打电话过来告诉我这件事，那这事儿肯定就没有那么简单。

这里我得先补充一下背景，免得你们听不明白。阿乞婆今年大概也有八十好几了，在我的印象里面，她一直都是弓着背，穿一身打了很多补丁的黑布衣服，永远都在忙，不是在学校（我家是在一个中学里）的食堂里忙，就是在自留地里浇菜。她待人很和气，我记得我小时她还经常抱我，偶尔给我一颗水果糖——就是那种很便宜的、一分钱可以买五颗的那种。她前前后后一共生了六个儿子——她家就在我楼下，所以她家的情形我们都很清楚。她很早就守寡了，老公好像是在文革时武斗死的。她一个人带大六个儿子，很不容易，而且这六个儿子中，其中三个还读了大学，另外的三个，或者读了高中，或者读了职高，我记得她有一个儿子在南宁开车，还有一个儿子是老师，另外有一个承包工程，听说身家有几百万，总之六个儿子过得都很不错。但是让人想不到的是，这六个儿子竟然全部都是白眼狼，结婚之后，一个个全都忘恩负义，没有一个愿意养老妈子的。阿乞婆过得很可怜，一个人住在四面漏风的老房子里，自己做饭、做菜、洗衣服，没有钱了就跑去儿子家讨一点儿这样。后来我们看不下去了，就叫她把儿子告到法院去，法院判每个儿子养两个月，六个儿子正好一年轮完。结果就出了一件很奇葩的事，因为七月和八月是连着两个大月，都是三十一天，六个儿子又为这件事争了半天，后面是怎么解决的我也不知道，不过阿乞婆也没有在儿子家住多久——天天被儿子和媳妇骂也不好受，最后还是搬出来自己住了。那时候因为老人的退休金都提高了——我们是农场，阿乞婆也算国家职工——所以她也没有再去找儿子讨钱。后来她又领回来一只瘸了左后腿的黄毛土狗，那条狗是她在路上捡的，估计是因为得了癞毛病，被主人给扔了，她捡回来时，那狗已经烂得浑身就没一块好皮了。那条狗长得很丑，不仅一身癞毛，还瘸了腿，跟了阿乞婆后，为了抢吃的，耳朵也在跟别的狗打架时被咬掉了一只，不过倒是很聪明，一双黄眼温和、安稳，好像通了人性。它除了帮阿乞婆看门，还经常在垃圾桶里翻，看到啤酒瓶就叼到收购站去卖，收购站的人都知道它是阿乞婆的狗，看到它叼瓶子过来了，就把瓶子收起，把毛票给它让它再叼回去。阿乞婆除了驼背，身体还好，退休金提高之后，她请人把老房子翻修了一下，不漏风了，再自己在屋后自留地里种点菜，过得倒还可以。她儿子也一直没有来看过她，平常有什么小病小痛的，就靠邻居照顾。

现在可以回来说我妈的电话了，不出我所料，后面果然还有很神奇的事。原来阿乞婆死了以后，她六个儿子倒是一窝蜂都来了，在她的老房子里翻了半天，没有翻到什么值钱的东西，就计划着要把阿乞婆的狗杀了卖肉，得的钱再六个人分，但是那条狗一看他们把眼盯过来了，马上就翻身跑走了，怎么找也找不到，最后也只好算了。这六个丧尽天良的儿子看看阿乞婆那里也没什么值钱的了，就一个个找借口溜走了，把阿乞婆丢在床上不管，连火葬场的车都是隔壁邻居帮忙叫的。

拉去武鸣火葬场的路上，突然有一个男人，大概四十来岁，穿身破得浑身是洞的黄布军装，眯着一双黄眼，瘸了左腿，少了一只耳朵，从路边跳出来把送葬的车拦住，说自己是阿乞婆的小儿子，听到她的死讯刚刚赶回来，上车就抱住阿乞婆的尸体大哭。到了火葬场，一切事宜都是他负责，送去火化之前也是他磕头，火化完之后，也是他来收骨灰。葬礼全部结束之后，他又拿出一袋子钱，交给来送葬的邻居，说是阿乞婆的火葬费。

邻居都觉得有一点怪怪的，因为从来没有听说阿乞婆还有这么一个小儿子，但是看到人家尽孝的样子，也确实跟儿子没有两样，所以也都没有深究。葬礼结束之后，那个人就抱着阿乞婆的骨灰坛子自己走了，也不知道去了哪里。邻居们回去之后，看那袋子里面的钱，大都是毛票，中间夹杂着几张一块五块的票子，一算，付了阿乞婆的火葬费之后，倒是还有一点富余。

大家就觉得这事越琢磨越怪，突然就有人想到阿乞婆养的那条狗，又想到那个小儿子，瘸了条腿，少了个耳朵，倒是跟阿乞婆养的那条狗有点像。

我妈说到这里我就说我不信，哪有那么神的事。我妈坚持说那条狗肯定是变了人来送葬，她说后来收购站的老板听说这件事，也跑来打听，邻居就把那袋子毛票给他看，他就认出来里面有几张是他用过的，大家还不信，说这你都记得住，那老板说，你们不要争，你们看看这些钱，上面都还有牙印。

我妈说到这里，我也不吭声了，然后说，我知道啦，你就是叫我尽孝，否则连狗也不如嘛！

我妈说我说的是真的啦，你不信就算了，然后就把话题扯到一边去了。

我现在把这事情如实写出来，至于你们究竟相信不相信，也只能看你们自己啦！

养白云

这养白云的故事，是我的老婆神仙跟我说的。

我之所以叫她神仙，是因为她的网名叫"神仙姐姐"，不过这是题外话，跟下面要讲的故事没有关系。

神仙的老家在水井坪，这是一个依山傍河的小山村，位于四川省南部县柳树乡西五里。从成都出发，开着车，往东走到南充，然后往北走，在快到南部县县城时再折往西北方向，在狭窄的县道上走上一两个小时，然后还要在更窄的村道上再走上一个小时（两边都是长满绿树的山和建了新房的村子），就到了柳树乡。柳树乡紧靠着升钟水库，升钟水库的风景很好，水也很好，这里每年都要举办世界性的钓鱼大赛。柳树河从升钟水库流出，在水井坪下哗哗地流过，水极清、极绿，能一眼看到长满了绿荇的河底。

现在水井坪基本已经没有人住了，年轻人都出去打工，只剩下走不动的老人还留在村里。这故事还得从 20 世纪七十年代说起。那时水井坪还住了很多人，其中有一户人家，生了一个女儿，是个瞎子。虽然是个瞎子，长得却很好看，皮肤白嫩，身材高挑，挺招人喜欢；不过就是也有一点儿不好，这瞎子有点神叨叨的，有时还挺吓人。瞎子长到六七岁的时候，就有人说她得了精神病，因为她每天一到傍晚时分，就会提一桶水到屋顶上去——他们家屋顶要拿来晒谷子，所以是个坝坝——说是要拿水来喂白云，因为这些白云渴了。后来就更离谱了，居然还拿了米饭上去，说白云饿了，想吃饭，她要喂白云吃饭。七十年代的水井坪，说穷还真穷，米饭还是很金贵的，如果瞎子光是喂水也就算了，拿白米饭去糟蹋，放到哪户人家也不干啊。她为了这件事儿，据说还被打了好几次，但是也一直没有能完全改过来，只要家里人一个没盯住，就要被她把白米饭拿到屋顶上去。

到八十年代初，南部县遭遇百年难遇的大旱，水井坪也不能幸免，土地干裂，庄稼眼看着全要枯死了。柳树乡有一个村民自己偷偷建的小小的龙王庙，因为天旱，也由地下转为公开，光明正大地受了很多的供奉，但却一直没有什么灵应。当时也不知道是谁，提出何不试试看，去求那个养白云的瞎子。抱着死马当作活马医的想法，柳树乡的几个长者，组织大伙儿凑了份子钱，备了猪头鸡鱼等供奉，送到瞎子家去。这礼在当时是极大的，一般的人家，也就是在过年的时候，才舍得买点五花肉回来吃，哪里见过那么多的肉。他们受了这样的大礼，自然要逼着瞎子女儿想办法，就算瞎子女儿养白云是假，他们也得做出真的样子来。瞎子也知道乡里是旱得不行了，她沉着脸，呆呆地坐在屋里，门外跪了一地的柳树乡有头有脸的长者，其中也有她的父母。终于她还是点头了，答应下雨了，时间就在第二天中午，不过她也说了，她只顾得了本乡本土的地，其他的地方，她不管。当时相信瞎子真能呼风唤雨的人其实没几个，毕竟已经是科学昌明的时代了，谁还信这个？不过第二天还是来了不少看热闹的人。据说瞎子哑哑地哭了一个晚上，到第二天一大早，她独自一人，提了一大桶清水，端了一大碗白米饭，上了屋顶。水井坪是依山建的，她家建在水井坪最高处，已经是半山腰了，站在他们家屋顶上，不仅能清清楚楚看到已经干枯的柳树河，就连柳树乡那幢三层的有红五星的乡政府，也能看得到。瞎子上了屋顶，就厉声大呼："白云儿哟，来喝水撒！来吃饭撒！"喊了不一会儿，果然有几朵白云飘下来，围在她身旁。水井坪的人见惯了她喂白云，倒是不惊奇，那些从远处来的，看到她吼一嗓子就能把白云吼下来，都议论起来。那几朵白云围在瞎子身边大概有半个小时，远远地只看到瞎子跟白云说着什么，然后又抱着白云哭，最后，白云终于是飘走了。可是人们直等了一个早上，都没有什么动静，人群渐渐地要散去，许多人都骂瞎子是呵[①]人的，闹着要瞎子把份子钱还回来。可是到了中午，雷突然就响了，风刮起来，吹得屋顶上的茅草乱飞，四面八方飘来满天的乌云，飘到柳树乡上头，哗哗下起雨来，直下了一天一夜。这雨下得也怪，柳树乡下得沟壑里全都满了，乡外的土地，却是滴雨未落。

那年的旱情，就这样过去了。后来呢，建了很久的升钟水库终于开始蓄水，于是再也没有遇到过这样的大旱，而那瞎子呢，也再没有喂过白云，她就跟别的女人一样，长大了，嫁人了，生了娃儿了，后来又听说死了丈夫了，当了寡妇了，就又回了水井坪。

---

① 音 ho，方言欺骗的意思。

去年的夏天，我跟神仙带着儿子李小放回柳树去，神仙说瞎子现在一个人住在水井坪老屋里，问我要不要去看看她。我自然想看看这瞎子究竟长得如何，神仙又说瞎子从小就喜欢吃糖，我就跟神仙在柳树乡的小商店里买了几斤硬糖提在手上，再牵上李小放，和神仙一起，从乡里慢悠悠往水井坪去。

水井坪已经很荒凉了，也难怪，年轻人全都出去打工了，村里只住着几个老人，村里的许多地，也都荒废着，长满草和灌木，山上的树，也都重新长起来，倒真是有些老林子的模样。

瞎子看起来显老，应该是只有五十出头的年纪，看起来怕不有六十的样子，瘦，高，皮肤惨白着，留了一头长发，也已经花白。她有一个儿子，在成都工作，难得回来一次。我们去看她她很高兴，抱着李小放不舍得放下来，又摘了自家种的青菜给我们下面吃，山里的水好，青菜也新鲜，而且没有打过农药，那顿晚饭，虽然没油没肉的，但却是难得地好吃。

晚上我们没有回柳树去，就在水井坪神仙家的老屋里过夜。老屋的电倒还通，一盏昏黄的白炽灯，四周是黑得不能再黑、静得不能再静，让在城市里习惯了声噪和光噪的我们难以入睡。

清早，天才蒙蒙亮，我蒙眬醒来，神仙和李小放还睡着，外面有早起寻食的鸟儿的扑翅声和清脆的鸟鸣声。我悄悄起了床，走出屋去。这时，忽然就听见瞎子在山腰上喊："白云儿哟，来喝水撒！来吃饭撒！"然后云就突如其来地涌了过来，漫山遍野，像白色的野羊，从天上、从山间、从河汉里漫了过来，一团团、一片片、一丝丝、一缕缕，很快就把水井坪淹没了。四周是牛乳一样的白，但又比牛乳要清、要淡、要柔……我把神仙和李小放都叫醒，我们兴奋地跑出去，欢喜，狂跳，哭泣……等着被云朵们拥抱、淹没和窒息。

这就是神仙告诉我的、也是我亲历的故事。如果你们也想看瞎子喂白云，如果你们也想被白云的海淹没，那就到水井坪去吧，最好是夏天，千万千万，要记得给瞎子带点糖哦。

虎食儿

想起要说这个故事，还是因为沙坎的一条微博（他也是一个有意思的人，是在清韵时与我相识的）。那则微博是转引了《快园道古》（明朝人张岱的作品，仿《世说》的）所记的一件事，说有一个士人叫丘铎，母亲死了，他结庐墓侧，每天早晚都给母亲献上食物，就如同母亲还活着时一样，到了晚上，又害怕母亲在墓中孤寂，他总要绕着墓巡行悲呼："铎在斯，铎在斯！"那一带本来有很多老虎，听到丘铎的呼号声，都避去了。

我查了一下，这个丘铎，在《明史》中是有传的。他是元末明初人，为避兵乱，带着父母逃难，靠卖药来养活父母。母亲死时，他哀恸欲绝，结庐墓侧，虎为之避，当时就有真孝子的名声。他的同乡中，有八个人贫穷得很，无法自存，丘铎又接来奉养。另外，丘铎有一个姑姑，十八岁时夫死，守节终身，也是丘铎在赡养。

古代的士人，守制时结庐墓侧的很多，因为坟墓多在荒郊野外，所以难免要遇上老虎。据说，朱熹的母亲刘氏去世后，他也是在武夷结庐，武夷山的老虎亦为之避去。但我总以为，这些记录在史书里面的，虽然都是好事，但其实其中亦难免有不少士人，结庐墓侧时被老虎啃了个精光，说起来就不太有趣，这样无趣的事情，大约就没有人愿意记录在书里，于是也就不能为我们所知。但我相信，被老虎吃了的士人，恐怕十有八九，要比让老虎避去的士人多得多。

我曾看过一则笔记，出处忘了，说在嘉靖时，有一个湖北黄冈的士人，母亲死了，葬在大别山下。士人有孝行，也在墓侧结庐，一住就是两年。当地也常有老虎出没，但或许因为那个士人实在太瘦了，所以老虎倒一直没有来找他的麻烦。到第三年上，眼看再过一两个月，守制的时间就到了，那时士人难免还要出去参加考试，好光宗耀祖，但是结果就在这时出了事——他被老虎叼走了。说起来，其实也没有人亲眼看到他是怎么失踪的，只有一个老苍头，是负责士人的生活的，差不多每天都要上一次山，送些吃的穿的，再把脏了的衣服拿回去洗。那天早上，老苍头到墓庐去，就发现草屋的门打开了，屋里乱七八糟，还留有几绺虎毛，追踪出去很远，在老林子里，发现了士人的鞋子，然后就再也找不到其他的痕迹，老苍头只好回去报告，家中又派了许多奴仆，没日没夜地找了几天，只是又找到了士人一件破烂的长衫，并没有什么别的收获，家中无法，也只好放弃。

士人的妻子也没有守节，改嫁给了一个商人，远远地到福建去了；士人的一个儿子，也在士人被老虎叼走之后，不幸夭折了。当地人渐渐就把这事儿给忘了。可是大概是在七八年之后的一个清晨，黄岗县城守门的吏卒打开城门后，被吓了一大跳，只见到城外立着一个大汉，身材虽然不高，但肌肉却极发达，只在腰间裹一块布，浑身长着长毛，皮肤又黑又硬，满口黄黄的尖牙，"啊啊啊" 地跟吏卒说话，声如虎吼。更吓人的是，他背上还背着一头大虎，那虎闭目垂首，应该是已经死了。

吏卒还以为是附近的哑巴猎户，打死了野虎，要到黄岗县衙门里去表功，就领着他去见县官。到了衙门里，那个猎户看众人都听不懂他在说什么，就打着手势，问县官要了笔墨纸砚，哆哆嗦嗦在纸上写起字来，字虽然不工整，但居然也都没有写错。原来他其实就是七八年前的士人某某，当时被老虎叼走，现在又回来了。这事儿立即轰动起来，士人的老父这时已经七十多了，被人扶着上了轿，心急火燎地到县衙里来，一开始还半信半疑，但很快就认出果然是自己的儿子，两人抱头痛哭，悲恸欲绝。

但这还不是最奇的。开始大伙儿还都以为士人带回的老虎，就是将他叼走的恶虎，要把那死虎剥皮割肉呢，却被士人一声大吼给阻止了。这时士人也慢慢会说一点话了，断断续续将他这几年来的经历说出来。原来他当年被老虎叼走时，也吓得昏死过去，醒来时发现自己是在一个虎穴中，浑身无力，试了几次都无法逃走。到天亮时，老虎回来了，却不吃他，反倒叼了肉食来喂他，士人哪里吃得来那些腥膻的野肉，但是后来饿到了极点，也不得不慢慢一点点吃下去。过了好久，居然对吃生肉也没有觉得那么难受了。他觉得自己力气渐渐地养起来了，又要逃走，他挑了一个老虎出去捕食的夜晚逃命，却没有逃多远就被老虎追上，老虎倒没有伤他，只是又把他叼回去。这样试了几次，最后一次他又要逃走的时候，老虎居然没有再叼他，而是一路跟在他后面，呜咽悲号，士人听了，竟觉得有些不舍，那天就没有逃走。老虎对他依偎恋眷，看到他又回到虎穴，欢喜雀跃。直到这时，士人才觉得老虎的行为实在怪异，他没有再急着逃走，而是又跟着老虎生活了将近半月，竟然发现，这老虎其实就是他早已死去的母亲。这要说如何确认的，实在也没有一定的理由，只能说是母子连心。想必是他的母亲死后，转生为虎，其智性虽然未开，但对前世儿子的爱恋之情，却没有稍减，于是才在黑夜里将士人叼回到虎穴里去抚养。

士人既然将母亲认出，就决心不再逃走，他最初也想把母亲带回黄岗县的家里去，但毕竟虎性难驯，每次靠近人居之处，它就不愿再往前一步。士人又想自己先回去报信，但他每次要离开，虎母都呜咽悲号，难分难舍，以为他离开了再也不回来，不让他离去。士人无法，只好一天拖一天地，跟着化成老虎的母亲在山林里度日，渐渐地自己也越来越像一只老虎了，在山林里跳跃捕食，呼吼奔纵。

母虎最初将士人叼走时，应该只是二岁有余，按理说就快要生儿育女，但自从把士人叼回来之后，她居然对所有的雄虎都极为粗暴，一直到死，都没有生过一只幼虎。

士人与母虎在山林里生活了将近八年，直到母虎老死，士人才背着虎尸，从山林里出来，等在黄岗县城之外。

这事实在离奇诡异，信者都以为是轮回之证，不信者都指士人所言必不实，甚至还有人说此人必是骗子，看中了老员外的田庄，假装是士人回来继承的。

但士人之父却认定了这大汉必是自己儿子，领回家去，重新穿戴起来，依稀也有一些士人当年的影子。士人回家之后，把死虎埋葬了，却是在他母亲上一个坟墓之侧，他又再结庐守制，这回倒是没有再被老虎叼走，反倒是常常有老虎到墓侧来与他相聚，想必是他当年的伙伴。

士人守制结束后，也娶了妻，也生了子，他的后代却也与平常人没有两样，有一个后来还中了进士，当了不小的官。

2013 月 12 日 21 日

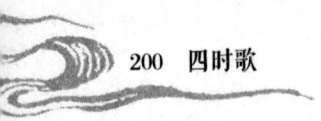

捞月亮

那是一个没有月亮的中秋夜，我们都很郁闷，但尽管如此，我们还是按照原定的计划，带上月饼、柚子（我们自己爬到树上去摘的）、橘子和汽水，来到操场上。

雷满是第一个来的，他是一个黑黑的大个子，是我们所有人的首领，虽然看起来很可怕，但心地善良，人也很热情。

然后是陆华和陆羊兄弟俩，他们很聪明，唯一的缺点就是喜欢吹牛。

老丘第三个来，他个子矮矮的，但是力气很大，人也老实。

最后一个来的是黄志坚，他身材矮小瘦弱，胆子也很小，唯一值得夸耀的就是他的水性很好。

我们把带来的东西都摆在操场的草地上，但是因为没有月亮，四周黑乎乎的，虽然我们点起了蜡烛，还是几乎什么都看不到，所以很多玩艺儿都不能玩，大家待着很郁闷，连月饼也变得不好吃了。

雷满说："我们把月饼往天上扔祭月吧，说不定月亮吃了我们的月饼就愿意出来了。"

大家都说好，基本上雷满说什么大家都会说好，只有陆华和陆羊兄弟俩偶尔会反对。

于是大家都拼命把月饼往天上扔，但是把月饼都扔完了，月亮还是没有出来。

陆华说："这样没有用，月亮可能不在天上。"

雷满说："那你说它在哪里？"

陆华说："我觉得它可能躲在井里。"

雷满说："怎么可能，每一次它都是在天上出现的。"

陆华说："怎么没有可能，有一次我就看到它出现在井里。你们想想看，它那么亮，天上又没有什么遮挡，如果它一直在天上，那我们就肯定能一直看到它，只有它躲在井里的时候，我们才会看不到它。"

大家都沉默了，觉得陆华说得好像有道理。

陆羊说："我觉得我哥说得很对。"

老丘说："那我们应该怎么办？"

陆华说："我们应该去井里把月亮捉出来，不能让它偷懒。"

陆华说完，大家就面面相觑。

雷满说："那谁下到井里去捉月亮？"

大家都看黄志坚。

黄志坚的小脸瘦瘦的，瑟缩着，"井很深的，而且水也很冷。"

陆华说："你还想不想跟我们一起玩？现在就是需要你为人民为国家做出贡献的时候，我倒是想下去捞月亮，但是我水性不行，如果我有你那么好的水性，肯定像黄继光、邱少云一样，自告奋勇，冲锋在前！"

雷满也说："是啊，只有你有那么好的水性，那个井很深，只有你能潜下去，你放心，我家柴房里有很长的麻绳，我们可以把麻绳绑在你的腰上，你没有力的时候，只要用力拉一拉麻绳，我们就把你拉上来，老丘的力气很大，拉你上来一点儿问题都没有。"

事情就这样定下来了，雷满回家去拿麻绳，其他人直接到井边去等他。

黄志坚说："能不能让我回去跟我爸说一声？"

陆羊说："你蠢啊，你回去告诉你爸你爸还能让你出来吗？"

黄志坚就不吭声了。我们就往井边走。

我们在井边等了大约有十分钟，雷满拿着麻绳来了，在此期间黄志坚一直想找借口不下井，但是都被我们义正词严地驳斥了。

我们把麻绳绑在黄志坚的腰上，又反复地拉紧，保证麻绳不会脱落。

黄志坚一直在发抖，"还是算了吧？水很冷的啊！井里面又那么黑，说不定还有蛇……"

陆华说："你还是不是革命战士？瞧你那胆子，连姑娘都不如。"

陆羊说："姑娘都比你胆子大，我看你的胆子是连兔子都不如。"

但是黄志坚哭起来了，"不要啊，爸爸啊，妈妈啊，我要回家，我不要下井去捞月亮。"

陆华向雷满使了个眼色,雷满就说:"动手!"

于是我们就抬脚的抬脚,抱腰的抱腰,抱头的抱头,把黄志坚扛起来,"咕咚"一声,扔井里去了。

井里黑沉沉的,什么都看不到,只能听到水打在井壁的声音,后来连这声音都听不到了。

我们好像等了很久,也可能是那里实在太黑了,让我们产生了错觉。

雷满说:"怎么回事,老丘,他在下面拉绳了吗?"

老丘很专心地两手抓着绳子,随时准备着要把黄志坚拉上来。他摇了摇头,但是雷满看不到。

雷满吼:"老丘,他到底有没有拉绳子叫我们拉他上来!"

老丘吓了一跳:"报告,没有!"

雷满发愁了:"怎么回事?"

我们就都坐在井边等,好像又等了很久。四周静得瘆人。突然传来一声尖利的鸟叫,陆华和陆羊兄弟俩都吓得跳起来。陆羊说:"我妈说这里有鬼的。"

大家更加害怕了,因为墓地其实离这里真的不远。

这时候陆羊尖叫了一声:"看呀,那是什么!"

远远地,从黑暗的远方,飘来一丛青白的火光,火光越飘越近,摇晃着,好像还发出了哭泣声。我们的汗毛都竖起来了。

"鬼呀!"陆华高声大喊,转身就逃。陆羊也跟着陆华转身跑。雷满犹豫了一下,也跑走了。只有老丘还在一心一意地抓着绳子,对鬼火不闻不问。

突然,老丘觉得绳子被用力地向下拉了一下,他赶紧双手轮换着拼命往上拉绳子。听到一声巨大的水响。老丘低头喊:"黄志坚,你怎么样?"

黄志坚在下面喘着气,喊:"喘……不……上……气了!"

老丘喊:"你还要下去不?"

黄志坚气匀了一些,喊:"下,我……看到它了,井下面……被它照得亮亮的,你……让我喘一下气,等下我再拉绳子,你就赶紧……把我拉上来。"

老丘喊:"好!"

黄志坚又问:"他们呢?"

老丘喊："他们怕鬼，都跑掉了。"

黄志坚喊："他妈的全都是假革命！"

老丘喊："是呀！"

黄志坚喊："我下去了！"

老丘喊："好！"

老丘就听到水又响了一声，黄志坚又潜下去了。他就一心一意地抓紧绳子，就怕绳子从自己手中溜下去，这样可就不能把黄志坚从井里拉出来了。

好像也没有等多久，老丘就感到手里的绳子被谁一抽一抽地往下拉，他就像刚才那样，两手轮换着拼命把绳子向上拉。

但是这一次比刚才重了很多，虽然老丘的力气很大，但是拉起来还是很吃力，麻绳很粗糙，很快就把他的手磨出血了。他心里想着：不能松手，不能松手，一定要把黄志坚拉上来！

可以听到井水在一波一波地冲撞着井壁，随着绳子被渐渐地拉起，从井下也慢慢地透上来白色的月光，最初只是淡淡的光华，渐渐就变亮了，从灰白，到银白，又到乳白。

老丘的双臂酸痛，两手全是血沫子。"啊……！"他高声大喊，使出了吃奶的劲，只听到"哗啦"的一声巨响，黄志坚和月亮都出水了，月光猛地从井下喷射出来，老丘的眼睛白茫茫的一片，什么都看不到。

老丘只觉得手里的绳子一下又重了数倍，应该是因为黄志坚和月亮都失去了水的浮力支持，所以变得更重了。

黄志坚在下面喊："老丘，加油啊，还有一点点就出井了。"

但是老丘已经没有力了，手怎么也抓不住麻绳，麻绳从他的双手向下溜。

黄志坚急了："不要松手啊老丘还有一点点！"

老丘把麻绳缠在自己背上，双脚撑住井壁，"唷哟……"他用力，又把黄志坚和月亮往上拉了一点，但是再也没有力气了呀，他跟月亮僵持着。

"不……行了，我……没……有……力了！"

黄志坚看着自己又一点一点地往下落，月亮死沉死沉的，就是不愿向上飘，总想回到井里去。

黄志坚气得把手拼命在月亮上拍打。

老丘突然觉得手上一轻,有人在帮他往上拉绳子,老丘转头看,原来是雷满回来了。

雷满吼:"看什么看,还不快拉!"

有雷满帮忙,黄志坚和月亮很快都被拉上来了。

黄志坚浑身都湿透了,他双手死死地抱着那个银白的浑圆满月,直到出了井,月亮还是死沉死沉的。

黄志坚喊:"怎么办,它还是不愿向上飘!"

老丘喘着气:"我们帮你……帮你,把它往天上推!"

三个人就把手伸到月亮下面,三个人,六只手,"一二三",推呀!三个人一起用力,把月亮往天上推。

这银白的美丽的满月呀,终于飞上了天,但是它仍然徘徊着,不愿往更高的天空飞去,似乎还留恋着井底的世界。

三个人一起驱赶着它:"快飞呀月亮!快飞呀月亮!飞到高高的天上去呀!"

月亮犹豫着,徘徊着。这时候,那丛青白的鬼火飞了过来,它的光亮在月亮的映照下仿佛变成了黑色,它在月亮的上面飞舞,月亮终于受不了它的引诱,慢慢地往更高的天空飘去,随着它的升高,它的身体也变得越来越大,因此在三个人看来,它始终都是跟井里的月亮一样大似的。

三个人一直仰头看着月亮,看它升到了最高的天空上,月华洒下来,世界变得美极了。

三个人仰头看了很久,终于有一个人说:"好了,回去吧!"

另外两个人也说:"好,回去吧。"

他们就把麻绳收拾收拾,排着队回家去了。

那是我过过的最有意义的一个中秋节,我叫黄志坚,我很自豪,因为我曾经从深深的井底捞起过月亮,并和我的朋友们一起把它送回了天上。

2015 年 9 月 27 日,中秋

明山嶂

明山嶂位于梅州市东南约三十公里处。

"嶂"这个字,在普通话中,除了"层峦叠嶂"这个成语之外,不太用了,但在客家话中,还是一个常用词。跟普通话一样,在客家话中,"嶂"也是高山的意思。明山是梅州境内最高的山峰,海拔大约有两千多米。山下有一个村子,很大,接近于一个镇了,这个村子呢,因为就在明山嶂下,所以也就叫作嶂下。

明山还有一个煤矿,隶属于梅州矿务局槐岗煤矿,所以嶂下也住了很多的矿工,他们的房子与村民的房子不同,村民的房子高低错落,他们的则是一排排低矮的小平房,平房前有小院子,往往种了葡萄和月季。英国人劳伦斯写有小说《儿子和情人》,里面也有描写英国矿工的房子,其情形与嶂下矿工住的房子约略相像,想想相隔万里,但矿工们住的房子却都一样,也是一件神奇的事。

我是在 1995 年来到明山的,当时我是一个工程队的出纳。当时梅州在修建通往汕头的省道,有一段是通过明山脚下的,我们的工程队就是负责这一段的修建。

工程队要负责的土方不算小,大概有八百万方,单是土方就够我们干近一年。工程队在工地边整平了一块地,搭了竹棚供工人居住,又租下了地磅旁一幢独立的小平房,供技术人员和管理人员居住——我因为是出纳,自己单独住了平房内其中的一小间,其他的人,就住在一个大间里。工人的条件就更艰苦了,竹棚里全是大通铺,一大帮男人挤在一起睡,被子是从来不叠的,臭袜子乱扔,不久之后竹棚就开始破损漏风,到了晚上冷风就呼呼地吹进来,幸好工程队进场时已经是春天,否则非得把人给冻死。工人都是三班倒。工地上,除非出了事故,否则总是一片忙碌。一般总有四台勾机在挖土,大约十余部车在运土方出去,还有两台推土机在协助整平。工棚里面,永远都是烟雾缭绕,臭气熏天,工人们不是在睡觉,就是在打牌赌钱。这样的生活实在单调得要死,所以工人们很快就开始四处出动,

寻找乐子。距离明山十多公里,往汕头那个方向走,倒是有一个镇子,镇子里面有几个发廊,五十块钱随便打波,打炮就要两三百了,但工人去得不多,一个自然是嫌贵,二个也不方便,得借到摩托车才行,而摩托车又不太好借,工人们要么借村长的,要么借给工程队送肉的屠夫的,往往一辆摩托车得坐两三个人,再加一个驾驶的,突突突地往镇子去。但很快呢,工人们就发现嶂下村其实就有一个发廊来着,而且老板娘还很漂亮。于是他们就不整天找村长和屠夫借摩托车了,而是改了节目,每天晚上,不需要上工地去的工人,都洗得干干净净,成群结队往嶂下去。嶂下离工地大概有两三公里的路程,走路不到半个小时,中间要经过矿工们的房子,一路上都铺着煤碴,路两旁长满了五节芒和猪屎豆。老板娘呢,那是没得说的,要脸蛋有脸蛋,要身材有身材,一对大胸,不管哪个男人看到都要流口水,而且说话又甜又糯,跟工人打情骂俏,如鱼得水。但这个发廊其实倒真是个正经发廊,里面并没有小姐,而是只有老板娘一个人,剃发、洗头、按摩她全包了。我那时年龄小,虽然也对老板娘垂涎三尺,毕竟不敢有什么举动。工人们呢,中间自然也有已经结了婚很规矩的,或者没结婚但不敢放肆的,或者已经另外有了目标的,总之到最后经常去老板娘那儿洗头按摩的工人,也不多,就三五个吧,我不知道他们中间是打了一架呢,还是达成了什么协议,到最后,真正跟老板娘勾搭上的,名字我忘了,是一个身材高大、年纪大约三十出头、稍稍有些胖的运土车司机,那司机的相貌,我约略还是记得的:微有些浮肿的脸,一双桃花眼,头发有点自来卷,应该是平远(梅州下辖的一个县)人,而且家中是已经娶了老婆的。

老板娘的老公,是一个矿工。平常我们从工地走到嶂下去,在路上经常要碰到刚从矿井里上来的矿工,都是满身的黑污,只有牙是白的,除了高矮胖瘦能看得出来,长相那是完全无法分辨。所以我虽然对老板娘的老公也很好奇,却一直无缘见上一面。直到有一天,我正和几个与我比较要好的工人一同坐在发廊里的时候,突然进来了一个二十来岁的瘦小青年,老板娘正在给人洗头,斜了那青年一眼,微有些诧异地问:"发癫了,你今日怎么来了?"那青年点点头,然后问某某是不是在这里,我吓了一跳,站了起来,因为他问的某某就是我。原来他是来请我去看他写的诗的。我那时常常在《梅州日报》上发些短文和小诗,或许是村长把这件事传出去的,最后就传到了他的耳朵里。

　　我如今已经完全想不起来他究竟叫什么名字了，他是江西人，父母都已经死了，也没有兄弟姐妹，独自一个人在嶂下当矿工也已经有好几年了，跟发廊老板娘结婚，还是去年的事。他并没有什么文化，只是小学毕业，但却喜欢"文学"，常常写诗，偶尔也能在明山矿自己办的小报上发表，但却从来没有上过正式的报纸。他的诗并没有什么可取的，就是普通的没有文化的矿工，读了一些所谓的诗集写出来的作品，我还记得他写五节芒："五节芒，五节芒，白花飘飘向太阳；虽然没有鲜花艳，心中永远向着党。"又写猪屎豆："猪屎豆，猪屎豆，黄花绿叶像绿豆；虽然没有绿豆好，一心在和荒山斗。"我当时自然只有觉得无奈，一开始与他接触的时候，甚至还有些鄙夷，以为他不免有些蠢。但他总是一有空就来找我，甚至还会寻到工地上来，对于别人的指指点点，他也茫然无觉。我与他相熟后，也曾问他如何与发廊老板娘结的婚，他红着脸，半天也没有说出个所以然来。他也常常找我借书，我记得连尼采的《查拉图斯特拉如是说》他也借去看，还给我时自然是一脸的茫然，但也有他看得懂而且很喜欢的，比如欧文·斯通写的梵高的传记。

　　我前面说过，工地上只要是没有出事故，就总是忙碌的，意思呢，是工地其实是出过事故的。具体的时间，是在发廊老板娘的老公到发廊去找我两三个月后。那时他似乎对老板娘的事情有所察觉了，跑去发廊，当着工人们的面，把老板娘打了一顿，之后就发生了这个事故。一个运土车的工人，把装满土的重车停在了坡道上，大概是因为车出了什么问题吧，车应该也已经拉了手刹，但实在太重了，又是下坡，他下车钻到车底去看时，车突然就动了，他的头被车轮轧住——被装满了土的重车的车轮轧住头，情形你们自己想象，总之当时我没敢去看。正如你们所猜测的，死的司机就是那个跟漂亮老板娘搞到了一起的那个，否则我也没有必要说这个故事了。

　　但这还不是结束，不久之后，明山矿出了一个小型的透水事故，当然这件事我也只是听说。事故不大，只困住了三个工人，矿里面把工程队的抽水机也调去抽水了，水抽干后，却只找到了两个工人的尸体，还有一个工人的尸体却怎么找也找不着，而那个工人呢，就是那个矿工。

　　给工程队送肉的那个屠夫，也是嶂下人，五十出头，秃顶，红鼻头，眯眯眼，小胡子，每天都穿着油腻腻的皮裙，是个酒鬼。有一天，太阳很好，他送了肉过来，结了账，说一起去他家喝茶去。客家男人闲着没事就要喝茶，有时可以从早喝到晚，所以他叫我去我就去了。茶泡起之后，喝了两杯，自然就说起最近的透水事故，屠夫说，听说老板娘的老公没有死，有人下到矿里去，看到没抽出来的水里有一条似鱼非鱼的大怪物，正要捉的时候，那怪物就钻到水里去了，估计是从透水口逃走了，现在想必是在地下河里吧。

这话，我当时自然是不信的，所以听了也就忘了，直到有一年，在我曾经待过的一个地方，有个煤矿发生了一起严重的透水事故，死了一百人，当时就有个传闻，说抽水的时候，抽出了一条似人非人似鱼非鱼的怪物，抽上来之后已经遍体鳞伤，工人们以为死了，都没有在意，但是后来却又被它逃走了。这事实在太过怪异，所以报纸上都没有说，但有一件事是可以作为此事的旁证：当时，大兴煤矿有一个工人，报死亡工友的名单的时候，多报了一个人上去，结果被查出来了，还上了法院。一般人自然以为他只是想多领些赔偿款，但是你们知道，矿工一般都是很老实的，所以真正的情形可能是，那个工友其实已经下了矿，但是救援人员却没有找到他的尸体，所以法院自然也就认为他其实并没有下矿，从而判定那个矿工在撒谎。可我敢保证，你们现在如果还想再找到那个矿工，也绝无可能，他一定已经失踪了。

想象一下，在地底的河里生活着一大群因为透水事故而变成了鱼的矿工——他们是怎么变成鱼的呢？他们又为什么要变成鱼呢？以及，在黑暗中生活得久了，眼是不是都瞎了呢？地底应该是无声的，他们的耳是不是都聋了呢？他们在黑暗而无声的地底的水里游着，是一种什么样的感受呢？他们是否曾想过要从地底钻出来，再见一见阳光？

其实我一直都深信地底下是什么都没有的，除了岩浆和冰冷的水，而那些因透水而被困在地底的矿工，必定都死了，无论我们是否已经找到他们的尸体，他们必定都已经死了。

2008年的时候，我又回到梅州去。那时嘉应大学有几个学生，因为看了我的小说，与我相识。他们听说我曾在明山待过，就问我要不要跟他们去跑一趟明山，因为他们有一个考察，是关于废弃煤矿的植被的。我就跟他们去了。2005年兴宁出事后不久，梅州就把明山矿给废弃了，因此这回到明山来，是完全看不到矿工的影子了，而矿本身，也早已经被野草给淹没了，其中自然也少不了五节芒和猪屎豆。我随着学生们，沿着废弃的矿道往矿里面走，却并不能走多久，就发现矿道已经被水淹没，我让他们先上去，我独自留在水边，我仔细地听，希望能听到鱼扑打水花的声音，但听了很久，却什么也没有听到。

2014 年 3 月 7 日

卢海毅

我第一次见识到卢海毅的与众不同，是在他刚进幼儿园的时候。我记得很清楚，那时是九月初，是幼儿园开学的第一天，我到幼儿园去找我的球友李国富。李国富是幼儿园的伙夫，我到幼儿园去的时候，他正忙着给小朋友们做午饭，没空跟我说话，我就在幼儿园里到处乱转。

我听到东北角的教室里哭声震天，显然这一定是小班，有很多孩子是第一次来幼儿园，所以免不了要哭。我兴致勃勃地走过去看，里面的二十几个小朋友比赛一样地哭着，忽然我发现教室的正中央有一个小朋友并没有哭，在这样一群哇哇大哭的小朋友里面，他实在是显得太突兀了，他明显比别的小朋友壮实，也高很多，皮肤是黑褐色的，剃了一个几近光头的平头，穿着一件上面印有奥特曼的皱巴巴的旧T恤，他东张西望地看着那些哭哇哇的小朋友们，眼里透着不耐烦和蔑视。

我一眼就认出这个小朋友就是街上卖粉阿香的儿子卢海毅，她的粉店就在我的杂货店的旁边，因此我们很熟。阿香长得很壮，骨架很大，卢海毅的壮实很明显是从他的妈妈那里遗传过来的。阿香的老公叫卢湖，脸圆圆的，有点矮胖，笑眯眯的，人很窝囊，街上的人都知道阿香在光明正大地偷男人。有时候卢海毅给杀猪佬们送粉过去，杀猪佬大多比较缺德，爱拿卢海毅开玩笑，问他你爸你妈昨晚上做了没有，而卢海毅也总是老老实实地回答说"做"或者"没做"——他在杀猪佬们的诱导下，早已经知道什么是"做"了。

那时候礼建刚刚开始流行买"特码"，各种各样的传闻满天飞，大多都是谁谁谁又买中了赚了多少多少钱、谁谁谁的预测特别准之类的谣言。有一次我亲眼看见一大堆人围着一个乞丐，有的给他买粉吃，有的给他钱，有的甚至给他下跪，为的就是想从他那里问出"特码"来。我自己并没有买过，不知道具体是怎么买的，从旁的人那里听来，大概就是买数字，一到四十九，赔率是一赔四十，很明显按这个赔率最后总是庄家赚钱，不过也有庄家亏钱的时候，一般庄家实在赔不起了就索性卷款而逃,不过这样的情况毕竟是少数。围绕着这个"特码"产业又产生了一些周边的产业,比如卖油印的小报(小报里有许多半通不通的诗,暗示下期"特码"出的是某个数字),很多术语也冒出来了,比如"绿波、红波、蓝波"之类,还有十二属相——码民们把数字按属相和颜色分类,以便购买和交流。买码是很方便的事,只需要打一个电话给庄家,告诉他买什么数字,买多少钱,码出来之后庄家就会来收钱或发钱。

我知道当时小镇里最大的庄家是一个叫阿丘的女人,她的老公叫杠三,她手下有许多小弟,这些小弟由她的儿子李军生管着。阿丘自己是和广东那边的大庄家直接联系的,而在我们小镇里以及周边的村庄里又还有许多的小庄家和她联系,她不仅自己做庄,还从别的庄家那里抽取佣金,那些"特码"资料也都是由她的手下人油印和贩卖的。

在卢海毅读幼儿园大班的那一年,阿香的粉店已经差不多要因为阿香和她的老公买"特码"亏了太多钱而做不下去了。六月间,一个圩日①的下午,阿丘手下一个叫阿瘪的小头目又带着几个小弟上来收债,阿香拿不出钱来——据说她已经欠了好几万,阿瘪他们把阿香和她老公打了一顿,又把粉店砸了,砸到一半的时候,正好卢海毅放学回来——他姥姥一般都是下午五点钟去接他。

阿瘪人还是很不错的,他看到卢海毅回来了,就喊:"不要砸了,小孩子回来了,影响不好!"然后他就带着人想要走。哪里想到,卢海毅不仅没有哭,反倒是站在粉店门口问:"你们为什么打我妈妈?"那天是圩日,虽然已经是下午,但人仍然很多,粉店门前早就围了很多看热闹的人,但也没有人想到要报警,至于说哪个人吃了豹子胆敢出来阻止阿瘪他们,就更不可能了,哪里想到竟然冒出来一个还在读幼儿园的小孩子来质问阿瘪,不仅是阿瘪笑了,围观的人也笑了,阿瘪说:"小朋友,你妈妈欠我们的钱,你说我们该不该打她?"

卢海毅说:"我们老师说了,打人不对!"围观的人笑得更厉害了,阿瘪的脸上好像有点挂不住。卢海毅的姥姥在外面喊:"海毅,过来!"她自己也不敢过去把卢海毅拉过来。阿瘪摇摇头,走过去伸出一只手,想把卢海毅推过一边去他好带人走,哪里想到卢海毅抓住他的手腕一扯,阿瘪就跟跟跄跄地摔了出去,重重地摔在

_____

①赶集的日子。

街那头的臭水沟里，一时间爬不起来。

这一下所有人都愣住了，四周一下子静下来，只有阿瘪在水沟里挣扎着要爬又爬不起来，发出"咕嘟咕嘟"的声音。几只绿头苍蝇"嗡"地飞起，看看没什么了，又"嗡嗡"地飞回来，在他头顶上转。阿瘪手下的几个小弟也不知道应该怎么办才好，上去打这个小孩子嘛，说出来都让人笑话，不打嘛，他明明又刚把阿瘪摔出去。大家一下子都愣在那里。这时候卢海毅的姥姥突然鼓足了勇气，从人群里跑出来，一下把卢海毅拉进粉店里去了。那几个小弟才急忙跑过去把阿瘪扶起，阿瘪已经站不住了，两个小弟架着他匆匆走了，还有一个小弟跟在他们后面，一边跑一边回头看，大约他到现在也还想不通刚才阿瘪怎么就被摔出去了。

等了一会儿，李军生自己骑着一辆"五羊本田"上来了，那时大家才刚刚把阿香和卢湖扶起，正准备要送他们去医院。

李军生长得白白净净瘦瘦高高，喜欢穿阿迪达斯的运动鞋，不知内情的人，还真不知道他是干黑社会的。卢海毅还以为没事了，正捧了一碗粉，站在店门口"唏溜唏溜"地吃。李军生一句话也不说，冲上去照卢海毅的胸口就是一脚，卢海毅的身子一下子飞起来，重重地砸在墙边的柴堆上，那碗粉也给踢得飞上了瓦顶。阿香从店里面冲出来，一边哭着喊："不要打我的孩子！"一边拦在李军生身前想护住卢海毅。

李军生说："妈屄的还在吃奶的小孩子都敢打我的人！"

整条街的人都在看着这里，但没有一个人敢过来。

卢海毅站起来，把他的妈妈推开，问："你为什么打我！"

李军生又骂了一句："小杂种！"冲上去又是一脚。他是打架打惯的人，动作特别快，也不讲什么招式，反正怎么实用怎么来，卢海毅又被他一脚蹬出去，摔在墙角。旁边的人都以为他这回肯定是要死了，哪里想到他又若无其事地爬起来，双眼圆睁，一低头冲上去，抱住了李军生的大腿，李军生虽然个子比他高得多，但是卢海毅的力气实在太大，李军生竟然站不住，一下子摔在地上，卢海毅跳上去骑在李军生的胸口上，一只手卡住李军生的喉咙，另一只手握着拳头作势要打他。李军生一边拼命要翻过来，一边骂："妈屄的小杂种！"卢海毅从小在街上跟着杀猪佬一起长大，自然听得懂李军生在骂什么，拳头一下就砸了下去，正砸在李军生的嘴上，李军生的白白的牙齿飞出老远，落得到处都是，血也喷出来了，他嘴里还在骂，但是已经"呼噜呼噜"的听不清在骂什么了，卢海毅又狠狠地在李军生的头上打了几拳，才被他妈妈冲过来抱住。李军生已经被打得昏迷不醒，后来还是阿丘跑上来把他送去了医院。

这件事情竟然似乎就这样平息了。卢湖要出李军生的医药费，还说要想办法还那几万块买"特码"欠的钱，但是阿丘都不要了。报警自然是没有什么意义的，本身就是上不了台面的事，而卢海毅又不过是一个还不到七岁的孩子。

阿丘的"特码"也还照样卖下去，只是再也不会卖给阿香和卢湖了。李军生从医院出来之后，就再也没有在礼建出现过，有人说曾在南宁看到他，已经装了满嘴的假牙，还有人说他已经到广东去了。

卢海毅的名声传出去很远，很多人为了看他一眼，特地大老远地跑到阿香的粉店吃粉，有些自以为力气很大的人还想跟卢海毅比试，但卢海毅从没答应过，他还是像往常一样老老实实地去幼儿园读书，外地人到礼建来，会觉得他不过是一个普普通通的小孩子，只不过长得比较壮实罢了。

到卢海毅读小学二年级的那一年，他的力气已经不像以前那么惊人了，据说阿香并不想他的力气太大，因此一直在限制卢海毅的饮食，而且还逼着他每天喝一种能让他力气变小的中药，那个中药方子是阿香不知道从什么地方弄来的，似乎还真有用。

那一年——就是卢海毅读小学三年级那年——的春天，一个举重教练也慕名来找卢海毅，但阿香并没有放卢海毅去南宁，说是练举重的都长不高，所以不让卢海毅去。举重教练快快地走了，不久之后，卢海毅突然就失踪了，一开始阿香还以为一定是举重教练不死心，偷偷把他带走了，她让卢湖到区举重队去找，但是举重教练说他根本就不知道这回事。卢湖回来，阿香把他臭骂了一顿，说他不会办事，她自己收拾了一下，坐中巴车跑到南宁去，绕了半天找到区举重队，双手叉腰站在人家大门口破口大骂，逼着他们一定要把卢海毅交出来，后来区举重队没办法报了警，阿香才觉得事情不对，跟警察说自己的儿子真的失踪了。

阿香哭着回来，粉店也不开了，跟卢湖一起跑来跑去找儿子，又到派出所去哭天抢地，但过了好几天，还是一点消息都没有。学校那里说卢海毅是按时放的学，没见到有什么异样，而派出所找了几天，找不到，也就懈怠了，说还有别的案子要办，不能光顾着你一个人。阿香也不敢在派出所撒泼，只好回来，把粉店门一关，一边哭，一边把卢湖拿来乱骂。

　　我记得很清楚，那周的周末我们乒乓球俱乐部有一个活动，是到上林去跟另一个俱乐部打比赛。从礼建去上林有两条路，一条路很远，要绕一大圈；另一条路是从大明山上翻过去，虽然近得多，但是不好走。开车的也是我们俱乐部的人，叫阿五，他说不要紧，走大明山快一点，我们自然也没有意见。同去的有七八个人，坐的是镇计生局的大面包车（阿五是计生局的司机），比赛定在早上九点，一大早六点钟我们就出发了，到大明山山脚下的时候刚七点不到，从山脚下已经看到山腰上雾气迷蒙了，但走到这里不可能再退回去，我们只好硬着头皮往山上走，阿五一直说让我们放心，说他开了十几年的车，什么路都走过。

　　大明山是广西南部最高的一座山，海拔有一千多米，山顶大半年都是积雪的，我们的路虽然只是从半山腰上翻过去，但也非常高了。路很窄，路边是陡峭的长满灌木的崖坡，点缀着一丛丛正在盛开的杜鹃。幸好路倒不滑，就是雾非常大，十几米之外就看不清人了。我们开上去的时候，隐隐听到前面也有一辆车在走，但是看不清是什么车。我们也没打算赶上去，就这样一前一后地走着。路是盘山的，翻过最高处往下走的时候，雾散了一些，有时可以隐约看见前面那辆车，是一辆破旧的柳州五菱，但是车牌什么的就看不清了。又绕过一个弯之后，我们看到柳州五菱停下了，下来两个人，从车里拖出一包什么东西扔到山下去了，然后又上车，车门推上，继续往山下走。我们慢慢地把车开过去，阿五用下巴示意，让我们看路边上，我看到有红红的一摊什么东西在路边的草地上，觉得不太对头，让阿五把车停下，我们下车一看，果然是血，而且还是热的。

　　从山上往下看，全是白雾，什么也看不到。我和李国富决定下去看看到底是怎么回事，别的人就在上面等着。我们一前一后地从崖边往下滑，可能花了有十多分钟，才滑到底，我们看到有一个小孩子仰着躺在一丛杜鹃花下，没穿衣服，脸上血肉模糊。

　　我使劲地压住从胃里翻上来的酸水，掏出手机想报警，但一点信号都没有。我朝山上喊："快打110！快打110！"李国富没有出声，他走过去试那个孩子还有没有气,但很显然他一定是已经死了。

"是卢湖的孩子。"李国富说。

我听见山上车发动的声音,有人在喊:"怎么回事!?"我喊道:"是卢海毅,已经死了!"

汽车引擎的声音猛地变大了,然后车子像疯了一般沿着山路冲下去——不知道他们能不能追上那辆柳州五菱。我和李国富无力地坐在卢海毅身边——他的眼睛圆睁着,牙齿已经被拔光,一张血污的嘴半张着,无神地望着天空。

我们什么话也不想说,只是不断地发抖。

李军生不久之后就被抓住了,公审大会是七月的时候开的,那时距卢海毅的死已经过了三个多月.法院为了方便,把一群偷牛贼也拉到公审大会一起公审,这样李军生就和那群偷牛贼站在了一起。他的光头是开公审大会前剃的,脖子上留着许多发茬,天又热,一出汗他脖子上就特别痒,他的手又被铐住了,因此他就只能不断地扭头耸肩膀地止痒。他的假牙在监狱里被取走了,嘴于是只能瘪着,像极了一个老头。

2008 年 4 月 14 日

中亚故事集

摩尼亚赫

1

　　站在"寂静之塔"高高的围墙上，拂耽延可以看到那些在山野里寻找天儿骸骨的男人和女人，他们穿着黑甐衣，赤着双脚，一边在荒草里翻找，一边捶胸而哭。这样的事每年都要发生一次，每次持续七天，拂耽延的父亲翟阿奴说，这是每年一度的"求天儿骸骨节"啊！天儿的骸骨丢失了，人们要把它找回来。

　　于是拂耽延每年的求天儿骸骨节，都爬到"寂静之塔"高高的围墙上，看他们在荒草里寻找天儿的骸骨，听他们嘶哑的哭泣。但是五年过去了，十年过去了，他们却什么也没有找到，有时他们会举起一块石头，有时是一根草茎，孩子们在追逐蜻蜓，大人则在哭泣。——他们都是能够住在城里面的人，而像拂耽延这样的"不净人"却只能住在城外。那些住在城里的高贵的人，虽然每一个最终都离不开"不净人"，可他们却没有一个是看得起"不净人"的。

拂耽延看到弟弟地舍拨正匆匆向"寂静之塔"跑来，系在他腰间的铜铃"铮铮"地响着。那些正在寻找天儿骸骨的人停止了哭泣，用手捂住鼻子和嘴，远远地让过一边，等地舍拨跑过去了，他们才重新放声大哭，弯腰在草里翻找。拂耽延轻轻地从围墙上跃下，塔内的狗群一阵狂吠。地舍拨已经跑了过来，"又有死人了吗？"拂耽延问弟弟，弟弟点了点头。

地舍拨还不到十岁，穿着父亲宽大的旧衣，戴着一顶破了的尖帽，脸很脏，一双眼却亮晶晶的。拂耽延抓住弟弟的手，慢慢向回走。他们的房子在城墙下，那是"不净人"的聚居之处，大约有几百户。当他们经过那些正在寻找天儿骸骨的人身边的时候，那些人再一次停止了哭泣和寻找，捂着鼻子和嘴巴让过一边。拂耽延冷冷地看着他们，他知道无论这些人生前多么地高贵，可是在他们死后，都一样要经过"不净人"的手，才能到"寂静之塔"去睡他们最后的一觉。

这时，其中的一个男孩，轻轻地说："母亲！看哪，他的腰间没有铜铃！"他是在说拂耽延，拂耽延的腰间没有系上"不净人"外出时必须系上的铜铃，那个男孩的母亲摇了摇男孩的手，不让他再说下去。

只有几个哭丧的人，而且拂耽延一眼就看出这几个都是职业的哭丧者，因为他们的脸上的疤痕都是一道道的，新的疤痕划在旧的疤痕之上，使这些脸上血泪交流的人变得异常地狰狞。父亲翟阿奴已经把死者整理干净了，正等着拂耽延回来，好把他抬到"寂静之塔"去。这是他们三天来接手的第一个死者，每个死者能给他们带来十个铜币的收入，那些铜币都很小，上面铸有弓箭手的模糊的立像。

那些正在寻找天儿骸骨的人，远远地看见有死者过来，都避过了一边。哭丧者跟在死者后面，时不时用刀在脸上划一下，哭号几声。

"寂静之塔"其实并不是塔，而是一座用高高的围墙围起来的大院，里面的几百条狗隔着老远，就嗅到了死者的气息，兴奋地狂吠起来。

这个死去的人，很快就会被"寂静之塔"里的狗撕碎、吞食，甚至翟阿奴还没有把一袋烟抽完，拂耽延就可以进到"寂静之塔"里去，把狗群驱散，去拾取死者

的骸骨,把它装入骨瓮里。这个骨瓮将被埋在城南的墓地里,等待着光明之神马兹达战胜黑暗之神阿里曼的那一天到来。

　　往西是乌浒水,往东是药杀水,往北是黑沙漠,往南是赤沙漠,在这些河流与沙漠之间,康居城静静地铺展,城墙、宫殿、市集、住屋……蓝色的那密水在城外流过,河边种植着大片的葡萄和苹果,葡萄园和苹果园的后面,则是望不到边际的葱绿的草原,那伽色山在遥远的地平线上闪烁着圣洁的雪光。

　　城内的居民大多是粟特人,但也有不少是来自别处:从西边来的波斯人、从东边来的汉人、从北边来的突厥人和从南边来的印度人,还有铁勒人、花剌子模人、吐火罗人、柔然人,当然也少不了嚈哒人,这些嚈哒人早几年前还趾高气扬,因为他们统治着草原和沙漠,当然也统治着康居,但是突厥人打败了他们,把他们赶到了吐火罗,嚈哒人都跑走了,留下来的,也都成了粟特人或突厥人的奴仆。康居的国王世失毕娶了突厥布明可汗的公主为妻,于是突厥人作为新的统治者,来到了康居。

　　但说到底,其实只有粟特人自己才是康居真正的主人,因为无论是嚈哒人还是突厥人,都只会骑马打仗,只会放牧牛羊,只有粟特人才会经商,才懂得怎样把葡萄酒、香料、瑟瑟、麞皮、氍毹、锦和氍运到中国,再把中国的丝绸和瓷器运到波斯和拂菻,换回银光闪闪的波斯的银币和金灿灿的拂菻的金币。

　　那一年风调雨顺,葡萄因为没有足够的人手采摘而烂在了地里,康居城上飘荡着浓郁的甜香。那一年拂耽延十八岁,那一年按康居的纪年算,是世失毕国王第五年,那一年中国还在四分五裂之中,那一年突厥的布明可汗刚刚死去,金山以西的草原,是由布明可汗的儿子室点密可汗统治着,那一年波斯的国王还是库斯老一世,他的名字,据说叫阿努希尔宛,而拂菻的皇帝,则是查士丁尼,即便是在遥远的康居,也知道这位查士丁尼皇帝有着一位非常美艳的皇后,她的名字叫提奥朵拉,因为每一枚拂菻金币上,都铸着这对恩爱夫妻的胸像和名字。

　　将骨瓮埋入墓地后,拂耽延在腰上系上小铜铃,向康居城走去。他虽然痛恨这个标明了他的低贱身份的铜铃,但是如果一个"不净人"进入城内而不戴铜铃,一旦被抓住,便要被送去火庙砍掉手足,他并不想冒这种无谓的危险。何况,即使他不带铜铃,人们也可以轻易地辨认出他的"不净人"的身份来,因为每个"不净人"的身上,都散发着一股驱之不去的死人的气息。

太阳已经落到了城墙的后面,那些寻找天儿骸骨的人,在拂耽延之前走入城内,很快就四散而去。拂耽延走过"叮叮"作响的银铺,绕过由巨大的石头和彩色的瓷砖砌成的王宫,穿过已经空无一人的市集,来到一大片平顶的泥屋前。那些正在屋外的空地上转着圈跳舞的孩子们看到拂耽延来时,并没有像一般人那样避开,而只是站在路边,对着他友好地笑着。拂耽延也对他们笑了笑,他放缓脚步,沿着七拐八弯的小巷走,铜铃"铮铮"地响,天已经完全黑下来了,耀眼的天狼星像钻石一样璀璨。在一处低矮的泥屋前,拂耽延停下了。这处泥屋与别的泥屋有些不同,别的泥屋的墙上,不是画着得悉神,就是画着娜娜神,而这一处泥屋的墙上却是什么也没有。

拂耽延轻轻推开破旧的木门,步入屋内,火塘内的火明灭不定,一个老者屈腿坐在火塘边的一张粗毛地毡上,似乎在打瞌睡。拂耽延屈腿坐在老者的对面,从怀内摸出一个包在油纸内的大饼来,放在老者身前,道:"夷数老师!"

老者仿佛刚从梦中惊醒,猛地抬起头来,看到是拂耽延,又垂下头去,揉了揉鼻子,似乎仍不愿醒来。拂耽延道:"夷数老师,饼凉了不好吃!"老者才睁开眼睛,打了个呵欠,把大饼抓在手里,放到鼻下闻了闻,道:"好香!"便大口地吃起来。

每天夜里,拂耽延都偷偷来到这里,向这位神秘的、名叫夷数的波斯老人学习——几乎可以说是学习——这世间的一切知识,星象、数术、医术、商业……甚至击技,当然最主要的是语言,拂耽延学习了粟特语、波斯语、突厥语、汉语、梵语、希腊语……凡是在康居城内有人在说的语言,拂耽延都学了,甚至是康居城内没人在说的语言,拂耽延也学了。

那一夜,拂耽延先是学了梵语,后来又练了刀术,直到深夜才睡下。第二天天没亮他就醒了,趁着城门乍开,悄悄地出了城。

求天儿骸骨节总是在六月,那年的七月是祆历的岁首,人们开始忙碌起来,为岁首节做准备。女人赶着做新衣,男人则忙着剪发剪须,勇武的少年们,一大早就骑着马背着弓挎着箭囊到城外去练骑术和射术,满城人都在谈论今年又会是谁最终射中金钱,取得一日为王的资格,但论到最后,大家都会承认,只要末野门回来,那么谁都别想胜过他。

"可是他还在遥远的沙漠里,可能正在骆驼背上打盹呢!"少年们想到这里,就有了夺取锦标的勇气。

距离岁首节还有两天的时候,沙漠里传来了低沉的驼铃声。第一个听到这悦耳的声音的是那个到那密水边偷取幼狮的驯狮人,他总是在夜里,趁着母狮猎食的时候,去把还来不及睁开眼睛的幼狮偷来,他在河边的芦苇丛里拼命地跑着,怀里还抱着一头幼狮——虽然商队回来是一件好事,但也不至于让他兴奋到把幼狮都丢弃了。

距离城门还很远,他就高喊起来:"商队回来喽!懒虫们,快起来!快把城门打开!"守城的兵士被他唤醒,赤着脚从床上跳下,"轰隆隆"地把城门打开,驯狮人狂奔进城,一边向王宫跑去,一边就沿着街道高喊着:"商队回来喽!商队回来喽!"灯一盏一盏地亮起来,人们蜂拥着向城外跑去,去迎接他们的英雄。

虽然听到了驼铃声,但其实商队还隔着老远呢!一直到天蒙蒙亮了,才看见一队朦胧的黑影远远地从树林后走了过来,前面是几个耐不住久等骑着马跑去相迎的少年,后面就是绵绵不绝的商队了。骆驼和骡马的背上都驮着高高的货物,粟特男人们一脸的疲惫,拖着脚步走在骆驼旁边。年轻的女人们挤在路边,高喊着自己的丈夫的名字,一旦有了回应,就发疯一样地冲上去,把他抱住,也不管他身上的汗臭和尘土会弄脏她们素净的白衣和匆匆画在眼上的青黛。

太阳渐渐地升起来,商队还在慢慢地进城。突然,人们一阵欢呼,原来是末野门走过来了,他牵着一匹栗色马,身旁是他的父亲——商主罗什支。末野门脸上长了一圈短须,腰间那把镶金错玉的宝刀被血和尘土遮住了光彩。"看哪!即使是在沙漠里走了两年,他还是这样地光彩照人!"一个少女说。"可是公主早就看上他了,你别指望啦!"另一个少女说。"是啊,"少女叹着气,"你看,他的眼睛正在寻找公主呢!"

一个穿着雪白锦袍、结着长长发辫的少女沿着城墙的梯级跑了下来,末野门的眼睛亮了,他放开马缰,一把把这个正在低声哭泣的少女搂在了怀里。

人们又是一阵欢呼，公主似乎现在才意识到周围有这么多的人，她抬起头来，抹去脸上的泪水，又再把头埋进末野门的胸口。

末野门并不在乎别人的戏谑的欢呼，他把公主抱上马，自己跟着翻身跃上，一抖缰绳，栗色马扬起一阵烟尘，迈着小步向王宫跑去了。

在城外的大道旁，"不净人"也聚在一起迎接商队的回归。"看到了吗？"拂眈延努力压抑着自己剧烈的心跳，对身边的地舍拨嘶哑地说，"我也要这样的荣归！"

商队回来的那天下午，波斯和突厥的使者也同时来到了康居城，他们是来与粟特人一同庆贺岁首节的。对康居人来说，这两国的使者都得罪不起——突厥人拥有强大的武力，而波斯人则控制着通往拂菻的商道。

在拜见康居国王的时候，两国的使者为了先后的次序而争吵不休，波斯使者说波斯是历史悠远的大国，而突厥则是立国不过二三十年的蕞尔小国，因此突厥的使者根本不配排在波斯的使者之前拜见康居的国王，甚至都不应该和自己一起站在这座王宫里。而突厥的使者说波斯人全都是娘娘腔，十个波斯男人也打不过一个突厥的娘们，更何况突厥也不是什么蕞尔小国，从雷翥海一直到鄂嫩河，全都在突厥人的统治之下，所以突厥汗国才是这个世界最大的帝国。突厥的使者说得未免夸张，其实当时乌浒水以西，一直到地中海包括雷翥海之南岸，都是在波斯的统治之下，而突厥汗国本身也已分成两部，金山以东，已是在东突厥的木杆可汗的统治之下，并不属于室点密可汗了。波斯的使者听到突厥使者一句话就把自己的帝国吞掉了一半，自然恼怒，一张被胡子遮去了一半的脸憋得通红，一时却也说不出话来。这时从波斯使者身后走出一个武士，道："你说波斯人都是娘娘腔，十个波斯男人也打不过一个突厥的娘们，现在我出来和你们打架，看你们十个突厥男人，打不打得过我这个波斯的娘娘腔！"

突厥使者怒道："你是何人？我不和你说话。"康居国王也问道："请问这位柘羯如何称呼？""柘羯"却是波斯语，意为"武士"。波斯使者急忙答道："他是波斯国王科斯洛埃斯一世的卫队长，也是国王的外甥，名叫巴提斯。"

康居国王也喜欢看突厥人和波斯人打架，他道："这位巴提斯柘羯既要和突厥人比试，不如就到王宫外的空场上去，那儿宽阔得很，足够比试之用。"

　　波斯使者敬了礼，领着人向王宫外走去。突厥人也气哼哼地敬了礼，紧赶几步，抢着和波斯人一起走出了王宫。

　　波斯武士要同时和十个突厥武士打架的消息很快就传遍了康居城，粟特人对这两国其实都没什么好感，乐得看热闹，王宫外的空场上很快就挤满了人。

　　只见巴提斯已换了装束，穿上一件皮制的轻便胸甲，右手一杆长矛，左手持盾，腰间则挂着一把弯刀。突厥人却是骑在马上，他们都没穿甲胄，只是脱去了上衣，有些人甚至连马镫都不用，只是提了一把马刀，跨坐在马背上，就算是准备好了。

　　拂耽延是"不净人"，不能挤到人群里观看，只好与弟弟站在城墙上，远远地望着。而在王宫前的空场上，康居国王和突厥、波斯的使者都已坐定，康居国王居中，突厥使者坐在他的左首，波斯使者则坐在右首。康居国王正要下令比武开始，却听见粟特人一阵欢呼，原来是公主罗珊妮和末野门一起来了。国王让罗珊妮坐在自己手边，而末野门则站在罗珊妮的身后。这回可以开始比武了吧？看热闹的粟特人都等着国王的令旨，可这时巴提斯却走到国王面前，敬礼道："尊贵的康居国王，我有一件事想求你！"国王点头让他说出他想请求的事。巴提斯又道："打败这十个突厥人，是很容易的事，我请求国王在我打败他们之后，允许我参加贵国岁首节的骑射比赛！"国王听了，一时倒有些犹豫，因为获得岁首节骑射比赛锦标的人，是有做一日国王的权力的，而以巴提斯的波斯人身份而做康居国王，显然不妥。巴提斯似乎也猜到了国王的顾虑，又道："如果我十分幸运，赢得了锦标，我只有一个要求。"说到这里，巴提斯单膝跪下，将盾牌放在地上，一只手抚胸，另一只手拄着长矛，抬眼看着罗珊妮道："这或许太唐突了，可我是真心的，如果我获得了锦标，就请尊贵的国王把他的美丽的公主嫁给我，波斯国王科斯洛埃斯一世的卫队长巴提斯！"

　　四周的粟特人听到这里，都大声叫起来。有些是因为巴提斯当着末野门的面向公主求婚而咒骂他，有些则是为波斯国王的卫队长拜倒在康居公主的石榴裙下而骄傲。突厥的使者看到巴提斯这样当面羞辱突厥人，气得胡子都翘起来了。而康居国王也颇觉讶异，他握住罗珊妮的手，罗珊妮的小手在他的掌心中抖了抖，他又回头看了一眼末野门，末野门仍是挺胸站在公主身后，只是微微朝国王点了点头，国王知道这时如果回绝了巴提斯，就无异于承认他有可能战胜末野门并夺得锦标，这对末野门而言，无异于一种污辱，而他自己也并不相信这个波斯人能战胜末野门，于是便点头道："波斯人，我答应你的请求！"

巴提斯这才提起盾牌，站起身来，走到空场中心，对康居国王点头道："可以开始了！"国王一挥手，于是传令官吹响了号角。人群一阵骚动，似乎想挤得更近些，好把这场比武看得更清楚。突厥人勒住了马，不让它们立时就朝巴提斯冲过去。他们把巴提斯围成了一圈。马嘶鸣着，突厥人的马刀在阳光中闪着耀目的银光。这时东边的一个突厥武士终于忍耐不住，最先向巴提斯冲去，紧跟着西边的一个突厥武士也放松了缰绳，马儿像离弦的箭一般冲了出去。巴提斯原先一直是站在空场中心，这时忽然大喝一声，向从西边冲过来的那个突厥武士冲去，手中长矛猛地刺入马的胸口，紧跟着站定脚步，一扬盾牌，竟硬生生地把从东边冲过来的那个突厥武士撞飞过一边。两匹马都倒在地上，痛苦地挣扎着。突厥武士被压在了马下，一时间爬不起来。巴提斯不再进攻，只是把长矛从马的胸口拔出，慢慢朝空场中心退去。而血从那匹马的胸口中喷出，立时把地面染得猩红。

突厥武士没有想到巴提斯竟勇武如此，一下都怔住了。片刻之后，又有三匹马同时从东、西、南三面向巴提斯冲去，巴提斯仍是选择先向其中的一匹马进攻，用长矛将其杀死，同时用盾牌把另一匹马撞开，还有一匹马，巴提斯则在间不容发之际，低头避过了马上突厥武士的马刀，任他冲了过去。

余下的六匹马，其中一匹刚刚冲过空场，还没来得及转向，另外五匹中的四匹，则同时从东、西、南、北四个方向向巴提斯冲来。巴提斯却突然大喝一声，把手中的长矛投出去，正扎在那匹从东边冲过来的马的胸口上，跟着他向南边冲去，一边冲一边已拔出了腰间弯刀，没等突厥人反应过来，已将他的坐骑的四蹄全都斩断，这时西面和北面的马才冲到巴提斯前面，巴提斯又是一声大喝，一刀砍下西面那匹马的头颅，跟着仍是用盾牌将北面的马撞开，竟于瞬息之间，就将这四个突厥武士放翻在地。

余下的两匹马，一匹刚刚才转过身来，看到这幅惨象，正犹豫着要不要再冲上去；另一匹则被吓坏了，马上的突厥武士也控不住它，不单屎尿都流了出来，更是四蹄一软，要趴在地上。但突厥人却是十分蛮勇，虽知必败，仍是从马下爬了出

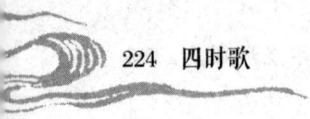

来，拔出腰间短刀，要和巴提斯步战。

这时康居国王却下令停止了这场比武，他并不愿在自己的国土内有突厥人死去，况且胜负也已分清，没必要再打下去。突厥人虽然嘴硬，但也都清楚巴提斯其实是手下留情了，否则那杆长矛就不是刺入马的胸口，而是直接刺入突厥人的心脏了。

这回却轮到粟特人担心了，如果岁首节之后，果真是这个波斯人战胜了末野门，夺取锦标，那么他们的公主就要嫁到波斯去了。

"不，你们忘了吗？"一个粟特人鼓舞他的同胞，"末野门曾经独自打败一百个波斯马贼，他还扳倒过一头印度的战象！"

"原来步兵可以这样战胜骑兵，"拂耽延喃喃地道，"不过后天可是比的骑术和射术呢！"

骑术和射术的比赛，是在城东的树林里进行。这里全是杨树和枫树，那密水在树林外转了个大弯，河岸边生着密密的柽柳。那一年的岁首节骑射比赛，注定要在人们的口耳相传中流传下去，因为它以这样激动人心的方式开始，最终却是以一种完全出人意料的方式结束。

经过七天的骑术和射术的比赛，终于决出了七名参加最后的骑射比赛的少年，其中就有末野门和巴提斯。拂耽延对巴提斯在骑术和射术上的表现极为惊讶，按夷数老师所说，波斯至今还有人喜欢战车这种古老的作战工具，而不用战车的将领，也多是选择骑象而不是骑马，波斯人更擅长的也是重装的骑兵，而不是像突厥人那样的轻骑兵。而粟特人因为经商的关系，在骑术和射术上甚至比突厥人更精通，因为对付波斯马贼的最佳方式，就是在他们的袭击还没抵达之前就用箭射杀他们。如此说来，这个波斯人能用步兵方式战胜十个突厥骑兵虽然令人惊讶，但终究还在正常的范围之内，而他竟也能够在强手云集的康居城中，取得骑射比赛的决赛资格，才应该是更令人惊讶的事呢！康居人也为巴提斯真的能进入最后一天的决赛而惊讶，不过他们坚信末野门无论如何都能战胜这个波斯人，所以他们并不太担心最后的胜利会属于谁。

决赛的形式是这样的，首先是大家骑在奔跑的马上射一枚悬在三十丈外的金币，射中的进入下一轮的比赛，射不中的则被淘汰，下一轮就是骑在马上射两枚金币，依此类推下去，一直到剩下最后一个胜利者为止。自从末野门长到十五岁，有资格参加比赛以来，他就没有输过，别的人想赢得锦标，只有在末野门随商队出去，无法参加比赛的时候，才有可能。最激烈的比赛发生在末野门第一次参加比赛的那一年，他的最后一个对手与他相抗到了第五轮，也就是要骑在奔马上，箭不虚发地射中五枚金币，在那一轮末野门胜出了。后来那个失败者说，其实对他来说，射中五枚金币并不难，不过他已经没有信心再比下去，因为他知道就算让末野门箭不虚发地射中五十枚金币，他也能做到。后来末野门的一次战斗经历也证明了这个失败者的说法是正确的，末野门曾经有一次独自射杀了一百个波斯马贼，每一箭都是射入他们的咽喉，没有丝毫的差错。那些波斯马贼看到自己的伙伴一个个地被射杀竟也不转身逃走，直到最后一个人被射杀在末野门面前，那时他距末野门已不到两丈的距离。但是后来，只要末野门在商队中，波斯马贼就会远远地避开，战斗时决不退缩还可以说是勇敢，但如果明知必死还跑去送命那就只能说是愚蠢了。

那一年末野门和巴提斯的比赛被确定为有史以来最激烈的一场，人们也坚信以后不会再有比这更激烈的比赛，甚至都不应该会有一场比赛能达到这一场比赛的十分之一的激烈程度。两个人真的射到了第五十轮，甚至康居国王都没料到比赛会如此激烈，而不得不让比赛暂停，他好派人回王宫去取金币。第五十轮是轮到末野门先出场，他仍是面无表情地依次射下三十丈外的那五十枚金币，对于一个曾经射杀了一百个马贼的人来说，射下五十枚金币自然是小菜一碟。巴提斯此前的表现与末野门相比也毫不逊色，但是这一轮他却放下了他的弓弦，"你赢了，"他对末野门说，"这不是借口，但我现在知道罗珊妮爱的确实是你了！"于是他向国王敬礼，并转身策马离去。

从第十轮开始，罗珊妮虽然拼命地想控制自己，却仍是忍不住地要发抖，她几乎已说不出话来，只能倒在她的母后的怀里，低声地啜泣。

后来康居人对末野门的胜利颇多猜测，但末野门一直没有说明巴提斯最终离去的原因，即使是面对罗珊妮的时候，他也没有开口。他一直弄不明白这场胜利对自己而言是光荣还是耻辱，因为他最终取得胜利，依靠的并不仅仅是自己的骑

术和射术，还包括一个女人对自己的爱。

　　岁首节的最后一天全城都陷入狂欢之中，甚至连"不净人"也被允许在城内的酒铺子里喝酒，虽然只限于最肮脏最廉价的那几家，并且还严格划定了他们的座位。

　　翟阿奴带着拂耽延去喝酒，一起去的还有十几个"不净人"，地舍拨因为还太小，只能独自留在家里。只能说那是一家肮脏的小酒铺子，位于城市最偏僻的角落，在这里喝酒的大多是没有土地的佃农、潦倒的手工匠人、流亡者、奴仆，甚至还有逃犯。虽然他们的境况并不见得比"不净人"好，但他们还是看不起"不净人"。在祆教的信众中，"不净人"处于一种尴尬的位置：他们是最低一层的阶级，但同时也是所有人都离不开的、其重要性堪与祭司相比的阶级，因此一般的人也都对他们采取一种奇怪的态度：他们鄙视"不净人"，但又尽量地不表现出来。

　　在普通人与"不净人"之间，还隔着好几张空桌子没有人坐，被指派接待"不净人"的酒保也愁眉苦脸，但他又不想得罪这群人，因此他的脸色看起来就像是在看一场很悲惨但又不能哭出来的悲剧——他脸上的肌肉因为使劲地坚持不让自己哭出来而变得僵硬了。

　　当"不净人"进入酒铺子里的时候，喧哗声止息了，一个嚈哒女奴正在酒铺子中央扭着腰肢跳舞，她知道"不净人"今天会来，所以仍是若无其事地跳着，于是别的客人也渐渐地又喧闹起来，虽然有些客人走了，还有一些则是更换到离"不净人"较远的位置，但总的来说，酒铺子内很快就恢复了原样。

　　拂耽延注意到坐在他们左边第三张桌子的三个人与别的人似乎有些不同，他们的衣饰很齐整，并且不像别的人那样对嚈哒女奴充满兴趣，显然他们的身份并不属于这里。并且拂耽延听到他们说的既不是波斯语，也不是粟特语，甚至也不是突厥语，他认真地听了一会儿之后，确定他们说的是叙利亚语，这让他有些惊讶，叙利亚语是拂菻的方言，康居虽然是四方辐辏之地，但要说拂菻人，其实还是来得非常少，毕竟从拂菻到康居都有至少半年的路程要走，而能说叙利亚语的拂菻人，自然来得更少了。

　　在"不净人"起身离去，经过那三个波斯人身边的时候，拂耽延用叙利亚语对他们说:"据我所知,你们要找的人是在吐火罗的一处山谷里,那里很偏僻,谷内有一个湖,叫伊斯堪达尔。"然后,他不等拂菻人回答,就转身追上别的"不净人"走出了酒铺子,消失在黑暗之中。

他也不太清楚自己为什么要对拂菻人说这些,或许只是出于少年逞强好胜的心性,毕竟他学会了叙利亚语之后,还没有真正地跟拂菻人说过话,或许也并不止于此,在朦胧中,他觉得这或许是一次改变自己命运的机会,虽然这个机会似乎也非常渺茫。

这几个拂菻人其实是来自叙利亚的景教徒,他们是来寻找一群马其顿人的,这群马其顿人于公元前四世纪随着亚历山大大帝东征,却在乌浒水和药杀水之间消失了。拂耽延走后,三个景教徒也匆匆地走了,他们是到这个小酒铺子来碰运气的,没有想到却真的在这里打听到了那群马其顿人的消息。临走前他们拜访了康居国王,说明了他们的景教徒的身份,和他们此行的目的,以求取得方便。康居国王安排他们和一群路过康居的商队一起到吐火罗去,还赠送了他们一大袋金币作为路费,临走前他们对康居国王道:"没有想到贵国也有那么多人会说叙利亚语。"康居国王十分惊讶,但他并不想说出真相,而只是很平淡地问:"哦!是不是有康居人冲撞了你们?"景教徒道:"不不不,他帮了我们很大的忙!"康居国王又问:"可以告诉我他是谁吗?我想奖赏他。"景教徒摇头道:"不知道,似乎,他是一个'不净人'。"

关于这件事,康居国王几乎遗忘了,直到有一天,商主罗什支在与国王闲聊的时候,提到想为自己的女儿,也就是末野门的妹妹找一个叙利亚语教师,却苦苦找不到的时候,国王才重新想起来,他建议罗什支派人去"不净人"聚居的地方找找看,而他自己其实也对这位懂得说叙利亚语的"不净人"极感兴趣。

最终是末野门亲自去找的,"不净人"看到这位康居城最杰出的勇士居然会来到这卑污的地方,简直惊恐得要发抖。末野门并不出声询问,他只是骑着马,从这头走到了那头,最后他在一处低矮的泥屋前停下了,他看到院子里一个少年正在若无其事地给葡萄施肥。

已经是冬天了,葡萄的叶子全都落尽,虬曲的枝条在葡萄架上缠绕着。

"你就是那个会说叙利亚语的'不净人'吗?"

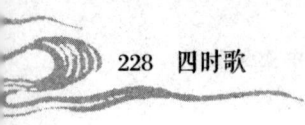

　　拂耽延抬起头来,与末野门对视着。末野门一出现在聚居区,他就已经知道,末野门是来找自己的。

　　罗什支的妻子,也是末野门的母亲,第一次见到拂耽延的时候,仍是无法掩饰她的厌恶的表情,"先带他去澡堂里洗个澡,等他把身上那股子味道洗去了,再来见我!"而她的女儿,也是拂耽延未来的学生,野悉密,却有些喜出望外,她一直以为哥哥会为她找来一个糟老头子,没想到却是一个不到二十岁的少年,而且还挺——帅的!虽然他是一个"不净人",身上有股子死人味,但野悉密知道只要多去澡堂几次,就能把这股子味道洗去,甚至,他还可以获得那种只有贵族才有的香味。

　　拂耽延对末野门的母亲——她叫钵兰——对自己的轻蔑虽然并不感到意外,但仍有些难以接受。他抬头看了一眼钵兰,报之以同样轻蔑的目光,便转身随着仆人走了出去。尽管如此,他仍不得不承认钵兰的美,虽然连她的小女儿野悉密也有十二岁了,但钵兰仍显得非常年轻。钵兰则对拂耽延的大胆极为惊讶,她原本想立即把拂耽延赶出去,但不知为何,她犹豫了一下,终于为自己找到一个把拂耽延留下的理由——要找到一个好的叙利亚语教师并不容易。

　　康居的这座澡堂大约是整个中亚最豪华奢靡的了,即便是在波斯,恐怕也很难找到能与之媲美的澡堂:热水里掺入了大量的牛奶和蜂蜜,水面上漂浮着玫瑰和郁金香的花瓣,热水池的大理石壁上镶嵌着各种各样的宝石,墙壁上则挂着富丽堂皇的壁毯,没有悬挂壁毯的地方,则绘着各种姿态的裸身美女,拂耽延到了这种地方,无论他怎样地想保持镇定,也不免有些手足无措了,尤其是当那个穿得极少的金发女郎滑入水池中的时候,热血一下冲入了他的脑袋中,使他有一阵子晕眩,几乎站立不住,他的喉结一上一下地抖动着,终于憋出了一句话:"我并没有要求这样的服务!""是吗?"那个女郎浅浅地笑着,迈着猫一样的脚步,滑到拂耽延的身后,用手轻轻摩挲着他的后背,"现在你可以要求了!"

　　关于之后的一切,我不好在这里描述出来。这是拂耽延的第一次,其中的甘美、惊慌和些微的尴尬,我想各位可以自己去想象。在他从水池里出来,平躺在豹皮软椅上,任由女郎在他的胸口上涂抹野悉密油——这种喷香腻滑的油与末野门的妹妹同名,其实野悉密首先是一种五瓣的白色小花——的时候,他忍不住问那个女郎,是不是所有到澡堂里来的客人,都可以享受这样的服务? "不,"女郎甜甜地笑着,"是夫人让我来服侍你的。"

"原来是钵兰让她来的!"拂耽延有些惊讶。

之后的一切都进展得非常顺利,野悉密是一个聪明的女孩,在学习叙利亚语之前,她对粟特语、波斯语和突厥语都有很好的基础。虽然拂耽延并没有刻意地表现自己在语言方面的造诣,但不久之后,罗什支一家人都已经对此大感惊讶了,因为他不仅仅是精通叙利亚语和粟特语而已,对波斯语、突厥语、希腊语、梵语和汉语同样极为精通,尤其是在汉语方面,虽然罗什支因为常年经商的关系,也学会了一些,但却远谈不上精通,这种语言一直让他觉得神秘莫测,而拂耽延不仅说得十分流利,甚至还会阅读和书写,这简直不可思议。这个十八岁的少年,从来没有离开过康居城,却精通如此多的语言,罗什支难免要对他的身份有所怀疑。拂耽延对此的解释是:他曾经得到一位年老的波斯人的教导,但对这位波斯人的身份,他自己也搞不清楚,而现在这位波斯人又已死去。这种解释很难让人满意,但罗什支派人仔细地查了拂耽延的身世后,又确定他确实是一个"不净人"无疑,母亲早年便已死去,父亲叫翟阿奴,有一个弟弟,叫地舍拨,其中没有任何的值得怀疑之处。于是这件事情就这样不了了之了。拂耽延与罗什支一家人相处得几乎可以说是融洽,他不仅要教野悉密叙利亚语——实际上后来他什么都教,而其他的教师则被罗什支辞退了。拂耽延用罗什支给他的酬金建了一幢新的房子,翟阿奴和地舍拨也不再接手处理尸体的工作,若不是他腰间的那个小铜铃在不时提醒着他,他几乎要忘了自己的"不净人"的身份了。

唯一的不和谐处是他与钵兰的关系。这个女人是米国的商主忽汗的女儿,十四岁时就嫁给了罗什支,十八岁时生下末野门,即便到了现在,她已经超过了四十五岁,但所有的康居人都承认,她依然是康居城中最美丽最高贵的粟特女人。拂耽延一直记得他们初次见面时她对自己所表示的轻蔑,但同时也无法忘怀她让那个金发女郎滑入水池里的事情,其实她和拂耽延很少见面,即使见面了也都在公共场合,比如庆祝节日的宴会上,或者一起到王宫去观赏舞女们旋转着跳舞,除此之外,她有时会牵着野悉密的手,带她来上课,但总是看也不看拂耽延一眼就走了,而拂耽延也尽量地不去看她,只是在她离去的时候,微微地点一点头,表示一下。

冬天过去之后,康居城里的雪都化了,那密水也已解冻,"哗哗"的流水声似乎在城里都能听到。罗什支和末野门正在准备要带到波斯去的货物,一旦河水完全解冻,他们就要出发到波斯去,这一走一年半载不回来,是很正常的事。钵兰似乎有些忧郁,那天早晨,她带着野悉密来上课,竟出乎意料地没有离去,她斜坐在墙角处的一块地毯上,一边望着窗外,一边听拂耽延给野悉密上课。

那一天正好逢着拂耽延给野悉密讲《庄子》中尾生的故事:"尾生与女子期于梁下,女子不来,水至不去,抱梁柱而死。"他给野悉密讲解了之后,钵兰忽然道:"难道中国真有这样的男人吗?他可真傻啊!"然而拂耽延从她的目光中看到的并不是对尾生的傻的讥讽,而是对那个与尾生相约的女子的嫉妒。

这件事给拂耽延留下了极深的印象,他觉得自己有些把持不住,于是偷偷地去拜访夷数老师。自从他开始做野悉密的老师之后,他到夷数这里来的次数不得不大大减少了。

夷数带着一种古怪的微笑道:"小心!小心!不要去招惹这个女人。"但是随后他又说道,"其实招惹一下也没什么!嘿嘿。"可是当拂耽延临走时,他却又特意交代了一次,"千万不要说出我教过你,你会惹祸的!"拂耽延被夷数这些前后矛盾的话弄昏了头,有两个晚上他睡不好觉,最后他终于决定了,他一定要去做那件事。

罗什支临走时,带着全家人去拜见康居国王并向他告别,当时在场的还有康居朝廷的所有官员和康居城的大祭司,毕竟商业是康居最主要的经济支柱,所有的人都要给罗什支面子。

拂耽延虽然是一个"不净人",但竟也得以参加这一次的拜见,实际上罗什支早已向康居国王推荐过这个"不净人",所以康居国王也很想趁着这次机会看一看他。在康居国王高坐在王座上高谈阔论的时候,拂耽延偷偷地握住了站在他的前面的钵兰的手,在钵兰的旁边还站着她的丈夫罗什支,还有末野门和野悉密,但拂耽延仍然紧紧地握住了钵兰的手,他可以感觉到自己的手和钵兰的手都在微微地出着汗,而钵兰的手甚至还在不停地颤抖着。

　　拂眈延不知道自己为什么要冒如此大的危险去做这件事，但在那样的场合握一握钵兰的手所带给他的快乐是无与伦比的。之后什么事也没有发生，钵兰仍然偶尔牵着野悉密的手带她来上课，不过她再也没有留下来听拂眈延讲课了。

　　不久，罗什支和末野门就带着一支总共四百人的庞大商队离开了康居。拂眈延常常在寂静的深夜里回味在王宫里握住了钵兰的手的那一刻，那种奇妙的感觉深深地刻入了他的脑海，一直到他死去，也无法忘怀。

　　这也同时逼迫着拂眈延去做更进一步的事，到五月的巴米花拉节时，拂眈延终于做出了那件彻底改变了他的人生轨迹的事情。"巴米花拉"的意思，就是"痛饮葡萄的纯浆"，在那一天，所有的粟特人都要痛饮葡萄美酒直至烂醉如泥。

　　在罗什支的庭院里，玫瑰在水池边盛放，月亮高挂在暗蓝的天空上，空气少有地潮湿，风里带着葡萄酒的甜香。拂眈延歪斜着脚步走过回廊，他"砰"地推开了钵兰的房门，里面只有钵兰一个人，她坐在产自拂菻的颇黎镜前，长长的黑发披散在肩上。听到拂眈延推开房门的声音，她猛地站了起来，喊道："你疯了吗？"拂眈延也在想，自己是不是真的疯了？虽然已经是深夜，但由于节日的缘故，大多数人都还在街道上狂欢，一阵阵的喧哗声越过罗什支家的围墙传了进来，大约又是有人在比试谁的圈子跳得更多或者更高了。

　　后来，在拂眈延持续不断地在深夜步入钵兰的房间的同时，他也偶尔地会考虑自己爱上钵兰的原因，但这件事情对当时的他而言，无论如何都是太复杂了。在某些时候他会厌恶自己，觉得自己完全是沉迷在了肉欲之中，有些时候他又会怀疑自己是不是真的爱钵兰，如果他的爱不是真实的，那么和钵兰发生这样的事情就是罪恶的了，有时他会压制自己想去找钵兰的冲动，他甚至会希望自己能完全地摆脱钵兰，但很快他就知道这是无济于事的。而钵兰的表现却完全地出乎了拂眈延的意料，她对拂眈延的爱真实而热烈，她甚至曾经考虑过放弃所有的一切，包括她的儿子和女儿，和拂眈延私奔，但她总是在最后关头说服自己留了下来。有一次拂眈延问她为什么不愿意和自己私奔，她说，因为你很快就会厌恶我、抛弃我、污辱我，我会失去一切，人们会把我拖到火庙里，把我脱得一丝不挂，用刀子一点一点地把我杀死！在说这番话的时候，她正躺在拂眈延的怀里，她的皮肤滚烫，仿佛有一蓬蓬小小的花朵，正在上面猎猎地燃烧。

　　这样的事情绝不可能瞒得过旁人,流言蜚语在康居城里传播。而野悉密却似乎有些喜欢现在这种状况,她喜欢拂耽延,于是也为自己的母亲喜欢拂耽延而高兴,她并非完全不知道拂耽延与母亲的关系是不道德的,同时也是违背了袄教的律法的,但她怀着少年人所特有的叛逆情绪,为拂耽延与母亲的事情暗暗叫好。但别的人可不会和野悉密有同样的想法,他们乐此不疲地猜测着罗什支和末野门回来以后拂耽延的下场,同时对罗什支将会如何处置自己的妻子也很感兴趣。翟阿奴也听到了风声,他到城里去找拂耽延,战战兢兢地劝说他结束与钵兰的关系,他说起话来吞吞吐吐,似乎拂耽延不是他的儿子,而是他的主人。拂耽延没有想到父亲有一天会用这样的态度和自己说话,虽然很早以前,在拂耽延承担了大部分的处理尸体的工作以后,翟阿奴就对他表现出了异乎寻常的尊敬,但也绝没有达到这种谨小慎微的程度。拂耽延答应父亲尽快结束,但连他自己也知道这不过是在敷衍罢了。

　　第二年的岁首节过后,传来了罗什支即将回来的消息。钵兰催促拂耽延尽快离开,她忧伤地道:"末野门一定会杀了你的!"拂耽延对此也毫不怀疑。当天晚上,他去与夷数老师告别,夷数把他的那把挂在墙上的弯刀送给了拂耽延。"你应该把铜铃摘掉了,"他道,"现在不会有人知道你曾经是一个'不净人'了,去完成你的命运吧!"而后拂耽延去和父亲还有弟弟告别,他告诉他们自己将到毕国去,然后在那边加入某一个商队,他想到东方去看看,可能再也不会回来。翟阿奴似乎早已知道将会有这样的结局,所以他一点也不惊慌,他平静地和拂耽延道别,并开始考虑重新接手尸体的事。

　　毕国虽然名义上是安国的属国,但实际上却是独立的,它没有国王,完全是在商人的统治之下,如果用现在的话来说,那么它就是一个商人共和国。这只是一个小小的城邦,但却凭借着充足的财力和易守难攻的地势,在大国环伺的河中保持了近百年的独立。

　　拂耽延很容易就在毕国的商队中找到了一个通译的职务,他称自己来自康居,父亲是一个小官吏,没有人怀疑他的身份。在商队即将出发的前一天,他无法忍受自己对钵兰的思念,竟骑上了一头骆驼,像疯子一样地向康居城驰去。他是早晨出发的，越过了荒漠、草原、河流和绿洲，在天即将黑下来时，看到了康居的用黄土夯成的城墙。他把骆驼留在城外，在城门即将关闭之前，偷偷溜进了康居城。夜深的时候，他翻过围墙，那些在院子里跑来跑去的狗都认得他，并没有吠叫，他知道钵兰一直都是和罗什支分房而睡的，所以并不太担心自己会遇上罗什支。他从窗口爬进去，钵兰并没有睡觉，她正躺在床上默默地流泪，拂耽延的到来先是让她惊惧，随后就是狂喜。她紧紧地抱着拂耽延，疯狂地吻着他，同时喃喃地低语着："你为什么要回来？你会死的！"拂耽延把自己的计划告诉她，带着绝望的爱意疯狂地吻她，他几次想离去，又都被钵兰拉回来。后来他们突然听到野悉密的尖叫："拂耽延，你快跑啊！他们来杀你了！"——她从来就不愿意称拂耽延为老师。拂耽延终于摆脱了钵兰的纠缠，从窗口跳了下去，狗在他的身后狂吠，并不是想咬他，而只是出于本能。他听到钵兰在对罗什支喊着："用鞭子抽我啊！你这懦夫、臭虫、骗子、没骨头的软蛋……"他翻过了围墙，拼命地向城墙跑去，他听到末野门撞开大门，骑着马追了过来，他确信自己一定会死在今夜了，只不过还是疯一样地跑。在城墙下，他找到了自己留在那儿的一捆麻绳，绳的一头系着铁钩，他把铁钩甩到墙垛上，像一只断了尾巴的壁虎一样爬了上去，然后又用同样的方法滑下了城墙。末野门不得不绕到城门处，踢醒沉睡的卫兵，喝令他们打开城门。那时候拂耽延已经骑上骆驼，在树林子里飞驰了，但末野门还是在黑沙漠的边缘处追上了他。

　　这两个少年之间，其实已经有了一种兄弟般的情感，虽然谁都不愿意先说出来。他们在月光下注视着对方。拂耽延发现末野门的背上没有弓，不禁暗自庆幸。末野门确实没有来得及带上弓箭，他到母亲房里去的时候，只是顺手拿上了一把放在桌上的匕首，而当他跨上马去追拂耽延的时候，更没有时间回去取弓箭了。而且末野门深信自己即使是只凭着一把匕首，也能把拂耽延杀死，所以当他看到拂耽延抽出了挂在骆驼背上的弯刀的时候，不由得吃了一惊——并不是因为拂耽延有了武器，而是因为拂耽延抽出弯刀的手法，说明他是练过击技的。

　　他们仍然对视着。拂耽延自然不会主动发起攻击，末野门却也似乎一直在犹豫不决。但拂耽延不敢相信末野门是在犹豫。这是这两个少年第一次的对峙，对末野门而言，这不过是无数次对峙中的一次，而对拂耽延而言，这却是第一次要和人真刀真枪地打上一架，因此他对末野门的举动判断不清也就情有可原了。但终于，拂耽延转身了，他把弯刀插回刀鞘，他知道末野门是决不会主动发起攻击的了，至于究竟是为什么，他不清楚。骆驼脖子上的铜铃铛已被解下来了，因此它跑在沙漠上只有"沙沙"的踏掌声。

末野门看着拂耽延渐渐地消失在夜色中，月光把沙漠变成灰白的雪地。泪水打湿了末野门的面颊，其实在他第一次看见拂耽延的时候，他就确信这个少年会成为他今生最好的朋友，但现在却是爱和恨同时在他的心中纠缠。

在那个冬日的午后，末野门骑着马到"不净人"的聚居之处去，他看到一个少年蹲在葡萄架下。看见末野门过来了，那个少年站了起来，与末野门对视着。在那道似乎是平静的目光中，末野门看到了热烈的梦想、不驯的野性、挣扎的欲望、冷酷的蔑视和对尘世的疯狂的爱与恨！

2

毕国高峻的、石头搭建的城墙上，依然有点点的残雪，冰冷的乌浒水在城墙下汹涌而过。

拂耽延歪坐在一头双峰骆驼上，等待着城楼上的守兵放下吊桥。城门已经大开，从城门与吊桥之间的缝隙，可以看到城外种植着葡萄和棉花的原野，和原野上一道道的沟渠。

这支商队不大，只有十几个商人、几十头骆驼和七八头骡马。与商队同行的，还有一位叫波波匿的祆教祭司，他是到东方去传教的。商队的首领叫阿揽延，就像拂耽延的名字意为"拂耽神的第一件礼物"一样，阿揽延的意思，也就是"阿揽神的第一件礼物"，因此他必定也与拂耽延一样，都是家里的老大，不过阿揽延已是一个年过六旬的老头子了。他笑呵呵地对拂耽延说，自己已经在中国与波斯之间跑了几十趟，大约也要埋骨于路上了。除此之外，还有一个负责保护商队的嚈哒武士，大家都叫他馨吉尔，他是一个沉默的人，细长的眼角直伸入鬓，眼中闪着嘲弄的光,似乎他已对一切事情都不在意。

波波匿与馨吉尔一样,都是四十来岁,不过他的性情与馨吉尔正相反,他是对一切事情都充满热情。波波匿除了传教之外,还负责商队在路上时的一切祭祀之事,他是一个熟练的祭司,这一点还在城里时拂耽延就看出来了,他戴着口罩,举着神圣的植物豪摩,跪在圣火坛边,向密特拉神祈祷商队一路的平安,"强大的密特拉,乘着他的轻捷的饰宝的金车,离开光明的家山……"他歌声洪亮,洋溢着自信与虔诚。

从毕国到康居,商队走了两天,这是拂耽延熟悉的路途。他们在康居城外扎营,阿揽延和商人们到城里去,天黑前回来了,带回了一个身材高挑的舞女和一头母狮,阿揽延说,这些都是献给中国皇帝的礼物。让拂耽延惊讶的是,舞女本身就是驯狮人,阿揽延确实是做了一笔好买卖,这样他就节省了带一个驯狮人到中国去,再把他带回来的费用。

舞女是粟特人,她很少说话,以至于拂耽延曾误认为她是一个哑巴。夜里扎营之后,在篝火边,舞女旋转起来,长长的衣袖和长长的帽带高高地飘起,她婀娜的舞姿如同夏日缤纷的落英。商人们那天夜里就后悔了,他们认为这样的美女送给中国皇帝太可惜了,阿揽延对他们说,你们为什么不自己去试试看?于是有两个商人兴冲冲地到了舞女的帐篷里去,一阵嬉笑过后,帐篷里发出了一声野兽一般的吼叫,两个商人落荒而逃。那头母狮是和舞女睡在同一个帐篷里的,但后来商人说,那声嚎叫却并不是来自母狮,而是来自舞女——她比那头母狮更凶猛。

从康居往东,是五百里的沙碛,到达惧战提,这个城市属于东曹国,由惧战提再往东,是石国,再往东,渡过药杀水,是白水城,然后是怛罗斯城、千泉和素叶城,到热海的时候应当已是秋天,由热海再往东,是疏勒,疏勒过去,是突厥人的王庭鹰娑川,跟着还有那些沙漠里的城市——龟兹、焉耆、楼兰、高昌、伊州、敦煌,再到凉州,那已是中国的国境了,但仍有许多粟特人居住,再往东,才是长安和洛阳,这两座世间最伟大的城市,是中国皇帝居住之处,亦是商队最终的目的地。

在药杀水东岸生满芦苇的盐碱地上,商队抓住了两个柔然马贼。馨吉尔很残忍地把这两个柔然人杀死了：他让他们跪着，自己从后面用一根短棒把他们的头敲碎，粉白的脑浆飞出很远。

几年前，柔然可汗阿那瓌的大军被突厥人打败，大多数的柔然人都已被突厥人杀死，余下的两万多柔然人逃到了雷翥海以北，如今留在药杀水东岸的只是很少的一些残余，大多以劫掠商队为生。柔然灭亡后不久，嚈哒也跟着灭亡了。早在几百年前，嚈哒的骑兵便挥舞着短棒，骑在马上与波斯人战斗，这些皮肤雪白的杀人者比野兽更可怕，波斯人连续败了三次，最后连波斯的国王也被他们抓住杀死了。波斯人从此一见到嚈哒人就会不由自主地发抖，一直到突厥人强大起来，波斯人才与突厥人两面夹击，彻底地打败了嚈哒人。嚈哒人的地盘现在局限于吐火罗一隅，但仍然常有嚈哒人出现在粟特商队中——作为最残忍的武士，他们是很好的商队护卫者。

馨吉尔杀死柔然人的时候，尽管拂耽延拼命地压抑着，但仍是当着所有人的面呕了起来，他觉得这是一件很丢面子的事，因为即便是那个舞女——拂耽延一直不知道她究竟叫什么名字——也表现得十分泰然。

馨吉尔冷冷地道："下回抓到柔然人，由你来杀。"

拂耽延一边发着抖，一边点头答应。走了两天之后，果然又遇上了柔然人。他们从沙丘上冲下来，在粟特人反应过来之前，掠走了两匹骆驼，呼啸而去。拂耽延认出他们便是早先的那群柔然人，他们的首领叫作阿哇尔，粟特人都说他比狼还凶残。馨吉尔拍着马冲入沙漠里，他就这样一个人去追逐这群柔然人。又过了两天，馨吉尔追上商队时，带着一个柔然少年。他把少年从马上扔下来，"阿哇尔的儿子。"他说。

粟特人都鼓噪起来，要把这个少年杀死。馨吉尔对拂耽延道："你来！"拂耽延从没杀过人，但他知道此时是不能逃避的。他拔出弯刀，忘了以前夷数所教过的一切，他只是拼命地把刀砍在少年的颈上，但少年的头竟然没有掉下来，刀只砍进去一半，拂耽延把脚踩在少年背上，把刀拔出来，有人把少年扶起，让他像开始时那般跪着。这时少年的头已经歪过了一边，拂耽延听到少年说了一句话，是用柔然语说的，他说："这是你第一次杀人吗？别慌！"他的脸上挂着奇异的笑容，似乎被杀的不是他自己，而是别人。拂耽延愣了一下，终于抬起刀，狠狠地把少年的头砍了下来。

一整夜，拂耽延都无法入睡，夜深时他看到天边燃起了一堆野火，有人在用柔然语唱一首悼念儿子的哀歌。

这样，商队就与阿哇尔有了不共戴天的仇恨。柔然人一直跟着商队，从药杀水到白水城，他们不间断地骚扰商队，他们不再把目标放在商队的货物上，而是专注于杀人。当商队进入白水城时，已经损失了三个商人，其中的一个是被柔然人活捉的，柔然人把他的皮剥下来，乘着黑夜，把人皮扔到了粟特人的营地里。但粟特人也在不断地反击柔然人，馨吉尔有时会带几个人留在后面伏击他们。

在即将到达白水城时，发生了一件令拂耽延震惊的事。馨吉尔在一次伏击中抓回了一个柔然女人。粟特人把女人的双手绑住，让她骑在一匹马上，带着她一起走。拂耽延想，他们大约是要把她带到白水城去，卖个好价钱。但她并不是一个漂亮的女人，也不太年轻，长期的野外生活磨蚀了她的容颜，拂耽延估计她最多也就能卖出一百到一百五十个拂菻金币，决不会比一匹马更值钱。

但是有一天清晨，拂耽延从骆驼边醒来，到水潭边去打水的时候，听到灌木丛后面发出了奇怪的声音，他绕过去看，几个粟特商人正在整理身上的衣服，穿着裤子，束着腰带，而那个柔然女人像一堆破布一样地躺在地上，她的褴褛的袍子被撕成了两半，她呆呆地看着灌木丛中的什么东西，似乎对自己竟然会遭遇到这样的事情感到有些奇怪。当拂耽延打水回来的时候，那个女人还是躺在原来的地方，拂耽延不知该怎么办才好，他慢慢地靠过去，想把女人扶回营地，可他看见女人的颈窝间多了一根树枝，一滴血都没有渗出来，树枝好像是从她的身体里长出来的一样，露在外面的一截还带着几片绿叶，女人的表情平静得可怕。

拂耽延与波波匿留下来，为女人举行祆教的葬礼。馨吉尔不放心，也留了下来。这其实很危险，柔然人随时都会赶上来。鹰和野狗一起撕扯着女人的尸体，所有这一切都是拂耽延所熟知的，当他把女人的骨骸装入陶罐里的时候，他觉得柔然人就在远处看着自己。波波匿在陶罐边用石头搭起一座小小的圣火坛，在他们离去之后，圣火仍在燃烧，拂耽延希望它能够燃烧到柔然人来到陶罐边的时候。

　　几天之后的一个没有月光的夜晚，阿哇尔带着柔然人对粟特人的营地来了一次旋风般的突袭。他们的人并不多，只有七八个，其中似乎还有孩子。他们骑在马上，没有马镫，有些人更是骑的光背马，他们砍死了几头骆驼，并杀了三个粟特人。这是拂耽延第一次看清阿哇尔，帐篷被烧着了，火光熊熊，营地里乱成一团，阿哇尔在即将冲出营地时，勒马转身，看了拂耽延一眼，他长得极其瘦小，嘴上留着两撇长须，额头上有深深的皱纹，也不知是被火光映射的，还是本身就是如此，他的眼中闪着血光。馨吉尔追出去很远，但什么也没有抓到，天太黑了。

　　在白水城与怛罗斯城之间，馨吉尔布置了最后一次的伏击。商队对这一路上的地形很熟悉，而阿哇尔却是第一次跟着商队走了这么远，以前他只是在药杀水的两岸活动。商队在白水城内准备了充足的羽箭，然后，他们埋伏于距白水城有三天路程的一处峡谷里，不扎营，也不生火，只吃生冷的食物。那天的月光黯淡，如果柔然人在夜里经过，那么他们很可能逃脱，但是柔然人却是在清晨时进入峡谷的。他们真是一群穷困潦倒的马贼，甚至都无法做到一人一匹马，其中又还有女人和小孩。粟特人的箭法很准，被杀死的大多是男人，阿哇尔中了一箭，却奇迹般地逃脱了，他冒死爬上了对面的山崖，在那里他向粟特人挥舞着马刀示威，然后消失在树林里。被抓住的柔然女人没有一个能逃脱被污辱的命运，有两个实在太老了，粟特人把她们丢弃在山谷里，别的女人和小孩则被绑在一起，随着商队向东走。到达怛罗斯城之后，粟特人把女人和小孩都卖掉了。他们彻底摆脱柔然人的时候，所有人都轻松了起来。从怛罗斯城出来以后，他们一直小心防备阿哇尔再次出现，但一直到千泉，他都无影无踪，粟特人相信他已死在山野，只有馨吉尔不这么认为，他小心地提防着，直到素叶城，他才似乎是真正地把阿哇尔扔过了一边。

　　馨吉尔把拂耽延带到素叶城最奢靡的酒馆里去：踩着厚厚的地毯，他们走进一个四壁都悬挂着壁毯的房间，蜡烛在燃烧，散发出淡淡的冷香，歪坐在绵软的坐垫上，品尝着烤得喷香的熊掌和中亚最昂贵的葡萄酒，妖冶的舞女在缓缓扭动腰肢起舞，伴着轻柔的、但又是激动人心的羯鼓声。

　　后来他们又去澡堂里好好洗了个澡，这儿的澡堂虽然没有康居的富丽，但澡堂里的少女与康居的相比，却是毫不逊色的。在回客栈的路上，馨吉尔带着微醺对拂耽延道："你是一个'不净人'吧？"拂耽延一下立住了，他几乎已忘了自己仍然是一个"不净人"了，他反复地想着自己究竟是在什么时候表现得像一个"不净人"了，却已忘了这个问题此时已无关紧要，因为他的手足无措已经证实了馨吉尔的猜测。馨吉尔道："你在想你是什么时候露出破绽的吧？"他冷冷地笑着，并不停下脚步，"我可从没想过你会是一个'不净人'，如果不是你在埋葬那个柔软女人时太过熟练的话。"他继续着自己的推论，"你身上没有一点'不净人'的气味，不过现在既然确定了你是一个'不净人'，那么，我想，你大约就是那个搞了罗什支老婆的家伙吧？"

拂耽延握紧了拳头，他没有带刀出来，如果有刀的话，他此时必定已冲上前去砍这个嚈哒人的后背了。

"别太在意，我信的是湿婆，"他从怀里摸出一个小小的木雕像朝着拂耽延晃了晃，"你是不是一个'不净人'对我都没有分别。"

那个雕像确实是信湿婆的人才有的，它的形状令人羞于启齿。拂耽延放松了拳头，"你想怎么样？"馨吉尔回过身来，"我不想怎么样，你是一个有趣的人，不过你太过仁慈了，"他拍了拍拂耽延的肩膀，"即使你埋葬了他的女人，他也不会放过你，就像他不会放过我一样。""我埋葬她并不是因为害怕！""我知道，"馨吉尔又恢复了他所固有的冰冷，"你埋她不过是因为你曾经和她一样，都是这个世界最卑贱的贱货。"

共同经历了这个夜晚之后，拂耽延和这个嚈哒人形成了一种微妙的关系，他们并不亲密，甚至都谈不上是朋友，但拂耽延还是习惯于与这个喜欢冷笑的嚈哒人待在一起，而不是和那个虔诚的祆教祭司。

馨吉尔曾经是一个嚈哒贵族，参加过嚈哒对波斯和突厥的战争，他的身上还有数处战争时留下的伤疤，尽管拂耽延对他这一段经历很感兴趣，但他却不愿多谈，"什么是战争？战争是怎样的？"他冷笑着，"战争就是杀人！杀！杀！杀！不断地杀！"

更多的时候，他会谈起湿婆，谈起湿婆的坐骑公牛南迪，谈起梵衍那的大佛，谈起嚈哒人所独有的雪白的皮肤和长长的眼睛，谈起女人、孩子。拂耽延确定这

个人是一个仁慈的人，虽然他杀人就像杀一只蚂蚁一样轻松，虽然他也曾经嘲笑过拂耽延的仁慈。

有时他们会谈起阿哇尔，拂耽延不解馨吉尔为什么如此确定阿哇尔没有死，而馨吉尔对此的解释却是："你认为一个挥舞着马刀向仇人示威的人会死吗？一个人如果不想死，他就不会死。"这样的解释是拂耽延无法理解的，直到他也像馨吉尔那样，经历了战争，经历了生和死，他才隐约地想到，这句话或许并没有错。

祆教祭司波波匿对柔然人的态度，却实实在在地吓了拂耽延一跳。"没错，柔然人都应该死，"他平静地说，"其实所有不信神的人都应该死。"他所说的神当然是指光明之神阿胡拉·马兹达。那时他们正走在荒漠上，热海已经不远，雪山在地平线上闪着蓝光。"可你到东方去，却是为了传教，而不是杀人。"拂耽延骑在骆驼上，对这一场谈话突然有些莫名其妙的不耐烦。舞女骑在另一头骆驼上，她的脸被黑纱遮住了，她的母狮关在一个木笼里，由两匹马拉着。"我之所以去传教，是因为我不可能把他们全杀死。"波波匿心中的狂热被煽动起来，"如果能够，我更愿意把不信教的人全杀死，这要方便得多。"拂耽延借故走开了，他情愿和那头母狮走在一起，也不愿和这个祭司走在一起了。

黄昏时，他们在一条小河边扎营。拂耽延提着皮囊到河边装水，看到舞女和她的母狮并排坐在岸边。

虽然同行了有半年多的时间，但商队里还没有人知道舞女的名字，每次有人问阿揽延舞女叫什么名字时，阿揽延总是回答："你为什么不去问她？"但自从发生了上次那件事后，没有人敢主动接触她了。

舞女看着拂耽延打水，突然问："夷数是你的什么人？"她的声音沙哑、低沉，好像她是置身于一个广阔无边的、永恒的黑夜中。

"你怎么知道？"拂耽延立在水中，裤脚卷起，皮囊从他的手中掉下，顺着水流往下游漂去。母狮跃入小河，溅起的水花打湿了拂耽延的衣衫。他意识到自己这么回答就无异于承认自己与夷数是有很深的关系了，不禁懊恼起来。舞女笑起来："你是夷数的学生吧？"拂耽延第一次看到舞女的笑容，不禁呆住了。

母狮叼着皮囊游回来，抖着身上的水珠。拂耽延任皮囊里的水流走，问道："你怎么知道——啊，一定是因为那把刀吧？""是的，"舞女有些迟疑，"夷数从来没有和你谈起过摩尼的事吗？"拂眈延摇头。

舞女也跟着沉默不语了。天黑下来，拂眈延虽然还有很多疑问，但他想，如果舞女不想说，那么自己又何必去问呢？他重新把皮囊装满水，向营地走去。

那天夜里所发生的一切让拂眈延再也没有机会问舞女任何的问题了。粟特商人用一只羊把母狮引入木笼，然后把舞女拖入了树林。拂眈延拼命想把舞女救出来，但却一次又一次地被守在树林外的粟特商人推开，舞女呼喊着、挣扎着，母狮在木笼里疯狂地抓挠，试图蹿出来，冲入树林里去救它的主人。阿揽延、馨吉尔和波波匿沉默着，看着发生在粟特人与舞女之间的一切，拂眈延第一次因自己的无能而绝望。

商人们把舞女丢弃在树林里，带着某种难以形容的表情走出来。对他们来说，这个舞女已经不可能再献给中国的皇帝了，如果舞女愿意，他们可以把她带到下一座城市，然后再把她和她的狮子卖掉。

但这时母狮从木笼里冲了出来，它跃入树林中，呜咽着，很快又从树林里冲出来，向那几个粟特商人扑去。商人们四散而逃，但仍是有两个商人被母狮扑倒在地，咽喉被咬开，胸口被抓得稀烂。紧跟着母狮又扑倒了第三个商人，但这时馨吉尔已拿着短木棒冲了过来，他用让人无法相信的勇猛与迅捷与这头母狮搏斗，他的两只手臂都被母狮抓得鲜血淋漓，但他最终仍是把木棒插了母狮的喉咙。

拂眈延冲入树林，抱起倒在地上的舞女，但她已快死去。"我要杀了他们！"拂眈延绝望地喊。"不要这样，"舞女摇头，"我只是一个舞女。"她再一次笑起来，"你不想知道我的名字吗？我叫摩尼。这是一个交换，请你不要让鹰和野狗啃食我的身体。"

第二天清晨，拂眈延直接把舞女埋入土中，这是对祆教教规的亵渎，波波匿为此大发雷霆，但拂眈延发了更大的火，他还拔出了弯刀，如果不是因为馨吉尔从后面抱住他，波波匿一定会被砍成两半。

而对粟特商人的尸体，拂眈延根本不屑一顾。奇怪的是，没有了拂眈延的呼唤，鹰和野狗都不来了。商队为此在荒野中等待了一整天，可商人的尸体仍然完整无缺地躺在地上，祭司波波匿对此也无计可施。最后他们不得不丢下那几具尸

体离去,反正总有一天他们会被鹰和野狗食尽,他们的白骨终有一天也会被野草遮没。

此后的每一天清晨,拂耽延都在营地边重新练习他的刀术。他并不隐瞒自己的愿望,"总有一天我要和你们决斗,把你们一个一个地杀死!"他带着少年人所特有的勇气说。此前他向夷数学习击技大多是敷衍了事,进入商队后才明白自己之所学不过是徒有其表。馨吉尔有时会与他一起练习,用短棒与他对打。拂耽延一直没有完全原谅馨吉尔,为了那个舞女。但馨吉尔说:"我为什么要为了一个舞女得罪商人?我才没你那么蠢。"

冷静下来之后,拂耽延想馨吉尔的话或许并没有错,自己如果不是曾与舞女有过小河边的交谈,那么对舞女的态度或许也会与馨吉尔相似吧。就像当那些商人污辱柔然女人时自己所表现的那样,而对馨吉尔而言,这个舞女和那些柔然女人又有多大的区别呢?但现在他觉得舞女已经用某种奇妙的方式闯入了他的精神世界,通过她的绚烂的舞姿,她的野兽一般的吼叫,她的沙哑而低沉的嗓音,她的笑容,当然,最主要的是她对拂耽延所说的话。这不是爱,但比爱更深沉,带着耀眼的圣神之光,拂耽延沉醉其中。

"不,不是这样,"馨吉尔粗野地骂着,"你这蠢货!"

当他们两个对打的时候,馨吉尔的叫骂就开始了,而且很少中断,"你应该放松你的精神、你的身体,你这个长鼻子的野象,没毛的野猪……"他常常骂得很奇怪,有一次他骂拂耽延是"被湿婆遗弃的男人,没有生殖能力的水牛",还有一次,他骂拂耽延是"用恒河水也洗不干净的脏货",拂耽延对这一切都充耳不闻,他努力地按着馨吉尔的教训去做,"放松你的精神、你的身体""当战斗开始,你就应该忘掉一切,把注意力放在你的刀上"。

在热海边,一个粟特商人失踪了,是那个被母狮扑倒,又幸免于难的商人,他已变得极为虚弱,而且有些神经质。商人们找了很久,都没有找到他,于是开始怀疑是拂耽延把他杀了。拂耽延根本就懒得辩解,反正他本来就想把这些人全杀死。

但馨吉尔很肯定地说，是阿哇尔回来了，是他把商人杀死的。商人们起初并不相信，但是在他们起程之后大约两个时辰，在一棵高大的杉树上，一个人高高地吊着，商人们把他解下来，他是被活活吊死的。

阿哇尔的重新出现让商人们惊慌，现在他如同一个游荡于暗处的复仇的幽灵，他一定会用更残酷的方式折磨被他抓住的商人的。

商人一个接一个地失踪，而当他们被发现的时候，又都是一个比一个更可怕：有的被活活砍去了手脚，有的皮被剥了下来，而人却还在挣扎，有的则是被一点一点地剔成骨架……到鹰娑川的时候，除了阿揽延之外，这个商队只剩下两个商人了，另外还有的就是祭司波波匿、嚪哒武士馨吉尔和通译拂耽延。

拂耽延意识到如果自己现在不与两个粟特商人决斗的话，就很有可能再也没有机会亲手杀死他们了。他把自己的弯刀扔在了商人的脚前，商人也把他们的武器扔在了拂耽延脚前，这意味着他们接受了拂耽延的挑战①。

拂耽延第一次觉得自己与刀合而为一了，这样的感觉让他感到欢喜，他狠狠地挥着刀，向商人冲去，而商人的反应让拂耽延不解，他们的动作迟缓且犹豫不决，但他顾不上那么多了，他把刀插入商人的肚子里，就像把一根尖的木棍插入一颗成熟的葡萄中那般轻易，另一个商人虚张声势地挥着匕首，但拂耽延看到的却是他的恐惧和对死的渴望，拂耽延突然明白了，他们宁愿死在自己的手里，这总比死在阿哇尔的手里要好得多。他把刀收起来，转身走开。商人仍在挥着匕首，"来杀我啊！来杀我啊！"他叫喊着。但拂耽延再也不看他一眼。

就像为了证明拂耽延的想法一样，当天晚上，那最后一个粟特商人就失踪了，阿揽延找到他的时候，他已经死去，他被绑在一棵大树上，阿哇尔把他的肚子剖开，他的肠子被拉出来，丢得到处都是。

阿哇尔的下一个目标是谁呢？嚪哒武士似乎对此毫不在意，他照常喝酒、谈笑、睡觉，但是有一天晚上，拂耽延听到馨吉尔从地上跃起，挥舞着短棒与风搏斗。

阿揽延带领着这个奇怪的商队去拜见突厥可汗室点密。他们经过一条长长的

---

① 按照粟特风俗，把刀扔在对方脚下意味着向对方挑战，如果对方接受挑战，也会以相同方式回应。仪式之后，双方捡起各自武器开战。

山道，一边是深深的悬崖，崖下是訇然作响的激流，另一边则是陡峻的山岩，在裸露的岩石上，刻着过去几百年来经过这里的粟特商人留下的碑铭。有的是一句祆教的经文，"我要抚慰牛之灵"或"洁白的豪摩，永生的圣饮"；有的刻的是丧仪场面：穿着白袍的祭司、目光炯炯的圣犬、割面劈耳痛哭流涕的人……；有的却是刻着地契、契约或书信；有的则是刻着葡萄架下的欢宴——满溢的美酒、盛在金叵罗里的羊肉、华美的地毯、旋动的舞女，还有正在演奏琵琶、胡琴、筚篥的乐师……；但更多的是祆教的祭祀场面：双翼的吉祥兽、四臂的娜娜女神、圣火坛、祭司、神殿……；在一处泉水旁，有人刻下一句爱的誓言：此泉永不干涸，婆陀对蒲罗的爱亦永不会改变；但偶尔也有非粟特文的碑铭，在一处灌木丛后面，就刻着两个大大的汉字"凿空"，也不知是什么意思；在另一个地方，有人刻下了美丽的波斯文诗句；还有嚈哒人刻下的湿婆的浮雕，突厥人刻下的祈求长生天保佑的祷词。当然还有更多的已无法分辨的磨糊的字句，残缺的雕像……即便是镌刻在石上，竟也有漫漶消失的一天。

商队在这几十里长的山道上走了一整天，随着山顶上的雪水的汇入，山崖下的激流越来越澎湃，"砰訇"的声音在山谷间回响，使人不由得要保持沉默，阳光灿烂如黄金，在明与暗之间，阴影的切割如利刃般决绝，而风在树林间掠过，带着高山所特有的沁人心脾的清冽。

有时拂呋延会看到一些奇怪的碑铭，或是文字，或是图像，它们既不属于祆教，也不属于景教或佛教，同时也不是嚈哒人所信的湿婆，或是突厥人所信的长生天。他询问波波匿，波波匿带着一种明显的轻蔑，做出了"这个不值一谈"的表情。在一处地方，拂呋延看到"生命母"几个字，而这个神灵显然不属于他所知道的任何宗教，在另一处地方，他甚至看到了"赞美夷数"这几个字，下面还有长长的诗行，但已漫漶不清，而最让拂呋延震惊的，是他在好几处地方，看到了"摩尼"的字样。

"夷数"这个名字，还可以说是来自景教，但"摩尼"这个名字就无法解释了，舞女说自己叫"摩尼"，但在此之前，就已经有人把"摩尼"的名字刻在山岩上，说明很早以前就已有人用过这一名字，而且这人还是一个非常重要的人物，否则的话，就只能把摩尼解释为神。

　　他们在山麓的草原上扎营，从山上流下的雪水如同白银一般，顺着河谷向东流去了。拂耽延忍不住拿自己的疑问去问馨吉尔，馨吉尔却很惊讶："你不是无所不知的吗？却问我这种问题？"拂耽延红着脸道："这世上没有谁是无所不知的。"馨吉尔道："其实关于摩尼，我也知道得不多，据说他是被袄教的祭司杀死的，祭司们认为摩尼所创立的宗教过于危险，他们把他的皮剥下来，把干草塞进去，然后悬挂在城门上。"

　　"那么，她大约是在告诉我她信的是摩尼了，"拂耽延默默地想，"她自己应该还有别的名字，不过我再也不可能知道了。"

　　馨吉尔还在往下说："波斯人把摩尼教定为邪教，这或许便是你一直不知道摩尼的原因……"

　　而拂耽延的心思已经转到那张悬挂于城门的人皮上了，它被塞满了干草，必定是鼓起来的，雪球一样的人皮，在穿过城门呼啸而去的风里轻轻地晃着，残酷而浪漫。而舞女的声音再一次回响起来："我叫摩尼。不要让鹰和野狗啃食我的身体。"那种似乎是来自永恒黑夜的沙哑嗓音，神秘而又充满了诱惑。

　　继续往东走，水草愈来愈丰美，不时有鹰在蔚蓝的天空上盘旋。

　　鹰娑川是突厥人冬季的王庭，到了夏季，突厥人会迁移到伊犁河的南岸。室点密还非常地年轻，他的年龄大约与拂耽延相当，在一座庞大的毡帐里，室点密穿着华美的锦袍，接见阿揽延和他的商队。阿揽延也是第一次见到室点密，不知他的性情如何，以前他都是和柔然可汗阿那瓌打交道，那是一个残暴的君王，常常有商主因为献的礼物不合他的意，而被残忍地杀死；这一回，阿揽延献给室点密的礼物是一只黄金的天鹅，它与真的天鹅一般大小，双眼是用蓝宝石镶成的。

　　出乎意料的是，室点密并不像别的草原君王那样，对黄金有着无限的贪欲，他只是看了那只金铸的天鹅一眼，就开始询问阿揽延别的事情。他首先问起了罗什支，原来罗什支已经先于阿揽延见到了室点密，他问罗什支的商队与阿揽延的商队是什么关系。阿揽延的突厥语不足以解释如此复杂的事情，他请求让拂耽延来代自己回答。

　　室点密命人请拂耽延进来，并让拂耽延、阿揽延和自己同坐在一张地毯上，当

他听说还有两个人留在毡帐外时，又立即让人把他们请进来，还开玩笑说，幸好自己的毡帐足够大，而阿揽延带来的人又不是很多。

拂耽延流利的突厥语让室点密惊讶，不过他没在这件事情上浪费太多时间，拂耽延不间断地讲了两个时辰，细致地描述了粟特人的情况：他们如何经商，他们的国家和城市，他们的宗教和习俗，他们与波斯人的矛盾……所有这些室点密以前也都曾听说过，通过突厥派到康居去的使者，或是通过罗什支，他已对粟特有所了解，但使者对粟特的描述毕竟仍是皮毛，而罗什支的突厥语又缠夹不清，所以要说真正地了解，却是从拂耽延始。

当室点密听说粟特商队受到波斯国王和贵族的盘剥，还有波斯马贼的侵扰的时候，他提出突厥人可以给粟特商队足够的保护，他的意思并不仅只是保证商队在突厥境内的安全，还包括保证商队不会被波斯国王和贵族盘剥，而波斯马贼，他也想把他们消灭掉，不过不得不承认目前突厥人对他们还无能为力。而他提出的条件是：粟特人用较合理的价格与突厥人进行物与物的交换，粟特人用丝绸和茶，而突厥人用他们的牛、马、羊和刀剑。

这对粟特人来说是非常不错的条件，拂耽延清楚地看到了粟特人的未来，那时他们不仅不用担心像阿哇尔这样的马贼，同时还可以从波斯人手中夺回粟特人本应得到的丰厚的利润。阿揽延答应室点密把他的话转达给粟特大大小小的国王，当然最重要的，是康居的国王世失毕。

晚上，室点密用羊肉和美酒款待粟特人，还命两个武士在席前表演角力，随后歌者用宽厚辽远的嗓音吟唱起突厥人的历史，对于历尽了艰险的粟特人而言，这真是天堂一般的享受了。

粟特人在鹰娑川休息了有一个月，然后，带着室点密送给他们的礼物上路了，那是十几匹骏马、几袋最好的马奶酒还有突厥人自己铸造的刀剑。还在鹰娑川的时候，那年的第一场雪已经飘下来了，远离了突厥人的王庭，进入荒漠之后，大地就变得一片银白了。阿哇尔一直没有出现，而馨吉尔好像也已经把他遗忘，他们小心地不提起这个可怕的名字，仿佛这个名字是一个诅咒，一旦说出来，就会引发地震，或是洪水。

　　两个月之后，他们经过了龟兹和焉耆，拂耽延惊讶地看到，在距离康居如此遥远的东方城市里，竟然还拥挤着数以万计的粟特人，而且他们的生活与康居的粟特人的生活相比，并没有什么差异，甚至还可以说，他们的生活更优裕，他们也一样地在富丽堂皇的澡堂里洗澡，在华美的酒馆里喝酒，他们的房子绘着色彩艳丽的壁画，他们的火庙用巨大的石头建成，雄伟壮观。

　　在焉耆和楼兰之间，一个寻常的夜晚，拂耽延终于听到了馨吉尔的脚步声，那像猫一样的脚步，跑过雪地，如果不仔细去听，根本就别想听到。拂耽延跟着跃起，看到篝火边已没有了馨吉尔的身影，他借着黯淡的月光，沿着馨吉尔的脚印追去，半个时辰之后，他听到了木头与刀撞击的声音，还有"呼哧呼哧"的喘气声，他翻过沙丘，看到两个黑色的人影，碰撞，分离，互相旋绕，对峙，再一次地碰撞……像两只凶猛的黑豹。

　　拂耽延一点一点地靠近，那两个正在搏斗中的人都没有注意到他的到来，他们紧咬着牙关，瞪着对方，胸脯剧烈地起伏着，突然地跃起，又像受到惊吓的猫一样退缩。阿哇尔的眼睛像是要滴出血来，经过了如此长久的流浪，再加上仇恨的折磨，他已瘦得像一具骷髅。他现在大概是药杀水以东最后一个柔然人了，有谁预料得到，曾经统治着草原和沙漠的柔然帝国，竟然也会坍塌、倾圮，而今又竟至于要灭绝。馨吉尔也并不比阿哇尔要好，嚈哒曾经与柔然并立，牢牢控制着中亚，而今这曾经的嚈哒贵族，却不得不靠保卫粟特人的商队为生，或许他曾经率领过庞大的军队，他手下的士卒或许曾以千万计，但现在他却只能独自面对他的敌人。

　　馨吉尔忽然跃起，双手高举着短棒，向阿哇尔砸去。这并不是最好的机会，连拂耽延也看得出来，这样的攻击无异于送死。但阿哇尔竟然犹豫了，他踉跄地后退，馨吉尔的短棒砸在他的背上，发出骨骼碎裂的声音，但馨吉尔仍不停手，他再一次向阿哇尔砸去，阿哇尔终于不再放过机会，他跨前半步，把马刀捅入了馨吉尔的肚子里。

　　馨吉尔僵硬地倒在地上，阿哇尔把目光转向拂耽延。拂耽延觉得那刺向自己的并不是无形的目光，而是两把利刃，他从来没有面对过如此绝望的敌人，阿哇尔的心中，除了杀戮，一无所有，他的杀意强烈到如此的程度，以至于他如果不能把拂耽延杀死，那么他必定要疯狂地把自己杀死。在数万里长的漫漫追逐中，他已经习惯了寂寞，习惯了以吞食血肉为生，他几乎在沙漠上渴死，而在草原上，成群的野牛在他的身后狂奔。这一切他都必须独自面对，开始的时候，他是为了仇恨而杀人，但仇恨竟也渐渐地淡去了，杀人便成了他唯一的目的，他之所以久久不对馨吉尔发起攻击，虽然可以用他的谨慎来解释，但也未尝不是因为犹豫，因为，如果他把馨吉尔杀死了，那么这个世界还有什么是值得他留恋的呢？他的女人、他的孩子、他的国家都已不复存在，而现在，连他的敌人也不存在了。

拂眈延却是对生命充满了好奇和渴望，这使他拔刀在手的时候有一些走神，但他立即镇定下来，"把注意力放在你的刀上"，他想着馨吉尔的话，他全身都放松下来，汗微微沁出，他可以感觉到每一滴汗滑过自己身体的过程，然后他觉得自己在慢慢地扩张，他看到风吹动细小的雪粒，看到在阿哇尔的身后数丈处，有一行狐狸的梅花形足印，他还看到在更远的地方，一只野狗在雪地上徜徉，而更远处，是罗布泊在月光下闪烁。

但阿哇尔却什么也看不到，除了黑夜，他眼中只有拂眈延的刀，他不知道自己是不是应该主动发起攻击，对方非常沉稳，并不像是一个刚刚长成的新手。阿哇尔犹豫着，就在这时候，他看到拂眈延的身后亮起一双绿眼睛，阿哇尔的第一反应是拂眈延的援兵来了，但更多的绿眼睛亮起来，在拂眈延的左边、右边，还有身后——阿哇尔不得不相信这样的绿眼睛也已在自己的身后亮起，可他不敢回头。

野狗们嗅到了拂眈延身体内的"不净人"的气息。虽然经过了那么长的时间，已经没有人能够嗅出这种气息了，但对野狗而言，这种气息依然存在。在拂眈延平静的时候，这气息便是连野狗也嗅不出来，可是当他紧张时，那几乎可以说是与生俱来的气息就会从他的身体深处散发出来。

这时候，拂眈延完全可以进攻了，可他却并不想发起攻击，他已感觉得到阿哇尔的杀意在消退，拂眈延慢慢地把刀收回来，而野狗也慢慢地从四周退去。阿哇尔松了口气，这神秘的年轻人仿佛具有巫术，他缓缓后退，当拂眈延消失在黑暗中的时候，他也迅速地转身，潜入黑暗之中。

所有这一切其实都是发生在很短的时间里，当拂眈延扶起馨吉尔的时候，他还没有断气。他示意拂眈延将手伸进他的袍子中，拂眈延从里面掏出了一个装满金币的皮袋和一尊湿婆的木雕。"给我的女儿，她在迦毕试。"馨吉尔说。他像睡着了一样死去，经过了与阿哇尔的漫长的对峙，他已疲惫不堪，在拂耽延并没有被惊醒的无数个夜晚，他独自挥舞着短棒与风搏斗，而在更早一些时候，在那些日复一日重复的夜晚和白天，他与柔然人、波斯人和突厥人搏斗，那些无边的战阵，那些披着甲胄的战象，那些在他的短棒下呻吟的人，还有那些与他一起挥舞着短棒战斗的人，都已在他的生命中消失。现在他要与所有这一切，合为一体了。

3

　　敦煌东南数里处，甘泉水边，有一个聚居着数千粟特人的大聚落，阿揽延在这儿休整了好多天。他不得不停下来，因为商队里除了他自己，已没有别的商人了。沿途虽丢失了不少货物，但在鹰娑川，室点密可汗又送了他不少礼物，这些都需要人来照管，阿揽延在聚落里雇用穷困的当地人做伙计，又召集新的商人加入他的商队。

　　这些事情都与拂耽延没什么关系，他去拜访聚落的首领史诃耽，这是一个汉化了的粟特人，他请拂耽延饮酒：他们在葡萄架下铺上地毯，盘腿相对而坐，银盆中有烤羊肉，还有敦煌独有的瓜果，梳月牙髻的歌伎在旁边抚弄箜篌。饮酒的间隙，史诃耽提到，由聚落再往东南走数十里，有数百座石窟，里面绘满佛像，或许拂耽延会感兴趣。

　　第二天一大早，拂耽延和史诃耽的一个家童，一人骑马，一人跨驴，一起向东南方出发了。越过甘泉水，沿着鸣沙山走了一个多时辰，太阳升起来的时候，看见数百座石窟凿在山上，整座山如同一个巨大的蜂巢。拂耽延爬上沙坡，步上圆木的栈道，石窟间有从山壁上开凿出来的甬道相连。有些石窟刚刚开凿，里面什么也没有，有些则已绘满绚烂夺目的壁画，有些甚至还有彩塑或雕像。拂耽延猛地看到那些绘在壁上的佛像的时候，竟忍不住想要倒身下跪，而那些飘逸的飞天、美艳的舞女、端庄的菩萨……又令拂耽延目眩神迷。

　　太阳即将落山时，他步入最后一个石窟，这是一个新开凿的石窟，在幽暗的洞内，一个又瘦又黑、头发蓬乱的画师，正一手举着昏黄的灯，一手握着画笔，眯着眼睛在石壁上描画。这个画师让拂耽延震惊：他简直可以说是在麻木地画着，夜叉、魔王、梵天、罗汉……他的手法出神入化，一个个的画像仿佛是从石壁中浮现出来，不，它们原本就是存在于石壁之中，而画师所做的，不过是将它们唤醒；他的目光却是凝滞的，甚至可以说是痴傻，对拂耽延的到来与离去，他都没有任何的反应。

从石窟里出来的时候，天已黑了，鸣沙山上的沙被风吹得"呜呜"作响。

商队由敦煌出发的时候，又变得充满活力了。阿揽延召集到了十来个粟特商人与自己同行，又雇了七八个伙计照管货物，还买了三个新的舞女，作为送给中国皇帝的礼物；狮子因为找寻不到，只好作罢。

一个月之后，他们到达凉州。那时，即便是在寒冷的河西，也已春暖花开了。他们碰到了一队滑国的商人，这些商人大约十年前曾经到过位于中国南方的梁朝，但他们并没有到达梁朝的都城建康，当他们经过江陵的时候，他们被梁朝的湘东王萧绎——他是梁朝皇帝的儿子——留下了。"那座城市大约有二三十万人，位于中国最长的河流的南岸，有高高的青石筑的城墙，河上停泊着几十丈高的艨艟巨舰。湘东王瞎了一只眼，却是一个出色的画家和诗人，在他的宫殿里，有一座竹子建成的楼阁，里面收藏着十几万册的书……"这些话让拂耽延对中国南方的那座城市向往不已，他在心里勾勒出这样一幅情景：妃嫔们划着画舫在小塘里采摘莲花，心中暗藏着幽怨，而独眼的君王却在竹的楼阁里读书和作画；在城墙之外，士卒们立在舰船上，正准备着与北方皇朝的战争……可是阿揽延的目的地却是位于中国北方的洛阳，那是中国的另一个皇朝——魏朝——的都城。阿揽延忙着与凉州城里的官员打交道，请求他们派士兵保护商队，因为现在的中国到处都在打仗，为了达到这个目的，他称自己是毕国的贡使。

"我们到不了洛阳了。"有一天他对拂耽延说，然后又匆匆地出去了。拂耽延向别的人打听，才知道魏朝已经分裂成两部分，洛阳以东属于齐朝，而洛阳以西，包括凉州，都属于刚成立的周朝。"我们只能到长安去，那是周朝的都城，我们会得到我们想要的东西的。"阿揽延终于安排定了一切，他胸有成竹地说。但他仍为了到不了洛阳而惆怅，"那是一座天堂一般的城市，世界上再也不会有比她更美丽、更壮观的城市了！我上一次进入那座城市的时候，是一个端庄的女王在统治她，这个女王在城里建起了一座九十丈高的佛塔，这一定是全世界最高的建筑了，塔上的铜铃被风吹响，清脆的'叮叮'声在一百里外就能听到。"

就在他们整理货物，准备出发的时候，凉州城外响起了急促的马蹄声，他们不得不安静下来，在城里多等了几天。

一直是在青海湖边游牧的吐谷浑人，骑着马，像狂风一样地卷了下来。河西人把这些吐谷浑人称为阿赀虏人，他们的王庭位于青海湖边的伏俟城，每隔一两年，他们就会从高原上俯冲而下，进入富裕的河西，大肆掠夺一番。

拂耽延站在凉州城的城墙上，看着夸父——他不由得要想起这中国神话里的巨人——一样的阿赀虏人骑在马上，叫嚣着，挥舞着武器，如疾风般驰过。他们从不攻取城池，他们只是掠夺城外一切能够掠夺的东西，他们的皮肤黝黑，他们的头上戴着破烂的、沾满油污的毡帽，他们的女人的颈上挂着五彩斑斓的石头饰品，而他们的脸上，无论男女老少，都有被强烈的阳光晒出来的、红黑的晒斑。

凉州的刺史派了一队五十个人的卫队保护商队，看得出来这些士兵都久经战阵，其中有黄皮肤的汉人，也有皮肤较白的鲜卑人，走出凉州城不久，他们就开始向阿揽延索要酒食和金币，他们把他们的武器——他们称为槊——舞得"呼呼"作响，还表演箭术和刀术，以此作为阿揽延赠送他们酒食和金币的报答。

秦州是位于凉州与长安之间的一座大城，阿揽延在这儿停了两天。拂耽延趁着这个机会，到秦州附近的麦积山去，那儿有佛教徒开凿的石窟，里面有佛像，就像敦煌一样。其中的一个石窟曾经安放过魏朝皇后乙弗氏的灵柩——为了讨好新娶回来的、刚刚十四岁的来自柔然的公主，魏朝皇帝不得不命令乙弗氏自杀，而那个柔然的公主，也在不久之后死于难产，秦州的人都说，柔然公主是因为乙弗氏作祟才死的。

但现在，无论是柔然还是魏，都灭亡了，而所有这一切，却不过是发生于二十年前而已。

在麦积山，拂耽延还意外地碰到一个来自波斯的石匠，他说他原本也是商人，带着狮子和其他的宝物来到中国,准备着要发一笔大财回去,但刚进入中国,他就被叛乱的士兵截住了,士兵的首领叫万俟丑奴,他把商人带来的狮子抢去,硬说狮子是上天赐给他的神兽,并以此为由登上了皇帝的宝座,而波斯人则被夺去了一切,只好到麦积山来当石匠,靠雕凿佛像为生。

从秦州到长安要跨越陇山,这是一座重要的分水岭,在森林与山石之间,飞着成群的绿色小鹦鹉。而长安却让拂耽延有些失望了,虽然它是周朝的都城,却并没有都城所应有的宏伟和壮丽,而是显得苍老而破败,仿佛一件刚刚从古墓里挖出来的、巨大的、生满铜锈的青铜鼎。

但周朝的天王宇文觉的宫殿却依旧是令人惊叹的,他在逍遥园接待来自西域的贡使,酒席摆设在苹果树下,麋鹿在草地上徜徉,宫伎们弹奏着带有西域风格的乐曲,坐在他的下首的,是周朝实际的执政者、宇文觉的堂兄、大冢宰宇文护。在宴席上,波波匿提出了在长安建一座祆祠的请求。宇文觉还非常地年轻,拂耽延猜想他决不会超过十五岁,他把目光从正在舞筵上跳舞的宫伎身上移开,看着波波匿,嘴角带着若有若无的微笑,然后他要求波波匿扼要地介绍一下祆教的教义。波波匿只要一说到与教义有关的东西就异常地激动,拂耽延把波波匿所说的一切翻译成汉话,宇文觉盘腿坐在镶着金玉的胡床上,心不在焉地听着,他的皮肤白得像雪,脸上带着睡眠不足所造成的憔悴。拂耽延一边翻译着,一边就想起古罗马的皇帝埃拉伽巴卢斯,他荒淫过度,最后只能依靠春药挑起自己的情欲,却又把发明春药的人关起来,让他们以春药为食,直到他们狂躁而死……但眼前这个年轻的君主,大约还不至于需要春药吧!

宇文觉慢慢站起来,乐声停止了,他正色道:"你难道不知道大周的臣民都是信佛的吗?你拿这样的旁门左道到长安来蛊惑人心,朕没把你赶出去就罢了,居然还要朕答应你建一座淫祠!"他挥挥手,示意卫士把波波匿拖下去斩了。拂耽延没有想到竟会是这样的结局,吓得目瞪口呆。宇文觉又道:"除非你放弃祆教,改信佛教,朕还可以饶你一条性命。"拂耽延赶紧把这句话译成了粟特语。波波匿已经被卫士摁倒在地,他似乎没听懂拂耽延的话,没有任何的反应,拂耽延把这句话又大声地说了一遍,但波波匿突然昂起头来,这个疯狂的祭司,用粟特语骂着拂耽延:"你这个蠢货,你以为我为了保住性命,就会放弃信仰吗?"

　　卫士没有再等待宇文觉的旨意,就直接把波波匿向宫殿外拖去。于是音乐又再奏响,琵琶、筚篥和箜篌,轮到阿揽延带来的舞女跳舞了,就像什么也不曾发生过,只有拂耽延注意到大冢宰宇文护对身旁的太监说了一句什么,于是那个太监匆匆地出去了。

　　宴会结束之后,在露门外,阿揽延和拂耽延看到了正失魂落魄地站在槐树荫下的波波匿。"卫士只是把我拖到宫门外就离去了,"波波匿带着重生的喜悦说,"一个太监追了上来,说我可以在长安城的任何地方建我想建的任何东西。"

　　波波匿忙着购买石料、寻找空地以建造祆祠,阿揽延则在长安的集市里转来转去,中国人围着他,向他兜售或真或假的珠宝。

　　拂耽延和别的粟特商人到妓院里去,那里面充斥着来自江陵城的女人。一年之前,宇文护带领军队攻占了江陵,独眼的湘东王萧绎被杀死,藏书的竹楼也被焚毁,老人和小孩被屠戮,而成年的男人和女人,则被赐给士兵们,充作奴婢,其总数竟有数万之巨。有很多人被带到了长安,拂耽延常常可以在街上碰到那些脸上钤着印的男人,他们不留胡子,面庞清秀,与粗豪的北人比起来,他们简直就是女人;而南方的女人更是娇媚得入骨了,她们在妓院里唱着萧绎的《采莲赋》:"……夏始春余,叶嫩花初。恐沾裳而浅笑,畏倾船而敛裾,故以水溅兰桡,芦侵罗裈。菊泽未反,梧台迥见,荇湿沾衫,菱长绕钏。……"小小的手,小小的脚,面庞如浮着红莲的绿水。

　　拂耽延偷偷地计划着到洛阳去,他并不想留在那儿,而只是想去看看。他找到一个老头带他去,为此他付给这个老头一个拂菻的金币。他们从长安城的东门出发,沿着渭水向东走了两天,到达华阴。一路上的景象令拂耽延震惊:在长安附近,每隔十里八里,就会有一个村落,但是,走出一天之后,就完全是无边无际的荒野了,荒野上遍布死人的白骨,似乎这一带自古以来就是战场,偶尔出现的村庄也大多已经废弃,只留下残垣断壁,而能够矗立在这荒野之上的很少的几个村落,都筑有坚固的石墙和角楼。华阴过去就是潼关,潼关之外,就是齐朝的地盘了。两个皇朝的边境已经封锁,老头带着拂耽延从小路绕过去,这一段路他们走了一天一夜,有些地方根本就没有路,他们攀附着葛藤从悬崖上缒下,穿过野猪出没的

密林，潼关的城墙横亘在两座山崖之间，天亮的时候，他们来到了河水岸边。"河水"，中国人就是这样称呼这条河的，因为她是如此地伟大，于是"河"这个字，就成为了这条河所独有的名称，当人们说"河"的时候，他们所指的不会是渭水、洛水、泾水或别的什么水，他们所指的就是河水。

水流像大块的黄铜，缓缓向东方流淌。他们沿着河水走了三天，小心地避开齐朝的军队，终于到达洛阳。

在距离洛阳还有一天的路程的时候，老头就对拂耽延说，以前在这里就可以看到永宁寺那座高达九十丈的佛塔。那时他们正立在河水岸边的高高的悬崖上，水流翻腾而下，发出如雷的轰响。拂耽延极目远眺，却只能看到雾蒙蒙的地平线。老头又说，几年前，那座佛塔被烧毁了，而胡太后也被从这悬崖上扔了下去。拂耽延后来知道，老头所说的胡太后，就是阿揽延所提到过的那位曾经统治着洛阳城的女王。

洛水穿过洛阳城的废墟。野狗在城内乱窜。城中的建筑虽已被摧毁，却依旧宏伟壮丽。拂耽延坐在位于魏朝宫城北面的金镛城的残破的城堞上，荒草已经占据了这座城市；在拂耽延的背后，北邙山绵延不绝，那里埋葬着魏朝的皇族拓跋氏的祖先。

宇文觉赐给阿揽延大量的束丝、绸缎、陶瓷……一切都是那样地完美。就在商队即将离去的时候，一个尖下巴的宦官来到宾部客馆，传达了宇文觉的、同时也可以说是宇文护的旨意：要拂耽延留下来，在长安做官。阿揽延自然不愿意拂耽延留在长安城，但如果这是天王的旨意，那么反抗是毫无意义的。

拂耽延把馨吉尔的遗物转交给阿揽延，请他在经过迦毕试的时候，交给馨吉尔的女儿。宇文觉给拂耽延的官职是右员外侍郎，这是一个正三命的闲差。周朝的官制，最高级的官员，是正九命，所以正三命的右员外侍郎只是一个中下级的小官。拂耽延在城南的僻静处置了一所还算宽敞的宅子，无事时就在长安城里乱转，看看佛寺和道观，偶尔也会去波波匿的祆祠做祈祷，并在那里与长安城里的粟特人碰头，更多的时候是在妓院里度过的，饮酒，听伎们敲鼓、弹箜篌，看舞娘扭着腰肢跳舞，当然也免不了一夜的风流。

　　宇文觉不时会召拂眈延进宫,如果宇文护在座,那么他们大多会谈论关于河西、西域和突厥的事,当然还有吐谷浑;如果宇文护不在的话,那么宇文觉就会叫拂眈延讲述古罗马帝国的历史,他尤其喜欢听卡拉卡拉和格塔争夺皇位的故事。"卡拉卡拉和格塔相互提防,他们住在不同的宫殿里,身边有无数的护卫,如果不是事先做好防范,他们决不碰头。他们的母亲让他们和解,并要求他们到她的宫殿里来谈判,好把罗马帝国公平地瓜分成两个部分。卡拉卡拉和格塔都来了,但卡拉卡拉的手下预先埋伏在宫殿中,这些猛虎一样的武士拿着武器冲出来,格塔扑入他的、同时也是卡拉卡拉的母亲的怀抱中,乞求庇护,但卡拉卡拉并不命令武士停手,他甚至还大声地助威,他们把格塔杀死在他的母亲的怀抱中。"

　　宇文觉最信任的宦官,名叫林毓,就是他到宾部的客馆传达旨意,让拂眈延留下来的。这个尖下巴的宦官也是来自江陵城;拂眈延总会不由自主地把他想象成一条鱼,他在长安城里悄无声息地游动,没有人会注意他,但其实却是他在掌控着长安城所有人的命运。

　　有一天,拂眈延从宫里出来的时候,林毓匆匆地追上了他。"我有一件事求你,"他说,"无论如何你要答应。"拂眈延有些莫名其妙,他随着林毓往里走,来到一扇通往后宫的偏门边,林毓让他等在角落处,自己整整衣衫,进到里面去了。很快他就出来了,什么也没说,只是交给拂眈延一个包裹。拂眈延回到自己的住处,把包裹打开,里面竟是一个正在熟睡中的、只有几个月大的婴儿。拂眈延对林毓如此信任自己感到不可思议,他找来了一个奶妈,只说这个婴儿是自己在野外捡到的,当时兵荒马乱,在野外捡到一个婴儿并没什么奇怪,当然奶妈私下里大约是把这个婴儿看成了拂眈延与某个妓女的私生子。

　　几天之后林毓来找拂眈延,他说,这个婴儿是他的儿子。

　　一年之前,江陵陷落,林毓和他的妻子都来到了长安,林毓做了太监,而他的妻子则做了宫女。"魏朝的士兵把他们的槊立起来,好像森林一样,然后把人从高处扔下来,老的、小的,他们看着这些人被穿在槊上,肚肠流出来,他们笑得就像疯子一样。"几万人被驱赶着北行,从江陵来到长安,生病或体弱的被杀死,尸体随意地丢弃在路的两旁,女人被一遍又一遍地凌辱,而男人则做着苦役。林毓的妻子已有了两个月的身孕,进宫后她的肚子渐渐大起来,幸好别的宫女帮她掩饰,直到婴儿生下来，竟然都没被发现。但养在宫内是太危险了，林毓一直在寻找能够信任的人，好把婴儿带出宫外抚养。

拂耽延一直无法理解林毓为什么会信任自己。有时林毓来看他的儿子，但也并不与拂耽延多作交谈，他们常常会相对默坐于轩中，中间放一壶清茶，一个下午过去，他们说的话不会超过十句，而且所说的也大多是"花已开了"或者"起风了"这样毫无意义的废话。

春天很快过去，炎热的夏季到来。拂耽延在祆祠里认识了一个名叫伏帝延的老画师——他是一个瘸了一条腿的吐火罗人，他为祆祠画壁画：飞翔的绶带鸟、沙漠上的商旅或是庄严的唯一主宰者阿胡拉·马兹达。每次拂耽延看到他，就会想起那位在敦煌画壁画的画师，他们极其相像，但又极其不同，拂耽延不知道自己为什么会有如此奇怪的感觉。

后来他与伏帝延渐渐地熟了，伏帝延报怨波波匿给他的工钱太少，又说自己是到中国来寻找儿子的，他到中国已经有十多年了，他甚至不知道嚈哒已经灭亡。

伏帝延把他在中国各处临摹的画拿给拂耽延看，那些画有厚厚的一大摞，少说也有几百张，却是画在各种不同的东西上：羊皮纸、麻纸、破布、烂木板、树叶……大约因为伏帝延没有钱买纸，画画时只好就地取材，但却也因此而使那些画呈现出不同的效果——木板画的粗硬，纸画的圆转，使人不能相信这些画是出自同一个画师之手。拂耽延把画拿回自己的住处慢慢地看：佛祖的庄严、魔女的妖冶、帝王的奢侈、商人的艰辛……他从这些画里发现了另一个世界，在那个世界里，居士维摩诘如此庞大，无论是西域的国王还是中国的皇帝，都要对他顶礼膜拜；在那个世界里，忧伤的菩萨端坐在莲花座上，她有着十三张神奇的脸，有些脸比夜叉更凶恶，有些脸却又比孩童更天真；在那个世界里，城市被画得最多只能容纳十个人，而城楼也只是比人稍高一些，这又似乎有些幼稚了。这些或神奇或幼稚的画，最先给拂耽延的感觉是，这些都不过是幻象，但随后他又发现，这些幻象里其实是隐藏着真实的。

八月的一个燠热的夜晚，一个拂耽延从没见过的小太监来到他的住处，宣他进宫。小太监乘轿，拂耽延骑马，他们穿越了大半个长安城，来到位于城北的皇宫前，这座宫殿曾经是雍州城的官廨，是在十几年的时间里，慢慢改建成皇宫的。拂耽延从没有在深夜里穿越过长安城，还在半路的时候，他就被绕晕了，小太监带着他从一个狭小的、平时显然很少开启的偏门进宫，他们穿过幽闭的宫殿，绕过长长的回廊，在一处几乎荒废的花园里，他见到了宇文觉、林毓和负责宫廷护卫的宫伯张光洛。

拂耽延不知道他们为何要每天深夜在花园里操练如何擒住宇文护：一群小太监舞着棍棒，在张光洛的指挥下，向一个稻草人发起攻击，这看上去实在有些可笑。张光洛很蠢，宇文觉还太小，但林毓应该是明白这样的操练的可怕的。

在一次午后的默坐中，拂耽延终于忍不住说道："这样很危险！"林毓当然知道他指的是什么，他微微一笑。拂耽延忍不住又问道："你为什么要把我扯进去？"林毓终于开口了："我不知道，有时候我忍不住会做一些蠢事。"

九月的一个夜晚，宫伯乙弗凤召唤拂耽延到宫中议事。乙弗凤是张光洛的副手，也是他们这个小集团中的一员。拂耽延有些奇怪为什么这一次不是小太监过来，他悄悄地把刀藏在衣下，跟着乙弗凤向外走去。刚走出大门，就有两个武士从门两侧的暗影里扑了过来，一下把他扑倒在地，他把刀捅入一个武士的肚子里，从地上爬起，拼命地向黑暗中跑去。他对长安城的道路并不熟悉，只是到处地乱窜，希望能够摆脱追捕他的人，但却不过是一头撞入了黑暗中。到处都有追兵，马蹄声响遍了全城，呼喊和威吓的声音愈来愈近，他觉得自己似乎被包围了。转过一个拐角，他看见黑暗里燃着一团火，他像一只飞蛾一样地向那团火跑去，原来是波波匿的祆祠，而波波匿正坐在圣火坛边，看着拂耽延。

"救我！救我！"拂耽延乞求着。波波匿站起身，引他到祆祠后面的一个地窖中，"我去应付追兵。"说罢，他便爬出了地窖，并掩上了窖口。

拂耽延坐在黑暗中，他似乎听到脚步声正向这里走过来，又似乎并没有听到，他猛地站起，坐下，又再一次站起。有人推开了窖口，"快出来！"是一个苍老的声音。拂耽延爬了出来，"快跑吧！波波匿正带着抓你的人过来呢。"瘸腿的伏帝延带着拂耽延来到祆祠后面的围墙下，"从这儿可以跳出去。"

拂耽延翻上了围墙，看见火把正向地窖口移过来，有人在低声地说着什么，还有杂沓的脚步声。他跳下围墙，跟着围墙内也传来了波波匿的惊呼："他跑了！"因为紧张，他是用粟特语喊出来的，但追兵们知道了他的意思，一阵呼喝之后，有人向围墙这边跑过来，跟着传来了伏帝延的嘶哑的呼叫："快跑！快跑！"在喊了两声之后，便戛然而止。

拂耽延已经精疲力竭，围墙外竟然便是城墙，他沿着城墙跑，试图找到一个豁口，但这是不可能的。城墙总是那样地高峻，青砖搭建的城墙，牢固地矗立着，拂耽延想，或许再跑上一千年，他也不会找得到豁口了。

追兵把他围住了，火把明亮，周围少说也有十来个人，他背靠着城墙立着，疯狂地舞着刀，威胁着不让别人靠近自己。

"投降吧！"一个人喊，"大冢宰不会杀你的！"投降？这或许是一个不错的选择。拂耽延犹豫着。但这时一个黑影像蝙蝠一样地落在了他与追兵之间。

是林毓。他劈手就夺下了拂耽延的刀，还没等拂耽延想明白，他已经把追兵全杀死了，有的是被砍了头，有的是被劈成两半，有的是被刀背敲碎了脑壳，有的是胸口处被捅出一个大洞……拂耽延从没想过一个人竟可以这样地杀人，他的身影比鬼魅更妖异，他收刀与出刀都不需要时间，或者不如说，他杀人的时候，别人的时间似乎是静止的，所有的一切都是静止的，而只有他在动，在滑行，在把刀砍入别人的血肉之中……

然后他抓住拂耽延的衣领，像鸟儿一样地跃上城墙，又像鸟儿一样地跃下，他把刀交还给拂耽延，又重新跃上了城墙，他瘦瘦的身影在城堞上立着，直到这时拂耽延才发现月亮是一直悬在天上的，一弯细细的新月就悬在林毓的身后，像一抹黄金的刀刃。

宇文护粉碎了政变，他逼宇文觉退位并将其杀死，立宇文觉的哥哥宇文毓为天王，却又于两年之后将宇文毓毒死，再立宇文觉的弟弟宇文邕为帝，这就是著名的周武帝了。宇文邕忍耐了十二年，不仅是宇文护，即便是朝廷里的大臣，也都看不起他，认为他懦弱而胆小，简直像虫子一样。但是，在十二年之后，宇文邕却在宇文护毫无防备的情况下，当着自己的母亲叱奴太后的面，用玉珽把宇文护击倒在地。宇文护紧紧地攥住叱奴太后的脚踝，嘶哑着嗓门求救，但宇文邕并不停手，血飞溅到他母亲的脸上。从始至终，没有一个人知情，直到宇文邕把大臣们召进宫中,大臣们才知道,这位他们一直以为懦弱得像虫子一样的皇帝,已经完成了政变。

　　长安附近的村落都立有鼓楼,鼓楼里悬着牛皮鼓和鼓槌,一旦发现盗贼,鼓便会捶响,最先发现盗贼的村落捶的是"咚、咚、咚、咚",距它最近的村落听到了鼓声,便会跟着把鼓捶响,他们捶的是"咚咚、咚咚、咚咚",跟着是第三个村落捶出"咚咚咚、咚咚咚、咚咚咚"的鼓声,很快地,四面八方都响起了鼓声,那一夜,这铺天盖地的鼓声令拂耽延绝望得不想再挪动一步。

　　他在一个深坑里躲藏了一个夜晚,一个白天,又一个夜晚,到第三天的清晨,才战战兢兢地从深坑里爬出来,田野里种植着麦和稷,他伸长了双腿,一直向荒野里跑去。

　　他找到了到河西去的道路,慢慢地冷静下来。老百姓对长安城里是谁在当权并不在意,拂耽延可以大着胆子,到村庄里去讨一些吃的。穷苦的农民用怜悯的眼神看着他,从他们的破烂的陶碗里,扒拉出一些稀粥来,倒在拂耽延肮脏的手上。

　　拂耽延对林毓的举动百思不解,他是拂耽延所见过的最擅长杀人的人,即便是馨吉尔和阿哇尔加起来,也绝不是他的对手,但是他却心甘情愿地在宫里做个太监,对此的唯一解释就是,林毓的骇人听闻的技击术是在他做了太监之后才学会的,否则的话,就无法解释他被宇文护从江陵带到长安来,并被迫成为太监这个事实。但是他为什么要借宇文觉的手来杀宇文护呢?以他的身手,随时随地都可以把宇文护杀死,如果他参与政变是为了杀死宇文护复仇,那么他一定是选择了一种最麻烦的复仇方式。

　　这些不是拂耽延所能想得通的,他慢慢地向西走,经过了秦州、凉州、酒泉……终于在第二年的夏天,回到了敦煌。

　　在那个石窟里,那个又黑又瘦的画师仍然在画着,似乎拂耽延才出去了一小会儿,而在这一小会儿里,除了画师画出的那半墙壁画,什么也不曾改变。

　　拂耽延留了下来,他只知道画师叫跋质那,他曾经猜测他是伏帝延的儿子,因为他们两人实在是太相似了，但跋质那却予以了否认，他说，他谁的儿子也不是，他是敦煌的儿子。

最初，拂肬延是笨拙的，他从画那些装饰性的小佛像开始，不断地重复着，后来跋质那让他画一些花纹，他像壁虎一样地倒悬在藻顶下，一点一点地画着，常常一画就是一整天，下来以后会觉得一切都是倒着的，而只有当他倒悬时，他才会觉得一切又都恢复了正常。

后来他开始画供养人，这仍然带有一些装饰性，那些供养人虽然要求画师把自己画在壁画上，但他们并不要求肖似，他们更看中的是在那些画像上题上他们的名字。大约两年或三年以后，跋质那才让拂肬延参与到主体壁画的绘制中来，他让他画舞伎和乐伎，画她们脚下的舞筵，画她们手中的乐器和身上的彩带。

令拂肬延迷惑不解的是，跋质那似乎从未想过要在这些画中题上自己的名字。他画了一个又一个的石窟，在拂肬延看来，他几乎是完全按照程式画着，佛像的耳朵、菩萨的眼睛、夜叉的嘴……他从未想过要做出丝毫的更改，他从未想过要画得有所不同，从而使看画的人一眼就认出，这是跋质那的画来。

但拂肬延没有问，而跋质那也从来不说，他根本就很少说话，除了迫不得已，他决不开口。随着拂肬延技巧的圆熟，他试着要画得与跋质那不同，他尝试着把伏帝延临摹的那些画融入壁画中，画出有南朝风格的清秀的人物来，又或者是把佛的脸画得像中国人，而不是像跋质那那样，总是把佛画成嚈哒人的模样，而跋质那也并没有阻止他，他给拂肬延完全的自由，甚至允许他独立完成一些较小石窟的壁画。

时间缓慢地流逝。石窟的外面，商队的驼铃不时摇响，远远地来，又远远地去，还有风暴，来了，卷起遮天的沙尘，又去了，依旧是杨树林，依旧是甘泉水。拂肬延也变得与跋质那一样，又瘦又黑，头发蓬乱，褴褛的衣衫上沾满点点的油彩，当有人到石窟里来看他绘画时，他也是一样的不理不睬。

他的心沉静下去，对外界再无丝毫的感知，唯有色彩，唯有画像，唯有画笔在石壁上走过时的涩与滑……他画着，但不带丝毫的情感，更遑论热情，他渐渐也体会到了跋质那的感觉，那些壁画是独立于画师而存在的，是壁画在画着画师，而不是画师在画着壁画，画师所能做的唯有让自己沉静下去，去把那些早已存在于石壁上的壁画画出来,而不是去更改它们,涂抹它们,润饰它们……

有一天,他终于明白了夷数曾经对他说过的话:"去完成你的命运吧!"当夷数对他说这句话的时候,他没有丝毫的感觉,既不觉得夷数说得奇怪,亦不觉得他说得正确,在后来的日子里,他也从来不曾想到过这句话,他甚至以为自己已经把它忘记了。但现在他知道夷数的意思了,就像壁画早已存在于石壁上一样,一个人的命运也早已存在于时间之中,他所要做的不过是按照天意的指引,去完成命运中早已注定的一切。

在一个风暴肆虐的清晨,苍老的阿揽延来到了拂耽延所在的石窟中。他是被阿赀虏人驱赶到这儿来的。商队的所有货物都被阿赀虏人抢去了,所有的人也都被阿赀虏人杀死了,只剩下阿揽延一个人,他的骆驼把他带到敦煌来。

阿揽延已经认不出拂耽延了,他爬入石窟中,试图把自己藏起来。一个阿赀虏人闯进来,他高大的身躯几乎把洞口全遮住了。拂耽延停下手中的画笔,等着阿赀虏人走开,他好借着从洞口照进来的微光,继续画下去。

阿赀虏人寻找着阿揽延,阿揽延爬到拂耽延的身边,抓住了拂耽延的脚踝,寻求庇护。阿赀虏人走过来,他举起了刀,这时,黯淡的光又漫了进来,风暴的呼啸声变得微弱了,似乎是从数千里之外传来,阿赀虏人猛然间看到了拂耽延正在画的佛像,他的刀"锵啷"掉在地上,佛在拈指微笑,这幅画并没有完成,还有佛光和烁侍的菩萨等待着画上去,但阿赀虏人已经跪了下来,他颤抖着,发出嘶哑的哭泣,用羌语喊着什么,他离开了,把刀丢弃在了石窟中。

而阿揽延也要死了,他太老了,早已不该在这艰险的商道上行走。当他躺在拂耽延的怀里的时候,他终于认出了他。"你是拂耽延,呵,你变成了一个怎样的人啊!"拂耽延点了点头,道:"你好,阿揽延。"他太久不说话了,有些结巴。

"我要死了,"阿揽延说,"虽然你救了我。"他看到了佛像,忍不住咧开嘴,像孩子一样地哭起来,"你变成了一个怎样的人啊!"他不住地说着这句话,似乎在惊叹命运的奇妙与伟大。

他艰难地脱下手上的扳指,现在他做这件事情似乎比让他到中国去更困难,"拿着这个,去找史祠耽,如果你愿意的话。"

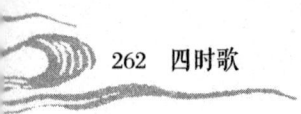

拂耽延很久没做"不净人"了,但他发现野狗们仍然还认得自己。

他画完了最后的一笔,却没有再去多看上一眼,他离开了敦煌。

4

末野门的妹妹野悉密,很早以前就认识拂耽延的弟弟地舍拨了。在拂耽延还是她的老师的时候,她就曾经随着拂耽延到"不净人"聚居之处去,当然是瞒着家里人。

地舍拨比野悉密小四岁,当野悉密第一次见到地舍拨的时候,他还是一个拖着长长的鼻涕的、又脏又黑的小男孩儿,而野悉密却已经是一个美丽而骄傲的小公主了。她对地舍拨羞怯的讨好举动不屑一顾,而在拂耽延离开了康居之后,野悉密自然也就把地舍拨完全地忘到了九霄云外了。

直到她很不情愿地进行她这辈子第一次的"九夜之濯"的时候,她才重新见到了地舍拨,这次重遇使野悉密的生命变得更美丽,也更短暂。

每个粟特人,每个拜火的粟特人,在他的一生当中,都至少要进行一次"九夜之濯"。像"寂静之塔"的围墙一样,在荒野之中也建起了用于"九夜之濯"的围墙,里面挖了九个坑,铺上石块,人们在坑内用水、牛尿和沙洗濯自己的身体。这样的洗濯在九日之内要进行三次,每次洗濯之后,这个进行"九夜之濯"的人,就要独自待在一个僻静的地方,不能与任何人有任何的身体接触。

野悉密进行"九夜之濯"的地方,是在那密水的北岸,那儿建起了专供康居的贵族进行"九夜之濯"的围墙,而在围墙旁边,则有用烧制的土砖建成的平顶房,里面铺着地毡,有食物和水,供进行"九夜之濯"的人居处,在通往围墙的道路上,有专门的祭司在守卫着,不让外人进入这圣洁之地。

那是四月中旬,是康居最好的季节。野悉密赤着脚从围墙边的房子里跑出来,月光照着河流、灌木和草原,她避开守卫的祭司,一直沿着那密水的北岸跑下去,直到天快亮了，才偷偷地跑回来。

河流上有成群的野鸭，芦苇芳香，那密水"哗哗"地流着，闪着银光。

第三天晚上，野悉密遇到了地舍拨——他正在追逐芦苇丛中的狮子。野悉密已经不认得地舍拨了，但她什么都不怕，她带着高傲的神情与这个少年接触，却迅速地忘却了自己的高傲，热烈地喜欢上了他，即便是知道了他是一个"不净人"，她也不改初衷。

地舍拨带她向更远的远处跑去，那儿有更多的芦苇和更深、更沉静的水。那些芦苇密密地长在岸边，高高的白穗盛开着，芦苇的茎秆竟比地舍拨的小臂还粗。地舍拨用刀在芦苇丛里开出一道黑黑的小径，他们潜进去，豹子碧绿的眼在黑暗中闪光，他们无动于衷，在芦苇中寻找着野鸭的巢。

地舍拨是沉默的，他牵起野悉密的手，而野悉密则早已把在"九夜之濯"期间不能与任何人有任何身体接触的禁忌忘得一干二净。

在第九天，也就是最后一天的夜里，地舍拨——或者也可以说是野悉密自己把自己放倒在了一大片被风吹倒的芦苇之上。那片芦苇是如此之厚，即便再站上去十个人也无法把它压入黑暗的水中。他们做了最快乐的事，开始时野悉密是安静的，只有沉重的呼吸透露了她的渴望，可后来她大声地呼唤起来；野鸭们从梦中惊醒，"嘎嘎"叫着飞上夜空，羽毛落在两个少年赤裸的身上，翅膀拍击的声音在他们的耳边回响。

那时野悉密是二十岁，而地舍拨只有十六岁。

野悉密的父亲罗什支大发雷霆，她的母亲钵兰同情她，但因为与拂耽延的事，她在家中已没有任何的地位。野悉密并不在乎罗什支的态度，她穿着大翻领绣花的白绸袍子，脚下是红锦靴，又黑又粗的辫子上扎着一个用五色珊瑚拼成的小偶人，骑着小红马去找地舍拨，她已经知道地舍拨是拂耽延的弟弟，这给他们的关系增添了命定的色彩。

他们一起出现在康居城里，野悉密放下小姐架子，替地舍拨牵马，不过更多的时候他们是一起骑着小红马，在康居沙土的街道上缓行。有人想起钵兰以前和拂耽延的关系，这使野悉密和地舍拨的爱情更让人不齿和嫉妒。

已经有人扬言要把地舍拨拖到火庙里，让他接受祆教的刑罚，但是末野门出人预料地站出来说，如果有谁敢伤害野悉密，那他一定会用刀割断这个人的喉咙。末野门已经和罗珊妮结婚，他是国王的女婿，同时又是康居城最富有的商人的儿子，还是公认的最勇武的粟特人，而在目前的情况下，伤害地舍拨和伤害野悉密又有什么区别呢？

原本事情可以这样持续下去：他们的爱情如此热烈，使他们冲破了世俗的阻力，永远地生活在一起；或者相反，因为少年易变的心性，他们在不久之后分开了，并在余下的岁月中，把这场爱情看成一场笑谈。但一次看似偶然的发现改变了他们的命运。

地舍拨是知道拂耽延的秘密的，他带野悉密去找夷数，他并不知道夷数确切的住址，他们在康居城里四处打听，当他们终于推开夷数小屋那扇朽坏的木门的时候，看到的已是一具干枯的尸体。

夷数早已死去，很难确定他已死了多久，又是为什么而死去。因为康居城干燥的气候，他的尸体并未腐烂，而除了拂耽延之外，又没有其他的人会走进这间小屋，因此，一直没有人发现他的死亡。

地舍拨和野悉密决定把夷数抬出城外，为他举行祆教的葬礼，但他们在夷数坐着的地毡下面发现了一本破旧的小册子，那是一本摩尼教的教义，他们从此摆脱了他们本就不太牢固的祆教的信仰，因为对少年人而言，摩尼教无论如何都具有更大的诱惑力。

但是一开始他们就遇到了极大的麻烦——摩尼教把镜子和交媾都看成是污秽的，因为它们都在繁殖人类，而人类的肉体是污秽的，在摩尼的瑰丽而浪漫的创世神话中，人类的肉体里包含了太多的黑暗因子，因此人类的一生，就是一个让灵魂永远摆脱肉体的艰难历程。

野悉密是如此狂热地爱上了摩尼教，就像她当初曾经如此狂热地爱上地舍拨一样，她可以不穿美丽的衣衫，因为摩尼教导人要朴素，她也可以不再妆扮，因为摩尼厌恶镜子，同样地，她也可以彻底地舍弃那件最快乐的事，因为摩尼不希望有新的、包含着黑暗因子的、人类的肉体出现在这个本就已是异常黑暗的世界上。而地舍拨就不同，他可以不要美丽的衣衫，不要镜子，但让他忍受不能与野悉密亲热的痛苦是不可能的，他们因此而争吵，地舍拨打了野悉密，但野悉密是不会放弃的，于是地舍拨离开了野悉密，他去和别的女人亲热，还故意地在野悉密面前表现出来，但野悉密视而不见，她把所有的精力都放在了向别人传达摩尼的教义上。

她先向她的家人传教，罗什支大发雷霆，说她在传播邪教，把她关了起来，还撕碎了那本教义。野悉密从家中逃出来，住到"不净人"的家里，开始向"不净人"传播摩尼的教义。年老的"不净人"对她说的一切感到惊恐，但年轻人却极感兴趣，因为，从最实际的角度上看，摩尼教至少能够帮助他们摆脱"不净人"低下的地位，因为摩尼是不主张让狗和鹰参与到葬礼中来的。

她的信徒逐渐增加，在两年的时间里达到了近百人，他们的祭祀和祈祷活动也渐渐地由地下转为半公开。在"不净人"的聚居处，建起了一个小小的摩尼教的寺院，有一段时间，在末野门的帮助下，康居国王世失毕甚至默许了野悉密的传教活动。

康居城的大麻葛，也就是大祭师诺磐陀，为有人在自己治下的城市里传播摩尼教而震惊。他去找国王世失毕，要求彻底禁绝这件荒唐的事，并严厉惩处传教的人，但世失毕早就看不惯诺磐陀的跋扈，正想借助摩尼教的力量抑制一下祆教的势力，因此他对诺磐陀的要求不置可否。

诺磐陀已经六十岁了，他的一生从未做过任何违背祆教教义的事情。他用自己菲薄的薪水喂养了几百只圣犬，这些圣犬在火庙内奔跑，如同埃及神庙里的猫一样尊贵；他严厉地惩处那些违背了教义的人，偷窃者的手脚被砍下来，奸淫者则被石头砸死；他穿着朴素的白氈衣，冬天只在外面加上一件棉袍；他勤恳地守护着圣火，并每隔三年就到波斯去朝圣。无论从哪个角度看，他都是一个完美的祆教徒。

但现在他的完美中出现了一个污点，既然世失毕不愿帮助他，他就决定用自己的力量来阻止野悉密，他清楚野悉密对末野门有多么重要，他并不莽撞，于是在一个阴沉的午后，他来到末野门的家中，他清楚无论是谁都无法帮助自己战胜末野门，要想战胜末野门，唯一的办法就是战胜末野门的心。

这对康居城的大麻葛诺磐陀并不是一件难事，现在末野门在痛苦中煎熬，为

野悉密做了有害于祆教的事而流泪，并坚信诺磐陀即将要做的一切都是为了帮助野悉密，帮助她摆脱恶魔的纠缠，并最终得到阿胡拉·马兹达的眷顾，升上天堂。

万灵节那天的清晨，诺磐陀独自来到王宫前的广场上，人们看到大麻葛在那里，就渐渐围了过来，于是诺磐陀发表了他的蛊惑人心的演说，把野悉密描绘成一个嗜血的女魔，他的几百条圣犬把他围在中间，用低吠来应和他的演说，"她就是黑暗之神的化身，现在，伟大的阿胡拉·马兹达在注视着你们，康居城的虔诚的信徒，看你们将如何去战胜黑暗，迎来光明！"一个屠夫跳了出来，昨天晚上他得到了几个波斯的银币，答应诺磐陀，自己会在适当的时候帮助他把人群鼓动起来，于是人们开始向城外移动，沉默着，脸颊因愤怒而变得赤红。

拂耽延就是在这个时候回到了康居。他拿着阿揽延给他的扳指去找敦煌的粟特首领史诃耽，却意外地得到阿揽延的所有财富。阿揽延没有亲人，他把他经商多年积攒下来的财富全都给了拂耽延。这是一笔巨大的财富，仅在史诃耽的手中，就有几万的金币和几千匹的绸缎，而房屋、牲畜、金银器皿等等还未计算在内，但这并非全部，在每一座城市，都有一个像史诃耽这样的人，在保管着阿揽延在那个城市里的财富，就连阿揽延自己，也已经弄不清自己的财富究竟有多少了。

拂耽延组织了一个小小的商队回康居去。他是打算经过康居到迦毕试去的，因为阿揽延一直没有找到馨吉尔的女儿。近十年来，在吐火罗和迦毕试地区，嚈哒人争取独立的战争一直没有停止过，阿揽延为战争所阻，无法找到馨吉尔的女儿，在他最后一次到中国去之前，他似乎有了预感，把馨吉尔的遗物交给了史诃耽保管，现在它们又重新回到了拂耽延的手中。

在那个可怕的早晨，拂耽延骑在骆驼上，正准备带领他的小小的商队进入康居城，却被从城内拥出来的人流挤到了路边，尘土飞扬，杂沓的脚步声如潮水一般轰响，他的随从惊讶地大声喊叫，似乎在问他究竟发生了什么事，但随从的声音被脚步声淹没，拂耽延已无法听清。

人流拥入了"不净人"的聚居处。地舍拨挣脱了和他住在一起的那个女人的怀抱，像一个疯子一样地去阻挡人群，他用刀砍死了几个人，但愤怒的人群把他推倒，将他踩在脚下。信徒们看到了血，变得疯狂起来，他们把野悉密从摩尼教的寺院里拖出，把寺院拆毁，然后高高地举起野悉密，向康居城内的火庙走去。

野悉密已经从惊怖中清醒过来，她大声地念着摩尼的经文，虽然教义已被撕毁，但里面的一切却已牢牢地刻在了她的心里。人们不得不把她的舌头割去，野悉密仍在哑声地叫着、挣扎着，她曾经以为末野门会来救自己，但当她经过自己的家门前时，他看到末野门正和全家人一起，在楼顶上祈祷，于是她绝望了。

诺磐陀饲养的圣犬在火庙的大院里狂吠，为了这一天的到来，诺磐陀已经让它们饿了一个星期。人们扒下野悉密的衣服，将赤裸的她扔进狗群中，圣犬们疯狂地拥了上来，为了争抢一个好的位置而撕打。起初还能看到野悉密在狗群里挣扎，就像一头雌豹，但很快她就被扑倒在地，圣犬们"呜呜"地吠着，围成了一堆，抢不到肉的狗在旁边跳跃狂吠，而已经从野悉密身上撕下了肉块的圣犬则从中退出，眼里闪着凶光，藏到角落处，生怕别的狗过来与自己争夺。

一切都是如此地短暂。当拂耽延赶过来的时候，火庙的大院里只剩下零星的白骨和满地的血污。他拔出刀来，冲入火庙，对着正准备冲上来争抢野悉密的骨头的信徒们嘶叫着。他已经知道了一切，而人们也从他的凶狠的目光中认出了他，不知为什么，信徒们退缩了，"这是拂耽延！是地舍拨的哥哥！"他们害怕他。似乎是突然之间明白了自己的罪行，一些女人哭了起来，不敢相信自己竟做出了这样的事。

拂耽延把野悉密的骨头抱入怀中，向城外走去。人们在旁边用畏缩的眼神看着他。当他找到自己的家的时候，发现翟阿奴也已经在惊恐中死去了，他太老了，他是如此地害怕自己也会被扔入狗群中。

那年的万灵节是在冬天，在这一天的夜里，死去的人的灵魂会回到人间，回到他们曾经生活的地方。粟特人用醇酒美食来招待他们，并在屋顶上点起圣火，高唱颂诗来迎送灵魂们的到来和离去。

天黑时下起了雪。拂耽延架起芦苇，把翟阿奴的尸体，还有地舍拨和野悉密的零星的尸骨放在一起焚烧，然后他把骨灰撒入了那密水中。火蔓延到岸边干枯的芦苇丛中，烈烈地烧着，映红了半边夜空。

在城里，每家每户的屋顶上的圣火都燃了起来，歌唱颂诗的声音响彻云霄：

……

　　拜倒在残暴君王下的伪信者，

　　心术不正，语言不善，行为不端，

　　他们只配与幽灵相聚会餐，

　　跌落地狱——谎言的魔殿！

……

　　整个冬天，拂耽延都是在毕国度过的。他厌恶那个曾经赐予他生命的城市。春天，拂耽延独自一人离开毕国，向东南方行去，他要渡过乌浒水，横穿吐火罗，越过大雪山，经梵衍那到迦毕试去。

　　大雪山两侧的广大地域目前正处在一种混乱中。嚈哒人的帝国在波斯人和突厥人的共同打击下灭亡了，但大大小小的嚈哒贵族仍然盘踞在坚固的城堡中，他们表面上对突厥人臣服，可是一旦突厥军队离去，他们就拒不服从可汗的命令，更不会向可汗交纳赋税。而且，还有成群结队的匪徒在山谷间游弋，打劫孤独的商人或规模较小的商队，从这里通往印度的商路几乎已断绝。

　　已不再是下雪的季节，但山峰上仍是白雪皑皑，山谷间是绿的草地和田野，河水像天空一样蔚蓝，路边不时有早已倾圮的棕色泥砖房屋，几茎青草在废墟上摇曳。

　　一个骑着驴子的劫匪拦住拂耽延，而拂耽延却连刀都没带。劫匪把拂耽延身上的所有金币抢去。他的脖子上长着一个大瘤，相貌非常丑陋，他发现了馨吉尔的木雕湿婆像后，握在手中看了看，又把它扔还给拂耽延，并劝他回头，因为突厥人的军队就在前面，战争即将到来。

　　拂耽延并不理会他的劝告，继续向前走。傍晚的时候，他发现了一处被挖开的墓穴，墓穴是隐藏在岩石间的，挖开它的显然是突厥人，因为墓穴四周散布着许多马粪。墓中的白骨被扔得到处都是，拂耽延不得不停下来，收拾这些白骨，那个长着大瘤的劫匪在山崖上叉着手看。

　　拂耽延在墓穴的角落里发现了一枚古旧的金币，金币上的铭文是"信仰坚定的贵霜翕侯丘就却”，"丘就却"是数百年前灭亡的贵霜帝国的开国之君。那个劫匪看见了金币的闪光，骑着驴子从山崖上冲下来，将金币夺去，并且把拂耽延已整理好的白骨翻得一团糟，在死者的嘴里，他又发现了一枚金币，他高兴得"嗷嗷"叫。显然除了金币之外，墓穴中还有别的陪葬品，但已被突厥人掠去。

两人在墓穴中过夜，劫匪的驴子叫个不住。次日清晨上路之后不久，就听见了"咻咻"的鸣镝声，尖利高亢，这样的鸣镝是突厥军队所特有的。劫匪像碰见了猫的老鼠一般逃入了山中，而拂耽延继续向南行，又翻过了一个山口，就看见前方不远处，有十几个突厥骑兵在缓辔而行，似乎是一小队斥候。

拂耽延远远地跟在突厥人的后面，两天之后他们接近了梵衍那。

早在七百年前，人们就开始在梵衍那的石壁上开凿石窟，积雪覆盖的悬崖峭壁拥围着这个狭窄的翠绿色河谷，人们在这里凿出了无数用于僧人静修的小的石窟，还凿出了许多用于集体礼拜的支提堂。这样的开凿一直没有止息，最终在峭壁上雕刻出了三座壮观的佛陀立像，最大的一座高达一百五十尺，而最小的，也近百尺。

拂耽延进入河谷时，已有近万的突厥骑兵在这里驻扎。河谷中牧放着他们的坐骑，骑兵们把静修的僧人从石窟和支提堂中赶出，自己住了进去，他们拆下石窟内画着彩绘的围栏和木屏，燃起火来，烧烤羊肉，痛饮马奶酒。

僧人们集中在一个最大、也是最高的支提堂中，静静地打坐，甚至没有去看一眼突厥人；拂耽延和他们在一起。

夜晚过去，凌晨时，河谷内响起了喊杀声。嚈哒人的军队突入河谷，他们往石窟内扔火把，用短木棒痛击从石窟中逃出的突厥人。天蒙蒙亮时，大部分突厥人都已死去，许多人在石窟内被火烧死，或者是被烟熏死，还有许多是死在了洞口，他们的尸体堆积起来，几乎把洞口遮住。有两三千名突厥人在河谷中结成方阵，这些突厥人幸运地从石窟中逃出，却发现河谷两头都已被嚈哒人堵住，不得不掉回头。突厥人是悍勇的，虽然明知必死，却没有一个突厥人害怕，更没有人投降。少数仍然有马的骑兵聚在中间，骑兵之外是射手，方阵的最外一层是只有马刀或盾牌的突厥人。他们用锐利的鸣镝抵挡向他们进攻的嚈哒骑兵，他们射术极佳，几乎每一箭都能放倒一个嚈哒人，少数冲到阵前的嚈哒人被他们放入阵中，包围

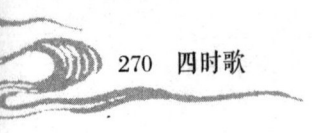

起来,用马刀砍死。

僧人们似乎没有听到这震耳欲聋的喊杀声,也没有闻到愈来愈浓的尸臭和血腥,他们安静地围着支提堂内的窣堵波打坐,只有拂眈延一个人到洞口处居高临下地俯视。光从洞口照入支提堂中,层层地深入,愈来愈黯淡,在黑暗的最深处,巨大的、覆钵状的窣堵波静默着。

突厥人没能坚持多久,嚈哒人不知从哪儿弄来了几头大象,他们在大象的鼻子上缠上钢刀,然后驱使它们向突厥人的方阵冲去。突厥人的箭射入大象的身体,却不能阻止它们,反倒使大象更为狂暴。坐在大象背上的嚈哒人用皮制的巨盾掩护自己的身体,等大象冲入突厥人的方阵中,便用长矛刺杀敌人。

到最后就变成了嚈哒人对突厥人的屠杀。嚈哒骑兵跟在大象后面冲入方阵,突厥人铁制的兜鍪能够抵抗刀砍和剑刺,却不能抵抗嚈哒人沉重短棒的撞击。战斗很快结束,突厥人的尸体布满河谷,嚈哒人相互敲击短棒,高呼着欢庆胜利。他们的首领——一个满面卷髯的、健壮的嚈哒人独自爬上山来,步入僧人们聚集的支提堂中,在窣堵波前跪下,久久地忏悔。

迦毕试,这座伟大的古城,由希腊人建于一千年前,一百年前嚈哒人来到这里,他们称她为"古都之墟",如今,经过了一百年的重建,她已成为中亚最繁华富丽的城市之一。

拂眈延来到迦毕试之后不久,突厥可汗室点密就率领五万大军,把这座城市包围了。嚈哒人的勇悍并不逊于突厥人,而他们又比突厥人更残忍,曾经,波斯的国王不得不把自己的士兵用铁链绑起来,否则他们就不会到战场上去,因为他们一见到嚈哒人,就吓得发抖。突厥人并不善于攻城,他们最擅长的是在草原上与敌人进行运动战,室点密在吃了几次亏之后,从别处找来了工匠,开始制造发石车、云梯、撞车等攻城器具,但迦毕试石头的城墙又高又厚,城门更是用铁铸成,室点密不得不忍受与嚈哒人进行持久战的痛苦。

夏天到来,迦毕试城内的嚈哒人逐渐适应了目前的战争状态,虽然头顶上常常有石头和箭矢掠过,但他们仍然过得很快活,反倒是城外的突厥人怨声载道,士气低落。

拂耽延一来到迦毕试就去拜访替阿揽延保管财物的粟特首领乌湿波,他接管了那些财富,购置了一幢两层的石头房子,并着手寻找馨吉尔的女儿,他是打算把阿揽延在迦毕试城内的所有财产都赠给她。但没有人知道馨吉尔女儿的下落,拂耽延只好在澡堂、神庙、酒馆里打发时间,懒洋洋地度日,他对发生在城外的战争毫无兴趣。

澡堂是粟特首领乌湿波开的,这是一座用花岗岩和天青石建成的华美宫殿,无可置疑是迦毕试城内最好的澡堂。在战争爆发之后,其他的澡堂都因为缺乏人手或燃料而关闭了,而乌湿波的澡堂不仅没有关闭,反倒似乎比战争爆发前更热闹。这或许是因为澡堂内那个别具匠心的浴室:浴室是密闭的,只有一个皮制的管子通向浴室外的火炉和水壶,蒸汽通过管子传入浴室内,里面含有薰衣草、柑橘、薄荷、大麻、迷迭香等等草药的精华;当然,更可能的是因为那位美丽的舞女旃陀罗,每天晚上,她在澡堂的大厅里表演,赤裸着上身,她那对白莲一般美丽的乳房骄傲地盛放着,而她的下身只围着一袭绘着白象与鹿的半透明织物,她的双臂戴满玉钏,当她轻巧地站在侏儒罗婆那的背上,摆出那双臂张开、单足屈身而立的妖冶姿态的时候,澡堂内的所有人,无论男女,都为她而颤抖。

从旃陀罗来到迦毕试城的第一天起,迦毕试城的男人们就为她而疯狂,甚至有人说,室点密之所以将迦毕试城围住,并不是为了征服嚈哒人,打通到印度海岸的商路,而不过是为了旃陀罗。当然,没有人把这样的无稽之谈当真。侏儒罗婆那是旃陀罗的保护者,信湿婆的人都知道,罗婆那是一个有着无穷力量的恶魔,这个恶魔是如此地无畏,竟曾经胆大到去撼动湿婆居住的圣山——凯拉萨山。侏儒罗婆那也像恶魔罗婆那一样地力大无穷,他只听命于旃陀罗。

因为害怕一个人待在石头房子里的孤单,拂耽延有时会住在澡堂。像别的男人一样,他也曾经为旃陀罗而疯狂,为了与旃陀罗亲近一个晚上,他付出了八个金币,而乌湿波还说这是优惠了,因为拂耽延是粟特人,如果是嚈哒人,那么无论如何也要十二个金币,而且还非得是拂菻金币不可。

旃陀罗的肉体丰满,充满着火一样的活力,让拂耽延想起梵延那支提堂里的石雕药叉女。当他们欢好的时候,拂耽延感觉自己如同一棵即将开花的树。这时突厥人猛然发起了进攻,城墙距离他们欢好之处不到一里,胜利者的嗥叫和失败者的哀吟、如雷的鼓声、闪烁的火光,石头砸在屋顶上,发出訇然巨响,箭矢从窗户射入,掠过他们赤裸的身躯……拂眈延感觉自己的手已伸出了窗户,在如血的夜里生长,似乎要长到月亮上去……而旃陀罗无动于衷,她充满欲望的目光中暗藏着沉静。但是,自那一夜之后,拂眈延再也没为旃陀罗付出过一个金币,旃陀罗也不问为什么,她有别的顾客,夜无虚席。

不知从什么时候起拂眈延和旃陀罗成了朋友,有时拂眈延无法入睡,会等到旃陀罗深夜归来,侏儒罗婆那总是忠实地跟在她的后面。拂眈延知道旃陀罗是从印度过来的,还知道她之所以成为舞女,是为了凑够在印度雕凿一个湿婆的神殿的钱。

在短暂的战争间隙,拂眈延会和旃陀罗一起,到城内的小山上采摘用于清洁牙齿的树枝,旃陀罗还会采摘豪摩用于祭祀,像袄教徒一样,湿婆的信仰者同样也把豪摩当成了圣物,或许都是缘于豪摩所具有的那种让人迷醉的功效。

但战争渐渐地向不利于嚈哒人的方向转变,终于乌湿波的澡堂也不得不关闭了。所有的嚈哒人都跑去守城了,拂眈延以自己是粟特人为由,拒绝参与战斗。有一天突厥人攻入了迦毕试,经过艰苦的巷战,嚈哒人终于把攻入城中的数百名突厥人全都杀死了,他们把突厥人的皮剥下来,制成旗帜,让它们在城头上飘扬。这个举动激怒了所有突厥人,使他们的进攻猛烈到近于疯狂。护城河被突厥人的尸体填满,多处城墙已经坍塌,城内的食物也所剩无几,派出去搬取救兵的信使杳无音信,嚈哒人终于感觉到末日将至,他们知道突厥人不会放过这座城市,他们将把所有人杀死,用死者的头颅堆起高高的塔,用无头的身躯筑起长长的墙。

嚈哒人似乎开了一个会议,终于决定把旃陀罗,还有城内的所有金币和绢缎——当然也包括粟特人的——献给室点密,以换取嚈哒人的安全。

这真是一个荒唐的决定,但在那个绝望的时刻,嚈哒人做出任何决定都是可以理解的。他们派出十个武士去抓旃陀罗,之所以派出这么多人,当然是因为考虑到了罗婆那的存在。但是十个武士仍然无济于事,罗婆那守在旃陀罗的房前,拿着一根大铁杵,他砸死了五个嚈哒武士,另有两个被他打断了腿,只有三个逃脱,罗婆那把死伤的七个嚈哒武士扔出墙外,抱着铁杵坐在石阶上,等着更多嚈哒人到来。

　　乌湿波急坏了，他担心嚈哒人会迁怒于他，把澡堂砸烂。拂耽延独自去找旃陀罗，"请让我帮助你，"他说，"我可以让突厥人退后！"同时他把乌湿波叫来，当着他和旃陀罗的面说道："现在我在迦毕试城内的所有财物，包括那幢房子，都属于旃陀罗，她有权力任意处置这些财产，我想，它们应该足够她在印度开凿出一座湿婆的神殿。"然后他拿出馨吉尔的湿婆雕像，对旃陀罗道，"这是我的一位朋友的遗物，他让我转交给他的女儿，他说他的女儿在迦毕试城内，但我无法找到她，现在我要离开，将不再回来，我把他最珍贵的圣像交给你，我想他会同意的。"

　　说完这一切，他就走出屋子，正好遇上前来捉拿旃陀罗的嚈哒人，他拦住他们，声称自己可以让突厥人退后，并可以让他们不伤害嚈哒人的性命。"我们怎么能相信一个拜金的粟特人！"有的嚈哒人喊道。拂耽延道："你们不用相信我，就算我骗了你们，一出城就向突厥人投降，你们仍然可以把旃陀罗抓去献给室点密，并且仍然可以得到我在迦毕试城内的一切财产！"

　　嚈哒人同意了，他们把拂耽延用绳子缒下城墙，任由他向突厥人走去。

　　当第一个突厥骑兵把马刀搁在拂耽延的肩头上的时候，他用突厥语说道："我要见你们的可汗，我是他的朋友！"

　　室点密已经做了十年的可汗，他穿着游牧人的长袍，立在金帐中；比起十年前，他的目光里多了一些威严。他看了拂耽延一眼，挥手让身旁的附离给拂耽延松绑，微笑着道："你是那个会说我们的话的粟特人，啊，不过我忘了你的名字！"拂耽延向他施礼，道："是的，可汗的记忆力非常好，我的名字……"他犹豫了一下，然后肯定地道，"叫摩尼亚赫。""摩尼亚赫？"室点密有些奇怪，"我知道这个名字的意思，你有一个兄弟叫作摩尼？或者，你信仰摩尼的宗教？我记得你十年前并没有向我提及这一点。"

　　"不，"拂耽延道，"我并没有叫作摩尼的兄弟，我的兄弟叫地舍拨，现在他已经死了，我也并不相信摩尼，我想，我之所以叫作摩尼亚赫，不过是因为上天做了这样的安排，至于为什么要做这样的安排，那是我无法了解的。"

　　室点密让拂耽延坐在地毯上，然后自己也盘腿坐在他的对面，就像他们在鹰娑川时曾经做过的那样，"那么，你现在是作为嚈哒人的使者前来乞求我饶恕他们的性命了。""不，"拂耽延道，"或许突厥人能够攻入迦毕试，并把嚈哒人全都杀死，

但我相信你们也必将为此付出相当的代价，而这并非可汗所愿意看到的。"

室点密并不出声，他抬抬手，示意拂眈延继续说下去。拂眈延道："从我见到可汗那一天起，已经有十年过去了，可汗向波斯派出了使者了吗？由草原经波斯到拂菻的商道贯通了吗？我想还没有，否则可汗也不需要率领五万大军，来攻打迦毕试城了。"室点密道："不错，我来此虽然抱有征服嚈哒人的目的，但最重要的，却是打通一条直达海洋的商路，你是聪明人，很容易就可以看出这一点，那么，现在，你有什么可以帮助我的？"拂眈延道："我想可汗也很清楚我的目的，嚈哒人想要投降，但又担心自己的性命，我只是想让可汗给出一个保证，其实我想可汗也并不想要他们的性命，因为这只会激起大雪山两侧的嚈哒人的更血腥的反抗，而我，将为可汗出使波斯，以及拂菻。"

室点密笑了，他拍拍手，让人拿酒上来，同时道："可以，不过我将拆去他们的城墙。"他端起牛角杯，示意拂眈延端起另一杯酒，两人同时举杯，将酒饮尽。

突厥人向后退了五百步，这在嚈哒人看来，无异于一个神迹。他们放下武器，走出城门投降。而室点密则拆去了迦毕试的城墙，把迦毕试厚重的铁门搬回了草原，并夺取了嚈哒人的所有战象、金币和绸缎。

旃陀罗带着金币回到印度，和罗婆那一起，选定了一处石崖，开凿神殿。他们原本只是想雕凿一座小的神殿，但是随着工程的开始，越来越多的人向他们施舍财物，最后总共耗费了五十年的时间，他们终于雕凿出了一座无比宏伟的建筑：这座神殿至今仍矗立于印度南部德干平原的峭壁间，作为人类最完美的艺术品之一，无论对之献上怎样的赞美，都是不足够的。

从康居到印度的商道畅通了，但是在十几年之后，在迦毕试仍然独立出了一个新的嚈哒人的王朝，在史书中，这个王朝被称为馨吉尔王朝。

2005 年 1 月 27 日

巴提斯与芭奴

1

巴提斯从小就喜欢骑着马在底格里斯河的河岸边追逐狮子和野鹿。他紧紧地贴着马背。奔跑中的翻腾，还有马的汗、马的嘶鸣——喷着鼻，吐着口沫，当利剑刺入狮子的心脏，他快乐得几乎要发狂。

这是他的、也是他们的土地啊！山脉、沙漠、草原、盐碱地、河流、枣椰树……曾经的巴比伦、苏撒、波斯波利斯，现在的泰西封，每当他想起这些，都会心潮澎湃。

他曾经骑着马向南行，要到波斯波利斯去。那年他只有十三岁，偷偷骑上他父亲最好的一匹马，腰间只挂一把弯刀，就出发了。直到他离去了两天之后，他的父亲才知道他已离开。他的母亲——波斯的公主，众王之王科斯洛埃斯一世的亲姊妹波恩拉——是他的同谋，她帮助他离去并隐瞒消息：在这个高傲的公主心中，王族的子孙命中注定要冒险、战斗，并为众王之王和阿胡拉·马兹达献出自己宝贵的生命，所以一个十三岁的孩子独自穿越河流与沙漠到千里之外去根本算不上什么。巴提斯的父亲艾贝德是波斯的百吏长，他大发雷霆——巴提斯是他唯一的儿子，他可不想巴提斯有任何的闪失。

巴提斯计划中的行程是这样的：他要先沿着底格里斯河南下，看见大海后转向偏东方向，经瓦勒里安桥越过卡伦河，大约可以在一个月之内到达波斯波利斯。

骑着马独自在底格里斯河的河岸边向南奔驰是巴提斯生命中最快乐的一段时光。他像他的母亲一样高傲，黑色的长发披散在肩上，鼻梁如刀锋般锐利，眼眶深陷，皮肤白得像奶油，虽然只有十三岁，但却比许多成年人还高。他骑着马飞一般穿过河岸边的小村庄,不理会赤裸上身、皮肤黧黑的农民们惊异的目光,牛群在河里游,只露出鼻孔和角,成片的枣椰林和麦地,山坡、树林,又是枣椰林和麦地,当他感到饿的时候,他就放缓行进的速度,停在村边,总会有人捧着食物过来,半跪着献上,并因能亲吻他的脚尖而喜悦:他的神情是那样地高贵,他的衣饰即便已经脏污了也仍旧华美无比,他的坐骑高大雄骏,他的弯刀上镶着耀眼夺目的宝石,每个人都知道他必是波斯地位最崇高的贵族,但这并非最主要的原因,巴提斯内心深处所蕴藏着的狂热使他的神情中带有一种宗教的圣洁,在他走过之后,许多村庄甚至偷偷地传说他是战神瓦尔赫兰派来的圣使,将带给波斯胜利与荣耀。

这使艾贝德派出的寻找巴提斯的仆人们很容易就可以追逐到他的踪迹,但他们之间始终相差两天的路程,因为虽然仆人们日夜兼程地追赶,但巴提斯自己也从来没有停止过,除了需要食物的时候,他甚至连睡觉都是在马上。

他唯一的一次停驻不是因食物。那是在一处山谷里,在黎明的微光中,他望见一只野山羊立在山巅上,他看到的只是它的剪影:雄壮的身躯,庞大的角从它的额头上向上延伸,弯出一个不可思议的弧度——它们一直不屈不挠地弯曲着,直至把尖端伸到了山羊自己的厚实的尾上,于是在它的身躯之上就构成了一个巨大的圆环。巴提斯从马上扑下来——这是他从泰西封出来之后第一次离开马背——他扑倒在尘土里,双手挣扎一样地痉挛着。太阳从山的背后升起,一点一点地升起,终于完全进入了那个圆环,现在巴提斯终于相信瓦尔赫兰必定是眷顾自己的了[1]。

转向偏东方向并离开底格里斯河的东岸后,天气变得异常炎热,巴提斯白天只能在树林或山洞里休憩,黄昏时出发,并在第二天太阳出来之后不久停下。这里人烟稀少,到处是无人的山谷和沙漠,巴提斯猎杀野猪并以生肉为食。两天之后,一群来自阿拉伯的强盗盯上了他。

杨树、蓬生的野草、火红的沙漠。

那群强盗远远地跟着巴提斯,大约是在试探他是不是真的只有一个人。巴提斯仿佛并没有看到他们,仍是像以前那样白天休息,夜里赶路。

---

[1] 在中亚神话中,战神瓦尔赫兰经常化身动物。

　　在波斯，阿拉伯强盗以掠杀成性而闻名，传说他们如果没有什么可以抢掠了，他们就会抢掠他们自己，他们不放牧、不种植庄稼，这是一群多么可怜的强盗，他们身上穿的是骆驼皮和羊皮，波斯最穷的农民也比他们过得好。

　　那天黄昏，巴提斯停了下来，第一次把马头转向那群阿拉伯强盗，等待着他们冲过来。那时候没有人会想到他仅仅是一个只有十三岁的孩子。阿拉伯强盗足足有将近二十个，全都是嗜血成性，但那一刻居然也被巴提斯震住了。一个最强壮的、同时也是最勇猛的强盗先冲了出来，巴提斯不动，强盗越来越近、越来越近，"嗷嗷"叫着，把刀舞成一团寒光，巴提斯仍是不动，直到两个人如此之近了，巴提斯甚至能够看到那个阿拉伯人肮脏的大胡子，听到他马一样的喘息声，仍是不动。

　　然后他出刀，在强盗的刀还没有落下来之前就把强盗劈成了两半——他可以轻易地把野猪的头砍下来，借着马的冲力把一个人劈成两半对他而言并不是难事。刀从强盗的右肩劈入，从左胁劈出，强盗的下半身仍然挂在马上，内脏和上半截身体滚落一地，血喷出来，把巴提斯的头和胸染得猩红。跟在后面冲过来的强盗们猛地勒住马缰，马嘶鸣着，踢出漫天的沙尘。那一天强盗们已经不可能再对巴提斯有任何的行动了。巴提斯慢慢地把刀上的血擦干净，把刀插回鞘中，策马转身，继续向波斯波利斯行去。

　　阿拉伯强盗并没有放弃，现在他们不再是为了巴提斯的马和弯刀了，而是为了他们身为强盗的荣耀——巴提斯那天的杀人方式，是对所有的阿拉伯强盗的污辱。巴提斯不紧不慢地走了一天，突然加快速度飞奔起来，强盗们发现，从一开始巴提斯就是在戏耍他们，因为以这匹马的速度，要把强盗们摆脱掉显然并非难事，但巴提斯却故意与强盗保持着一定的距离，而强盗们又不愿放弃，于是因为速度的加快，阿拉伯强盗之间的距离被拉开了，这时巴提斯突然掉转马头冲向他们，迅速地杀掉一两个冲在最前头的强盗，然后继续掉转马头向前飞驰。这样的杀人游戏持续到了第二天的黎明，只剩下最后的一个强盗跟在巴提斯的后面了。这是最瘦弱的一个强盗，而且不像别的强盗那样留着满脸的脏胡子。巴提斯策马慢慢地向他走去，他看到巴提斯骑在马上，浑身都在发抖，他害怕了，但他并不逃跑。巴提斯浑身都被鲜血染红了，眼里全是血丝，他用刀抬起这个瘦小的强盗的下巴，他的牙齿在上下相撞，脸上淌满泪痕。"你害怕了！"巴提斯说。但强盗吐了口唾沫在巴提斯脸上。巴提斯没有任何表情。"你是一个女人？"他伸手抓住强盗的衣领，嘶地撕开。她真的是一个女人，年纪不会比巴提斯大多少。巴提斯收刀，转身离去。但女人一直跟着巴提斯，巴提斯并不理会，直到艾贝德派出的仆人们追上了巴提斯，女人才最终消失。

　　波斯波利斯于一千年前由大流士建造，在它最辉煌的时候，它是世界的中心，从埃及、阿拉伯、叙利亚、美索不达米亚、呼罗珊、粟特、吐火罗、印度等国家前来朝拜的王公们在波斯波利斯巍峨的大门前搭起他们华美的帐篷，在波斯波利斯的周围，还有无数的波斯最高贵的贵族们的宫殿。在亚历山大大帝于八百年前毁灭它时，希腊人从波斯波利斯所劫得的财富，相当于希腊全境几百年的岁人。

　　每个波斯人都知道波斯波利斯——现在它是这个世界最伟大的废墟，大流士建造它，薛西斯守护它，亚历山大毁灭它。同样地，几乎每个波斯人都知道毁灭波斯波利斯的大火是因何而起的——一个雅典的妓女，在亚历山大喝醉的时候，挑唆他燃起了第一支火把，但这并没有什么可抱怨的，因为波斯人的王薛西斯，也曾经烧毁雅典的卫城。

　　后来很长一段时间，波斯都是在希腊人和安息人的统治之下，一直到新的波斯人从法尔斯崛起，如今，新的波斯帝国再一次统治了亚洲，从四季飘雪的北方到经年不雨的南方，都是波斯的属地，但在波斯人的心中，复仇的火焰并未熄灭，就像亚历山大梦想着占有并蹂躏波斯波利斯一样，在波斯有无数个像巴提斯这样的少年，梦想着占有并蹂躏东罗马帝国那最辉煌的心脏——拜占庭。

　　红色的高原，青色的城砖，零星的十几根石柱矗立在广阔的高台上，远处横亘着都拉赫马特山，可以看到牧羊人和商队在高原上行走。在一根石柱的下面，巴提斯捡到一块刻着铭文的石头，他摩挲着，一个字一个字地辨认，那是用古波斯语刻的铭文："雪松木来自黎巴嫩山区，由亚述人运到巴比伦，再由卡里亚人和爱奥尼亚人运往波斯波利斯；亚卡木来自犍陀罗和卡尔曼尼亚；黄金来自萨迪斯和巴克特里亚；珍贵的天青石和光玉髓来自索格底亚那；另一种名贵的绿松石来自花剌子模；白银和乌木来自埃及；装饰墙面的材料来自爱奥尼亚；石柱产自埃兰的阿比拉杜村；石匠是爱奥尼亚人和萨迪斯人；装修工是米底人和埃及人……"有很多地名,巴提斯都是只能念出它的音而不知究竟所指何方了。

从天色微明,到黄昏降临,巴提斯在波斯波利斯的废墟上徘徊了一整个白天,浑身的血液沸腾着,终于他精疲力竭了,背靠着石柱滑坐在地,抱着双膝,沉沉睡去。

两年后他加入了军队,成为一名普通的重装骑兵,但他自己却是轻骑兵的固执而傲慢的拥护者。当时波斯重装骑兵的标准配备是这样的:护胸甲、头盔、护腿、护臂、马的甲胄、长矛、小圆盾、剑、战斧、三十支箭的箭筒、弓袋和两张弓,以及两根备用的弓弦。这是参加检阅时的标准装备,实战时会有所减少,但差别不会太大。这样的重装骑兵在沙漠地区面对拜占庭的重装步兵时是有优势的,但是一旦进入叙利亚或亚美尼亚的山地,这种优势就会转到拜占庭那一方。而在波斯的东部边界,重装骑兵简直就是波斯人的噩梦。八十年前,当时的众王之王卑路斯——他的名字在波斯语中意为"胜利",但他却是波斯败得最惨的一个众王之王——率领数万大军进攻嚈哒,其中不仅有重骑兵,还有象兵,最后却落入了嚈哒人挖的陷阱中,不仅全军覆没,连他自己也死在了嚈哒。与此相反的一个战例发生在一百多年前,众王之王白赫兰率一万二千骑兵,沿雷翯海南岸轻装突进,经古尔干、奈沙,在木鹿夜袭匈奴人,并亲手杀死了他们的可汗。即便有如此鲜明的对比,高傲的波斯人仍不愿放弃他们的传统,对他们来说,像草原上的蛮族那样光着身子骑在马背上,靠弓箭来对付敌人,简直比小丑还可笑。

他和另外五千名重装骑兵一起被派往亚美尼亚增援培特拉砦,除了这五千名重装骑兵外,队伍中还有一百名象兵、一千名跟随象兵的重装步兵、一千名由阿拉伯人、粟特人和阿兰人组成的轻骑兵以及两万五千名步兵——这些步兵都是由波斯农民组成,没有什么战斗力,只是负责后勤运输、建造防御工事和收集战利品。

培特拉砦曾经在拜占庭人和波斯人之间几度易手,最后终于落入波斯人手中,波斯人在砦内储藏了足够五年之用的战时物资,还在森林内开辟道路,以便于重装骑兵和象兵前来增援。目前这个地方是帝国内唯一发生战争之处,因此科斯洛埃斯一世可以派出数目达三万之巨的增援部队。在援兵派出的时候,培特拉砦已经被拜占庭人包围了半年,但他们一直无法攻下这个坚固的堡垒。

　　巴提斯的父亲艾贝德并不希望巴提斯加入这支增援部队中，但高傲的巴提斯独自到王宫去拜见了众王之王。科斯洛埃斯一世当时已有五十多岁，他统治这个庞大帝国已经有二十年之久，在拜占庭史学家的笔下，科斯洛埃斯一世是波斯最阴险、最狡诈、最虚伪的众王之王，但是正是在他的统治之下，萨珊波斯达到了最强盛；几十年之后，他的孙子——科斯洛埃斯二世——趁着拜占庭人的内乱，攻下了耶路撒冷，夺取了圣十字架，完全占领了叙利亚、亚美尼亚和美索不达米亚，波斯的军队直达拜占庭城墙下，几乎恢复了大流士大帝时波斯的国土，虽然，这样的荣光随着科斯洛埃斯二世的死亡很快就结束了，短暂如夏夜里的流星。

　　那时候，科斯洛埃斯一世还不知道面前这个少年将率领波斯的大军征服美索不达米亚、亚美尼亚、叙利亚和埃及，将几十年之后的另一个和自己同名的众王之王推上历史的顶峰——他是直接闯入王宫的，众王之王的侍卫队无法将这个没有穿甲胄的赤手空拳的少年拦下，他跪倒在众王之王的宝座前。正在议事的大臣们乱成一团，艾贝德脸如死灰，侍卫们因为不敢造次带着武器闯入大殿中而束手无策。众王之王不认得这个年轻人，他坐在王座上，隔着帷幕，淡漠地看着巴提斯，等着他说话。

　　"愿陛下万寿无疆，"巴提斯低着头，说出这句每个臣民拜见众王之王时都必须说出的祝福语，"百吏长艾贝德和公主波恩拉的儿子巴提斯拜见陛下！"

　　巴提斯如愿参加了增援培特拉砦的军队，科斯洛埃斯一世对艾贝德说："如果连我的侍卫队都无法把他拦住，那么他就决不会死在培特拉砦！"

　　从泰西封出发，沿幼发拉底河往北，三万人的队伍要穿越半个波斯，才能到达培特拉砦。

　　西兹位于美索不达米亚与亚美尼亚的交界处，是一座要塞，要塞内有波斯最神圣的三大祆祠之一的居什奈斯波祆祠，里面燃烧着善之火。这个祆祠是属于战士的，另有两个祆祠是属于祭司和农民的，前者在帝国南部的法尔斯，后者在帝国东部的呼罗珊。每一位众王之王在即位之初都要步行到居什奈斯波祆祠来祭拜善之火，并布施丰厚的财物，因此这个祆祠成为整个帝国最庞大最富丽的祆祠。

　　虽然日夜兼程，到达西兹的时候，也已经半个月过去了。巴提斯是在一位百夫长的率领下，与几十个刚入伍的少年一起去祭拜善之火的。祆祠位于要塞的中央，旁边有一个深不见底的湖，湖水蓝得发黑，许多人在湖岸边打土坯，到处都是垒得高高的刚晒好的土砖。巴提斯意外地在一块土砖里发现了一小块骨头，他把那块土砖敲碎，一个骷髅头掉出来——原来那一小块骨头只是这个骷髅头的一部分。正是在那时巴提斯第一次感觉到了死亡的恐怖，以前他从未考虑过这件事。在祆教的教义中，死亡只是意味着灵魂离开肉体，经过"裁判之桥"，或者升至天堂，或者落入地狱。但是在很小的时候，曾经有一位来自希腊的教师对巴提斯提起过另外一种学说，他说在希腊有些哲学家认为，整个世界都是由一种极其微小的、人的肉眼无法看到的微粒组成，除了这种微粒之外，这个世界再无它物，而灵魂自然也就是不存在的了。幼小的巴提斯从未把这种学说放在心上，但是现在他突然想到，假如灵魂真的是不存在的，那么死亡也就意味着永恒的结束，意味着黑暗、终止、空无一物……正是这些想法让他震惊，以至于恐惧。

他开始害怕黑暗。每当黑夜降临大地，他的眼睛就开始不由自主地寻找光明，无论是月光、星光还是篝火；同样地，他的耳朵也开始离不开声响：风声、雨声、流水声……尤其离不开人的声音，假如没有人的声音在他的耳边响起，那么至少也要有动物的声音，即便是狼的嗥叫也无所谓。没有人猜想得到，勇敢的、骄傲的巴提斯，在从西兹到培特拉砦的路上一直是在恐惧中度过。一旦他意识到自己害怕死亡，他就强迫自己去接近死亡，他不能容忍自己的恐惧，就像他小时候决不容忍自己的泪水一样。他甚至独自担任斥候，骑着马孤独地向荒野中走去，在无垠的黑暗、寂静与寒冷中度过一个又一个的夜晚，每一个夜晚他都恐惧得发抖，根本无法入睡。他深切地知道自己现在所做的一切都毫无意义，因为死亡最终会把这一切都终止、磨蚀、风化，使它们消失无踪。他甚至害怕自己的影子，因为影子是黑色而无声的，仿佛是来自黑暗之中。

但是没有一个人知道巴提斯的恐惧，因为他始终都是那样地高傲而勇敢，每个夜晚他都故意让自己远离篝火与人群，独自待在黑暗的最深处，或者独自骑着马，挎着弯刀，去探查无垠的荒野，去面对可能的敌人。

有一天晚上，巴提斯独自出去，却没有像往常那样在第二天的清晨回来，一直到黄昏，他才回来了，带着一处刀伤和四颗拜占庭骑兵的头颅，没有人知道他是怎

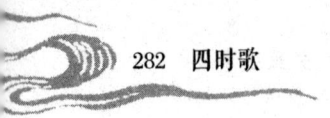

么杀死这四个骑兵的。他把这四颗头颅的皮肉都剥下来,制成骷髅头,挂在自己的马鞍两侧,别的波斯人以为那是巴提斯在炫耀自己的勇武,而巴提斯却知道,那其实是在向死亡和自己内心深处无法摆脱的对死亡的恐惧宣战。

已经可以看到高加索山,淡绿的山峰,上面横着一道道白的雪线。

开始有乌鸦跟上这支队伍,它们越来越多,在天空上盘旋。新兵们不知道这究竟是为了什么,而老兵们则对这些乌鸦投以淡漠的眼神,没精打采地说:"它们在等着我们死掉,好落下来啄食我们的肉!"

让人期待而又恐惧的战争并没有降临,拜占庭人在援兵到达之前的一天撤去,他们留下了两千根十字架,每根十字架上都钉着一具波斯人的尸体。培特拉砦厚厚的城墙下堆积着拜占庭人倒塌的攻城塔和折断的云梯,硝烟仍未散尽,到处都弥漫着血腥和尸臭,它们和燃烧后的沥青混合在一起形成一种死亡的味道。

两年之后,由西向东,他再一次作为重骑兵穿越了半个波斯,数十万军队在乌浒水的南岸集结——波斯人的、嚈哒人的和突厥人的,这一场不可思议的大战持续了八天八夜,最后以嚈哒人的溃败告终。

在大战开始前一天的晚上,巴提斯忽然想去探询一下自己的命运。在此之前,他从来没有考虑过"命运"这回事。生命对他而言就是一场盛宴、一场冒险,他从不怀疑自己将完成神赋予他的使命,并在完成了使命之后回到天堂——那永恒的光明之中。但自从他开始惧怕死亡,他对此有些怀疑了,在这大战即将开始前的一夜,在这星空之下、广漠之上,几十万人集结于此,等待一场决定他们生死的战争,他不知道神为什么要如此做。篝火燃烧,战马嘶鸣,战士们有的在磨砺他们的长矛和战斧,有的在绷紧弓弦,有的沉默无言,有的喃喃自语,有的醉酒狂欢,有的低声饮泣……所有这一切让巴提斯深切地感受到,无论自己多么地勇武,在神的面前——或者不如说,在死亡的面前——自己都是渺小的。因此他终于想知道自己的命运,想知道神将如何安排他的一生,但他却不知道他这么做就意味着向死神举起了投降的旗,他在乞求死神与自己谈判,定下一个契约,而主导权却完全在死神的手中,因为无论这个契约是多么地苛刻,巴提斯都将无法拒绝。

他知道在营地中有一个专司占卜之人,一个马兹达克派的信徒,他穿过营地去寻找他，他看到一群人挤在篝火旁，从里面传来了声嘶力竭的祈祷声，于是他拨开人群走进去，看到一个没有眼白的、眼睛黑得像乌鸦一般的老兵坐在那里，他知道这就是他要找的人。

他把早已准备好的羊肝递给他，波斯人总是用羊肝来占卜。老兵把羊肝扔进了火中，篝火"噼噼剥剥"地响着，老兵用一根干枯的树枝翻动着羊肝，专注地看着羊肝慢慢由血红变成焦黑，然后他用树枝把羊肝从火堆里拨拉出来，伸出枯黄的手把羊肝拿起，放入嘴中，咀嚼起来。周围的人安静了，因为他们从来没有看见过老兵把用来占卜的羊肝放入嘴中。这些可怜的人，他们笃信这个衰老的马兹达克派的信徒，如果他从羊肝中看出了生存，那么那个幸运的士兵第二天必会成为最勇敢者，而如果他看出的是死亡，那么那个倒霉的士兵将悲伤地回到自己的篝火旁向阿胡拉·马兹达祈祷，并写下遗嘱，与战友告别。但无论是活或死，还没有哪个人看见过占卜者把用来占卜的羊肝放入嘴中咀嚼。老兵把嚼碎的羊肝吞入肚中，他的喉结在他细而起皱的脖子上上上下下地移动，然后他哭起来，像狗一样地爬到巴提斯的脚边，跪伏在地，亲吻巴提斯的趾尖。

巴提斯没有办法确定占卜者所做的一切意味着什么，但他想这场战争结束之后一切都会明了，因为假如在战争结束之前他死了，那就意味着占卜者是在为他的死而哭泣，如果在战争结束之后他仍然活着，那就意味着他是被神所庇佑的，连死亡也无法夺去他的生命。

战争在黎明爆发，第一批一万名波斯重骑兵分成五个方队向嚈哒人进攻。巴提斯留在了隐藏在丘陵后的更多的重骑兵中间。战争是在他全然不觉中开始的，他听到了一阵雷鸣一般的马蹄声逐渐远去，然后重新归于寂静，只是偶尔听到远处传来马嘶和象吼，那时他根本没有意识到战争已经开始。到中午时第二批一万名波斯重骑兵同样是分成五个方队投入了战场，这一回战争离他要更近一些了，血腥气飘了过来，甚至能听到人的惨叫，一匹受惊的马冲入了正在待命的方队中，很快就被杀死。天黑之后战争没有继续，可以下马，但不能生火更不能把甲胄脱下，伤员被送到稍远一些的树林中。第二天只投入了一万名重骑兵，第三和第四天同样如此，战场一时远，一时近。就在巴提斯以为战争即将结束的时候，传来了

科斯洛埃斯一世的命令: 所有重骑兵重新集结成五个方队, 做最后的攻击。

先是用小步转到丘陵前面, 停步, 装备小圆盾和战斧。这一刻, 时间仿佛是停止了, 如此安静, 只听到乌鸦落下时扑翅的声音, 还有"嘶嘶"的风声。众王之王科斯洛埃斯一世立在一辆由四匹白马拉着的装饰着黄金的战车上, 他让战车用全速奔驰, 然后停下, 他在说话, 声嘶力竭, 但巴提斯什么也听不到, 跟着传来波斯人的欢呼声和战斧与小圆盾的撞击声, 热血一下涌入了巴提斯的脑门, 他跟着欢呼起来, 并拼命地用战斧撞击他的小圆盾, 这让他忘记一切, 甚至忘记为什么要进行这场战争, 他和他的马都迫不及待地要冲出队伍, 向嚈哒人冲去。科斯洛埃斯一世掉转战车的方向, 让马头对着嚈哒人, 将手一挥, 波斯人的重骑兵就如潮水一般向战场上涌去了。

尸体几乎已经把这一片荒漠铺满——人的、马的还有大象的, 在更远的地方, 嚈哒人的骑兵静静地肃立, 如果不是他们的旗帜在随风飘舞, 巴提斯简直要把他们误认为石头。巴提斯尽量在马背上挺直腰杆, 控住马速, 随所有人一起向嚈哒人冲去。当战争真的降临的时候, 巴提斯发现自己其实一点儿都不怕, 这时候的他渴望着杀戮和鲜血, 渴望着死在战场上, 渴望着敌人的剑刺入自己的胸膛。箭矢掠过他的头顶, 呼啸着, 他伏下身子, 让战马全速奔驰, 他什么也看不到, 眼前是一片沙尘, 当第一个嚈哒骑兵出现在他面前的时候, 他觉得自己仿佛是被吓了一跳, 对方也似乎被吓到了, 巴提斯用斧头轻轻地削去他的脑壳, 就像削去一片乳酪, 战马猛地掠过, 他甚至没有看清对方的面孔。

疯狂的杀戮一直持续到天黑, 巴提斯完全迷失了方向, 他发现自己的四周除了尸体外再也没有别人。他掉转马头, 想寻找自己的伙伴, 却来到了河岸边。他再也没有力气, 从马上摔下来, 呻吟着睡去。

在梦中他回到了亚美尼亚, 在通往培特拉砦的路上, 他陷入对死亡的恐惧之中。那天晚上, 他独自担任斥候, 远离了所有的波斯人, 孤独地在旷野之中行走。一小队显然也是担任侦察任务的拜占庭骑兵发现了他, 并将他包围起来。那一刻他根本没想过要反抗, 他对死亡的恐惧已达到了如此程度——他甚至想快一些结束自己的生命, 因为唯有如此, 才能完全地从那种令他绝望的恐惧中逃脱出来。

那些拜占庭人把他当成了一个懦夫，一个害怕杀人的胆小鬼，本来一开始是他们害怕这个独自在荒野中行走的波斯骑兵，他们害怕这是一个陷阱，当他们确定他们已经把这个波斯人包围起来之后，他们小心翼翼地靠近，直到离他不到十步远，即便在黑暗之中也能看出这个波斯人的目光是空洞而绝望的，他们才一拥而上，把波斯人摔下马来，狠狠地摁在地上，然而这个波斯人竟然哭了起来，于是拜占庭人确定他是一个懦夫。他们把他的护胸甲和上衣脱下来，让他光着身子跪在地上，往他身上撒尿。波斯人哭喊着什么，向他们伸出双手，似乎是在乞求他们饶他一命。

　　但实际上巴提斯是在乞求拜占庭人结束自己的生命，可是没有一个拜占庭人听得懂，他们只知道往他身上撒尿、吐口水，用马鞭往他背上抽。巴提斯终于对他们绝望了，他知道他们决不会轻易下手杀了自己，他一把抓住离他最近的一个拜占庭人的脚踝，把他拖倒在地，跳上去一拳就把他的脸打瘪了。其他人吓了一跳，远远地跳过一边，巴提斯已经抓住了刚才那个被他打死的拜占庭人的长矛，像狮子一样地蹲伏在地，心不在焉地看着那些还活着的拜占庭人。

　　加上被打瘪了脸的那个人，拜占庭人总共被巴提斯杀死了四个，他自己只是受了一处刀伤。有两个跳上马逃走了。被杀死的四个人中，有一个是被巴提斯扔出的长矛穿透了胸膛，他从马上摔下来，并没有立即死去，而是向没有星星的夜空高举着双手，嘴里高声地念着什么。巴提斯走过去看这个将死之人，他记得这是唯一的一个既没有对着自己撒尿、吐口水，也没有用马鞭抽自己的拜占庭人，巴提斯想他一定是在向他们的神祈祷，然后他的声音渐渐地弱了下去，这个拜占庭人把右手收回来，伸入自己的护胸甲中，似乎是想掏什么东西出来，但没等他的手从护胸甲中抽出，他的心脏就停止了跳动。

　　巴提斯把他的手拉出来。他的手中握着一张羊皮纸，纸上似乎画着什么东西，但在这样黑暗的野地里什么也别想看清。巴提斯把这张纸收了起来，穿上衣服和护胸甲，把这四个拜占庭人的头砍下来挂在马上，他骑上马，却并不想回波斯人那里去，他让马自己在野地里乱走，而他则在马上胡乱地睡了一觉。天亮时他醒了，头有些疼，身上全是尿臊味，他看清了方向，就策马向回走。直到已经看到波斯人的旗帜在黄昏的光里低垂了，他才突然想起那张羊皮纸，他把它展开来，看到上面

画的是一个小女孩，于是他就哭了。他不知道自己为什么要哭，在后来的日子里，他也从来没有去思考过当时自己为什么要哭，只是记得自己当时不再是彻底地绝望了，仿佛在那个绝望的深渊之上，突然有了一缕微弱的亮色。

一个人把他踢了一下，他猛地惊醒，一翻身就把刀卡在了那个人的脖子上，却发现眼前的面孔并不是自己惯常所见的拜占庭人的面孔——细细的眼睛，圆圆的脸，那个人在用拙劣的波斯语叫着："突厥，我是突厥人！"于是巴提斯把刀放下，呆呆地站着，很久之后他才意识到自己仍然活着。从此关于死亡的问题被他抛到了脑后，因为现在他已经深信自己是被神所庇佑的了，但偶尔地，当他一个人在漆黑的夜里孤独地醒来的时候，他仍会突然地陷入绝望之中，知道自己并没有真正地摆脱对死亡的恐惧，但这样的时候毕竟是越来越少了。

嚈哒人就这样被打败了，突厥人从背后攻击他们，虽然这攻击来得稍稍有些晚。突厥人获得了乌浒水以北的土地，而波斯人则获得了乌浒水以南的土地，嚈哒人逃到迦毕试一带的几座石城中固守，波斯人继续攻击他们，在攻下了一两座城池之后，就发现代价实在太大而主动放弃了。

回到波斯之后，巴提斯因他的勇猛善战而成为科斯洛埃斯一世的侍卫队中的一员，对任何一个波斯战士而言，这都是无上的荣誉。还在巴提斯很小的时候，他随父亲艾贝德进王宫里去，第一次看到那些高大而勇武的宫廷侍卫，他们披甲、戴盔、佩剑、执盾、持矛，当众王之王经过的时候，他们把盾平着向众王之王伸出，然后低头以前额触盾，这是侍卫队独享的对众王之王的行礼方式，幼小的巴提斯对此羡慕不已。如今，当他也可以向着众王之王平着将盾伸出将头低下的时候，他仍然像小时候那样为此而激动。铁铸的盾冰凉着他的额头，而那个蹂躏拜占庭的梦想却像火一样地在他的胸中燃烧起来，他的灵魂如鹰一般在波斯广阔的大地上掠过，掠过底格里斯河和幼发拉底河，掠过叙利亚的沙漠和亚美尼亚的山谷，直达拜占庭高耸的城墙之外，在那里，在那城墙之内，无数的尖顶或圆顶的教堂耸立着，在阳光下反射着耀眼夺目的金色光芒。这时候他总是忘记了一切，忘记了他的父亲和母亲，忘记了那个被他撕碎了衣服的阿拉伯女人，忘记了战争和杀戮，也忘记了他对死亡的近乎绝望的恐惧。

2[①]

但巴提斯很快就对宫廷生活感到厌倦了,这里只有矫揉造作的贵族和虚伪的祭司,礼仪繁琐而可笑,乐师们的表演表面看起来很庄重其实却是像死人一样了无生气,王子们为了王位的继承而钩心斗角,几乎没有什么人想到战争仍然在边境地区不断发生,帝国仍处于危险之中。

入夏时,众王之王到札格罗斯山去进行了一次狩猎——其实说成是避暑更恰当,王庭亦随着众王之王而迁移,从泰西封出发的庞大队伍沿着王道走了一个月才到达。那一次狩猎让众王之王真正地注意到了巴提斯,几年前巴提斯闯入王宫的时候还仅仅是一个小孩罢了,而这一次巴提斯却当着众王之王的面射杀了一只野鹿和一头狮子,让众人惊叹的是,巴提斯是将它们同时射杀的——箭穿过了野鹿的身躯,把正在捕食的狮子给钉在了地上。

众王之王问巴提斯想要什么奖赏,巴提斯跪在地上,平静地说:"陛下,我唯一想要的奖赏,便是请陛下给我一个机会,让我把拜占庭烧成灰烬!"

"你会实现这个梦想的!"众王之王挥挥马鞭,打算打马离去。

"陛下!"巴提斯却提高了声音,"我并不如此认为,假如……照目前状况持续下去的话!"

众王之王勒住马,一鞭抽在巴提斯的背上。巴提斯把脸抬起来,倔强地注视着众王之王。要知道,这样的举动已足以要了他的命。众王之王脸上并没有怒意,他的脸总是那样地淡漠,如同银的面具。在他的后面不远处,众王之王最钟爱的公主芭奴骑在一匹白马上,她只有十六岁,但是她的脸也是如银的面具一般漠然,即便是最不熟悉波斯宫廷的人也能够一眼认出他们必是父与女。

芭奴,众王之王唯一的女儿,是一个虔诚的祆教徒,她的母亲也是她的姑姑,

[①] 本章参考了玛丽·博伊斯教授之《伊朗琐罗亚斯德教村落》一书,此书由张小贵和殷小平翻译,中华书局 2005 年 7 月出版。

也就是说,她的母亲和众王之王实际上是兄妹,而与巴提斯的母亲则是姐妹。很多人相信即便是祭司中的祭司也没有芭奴虔诚,从很小的时候开始,她就严格按照《阿维斯陀》^①的要求,每天进行五次祈祷,而她的高傲和沉默更加深了她的虔诚——至少人们是这样认为的。所有人都相信芭奴最后必定要嫁给她的两个哥哥中的一个,不是大哥札罗斯,就是二哥霍米兹,因为在祆教徒中,女人与自己的兄弟结婚是最虔诚的行为。

当时巴提斯决不会想到自己有一天会爱上这个似乎总是戴着银面具的公主,她并不美丽,长长的鼻梁使她带着某种与生俱来的高贵与冷漠,目光总是低垂着,秀气的睫毛遮住了她的眼睛,使人无法看清它的颜色。从札格罗斯山回到泰西封之后,芭奴出人意料地出现在艾贝德的家里,当巴提斯第一次看到芭奴出现在自己家里的时候,他下意识地对自己说:"我决不会娶这个女人!"

表面上芭奴是来看望巴提斯的母亲的,但谁都知道她是为谁而来。她总是突然出现,有时仅仅是喝一口水,有时则留下来用餐。她依旧高傲、冷漠,但现在巴提斯知道她的眼睛是浅灰色的。当芭奴出现在饭桌上的时候,所有人都拘谨起来,因为她是公主,更因为她的虔诚。芭奴总是像祭司一样穿着雪白的长衣,背脊挺直地坐在饭桌旁,处女的胸脯微微鼓起。她不发一语,只有在艾贝德或者波恩拉对她说话的时候才稍稍点一点头。她从不正眼看一下巴提斯,也从不跟巴提斯说话。巴提斯并不喜欢这个表妹到自己家里来,尤其不喜欢她留下来吃饭,芭奴的到来使他们的进餐时间大大增加了,因为芭奴就餐前和就餐后总是要进行长长的祈祷。像所有的祭司一样,芭奴还有古怪的洁癖,因为不洁是恶魔阿里曼才有的属性,而阿胡拉·马兹达总是无比圣洁的,因此芭奴每次到巴提斯家里来进餐都要让仆人们忙上好一阵来做清洁,而且他们还不得不启用本来是节日做祭祀食物时才用的厨房来为芭奴准备食物。

但有时候巴提斯也会不由自主地被芭奴所吸引,那双浅灰色的眼睛虽然冷漠,却自有其迷人之处,还有少女那娇美的胸部,在饭桌上巴提斯要用很大的自制力才能控制住自己的眼睛,使它们不会总是在公主的胸脯上扫过。两个人冷漠而又骄傲地对峙着,爱在他们之间仿佛一场战争。

① 祆教经典。

仲冬节前一天,芭奴突然独自来到巴提斯家,仆人们正在忙着为第二天的祭礼准备食物,根本没有人注意到她。芭奴说:"巴提斯,你愿不愿意和我一起过今年的仲冬节?"这是芭奴第一次直接对巴提斯说话,巴提斯不知道该如何回答才好。芭奴的脸仍然像银的面具一样漠然,眼睛也像冬天的湖。她说:"巴提斯,骑上你的马,跟我出去。"巴提斯没有说话,也没有摇头或点头,他只是转身到马厩去牵马。

整个泰西封都在为这盛大的节日而忙碌,在明天,波斯人将要感谢伟大的神创造了动物。两个年轻人一前一后地骑着马出了泰西封,没有人注意他们,夏季的底格里斯河在城外的荒野上奔流不息,浩大而无声。

后来,巴提斯常常会奇怪地问自己为什么会爱上芭奴,因为芭奴即便是在最动情的时候也是冷漠的。在那个仲冬节,芭奴把巴提斯带到了一个距离泰西封很远的小村庄里,除了中午的时候停下来做了一次日常的祈祷,他们足足沿着底格里斯河的河岸骑了一天的马,村里的人似乎都认得芭奴,他们亲吻芭奴的脚,把芭奴和巴提斯迎进村庄的小火庙里,仿佛他们是神的使者。但是在他们把芭奴和巴提斯安顿好之后,他们就开始忙他们自己的了:烤面包,宰羊,制作勒克[1],为明天的斯罗什汤[2]准备材料。孩子们到山上去采来桃金娘枝,女人们干活干累了就拿起铃鼓跳舞唱歌,男人们因为烤面包而用厚厚的布把自己的脸和手都包住,为了抵抗烤炉的温度,他们还拼命地喝水。

正是在这里,巴提斯第一次感受到了节日的快乐。村民们为仲冬节准备的食物根本无法与巴提斯家里所准备的食物相比,更无法与王宫里所准备的食物相比,但从小到大,巴提斯就从来没觉得这些节日是快乐的,对他而言,无论是仲夏节、仲春节、仲冬节或万灵节,总之一年中的所有节日都不是节日,或者说不是属于巴提斯或其他人的节日,而是属于神的节日。他厌烦了为了过节而洗澡,也厌烦了那些千篇一律的祈祷,更厌烦了祭司呆板的面孔和他们做作的念祈祷文的方式。在那些贵族和祭司看来,神是高高在上的,人只能俯伏于下,因此过节并不是

---

[1] 由七种水果和坚果组成的节日美味。
[2] 一种食物,有浓郁而刺鼻的香味,主要材料是大蒜和芸香。

一次狂欢,而是一次对神的乞求,乞求神饶恕他们这些罪恶的奴仆,乞求神在他们死后能够网开一面,带他们进入天堂。

而对村民们来说,节日就是一个摆脱日复一日的辛苦劳作的借口,是一场劳累之后的狂欢,是一次饥饿之后的暴饮暴食,是至高无上的神的恩赐,是神因他们爱护天空、土地、牲畜、庄稼、水和火而给予他们的奖赏,因此他们的节日总是快乐的,即便他们穷困到只能用黑麦的面包作为给神的祭礼和过节的食物,他们也仍然是快乐的。

即使是在战场上,波斯人的节日祈祷也仍然是盛大的,几千甚至几万人同时念起祈祷文,在这低沉的背景音中,祭司的呼唤高亢而嘹亮,那时候巴提斯总能感觉到造物主的伟大与无所不在,但那仍然不是快乐。可是,当那个仲冬节,芭奴作为祭司开始主持村民们的祭礼的时候,巴提斯感觉到了快乐与幸福,他第一次体会到信仰原来是可以让人幸福的,同时也开始理解了芭奴的虔诚。

后来他们一起坐在平的屋顶上,看村民们在院落里疯狂地跳舞唱歌吃东西,院落外有等待施舍的乞丐和狗,一个"不净人"独自坐在角落品尝别人端到他面前的美食。

"巴提斯,"芭奴的声音也总是淡漠的,"你还是想把拜占庭烧成灰烬吗?"

巴提斯没有回答,他不知道芭奴为什么要在这时候问这些话。

"这些农民在农田里辛苦劳作,在战场上也是一样的卑贱,他们运送粮食,挖毁城墙,替骑兵抵挡敌人的箭雨,死了也无人为他们举行葬礼……"芭奴淡淡地说。

"可是拜占庭人和突厥人想着的却是冲入泰西封里来劫掠。"巴提斯转过脸来看着芭奴。但芭奴并没有在看他,芭奴在注视村庄外的田野,脸上闪着圣洁的毫光,于是巴提斯继续说下去:"你说的或许是对的,但并不是每个人都像你这样想。"

但巴提斯也并不知道自己说的是不是就是对的,如果真的如芭奴所说,战争全都结束,一切全都结束,那么巴提斯为什么还要存在于这个世界之上、忍受着对死亡的恐惧呢?

在回去的路上,巴提斯突然把芭奴从马上扑下来,压在自己的身下,他吻了芭奴银面具一样的脸——她的嘴唇是那样地冰凉——然后巴提斯颤抖着，把自己的手放在了芭奴娇小的乳房上。

隔着薄薄的麻布，芭奴的乳房光滑而温软，小小的乳头在巴提斯的掌心里战栗着。巴提斯身体里的血燃烧起来，他想：我真应该永远地活下去！

泰西封城里的祭司们从来就没有承认过芭奴的祭司身份，因为，虽然《阿维斯陀》认为男人和女人都可以平等地进入天堂，但同时也认为女人天生就不如男人洁净，因此祭司的工作总是由男人来承担。芭奴永远都记得初潮到来那一天自己的绝望，她被自己体内流出来的血吓得失声痛哭，并因它的脏污而恶心呕吐。在此之前，她总是希望自己是个男孩并且也下意识地把自己当作一个男孩。她知道女人每个月总是有几天是不洁净的，因为她的母亲如此，她周围的女人也都如此，在月事来临那几天，她们不得不穿上破旧的衣服，把自己关在一个暗无天日的小房间里，因为她们是如此地不洁净，以至于她们不能被别人看到，更不能出现在大地与天空之间、出现在阳光之下，她们不能接触水与火，不能跟人说话，更不能与人碰触，包括她们钟爱的孩子。

她无法接受这个事实，但无论如何，她仍然必须按照一个女人所必须做的那样去做。当她从黑暗的小房间里出来接受沐浴的时候，她已经安于这种绝望，她告诉自己，虽然女人是不洁的，但也正因为这种不洁而使女人获得了更多的战胜邪恶的机会，而这或许正是神所赋予女人的使命。

她安于这个理由，并继续她虔诚而单纯的宫廷生活，直到有一天，一个偶然的机会，她发现在贫苦的农村里，女人们并没有受到如此之多的限制，她们仍然必须穿上月事那几天才穿的破旧衣服，她们仍然不能接触食物、大地、天空、阳光、水与火，但是她们并不用把自己关在小房间里，而是可以做一些简单的家务活，甚至可以照顾自己仍在吃奶的孩子，因为在那样贫苦的地方是不可能容许一个女人在好几天里什么事也不做的。

她开始找机会到乡村里去，并逐渐地乐于与农民们接触。几乎所有的农民都不识字，有一些能背诵几段简单的祈祷文，大部分人在祈祷的时候只能保持呆滞的沉默。有许多农民因为没有钱而无法为自己举行"九夜之濯"，他们死亡时不得不忍受对地狱的恐惧，因为没有进行过"九夜之濯"的人都是肮脏的，因此也是不可能升上天堂的; 有一些村庄即便是在节日时也无法请到祭司举行祭礼并念诵经文，而所有这些祭礼和经文都是芭奴极为熟悉的，于是，渐渐地，她在泰西封附近的许多贫苦村庄里担当起了祭司的重任，而村民们也并没有因她的女性身份而拒绝她，毕竟，她是帝国高贵的公主。

有一次，她从泰西封到一个自己之前从未去过的村庄里去，路上她遇到了一座早已被废弃的火庙，信徒们为了让这座火庙不被别的人占用或者毁于风雨或地震，把整座火庙都用片石填得满满的。芭奴跳下马，在火庙前做了祈祷，因为劳累，她决定在火庙旁边休息一会儿，可是她竟然睡着了。在梦中，她看到一个长着翅膀戴着金冠的神从天上飞下来，降落在她跟前。芭奴知道这必是阿胡拉·马兹达，她想向他祈祷，并且她明明知道自己其实并没有睡着，但她却什么也念不出来，更无法动弹，她看到阿胡拉·马兹达把手放在她的头上，用他那双深蓝的眼睛注视着她的眼睛。她浑身颤抖，并且哭起来，她看到神在微笑，然后振动双翼向天上升去，仿佛是一个渐渐缩小的刻在石质天空上的浮雕。她不知道自己是不是在这时候醒来的，或者她根本就没有睡着，她的马在坎儿井边的一棵橄榄树下悠闲地啃着草，似乎什么也没有发生，她觉得左脚有些麻，便扶着火庙的土墙站了起来，这时候一只鹰从火庙的圆顶上掠下，擦着她的头顶飞过，然后斜着掠进了田野之中。

长久以来，她并不知道自己是否有资格做农民们的祭司，更不知道自己为农民们所举行的祭礼或"九夜之濯"是否有效，但如今她确信神是同意她这么做的了。她并不向别人诉说这个梦——而她自己也从来不把这一切当成一场梦，她继续到农村里去，并且逐渐发展出自己对祆教的看法: 在教给农民们祈祷文的同时，她鼓励农民们摆脱祭司自己举行祭礼和"九夜之濯"，她还尽量地把繁琐的戒律简化，尤其是与女人相关的戒律。她并不知道自己所做的一切意味着什么，但是农民们越来越喜欢她，在一些地方，人们情愿相信她说的话，而不愿意相信那些从泰西封城里出来的祭司。

众王之王科斯洛埃斯一世的卫队长楚宾是当时波斯最有名的勇士，在巴提斯成为侍卫队队员两年之后，众王之王把楚宾调到东方战区任大将军，让他去对付日益强大的突厥人，然后，出乎所有人的意料，他把年轻的巴提斯提拔为侍卫队的队长。

也是在那一年，芭奴遇到了那个马兹达克派的信徒。很久以前，在科斯洛埃斯一世成为众王之王的那一年，马兹达克派曾遭到残酷的镇压，在此之前，马兹达克派作为波斯国教袄教中的一派，曾经有极大的势力。众王之王招来袄教正统教派的祭司和景教的祭司一起与马兹达克派的祭司辩论，并在马兹达克派祭司辩论失败之后，将其定为非法，成千上万的祭司和信徒被杀害，之后的几十年间，马兹达克派转入地下，信徒亦趋于绝迹。

芭奴之前并不知道那个衰老得即将死去的农民是马兹达克派的信徒，他在那个村庄无亲无故，人们传说他以前曾当过兵，到过亚美尼亚，也到过嚈哒，除此之外对他一无所知。芭奴像往常那样经过这个村庄的时候，一个农民在她面前跪下，说有一个孤苦伶仃的老人即将死去，请求芭奴去给这个老人主持净身和换衣的仪式。老人躺在一间小土屋里，当他看见芭奴的时候，忽然流出泪来，似乎重新获得了生存之勇气。他从床上坐起，并示意房内所有人都出去，只有芭奴留下。他说："我知道您，您是神之使者、众王之王最钟爱的女儿、波斯的公主、农民们的祭司芭奴。"芭奴并不奇怪这个将死之人认识自己，她点点头，没有答话。老人又说："是神将您带到我的身边，我知道您在为农民祈祷，但您做得并不够，农民们不仅仅需要祈祷，他们还需要粮食、土地和女人，光有祈祷是养不活人的。"芭奴之前从未想过这些，她除了为农民们做祈祷、举行祭礼和"九夜之濯"外，也常常给他们钱，但是要让所有农民都拥有土地，这是不可思议的。老人说完这些话，再也没有气力，他低下头——"啊！"这个可怜的先知悲伤地想，"我为什么要对这可爱的公主说这些？我在嚈哒的战场上所见到的那个年轻人将会带着波斯的勇士们征服世界，但是这位公主啊，她只会被命运推入无底的深渊！"他猛地明白自己其实也是命运手中的一个玩偶，然后就斜着倒在床上，停止了呼吸。

这一次偶遇把芭奴之前的很多想法都推翻了，她开始在农民中宣扬一种新的教义：土地与财产均分，每个男人只能娶一个妻子。她忙着这件事情，几乎没有一天是待在宫里的，直到那一年的春天。

那一年春天，巴提斯二十五岁，芭奴十八岁，整个泰西封都已知道他们是一对恋人，人们都在热切地盼望着一场盛大而奢华的婚礼。可是有一天，芭奴突然听别人说起：巴提斯将随众王之王的使者一起到康居去。她有些奇怪，保护使者的任务不需要侍卫队队长亲自去完成，她去找她的父亲。众王之王已经衰老，却依然野心勃勃。宫廷中的礼仪是如此之严厉，以至于即便是众王之王最钟爱的女儿也无法靠近他到一肘之内，他看着这忧伤的公主，多么想拥抱她，可他脸上却只有冷漠。他知道她在爱着巴提斯，也知道她在农民中宣扬马兹达克的教义，但他并不想阻止她，有时候他把这一切归之于命运，有时候他又取笑自己，他知道自己所做的一切是出于怎样的目的。他看着芭奴跪在自己脚前，跪了如此之久，这个和他一样冷漠的女儿终于流出了泪水，在众王之王的记忆中，女儿是从未哭过的。

"假如你想做一个最虔诚的信徒，你就必须嫁给你的哥哥！"众王之王说，"巴提斯也一样，他必须娶粟特的公主，这是帝国赋予他的使命！"

芭奴从王宫里出来的时候泪水已经干透，她记得夜里还要到一个村庄里去主持祭祀密特拉神的仪式，便像往常一样骑上马出城去了。

村民们已经从沙漠里找来大量骆驼刺，堆在火庙前的小溪旁，比火庙的圆顶还高。芭奴赶到村里的时候天已经开始黑下来了，村民们早已聚在柴堆旁，等芭奴到来之后，便将火点燃。火燃烧了一整夜，腾起的火苗在很远的地方就能看到，仿佛一座火之塔。祭礼结束后，村民们在火堆旁载歌载舞，而芭奴没有留下来，她原本以为自己会留下来的，但是对巴提斯的思念让她痛不欲生，她没有跟任何人道别就跳上马连夜赶回泰西封，并正好在太阳初升时遇上了那队往东去的使团。使团的成员看到芭奴都下马行礼，没有人出声。芭奴冷漠地骑在马上，看着人们一个个地过来，行礼，又上马离去，直到巴提斯也过来——他像别人那样行礼，也像别人那样上马离去。终于所有人都上马离去了，芭奴也策马向泰西封缓缓而去，马蹄敲打着王道上的石板，像敲打在她的心上，她没有想到自己与巴提斯的分别会这样地平淡，但是当分别发生了，结束了，她也没有觉得这有什么不合情理。

回到王宫之后，她让侍女帮她准备一把锋利的短刀和一大捆白布，然后让她们都等在外面。她脱下白长衫，解开内衣，让双乳袒裎于外，然后她轻轻地用刀把它们割下来。那把短刀是如此地锋利，以至于她似乎并没有感觉到疼痛。她并不清楚自己为什么要这么做，或许是因为巴提斯，或许与巴提斯无关。她试着用白布去包扎伤口，但肮脏的血流出来让她恶心想吐，然后疼痛猛地压下来，她几乎昏厥。"好啊！"她想，"我把自己弄脏了，这样的事情应该让别人帮我做。"于是她喊了一声，虽然声音很低，但惴惴不安地等在外面的侍女们马上就跑进来了，她们尖叫起来，在房子里跑来跑去，然后开始哭泣。

只有很少的几个人能够猜测出芭奴为什么要这么做。这样巨大的创伤差点让芭奴死去，幸好当时泰西封城内还有两个从拜占庭来的医生，这两个医生救了芭奴的命。

农民们不断地拥入泰西封，他们聚集在王宫的巨大拱门前和火庙内为芭奴祈祷，而更多的农民则聚集在自己村庄的小火庙里，他们燃起圣火，日夜不停地祈祷，不会念祈祷文的农民则在火庙内绝望地静坐。泰西封城内的火庙能够容纳的人数有限，于是聚集在拱门前的农民越来越多，便是执矛的卫士也无法将他们驱走，贵族和祭司们为此惶惶不安。甚至众王之王也没有想到自己的女儿已经得到农民如此的爱戴，他亲自去见聚集在拱门外的农民，有一些农民听从他的旨意离去了，但大多数仍然留在那里，直到芭奴在众人的搀扶下走出，她依旧穿着白长衫，她没有说话，但是农民们站起来，除了低低地压抑着的哭泣声，他们的离去简直可以说是静默的。

由波斯前往康居的使团行走在盐碱地、草原和沙漠上，他们将于祆历的新年到达康居。从泰西封出来大约一个月之后，一头带翼的狮子将巴提斯引到了草原深处的一座巨大的古墓旁。

那是一个晴朗的夜晚，繁星满天，狮子仿佛是出现在巴提斯的梦中，它从遥远的地平线上半飞半跑地过来，开始时只是一个小黑点，它的飞翔与奔跑都是无声的，它的双翼纯青而透明，仿佛没有重量。当它来到巴提斯跟前，巴提斯看到它棕色的双眼里带着夜空一般的宁静与神圣。巴提斯与它一同走出帐篷，夜露打湿了巴提斯的双足，他们一同向草原的最深处行去。那些草原不仅是人所未曾到过的，便是野牛和羚羊也从来没有涉足过，这里的草茂盛而高大，简直可以把巴提斯淹没。他梦游一样地随着狮子走着，一直走到黎明到来，地平线上隆起了一个小小的土丘，这就是那座古墓了。当巴提斯来到古墓之旁，他惊叹古墓的巨大——这

古墓里足可容纳下数千人。狮子把他引到古墓的入口———一个小小的洞穴,他俯身走入,狮子留在了外面。

　　天已经亮了,清晨的阳光照亮那个小小的墓穴,墓穴由石头和巨木搭成,平整的泥地上躺着一匹马的骨骸,在这个小墓穴的角落处,还有一个小小的入口,于是巴提斯继续从那个入口向古墓里走去,仍然是一个小小的墓穴,仍然由石头和巨木搭建而成,但是阳光不再能照进来了,在黑暗里,磷火在一匹马的骨骸上微弱地闪烁着。于是巴提斯追随着一星又一星磷火向古墓的更深处走去。越往里去,墓穴就越小,所有的墓穴都由石头和巨木搭建而成,有些木穴里躺着马的骨骸,有些墓穴里躺着的是人的骨骸,而有些墓穴则什么也没有。巴提斯不知道自己到底经过了多少个墓穴,每个墓穴都只有一个入口、一个出口,他只是依着古墓的指引向深处走,终于他来到了一个几乎可以说是三角形的墓穴,这个墓穴是如此地窄小,使巴提斯一进去就无法转身,巴提斯也并不想转身,现在他对这个古墓的主人充满了好奇,他猜测这必是一个巨大的圆形古墓,其间用石头和巨木分隔成许多小的墓穴,而在古墓的正中,必有一个最大的圆形墓穴,其中必埋藏着此墓之主人。

　　当他从那个窄小的三角形墓穴出来的时候,发现自己果然是置身于一个巨大的墓穴里,阳光从墓穴顶部的一个孔洞照射下来,照亮了位于墓穴正中的一具石棺。巴提斯慢慢地向石棺走去,棺盖上刻着巴提斯不认识的文字,他用力把棺盖推进一边,石棺里的骨骸比常人的要高大许多,在骨骸之侧,放着一张巨弓。那似乎是一张用牛角与木材制成的弓,经过了如此之久,弓弦仍奇妙地紧绷着,巴提斯忍不住伸手把弓从石棺中提起,那弓比他所用过的任何一张弓都更沉重,他尝试着把它拉开,弓微响着,仿佛是刚被人从久远的沉睡中唤醒,在活动它的骨节;巴提斯终于把弓拉成了满月形,然后"嘣"的一声,手指般粗的弓弦竟在瞬间断开,"嗡嗡"的回声在墓穴中回响,巴提斯觉得自己的脸被狠狠抽了一下,那张弓在弓弦断开的一瞬间变成了灰尘,消失在巴提斯的手中,仿佛从未存在过。

　　巴提斯对自己所遭遇的一切疑惑不解,他继续在古墓里翻找:一个又一个的墓穴,可是里面都只有马或人的骨骸,其他的什么也没有。他想将棺盖上的字抄下来,可是又找不到纸和笔,最后只能空着双手离去。狮子已经不见了,巴提斯完全迷失了方向，他在那茂盛的草原里徜徉，内心同时充满喜悦与忧伤。

他是如此地想念芭奴，想念她的气息与肌肤，想念她的乌发，想念她冰冷的表情与嗓音，想念她梨一样的乳房……可是有时他又因自己终于摆脱了芭奴而忍不住微笑，每当他发现自己在笑时他便在心中责骂自己。他不知道自己究竟是怎么了，不知道自己究竟是在恨着芭奴还是在爱着芭奴，可是他想他是爱她的，他想他愿意为芭奴献出自己的生命，可他仍然为了自己终于摆脱了芭奴而喜悦，这种喜悦是如此地隐蔽和细微，甚至连他自己也无法相信他是喜悦的。他终于哭起来，蹲在草的深处，他胡乱地把泪水和鼻涕涂满自己的面颊，他终于明白自己已经彻底地失去了芭奴，再也没有可能回到从前了，再也没有可能回到那个仲冬节，回到他第一次颤抖着把手放在芭奴的乳房上的那一天。

前往康居的使团在草原上等了两天，他们派人四处寻找，却始终未能找到巴提斯。最后还是巴提斯自己回来了，他问使团里的祭司，那座古墓究竟是怎么一回事，古墓的主人又究竟是谁。

祭司沉默了很久，终于对巴提斯说："大人，我不知道我应不应该对你解释这件神奇的事。据我所知，在亚洲的草原上，流传着这样的一个传说：在远古的时候，有一位伟大的王，叫阿尔赞，他统一了草原上的所有部族，他死后人们把他埋在草原的最深处，并为他建起了巨大的墓，有一千个奴隶和两千匹马为他殉葬。在阿尔赞王的石棺里，有这样一张巨弓，它用龙的角与海里的木制成，凡是能把这张弓拉开的人，都将立下征服世界的丰功伟绩。曾经有人说，那波斯所有众王之王中之最伟大者居鲁士，曾经拉开过这张弓——但是，大人，据我所知，在波斯所有众王之王中之最伟大者居鲁士将弓拉开之后，那张弓也立刻变成了灰尘。"

"这意味着什么呢？"巴提斯此刻内心突然异常的平静，仿佛他所问询的是别人的命运。

祭司犹豫着道："我想大人是知道居鲁士的命运的，他死于草原女王托米里斯之手，女王将他的头颅割下，浸在了血泊之中，以惩罚他的嗜血……荣光随风而逝，伟业亦于瞬间化为尘灰，大人的生命将在大人征服世界之后立即结束！"

巴提斯没有再出声，祭司等了一会儿，看巴提斯没有话再问了，悄悄躬身

退出。

"是吗? 是吗? "巴提斯喃喃地说,"荣光随风而逝, 伟业亦于瞬间化为尘灰……这就是神所赐予我的命运吗? "

他想起一个月前, 当他得知芭奴即将死去的消息的时候(是农民们告诉他的), 他抛开使团, 不顾一切地骑着马向泰西封城而去。他直冲进王宫里, 就像他小时候曾经做过的那样, 没有人敢阻拦他, 便是众王之王科斯洛埃斯一世也没有阻拦他。那时候的芭奴是如此地弱小而绝望, 他疯一样地把医生们赶开, 跪在芭奴身边, 说:"不, 你不要死, 我将只为你而活! "而这冷漠的公主睁开她灰色的双眼, 抬起了手, 轻抚着巴提斯的脸——她的手是那样地冰冷——说:"不, 我不会死, 你亦不会为我而活! "

那时候巴提斯不知道芭奴为什么要拒绝他, 可是现在他知道了。他知道了芭奴为什么是不会死的, 因为即便在他随着使团向东行走了一个月之后, 也仍然有牧民为了芭奴的生命而祈祷, 在那些破旧而低矮的帐篷里, 牧民的祈祷是如此地虔诚, 仿佛芭奴是他们最亲的人。他知道芭奴从此将不再属于自己——其实她又何尝属于过巴提斯呢? 芭奴将永远地为了波斯的农民们——或者不如说, 为了波斯的最穷苦的人们而活着, 她的生命只属于那些在帝国的最底层挣扎的人们; 而巴提斯呢, 他的生命既不会属于芭奴, 也不会属于任何人, 甚至也不属于他自己, 他将为了草原与沙漠而活着, 为了河流与海洋而活着, 为了大地与天空而活着, 他的疆土将是无限的, 他的生命是神亲手播下, 亦将由神来亲手收割。

3

我深信以巴赫曼①的佑助, 能够保护人的灵魂。因为我知道马兹达·阿胡拉

---

① Bahman, 第一位大天神, 代表阿胡拉·马兹达的善思和智慧, 负责向人类传授善言。——据《阿维斯塔——琐罗亚斯德教圣书》, 商务印书馆二零零五年十一月第一版第一次印刷, [伊朗]贾利尔·杜斯特哈赫选编, 元文琪译。

对善行的奖励。

我将引导人们皈依正教，为此而竭尽全力。

——《阿维斯塔》第一篇，《亚斯纳》第二十八章第四节

很多年以前，众王之王科斯洛埃斯·阿努希尔宛率领的军队获得了对叙利亚人的胜利，从安条克带回了大量的大理石和彩色瓷砖，众王之王把这些东西堆放在城外。石头和瓷砖的绚丽色彩令幼小的芭奴迷恋不已，她每天都闹着要到城外去，那石头与瓷砖的堆叠上有彩虹的光。石头与瓷砖的旁边还有二十几棵橄榄树，那是属于一个老农妇的。芭奴常常穿着白长衫，骑着小马，后面跟着几个侍女和侍卫，她在老农妇简朴的家里休息，在大理石上睡觉，那些瓷砖是由石头与玻璃混在一起炼出来的，切口被阳光一照，闪烁出宝石的光。后来众王之王对她说，他之所以从遥远的安条克带回这些沉重的东西，不过是想为他美丽的女儿建一座新的宫殿。

他抱起芭奴，骑在马上，在众侍卫的簇拥下，出宫去了，他要芭奴指定一块地方，他好为她建她的宫殿。

芭奴选了众王之王堆放大理石与瓷砖的那块土地。宫殿的设计图画出来之后，发现老农妇的土地也被圈在了里面，众王之王便派人去，打算把老农妇的土地买下来。

但是老农妇说什么也不愿意出让她的土地，无论众王之王出多高的价。芭奴的其中一个哥哥札罗斯，偷偷派了几个侍卫去，对老农妇说，如果她再不出卖土地，就要把她抓进牢里。札罗斯这么做倒不是因为他对芭奴有多好，而不过是在讨好他的父亲，并借此展示他的所谓的才干。众王之王知道了之后，处罚札罗斯一年之内不得进入宫廷，并决定更改设计图，不再要求老农妇搬走。

宫殿花了两年时间才建成，建成那一日，所有泰西封的居民都跑去观赏，这是整个泰西封最美丽的建筑，以它为波斯最美丽最尊贵的公主的宫殿是再合适不过的，唯一的缺憾是，因为老农妇的那二十几棵橄榄树，宫殿不得不建成一个不规则的形状，但众王之王的这一次退让却令他在农民中获得了无比的威望，而这样的收获也绝非一座完美无缺的宫殿所能比拟。

在宫殿还没有完工的时候，芭奴就常常到工地上去，捡拾和收集瓷砖的碎片，观看工匠们干活，这一切都让她觉得乐趣无穷。到橄榄收获的季节，她还爬到老农妇的橄榄树上帮她收橄榄，以前生长在树的高处的橄榄老农妇是收不到的，芭奴身材轻巧，总是能爬到高处去帮她把橄榄打下来，然后再一起收起树下的毡子，把里面的橄榄倒到筐子里去。

有一天老农妇说，她终于存够了钱，要行她这辈子第一次的"九夜之濯"了，芭奴还没有行"九夜之濯"，她飞奔回王宫里，对众王之王说，她要跟老农妇一起行"九夜之濯"，虽然泰西封里有专用于王族行"九夜之濯"之地，而且芭奴的母亲——她同时也是众王之王的妹妹——也极力地反对，但众王之王仍然让芭奴与老农妇一起去了。

那只是一个简单的院落，聚集了很多女人，有老有少，看得出来都很穷：有一个老妇是把她的破房子卖掉后才凑够钱行"九夜之濯"的，因为她觉得自己很快就要死去了，害怕会因没有行"九夜之濯"而在死后堕入地狱，但她并不知道自己在行了"九夜之濯"后又应该到哪里去住；另一个农妇则相反，她不想行"九夜之濯"，因为她的丈夫至死都没有钱行"九夜之濯"，她不想在死后仍然见不到她的丈夫，但是她的儿女们强行把她拖来了；一个女人——后来芭奴想她或许竟是一个妓女——向芭奴讲述人是如何从精液与经血中被创造出来，并在子宫中长大，如同植物的芽在土壤中被孕育出来一样；另一个女人教她唱一首关于月亮的古歌，那首长歌描述了月亮在一个月里的每一夜的细微变化和它对海潮以及女人的影响；更多的时候她们在抱怨她们的丈夫和儿子，但芭奴发现这种抱怨只能限于她们自己，一旦别人有一点言语冒犯到她们的男人，他们就会像野猫一样暴跳起来……芭奴隐瞒了她的公主身份，自称是那位老农妇的孙女。那九夜的牛尿与沙的濯洗不仅仅净化了她的灵魂，还彻底改变了她对穷人的看法，从此之后，她更习惯于与穷人待在一起，而不是与贵族和祭司待在一起。

同样地，她也变得更喜欢与泥土待在一起而不是与石头待在一起，那座用大理石与五彩瓷砖建起来的宫殿不知不觉间被她舍弃了，更多的时候她是待在老农妇的破房子里和橄榄园里，她也很少再去泰西封那座专用于贵族祭祀的火庙，每当她需要到火庙里去的时候，她总是和老农妇一起，去一座又小又破的、只有穷人才去的火庙——这座火庙连祭司都没有，只有一个负责看管圣火的信徒。有一段时间她担心自己这样做——越过了祭司而直接面对神——是不是不虔诚，同时她还担心没有了祭司神是否还能体察得到他们的奉献和祈祷，但最终是玛西雅纳赫大妈——也就是那位老农妇——的一次祈祷让她消除了疑虑。圣火微弱而温暖，在阴暗、破旧但却洁净的火庙里，玛西雅纳赫大妈是这样祈祷的：

> 我馨香祷祝，
> 我祈求我的祈祷传到阿胡拉·马兹达的耳中，
> 祈求他赶走困扰我的数百恶魔，
> 愿他加强善灵的力量，
> 让我的病痛一天天一年年退去。
>
> 我向他祈求欢喜与祝福，
> 结束我的噩运，原谅我的罪恶……

芭奴不相信神会听不到这样的祈祷，也不相信神会因为几个祭司而不去佑护这样虔诚、善良而又弱小的信徒。

不久之后的一个仲冬节，穷人们再也找不到祭司来为他们主持祭祀了——原先那个愿意为他们主持祭祀的老祭司已经死了，万般无奈之下，他们突然想到了公主芭奴：虽然祆教不允许女人成为祭司，但是在他们所能找到的人当中，也唯有芭奴是最接近神的了：芭奴是众王之王与其妹所生，即便是在王族当中，芭奴的血统也是最纯正的，而王族的血又是所有血中最神圣的。

芭奴那年刚过十三岁，正为初潮所困扰，穷人们对她的信任与崇拜令她惊讶，同时也不乏兴奋，她戴上口罩，拿起豪摩，在圣火前主持了她这辈子第一次的祭祀仪式。

圣火吞食着被劈得方方正正的木块，在火坛上轻盈而热烈地燃烧，光与热紧拥着豆蔻年华的芭奴，豪摩的香味散发出来，使她有一些晕眩，她突然想到很久以前，她与众王之王一起乘坐船只，沿底格里斯河（这河就像她黑色的长发般美丽）顺流而下，那是夜晚，在灰烬般的黑暗与寂静中，有渔民在捕鱼，他们在渔船的四周点亮火把,芭奴看到许许多多的鱼向火把扑过来,凶猛地、欢快地、无所畏惧地……仿佛那火就是它们的天堂。

没有任何生命能抗拒火、抗拒光明,对火和光明的信仰让芭奴温暖、安静、幸福,她愿意为这信仰献出血、献出生命、献出灵魂。

十五岁的时候她爱上了一个农民的儿子,他的名字叫阿德①。芭奴第一次见到阿德时,他正从山上下来,那是一个美丽的夏天的早晨,露水仍在橄榄树上闪烁,芭奴骑着小马,独自沿着底格里斯河的河岸缓缓奔驰,要到一个村庄里去。阿德背着高高的、小山一样的桃金娘枝,衣襟里还兜着满满的桃金娘的果实,站在一个高坡上,他远远地看到公主过来了,便把桃金娘枝放下,跪在路边。芭奴停了下来。阿德捧起他采摘的桃金娘的果实,献给芭奴。他的手黝黑,皴裂着,饱满而乌紫的果实在他的手掌中如宝石般美丽。芭奴松开缰绳,轻轻触了触阿德的手掌——粗而温暖:"你是谁?""大家都叫我阿德。"阿德慢慢把头抬起,芭奴看到一双黑而静的眼,像马一样。

芭奴觉得自己是爱上了阿德,她不知道应该怎么办,她到阿德的村庄里去,但是阿德对她永远都是恭恭敬敬的。她去找马西雅纳赫大妈,她正驼着背打理她的橄榄树,额头上沁着一层油汗,身上散发出一阵阵的汗酸味,"您是国王的女儿,他是农民的儿子,鹰怎么可以和斑鸫在一起?"芭奴穿着白长衫,站在马西雅纳赫大妈的身后,"我是国王的女儿,但阿德也绝不是喜欢窃取橄榄的斑鸫呀?您怎么可以这样说他,我觉得……觉得他就像马一样,美丽,健壮!"玛西雅纳赫大妈放下手里的活,转过身来跪下,亲吻着芭奴的脚尖——芭奴总是喜欢赤着脚站在泥土上,"美丽的公主呀!您居然爱上了一个农民的儿子……但请您放过阿德吧!农民的血是绝不可以掺入王族的血中的,您难道不曾听说过,便是拜占庭的王子也不配娶波斯的公主吗?您只能嫁给您的哥哥,或者您的父亲,至少也得嫁给您的堂兄弟或表兄弟。如果阿德的血和您的血混杂了,您知道等待阿德的将是什么吗?"芭奴沉默了,她低下头,轻轻扯着自己的长衫,"是什么呢?""他会被绑在两匹马中间,他的身体会被扯成碎片!"玛西雅纳赫大妈的声音渐渐低了下去,她颤

---

① 根据《黄金草原》,阿德人是一个早已灭绝的巨人族。

巍巍地爬起来,顺手拾起一块石头,朝一只正停在橄榄树上的斑鸫扔去,"走吧! 小鸟,你不应该到这里来。"

芭奴站在那儿,无声地哭了,并不是因为她终于明白自己是不能爱阿德的,而是因为她终于明白自己无论怎样做,也仍然还是一个公主、一个祭司,而不会成为一个像玛西雅纳赫大妈那样的农民。农民们爱她、敬她,但永远也不会把她当作他们当中的一个来接受她。

而她又已经永远也不可能再回到贵族和祭司中了,虽然她的皮肤依旧如象牙般洁白,虽然她的神情依旧高贵不可侵犯,虽然她浅灰的眼睛依旧保持着王族所特有的冷漠,但无论如何,她已经不仅仅只是一个公主了。

她学会用高傲和冷漠来保护自己,这高傲和冷漠就像她的银面具一般,遮蔽着她,使她得以在贵族与祭司中保持着尊严;只有在农民中她才会把这银面具摘下来,并稍稍显露出她健康、热情和娇美的一面,但是在农民们的心中,她首先是公主,是神圣的祭司,然后才是一个少女,而这最后一点,也常常会被他们遗忘。

众王之王科斯洛埃斯·阿努希尔宛的威权在波斯与突厥联手征服了嚈哒之后达到了顶峰。在那之后他娶了突厥的公主法古姆,婚礼之盛大令人觉得恐怖:绵延几古里①的迎亲队伍,充斥着丝绸、宝石与香料的嫁妆,还有无以计数的骆驼、马匹和大象,这可是世界上最强大的两个帝国的联姻。

中国和印度都派来祝贺的使臣,四百年后,一位名叫马苏第的阿拉伯学者在他的皇皇巨著《黄金草原》中,是这样描述的:"中国国王曾用这样的措辞致书于他:'珍珠和宝石宫殿、由两条其香味可扩散到四周两古里的沉香和樟脑之树的江河流经的宫殿的主人,由千名国君的公主奉侍的和在其牲口棚中有千头白象的天子,致其兄科斯洛埃斯·阿努希尔宛。'他作为礼物送给后者一匹完全是用一块块排起来的宝石做成的马,骑士的双眼及其马匹都是用深红色的尖晶石制成的,一块镶了宝石的翡翠形成了其刀柄。这一宝物还伴有一块有黄金烘托的中国丝绸,

---

① 古波斯里。马苏第在《黄金草原》里说:"地球的圆度在赤道上是 36 度(应为 360 度),一度相当于 25 古波斯里,每古波斯里又相当于 1.2 万腕尺,一腕尺相当于 42 指,一指又相当于首尾相衔地排列起来的 6 粒大麦长。"

上面绘有国王坐在其宫殿中的画像,国王身上佩带有他的装饰品和王冠,在他的上面站有手执麈拂的奴婢,这一画面用黄金织在天青石色的蓝底上。这块丝绸放在由一名妙龄女郎手捧的金匣钵中,少女的面部漂亮得鲜艳夺目,由其长长的青丝遮住了面庞。……

"印度国王曾这样致书于阿努希尔宛:'印度国王、东方首领中的最为伟大者,尖晶石和宝石大门的金殿的占有者,致书其兄波斯国王、王冠和军旗的占有者科斯洛埃斯·阿努希尔宛。'他的礼物是由 1000 曼可以在火中熔化和获得如同在蜡中一般清楚的指纹的印度沉香、一只有一拃宽和装满珍珠的深红色尖晶石做成的杯子;1000 曼有黄连木果实大的和甚至更大的樟脑块;一名有七拃高的女奴婢,其睫毛一直垂到面庞,人们会认为从其眼睑中射出了闪电光一般,其双眼的光芒与其皮肤的纯洁、其相貌的秀丽和身材的完美融为一体,其眉毛互相拧在一起,其发辫一直拖到地上……"[①]

众王之王的女儿、波斯的公主芭奴就是在那场盛大的婚礼上发现自己爱上了自己的父亲。祆教崇尚血亲,因此女儿爱上自己的父亲并不是一件让人意外的事。虚伪、龌龊,像臭水沟般污水横流的波斯宫廷早已令芭奴厌恶,因此她才会到宫廷之外去寻找圣洁,而这宫廷中之最虚伪最脏污者,在芭奴看来,正是她自己的父亲,那波斯的众王之王;但是在婚礼那一天,她突然发现,她的父亲是如此强大,充满力量,蛮不讲理,他虚伪到无需再掩饰自己的虚伪,污秽到无需再擦拭自己的污秽,他是一个强悍的、神一样的男人。

但芭奴没有再向任何人透露这一次的爱,这份爱淡到几近于无,她不动声色地守护着这份爱,不在外表透露出哪怕一星半点,仿佛是在守护着某种最神圣的、最隐秘的、类似于昆虫一般的祭品。直到那一年的夏天,像往年一样,整个宫廷都到札格罗斯山去,狩猎、避暑。在路上,有一幅巨大的阿胡拉·马兹达的浮雕,是用整座山雕成的,在浮雕里阿胡拉·马兹达光芒四射,将恶魔阿里曼踩在脚下。每年众王之王经过这里的时候,都要骑着白马,只带一两个亲信的侍从和一个祭司,到山脚下去,这一去总是要天黑了才会回来。这一年众王之王出人意料地把

[①] 根据《黄金草原》,青海人民出版社 1998 年 11 月第 1 版,1999 年 3 月第 2 次印刷,作者马苏第,译者耿昇。稍有改动。

芭奴也带上了，一路上他们都没有说话，这对冷漠的王族来说是正常的事，芭奴也没有在意。

在山脚下，祭司摆上了一个小小的石制的圣火坛，把圣火点燃，开始祭祀仪式。让芭奴惊讶的是，这祭祀与平常的祭祀仪式不同，更像是早已在波斯被禁绝的马兹达克派的祭祀仪式，而禁绝——或者不如说屠杀了马兹达克的，正是众王之王自己。

只有在这隐秘的祭祀中，众王之王才能表现出他弱小的一面。如果追究起来，马兹达克甚至还曾经是他的老师，当众王之王还只是一个王子的时候，他也曾经是一名马兹达克的信徒，笃信在人间建立均富的天堂的教义，可是当他登上众王之王之位以后，却不得不因贵族们的压力而在全国范围内屠杀马兹达克的信徒，当时至少屠杀了八万人，其中自然也包括马兹达克在内。

但他所有的对马兹达克的信仰和爱，也只有在这每年一次的隐秘的祭祀中才能表达出来，这也正是众王之王默许芭奴去参加穷人们的"九夜之濯"的原因。但这也绝不是唯一的原因，众王之王知道自己需要一位能够与贵族们对抗的先知，而这先知如果是他自己的女儿，那当然是再好不过了。

芭奴被自己内心的感情所困扰，她不知道自己对父亲的爱究竟是女儿对父亲之爱还是情人间的爱，而现在又加上了信仰相近者之间的完全纯洁的爱，她暗暗地祈祷神佑护自己，还有她的父亲，以及整个的国家。在她看来，如果神真的希望她嫁给自己的父亲，那么甚至连她对自己的父亲的爱都是不被允许的，她应该把这样的一次婚姻看成是对神的奉献，而决不应该看成是一次爱情的实现与酬报，于是，在到札格罗斯山去的漫漫旅途中，她对父亲的爱渐渐地被她淡忘了，直到她见到巴提斯，那时候，父亲就终于仅仅只是父亲了。

对巴提斯的爱与她对阿德以及众王之王的爱完全不同。

当巴提斯如狮子一般，把她从马上扑下来，将他男性的、健壮的身躯覆盖在她柔软的身躯之上，当巴提斯的手带着怜惜与爱意小心翼翼地停留在她的乳房之上，她的情欲之潮便从生命的最深处汹涌而起，仿佛巴提斯是高悬于夜空的满月，而她自己则是无边无垠的暗夜之海。

但奇怪的是，即便是在情欲汹涌的时候，她也仍然是冷静的，她的灵魂仿佛是一个第三者，飘浮于空中看着自己的身体被巴提斯一拃一拃地点燃，既没有喜，也没有怒，那时候她还完全无法理解情欲这件事。

最初，她之爱上巴提斯，就如一朵花爱上了原野，还有原野上的野马群：巴提斯内心深处的野性深深吸引着她，这种野性同时也带给了巴提斯洁净和纯真，而所有这些都是波斯的宫廷所没有的。但是，一旦巴提斯将她的情欲点燃，她便犹豫了。她的身体、或者更直接地说，她的子宫，早已在她幼年时便发誓要献给琐罗亚斯德。她起誓的时候并不知道情欲可以如此地令人迷醉而至疯狂，她之前所有的爱情都仅仅是心灵之爱，而这正是令她痛苦的原因，是巴提斯令她发现爱并不仅止于此，爱并不仅止于灵魂，还触及肉体，触及最原始的欲望，爱让她忘记一切，甚至忘记了神，爱令她渴望着占有和奉献，而这占有和奉献的对象并不是阿胡拉·马兹达，而是一个普通的人类——最多也仅仅是一个普通的神之选民，而这个人类或者选民，对芭奴的内心却又是一无所知。

巴提斯只根据直觉来行动，从不将感情与欲望条分缕析，对他而言，唯一需要条分缕析的东西，只有战场上的战术、杀人的方法以及在杀人的同时保护自己的方法。

他们的爱以这样一种矛盾的方式向前发展，甜蜜，却又危机四伏，直到巴提斯不得不到康居去向粟特的公主求婚。对巴提斯而言，这虽然痛苦，却有足够的理由让他不得不接受；而对芭奴而言，那唯一的一根让她沉迷于情欲的纽带也被剪断了，虽然他并不想责怪巴提斯，但无疑地，真正地将这根纽带剪断的人正是巴提斯自己。

她割去自己的双乳，从此她将只钟情于自己的信仰，信仰就是她的情欲和她的肉体，同时也是她的灵魂和她的归宿。

从那一刻起，她便称自己为芭德。

先知琐罗亚斯德问阿胡拉·马兹达：在我之后谁将取得教主之位？阿胡拉·马兹达答道：当乌希达尔年满三十岁时，他将蒙受我的启示成为先知。于是琐罗亚斯德与妻子同房三个月，每次房事后，琐罗亚斯德的妻子都要到康弗塞湖中去沐浴，进入湖中的精液由江河之神阿娜希塔保护。后来，每逢新年和梅赫尔甘节（每年的七月十六日到二十一日），女孩子们便到康弗塞湖中去沐浴，并期望能因此而受孕。一千年后，一位名叫芭德的女孩果然受了孕，她生下了先知乌希达尔。两千年后，一位名叫韦赫·芭德的女孩子也受了孕，她生下第二位先知乌希达尔·马赫。三千年后，一位名叫埃蕾达德·芭德的女孩子最后一次受了孕，她生下了最后一位先知苏什扬特，这位先知帮助阿胡拉·马兹达打败了阿里曼，世界重又焕然一新，光明而纯洁。

但康弗塞湖位于塞迦斯坦，在帝国的东部，距离泰西封实在太过遥远了。

芭德鼓动农民们在下一年的梅赫尔甘节到来之前，送她到康弗塞湖去，这一疯狂的举动必然不可能得到她的父亲的赞赏，更不可能得到朝臣们的同意，但芭德一意孤行。

数万农民簇拥着她从泰西封巨大的拱门之下出发，她依旧是身着白衫，骑在马上，神情宁静，仿佛她只是在进行一次惯常的远游，去主持泰西封附近的一个小村落里的祭祀仪式，但跟在她身后的沉默的农民们却让泰西封城里的所有人震怖。

出了城之后，芭德只留下几百个农民陪她到康弗塞湖，其余的农民虽然百般不愿，但也不得不在她的严令之下回家了。乍看去，这个小小的队伍就像一个普通的商队，但仔细研究之后，就会发现这商队里的每一个成员都不是商人，因为他们的一举一动，小到货物的捆绑方式，大到前进路线的选择，都显得异常生疏。

行进到一半的时候，这个队伍被阿拉伯劫匪洗劫了，所有人都被杀死，只有芭德一个人活了下来。

当巴提斯遇到芭德的时候，她正独自坐在荒漠里的一棵柽柳树下，瘦削、黝黑，冷漠的眼神里带着狂热和因为长久离开人群而造成的呆滞——她已经怀了五个月的身孕。

巴提斯几乎已经无法将芭德辨认出来了，除了那伤残的胸部，他无法将眼前这个女人与自己曾经爱过的芭奴对应起来，他甚至已经无法相信自己曾经爱过这个女人了。他不敢探问在这一年多的时间里究竟发生了一些什么，芭德也从不向他提起,但是在回泰西封的路上,巴提斯慢慢地发现自己仍然还爱着这个女人,但这种爱与先前的爱已完全不同,这种爱更接近于兄妹之爱,甚至有时候巴提斯会觉得芭德是自己的母亲,因为他发现她已经变得像大地一样宽广、深厚和慈祥。

还在路上的时候,芭德就已经被农民们认出来了,她接受农民们的奉献并告诉农民们她已经在康弗塞湖中受孕,怀上了先知乌希达尔,而众王之王的卫队长巴提斯的亲自护送又间接地证明了这一点,同时似乎也表明了众王之王对芭德的支持;虽然巴提斯很怀疑芭德是否真的到过康弗塞湖,但他没有理由也没有必要戳穿芭德的谎言,于是,当他们到达泰西封城的时候,芭德在康弗塞湖怀上先知的消息已经传遍了整个帝国,现在已经不仅仅是农民们在爱着芭德了,甚至连贵族们都不敢反对——至少是不敢公开地反对她,当巴提斯护送着芭德到达泰西封城的时候,欢乐的人群在城门口迎接他们,如同迎接军队的凯旋。

芭德的目的达到了,她可以按照自己的意愿行动了:她虽然怀着孕,却并不愿意留在王宫里,她四处走动,号召农民们从贵族手中抢回本就属于他们的土地。一开始这行动还是和平的,没有贵族敢与先知的母亲对抗,但是当事情愈演愈烈的时候,流血就不可避免了。

农民们像蝗虫一样在大地上呼啸而过,庄园被焚毁,贵族们被杀死,他们的女儿则被农民们轮奸然后抛尸荒野。一切的迹象都表明这已经变成一场暴动,甚至连芭德也已无法控制,但她仍不愿意让这暴动停止,当贵族们责问她:"杀戮和强奸也是神所应允的吗?"芭德说:"是的,这是你们所应付出的代价。"

是的,她就是这样想的,"这是你们所应付出的代价",因为她也曾经在通往康弗塞湖的荒漠中付出了她所应付出的代价——被脏污的、浑身散发着恶臭的阿拉伯人强行进入的痛苦,更重要的是——恐惧,对害怕失去生命的源自本能的恐惧,她都曾经经历过。所有的人都已被杀死,只有她独自留下来,付出了被蹂躏和污辱的代价,她独自留了下来。

没有人能够理解她,只有她自己能理解自己,只有她能明白为什么她居然能够在被如此多的人污辱过之后仍能活下来,她把这一切都看成她所应付出的代价,或者说,是她所应接受的耻辱,只有她心甘情愿地接受了这样的耻辱之后,她才能真正地成为农民中的一员,与他们再无隔阂,与他们血肉相连。

所以她并不认为她在撒谎, 她已经明白康弗塞湖并不仅仅是在塞迦斯坦, 实际上, 康弗塞湖无处不在, 琐罗亚斯德的精液也无处不在, 当她心甘情愿地接受了她那命中注定必须接受的耻辱之后, 她同时也就接受了琐罗亚斯德的精液, 接受了孕育先知的重任。

众王之王终于派出军队去镇压这场血腥的暴动, 成千上万的农民被杀死——他们的武器不过是一些铁的农具, 根本无法与帝国的重骑兵对抗。芭德乞求众王之王停止对农民的杀戮, 但被众王之王一口回绝, 在百般恳求都没有效果的情况下, 她决定采取最后的行动。那正是她怀孕已达九月的时候, 她的孩子随时都有可能出生, 她做这一切已不再是为了乞求, 而是为了责任与奉献。

她带着刀到朝堂上去并不是为了刺杀众王之王或某个大臣, 而仅仅是为了杀死自己。她知道即使是众王之王也有无能为力的时候, 她并不责怪她的父亲。她在众人面前解开自己的衣衫, 露出胸前那两块巨大的花一样的伤疤和隆起的肚子, 她灰色的眼睛里闪着绝望而热情的光, 心里有莫名的兴奋, 她的身材纤瘦到令人惊讶, 她盘腿坐在地上, 侍卫们想阻止她, 但被众王之王制止了, 所有的人都看着她, 各式各样的目光都有, 鄙夷、不解、轻视、怜悯、漠然……但她不会去管这些, 她把刀轻轻插入自己的小腹, 看着一丝猩红的、金属一样的血滑落到阴毛上, 又缓缓地散开, 血腥味弥漫开来, 冰凉的感觉从小腹处产生, 又向上升起, 像地狱之雾; 然后她把刀横着划开, 那把刀是锋利的, 她的肠子立刻从那个伤口里滑了出来, 她把刀放下, 慢慢把肠子从小腹中拉出, 堆在一边。已经有人开始呕吐, 有几个大臣一见到血就晕倒了, 但没有人敢离去。肠子后面接着胃, 她在食管处割断了, 然后把手伸入腹腔中, 掏出了肝、脾和肾, 随后她又剖开了自己的胸腔, 这有点困难, 因为必须把胸骨切断, 她耐心地一根一根地切割, 王宫里荡漾着尖利而瘆人的声音, 然后她掏出了自己的肺和心, 她最后掏出的是自己的子宫, 她用刀把它割开, 露出里面的孩子。做完这些事费了她很大的力气, 她觉得累了, 于是向一边歪倒下去, 躺在了冰冷的地板上。整个世界在她的眼中迅速地石化, 天空、大地、河流、泰西封、宫殿、宫殿外那雄伟的拱门……神再一次从石质的天空降临, 越来越大, 振动的双翼带起坚硬的风, 他落在芭德面前, 俯视着她, 仿佛她是他的祭品,

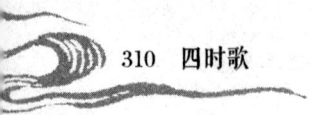

或是猎获物。

　　"阿胡拉·马兹达，"在芭德倒在地上，眼睛逐渐变得干涸之后，众王之王的声音冷漠地响起，"我把我的女儿献给你，请你饶恕我的罪过，并请你饶恕我们的罪过！"

　　在热腾腾的血与肉中，新生的孩子并没有哭泣，也没有发出任何声音。

　　这是一个苍老的死婴，长着一张阿拉伯人的脸。

2006 年 11 月 5 日

寻找地狱的那提

1

那提！你还活着吗？那提！

那提！你还活着吗？那提！

那提醒了过来。几只蝙蝠，排着队飞出去了。

他开始感觉到疼痛，一阵一阵地缩紧，像是要把那提的整个身子都拉扯进那道小小的伤口里去。

2

阿揽延的商队在山谷里发现了狼藉的尸体——这是另一支商队，他们的货物和牲畜都被强盗夺去了。阿揽延手下的一个商人在一个狭小的山洞里找到了那提，山洞外躺着两具尸体，一个是那提的父亲，一个是那提的母亲——商人看了那两具尸体一眼，就知晓了这一点。

那提的脖子上有一道伤口。

"他还活着吗？"阿揽延问。

"他还在呼吸！"

"那么我们带上他，愿天神保佑他还能活下去！"

3

那提知道自己的父母已经死了。有一段时间,他沉默不语,似乎在等待他的父母归来,就像他以前在家中等待他们从遥远的异国归来一样;但后来他明白人一旦死去,就永远不会再回来。于是他揪住商队里的每一个人问:"人死了以后都到哪里去了呢? 他们为什么不再回来? "他的眼睛那样纯洁,使人不舍得拿谎言去敷衍他。"哦! 是的,人死了以后,都到地狱里去了,至于他们为什么不回来,我想,是因为地狱的门口有恶狗在守着的缘故吧! ""那么地狱在哪里呢? ""地狱? 或许就在地底下吧? 在地底下很深的地方。"于是那提拿起一把小锄头,商队一停下来,他就在地上挖坑。他在山上挖,在沙漠里也挖。有人不愿再看他做这样的傻事,"你这样是挖不到地狱的! ""那我怎样才能到地狱里去呢? "他提着小锄头,汗水从他凸起的小额头上滴下来,"那我怎样才能到地狱里去呢? "商人们沉默了,他们不知道怎么回答这个问题。"那我怎样才能到地狱里去呢? "那提锲而不舍地问,直到有一个商人终于忍受不住,扇了那提一个耳光,"不许再问这个傻问题! ""可是我想我的爸爸和妈妈! "商人又扇了他一个耳光。

于是那提沉默了。

4

康居是一座商业发达的城市,这里聚集了各种古怪的人。

吐火罗人能够吐火,他们用他们吐的火纺纱织布,这种布一织出来就是暖和的,用这种布做成的衣服,有很好的保暖功能。

骨结人都是大力士,他们骨骼粗大,肌肉强健,但是他们是没有关节的,一旦他们跌倒,除非有人帮忙,否则就无法站起,所以他们总是两个人两个人地外出,以免自己落入跌倒了再也站不起来的尴尬境地。

曲肢国的人都是音乐家，他们善于弹奏一切乐器，但最擅长的无疑是琵琶，因为他们一出生，他们的父母就把琵琶放在了他们的身边。他们的手臂是弯曲的，这样的弯曲使他们弹奏起琵琶来更方便。

弩矢毕人都是优秀的猎手，他们箭无虚发，但是一旦他们射不中目标，他们的末日也就到了，因为他们的部落是不容许一个射不中目标的弩矢毕人活下去的，这个倒霉鬼会被捆绑在一根柱子上，所有的人往他身上射箭，直到他被射成刺猬。

缚浪国的人都是航海的好手，因为他们能用绳子把浪花绑缚，每一艘波斯海船都要带上这样一个缚浪者，这能保证海船安全地抵达目的地。

而波斯，哦！这个伟大的国家，她的每一个国王都是诗人，他们坐在沙漏的王座上，吟唱着历史和神话……

5

"我无所不知，"一个面孔蜡黄、眉毛细长的老头子坐在高台上，"一个问题一个金币！"

"你能说说歌罗禄人的历史吗？"台下的一个人问道。

"是的，我知道，"老头子说，"不过金币在哪里？"那个问话的人把一枚金币扔到了台子上。老头子把金币捡起来，"哦，"他说，"一百五十年前在印度铸造的金币，上面有魔鬼亚历山大的头像。"

台下的人高喊起来，"别啰唆了，我们要听歌罗禄人的历史！"这些人都是来看热闹听故事的，其中有吐火罗人、骨结人、曲肢国人、弩矢毕人和缚浪国人，只是缺少了一位波斯的国王。

于是这个老头子说道："那伟大的额尔齐斯河发源于金山的南麓，在她注入宰桑泊之前，被称作黑额尔齐斯河。她在火红的岩石与葱绿的草原间穿行，草原上立着茂密的杨树，到了秋天，草原会变得金黄，而那些杨树的叶子则会变成红铜色，如同火焰。

　　"很久以前,独目人在这里游牧。这些独目人只有一只眼睛,不过也有人说,'独目人'的意思其实是'孤独的守望者',这样的解释似乎更富于诗意。

　　"距今一千年前在这一带游牧的是歌罗禄人,他们是土门人的一支,本身又分为三部,分别是谋落或谋剌部、炽俟或婆匐部还有踏实力部。当时的土门人——如果只满足于史书中所描述的——似乎总是处于一种莫名其妙的内部争战中,他们统一的时间总是很短,然后又为了一些微小的原因便要爆发战争。不过真正的原因或许是为了争夺牧场,额尔齐斯河谷是丰饶的,那里的草原美得就像是一幅用红、绿、蓝、白四色绘出的画,但别的地方可能要贫瘠得多,何况还有不可预知和控制的天灾,比如大雪。

　　"歌罗禄人的地位很尴尬,他们处于中间地带,不得不在各种强大的势力之间摇摆。于是发生了这样一件事:据说后来有这样一个歌罗禄人,他善于唱歌,有一天他唱起歌来,于是所有的歌罗禄人都飞上了天空,连同他们的毡帐和牛马。后来还有人在金山上看到他们,他们在那里的草原放牧,草原上开满鲜花。

　　"不过也有人说他们其实是迁移到了细叶川,后来大诗人李白就是在那儿出生的。据说他第一次进入中国的时候,就是沿着额尔齐斯河南下,经过了歌罗禄人的故地。"

6

　　大家沉默无语。过了一会儿,一个小孩子高喊起来:"我可以问个问题吗?"

　　那是那提。

　　"你有金币吗?"老头子问道。

　　"我没有。"

　　于是老头子把脸转过去,不再看那提。阿揽延知道那提要问的是什么问题,他喊:"我帮他付这一个金币!"他把一枚拂菻金币扔到了台上。

　　老头子看了一眼台上的金币,又看了一眼那提,说道:"虽然我不想回答你的问题，但是，你问吧！"

那提吞了口唾沫，又看了一眼阿揽延，就大声问道："我想知道，我怎样才能到地狱里去！"

周围的人愣了一下，都大笑起来，"噢，居然有人花一个金币问那么蠢的问题！"

老头子等所有的笑声都停止了，才说道："我知道你该怎样到地狱里去，但我不该说出来，如果你愿意，就渡过细叶川，去找一个叫黑尊者的人吧！他知道一条比我所知道的更好的到地狱去的道路。"

7

细叶川在康居城东八百里，在一片草原的边缘。

当阿揽延在康居城里收买到足够的货物，重又向东出发，准备再次到中国去的时候，那提也跟着他向东走去。他们走了一个月，在春天即将结束的时候，那提离开了阿揽延，独自一个人拐入一条岔道，前方就是细叶川。

这条河流，它的河床里流淌的不是水，而是绿叶——那是树的肌肤、毛发和血肉啊！各种各样以绿叶为食的动物在细叶川里生长。"那提，你要过河去吗？"它们问那提，那提说"是的"，于是一头河马张大了嘴巴，"坐在我的嘴里吧，这里很安全！"但是那提嫌它的嘴巴太臭，他选择了一头大象。"自从我五十年前从人类的牢笼里逃出，我这宽厚的背上，已经很久没有人类坐着了。"它像一艘小船，搭载着那提向河的对岸走去。在河的中心，绿叶的河水淹没了那提的头顶。"我要被淹死了！"那提高喊。"别担心，"大象说，"你可以在绿叶里呼吸！"那提深深地吸了一口气，是的，在这叶的河水里呼吸，甚至比在空气里呼吸更为舒畅。

8

黑尊者是一个浑身乌黑的和尚。

"你要到地狱里去吗？"那时已是黄昏，西边的天空上，夕阳正在缓缓沉落，晚霞像火一样燃烧，"那就向西去吧，一直向西去！"黑尊者用他炭一样黑的手指指着西方，"向太阳落下的方向走，你要先翻过葱岭，然后渡过一条河流，那河里的鱼都是鬼魂变的；你还会经过月亮落下的地方，不要停下，继续向西去，那时……"说到这里，黑尊者停下了，"那时，你就会到达太阳落下之处，可是你仍然不要停下，还是向西去，向西去，向西去……地狱，就在太阳的后面。"

9

那提就重新渡过细叶川，不停地向西走去。

他先是回到了康居，人们知道他要到太阳的后面去，都觉得他很怪异，但是并没有阻止他。

"这件衣服给你穿，它很暖和。"一个吐火罗人说。

"我赐你力量，你累的时候，想想一个骨结人在你背后，你就会振作起来。"一个骨结人瓮声瓮气地说。

"这小琵琶给你，你可以把它挂在腰上，累的时候弹它一下，它就会自动地奏出美妙的音乐。"一个曲肢国人说。

"这副弓箭给你，你可以用它打猎，你会像我一样百发百中的。"一个弩矢毕人说。

"这根绳子给你，你可以用它绑缚巨浪，这样你就可以轻易地渡过河流和湖泊。"一个缚浪国人说。

最后那提到了波斯。波斯国王正一个人在城墙上吸烟,他的沙漏的王座空着。"哦,我没有什么可以送给你的,我的沙漏只会让时间流逝得更快,"国王说,"但是当你从地狱回来,我会把你的故事编成史诗,让它到处传唱。"

10

葱岭上种满了葱。

春天,人们在地里播下葱的鳞茎;夏天,葱都开了花,淡紫的花球立在高高的花茎上,像一朵朵拳头;秋天,人们开始一茬茬地收获,用驴子把葱从寒冷的高原运下,把它卖给高原下的波斯人;冬天,葱的叶子都变黄了,人们把地里的鳞茎挖出,用于明年开春时播种。人们用雪山上流下的雪水灌溉葱苗,并用葱的汁液治疗忧郁和恐惧。

这是个勤劳而自由的民族,他们唯一的统治者住在高高的雪山上,人们称其为蜗牛女王。这是一位不死的女王,她依靠蜗牛的涎液来保持她美丽的容颜,因此她对葱岭上的臣民所征收的唯一赋税便是每年若干数量的蜗牛;而她住在雪山上的宫殿里,没有人能看到她。当她听说那提要到地狱里去的时候,她传下旨意,让人们把那提带到雪山上。

但她永远也无法理解那提对地狱的渴望,因为她是没有父母的,而一个没有父母的人,就像是一棵无根之树上的叶子,这样的树叶,永远也不会飘落枝头,在大地上腐烂。她是个由蜗牛的涎液化成的女王。当那提见到这个传说中的不死女王的时候,蜗牛正在她雪白的肌肤上蠕动、攀爬、滚落……无数的蜗牛,把她的肌肤当成了乐土。她必须忍受这样的酷刑,因为一旦没有蜗牛的涎液滋润,她就将在太阳落下之前,衰老并死去。

"如果你能够从地狱回来,当你重又经过这里的时候,请你把地狱的景象告诉我,"蜗牛女王说,"我将用最好的葱汁招待你,并请你品尝用最肥嫩的蜗牛制成的

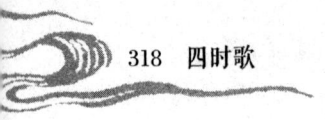

佳肴。"

那提答应了她，他离开了葱岭，继续向西走去。

11

越往西去，就越冷，但幸好那提穿着吐火罗人送给他的衣服；他用弩矢毕人送给他的弓箭打猎，但他只猎取足够他充饥的食物；一旦他觉得累了，他就会躺下，并在睡梦中记起骨结人的话，于是当他醒来，他又充满了力量。

在冬天的时候，他来到了那条传说中的河流旁边。

河水是黑色的，在河的中间，一条接一条的、巨大的黑色鲤鱼在缓缓游动。这些鲤鱼是如此之大，以至于它们如果要转身向河的另一个方向游动，都会异常困难。那提记起黑尊者说过，这些鱼都是鬼魂变的，于是他高喊起来："鱼啊！鱼啊！"他的喊声在河面上回荡，鲤鱼们还是无动于衷地游着。"鱼啊！鱼啊！"那提一边追着鲤鱼，一边高喊，"你们有没有见过我的爸爸和妈妈？"终于有一条鲤鱼回答道："不，我们没有见过你的爸爸和妈妈！""那么你们这是要到哪里去呢？"鲤鱼回答："你为什么不自己到前面去看看？"

那提加快了脚步，跑到鲤鱼们的前头。他看到河水中央有一条小船，船里坐着一个渔民，渔民手里牵着长长的渔线——原来这些巨大的黑色鲤鱼都是这个渔民的收获。那提想起这些被渔民捕获的大鱼都是鬼魂变的，心里就一阵紧似一阵地难受，"喂，你把这些鱼儿都放了吧！"可是渔民仿佛没听到他说的话一般，看也不看他一眼。那提端起弓来，"嗖"地放了一箭，这可是弩矢毕人的弓啊！渔民立刻就翻下小船，消失在河水中了。

鲤鱼们发现自己获得了自由，欢乐地拍打出黑色的浪花。"不要上渔民们的当！"鲤鱼们这么喊着，就沉入了深水之中。

别的渔民从他们的村落里出来，把那提围住了。他们认出了弩矢毕人的弓，他们知道那提是百发百中的，于是他们喊道："你是寻找地狱的那提吗？"那提原本以为这些人会凶神恶煞地对待自己，没想到他们却异常地和气，便放下弓箭道："是的！"渔民们说，他们可以用小船渡那提过河，那提答应了。可是，当小船来到河的中心的时候，那个驾船的渔民却跳入了水中，他向河岸潜去，因为害怕那提的弓箭，他在很远的地方才浮出头来换气。

小船在河水中打着漩儿，船底漏了，黑色的河水冒出来，很快小船就沉入水中。那提在河水里挣扎，"哦，我要死了！"但是传来鲤鱼的声音："那提！那提！快甩出缚浪国人送你的绳！"那提慌乱地把绳从腰间解下，甩了出去。这长长的绳缚住了一朵浪花，这朵浪花带着那提来到对岸。

渔民们看到那提奇迹般地脱险了，都顿脚大骂，但他们已拿那提没有办法，只好回村庄去了。

鲤鱼们从河中浮起，"那提那提，往前去都是冰天雪地，你有御寒的衣服吗？"

"我有吐火罗人送我的衣服。"那提说。

鲤鱼们又问："那提那提，往前去有可怕的冰魂，你有抵御的武器吗？"

"我有弩矢毕人送我的弓箭。"那提说。

可是鲤鱼答道："不，他们不怕弓箭！"

"啊，那我有曲肢国人送我的琵琶。"

于是鲤鱼们放心了，它们放那提继续向西去寻找地狱。

12

在广袤无垠的冰川上，数以万计的冰魂日复一日地采集着冰块，它们用冰块一点一点地镶嵌出月亮。

冰块被巨大的锯子从冰川上锯下，浑身长满白色长毛的驮冰兽把冰块驮到月亮落下之处——那是一个足以装下整个月亮的无底洞，冰魂们称之为"月坑"，它的一个洞口在大地的西极，另一个洞口在大地的东极。

无数的冰蛛在月坑中织网，它们的蛛网在月亮落下时被破坏了：冰的月亮落

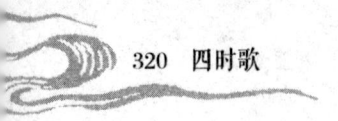

下来,落入了月坑之中,隆隆地滚动,方圆千里的大地因此而震颤,冰蛛的蛛网一层层地缠裹着这暴怒的月亮,直到它的怒气平息。

　　冰魂们把已经锯好的冰块镶嵌到月亮上,那是一个壮阔的场面,巨大的吊臂将冰块吊起,驮冰兽"呼哧呼哧"地喘着粗气搬运冰块,冰魂们在月面上小心翼翼地工作,力图把月亮镶嵌得更为平滑;直到他们完成这一天的工作,他们便用刀子把蛛网砍断,让月亮向月坑的更深处坠去。

　　在大地的东极,在大海之上,善于唱歌的歌罗禄人等待着月亮从大海中浮起,一旦他们看到海水开始翻涌,深海里的鱼儿被卷到浪尖之上,他们就放声歌唱,月亮旋转、呼啸着冲出海面,在歌声中向天空升去;直到月亮升到中天,歌罗禄人才停止他们悦耳嘹亮的歌声,飞回中亚的草原。

　　这样的过程年复一年地重复着。冰魂们总是在每个月的中旬完成它们的工作,把月亮镶嵌成一个完美的冰球,下半个月他们将会把主要的精力放在采集冰块上。这冰的月亮慢慢地融化,终于在月底完全地融解掉,于是冰魂们镶嵌月亮的工作便重新开始。

　　衰老的、无法继续工作的冰魂被抛到蛛网上,作为冰蛛的食物;新的冰魂源源不断地补充进来。

　　谁在统治着这个庞大的工场? 谁在管理着这众多的冰魂? 谁最先想到要聚集起这成千上万的冰魂,让它们进行如此艰苦的劳作? 又是谁最先想到要让这巨大的冰球每天夜里升起、落下,重复不休? 这一切都已不得而知。

13

　　在长久的、几乎可以说是永恒的艰苦劳作中,冰魂的脾气都变得异常暴躁。这苦难似乎没有尽头。他们虐待驮冰兽,想尽一切办法消灭冰蛛,虽然一旦没有冰蛛它们将无法完成它们的工作。它们把所有路过月坑的生物都冻成冰块,然后把它们冷硬的尸体镶嵌入月亮中,这几乎可以说是他们唯一的娱乐。

　　但他们却放过了那提，因为他们喜欢那提的琵琶奏出的乐曲，冰魂冰冷的心在这乐曲中融化了，"啊！请不要再奏出这可怕的音乐，它让我们无所适从！"但是一旦那提停下，他们却又高声地请求那提再次让琵琶奏响。他们停止了工作，将那提围在中间，让他一曲接一曲地弹奏下去，以至于那一夜，月亮第一次没有升起、落下，而亿万年来的每个夜晚，它总是升起又落下的。冰魂们多么希望那提的父母也已经变成了冰魂，这样那提就会永远留在月坑中，和他们在一起，但他们中没有一个人是那提的父亲或母亲。

　　这样那提就要离开了，虽然冰魂们舍不得他离去，但他们再也找不到理由让那提留下。

　　"那提，再弹奏一曲吧！弹奏一首欢快些的曲子，让我们这些永远生活在冰狱中的受难者，也能感觉到些微的快乐！"但冰魂们却在那提欢快的曲声中痛哭了，因为他们在那曲声中听到了那提的痛苦和孤单，并由此而想到了自己悲苦的命运。那一夜的月亮变得异常地大而粗糙，因为冰魂们的泪水化成了冰，冻结在了月面上。

　　"那提，再往前去就会变得异常地炎热了。"冰魂们拿出一件雪白的衣衫，那是用冰蛛的丝织出来的，数百个最手巧的冰魂为此花了一夜的时间，"你带上这件衣衫吧，它能帮你抵挡那足以融化一切的日之火。"冰魂们驾着驮冰兽，把那提送到冰川的边缘，"再往前去就不是我们所能到达的地方了，你把吐火罗人送给你的衣衫解下，穿上这件冰蛛丝织成的衣衫吧！愿你尽快地找到你的父母，并永远和他们在一起！"

14

　　往前去，就是太阳落下的地方了。

　　太阳是一个巨大的、空心的铜球，煤在铜球内燃烧。乌黑的煤鬼在幽深的地底挖煤，他们的数量比冰魂更多。

　　巨大的齿轮轧轧作响,年复一年地转动,带动起装煤的小车,把煤鬼们从地心深处挖出的煤块运送到指定的地方。煤鬼们把那个地方称作"日窟"。夕阳在这里沉落,那巨大的铜球(它的重量是月亮的一千倍)从天空中滚落,带着炽热的火焰,呼啸着,翻滚着,煤鬼们稍不小心,就会被烧成尘灰。

　　九百九十九个黑尊者生活在日窟之中,他们和煤鬼一样乌黑,一旦太阳落入日窟,他们便念起经咒,让太阳停止下坠。煤鬼们等待着太阳凉下来,他们跳跃着、哭喊着,当太阳冷到足以让他们站住,他们便跳到太阳上,拧开铜球的机钮,奋力抬起铜球的顶盖,把煤块装入其中。烧剩的残灰从铜球底部的微孔漏下,落入了地之深渊。煤块在铜球中砸出空空的回声,慢慢地铺满了铜球的底部,这时就只能听到沉闷的"砰砰"声了,直到第二天的凌晨,煤鬼们终于把铜球填满,于是九百九十九个黑尊者停止念诵经咒,让已没有热量的铜球向地心的深处坠落。

　　日窟的另一个出口同样是在人海之下,当铜球里的煤接触到水和风,它便烈烈地燃烧起来,带动铜球向天上升去,直到这燃烧产生的热力不足以支撑铜球本身的重量,它才像千百万年来那样,重新开始坠落。

15

　　曾经有一个黑尊者逃离了日窟,他奇迹般地穿过月坑,来到细叶川,在那儿生活着,直到他死。正是他告诉那提通往地狱的道路。

　　九百九十九个黑尊者把那提围住,请求他说一说那个逃离者的近况——他们的身上遍布被日之火灼出的伤痕。"那提,他还活着吗?他是不是见到了水和冰?他的身体还是如此乌黑吗?他仍然像我们一样以煤为食吗?他是否还会想起我们呢?……"

　　那提答道:"是的,他还活着,他肯定见到了水和冰,虽然细叶川中流淌的既不是水,也不是冰,而是绿叶,他的身体还是很黑,像炭一样黑,但跟你们的身体比起来,那已经算是白色的了,我不知道他平常吃什么,但应该不会是吃难吃的煤吧？他是不是还会想起你们呢？我不知道，我只知道当他提到太阳落下的地方时，停顿了一下……"

16

那提就这样离开了日窟。他把吐火罗人织成的衣服留下，把骨结人赐与他的力量留下，把曲肢国人送给他的琵琶留下，把弩矢毕人送给他的弓箭留下，把缚浪国人送给他的绳子留下，把冰蛛丝织成的衣服留下……因为前面就是地狱，他已经不需要这些东西了。

他穿过了星辰闪耀之处——这璀璨的群星是通往地狱的路灯，他向黑暗中走去，那永恒的黑暗啊！在虚无中沉默着……

那提！你还活着吗？那提！

那提！你还活着吗？那提！

那提醒了过来。几只蝙蝠，排着队飞出去了。

他开始感觉到疼痛，伤口一阵一阵地缩紧，像是要把那提的整个身子都拉扯进那道小小的伤口里去。

17

阿揽延的商队在山谷里发现了狼藉的尸体——这是另一支商队，他们的货物和牲畜都被强盗夺去了。阿揽延手下的一个商人在一个狭小的山洞里找到了那提，山洞外躺着两具尸体，一个是那提的父亲，一个是那提的母亲——商人看了一眼那两具尸体，就知晓了这一点。

　　那提的脖子上有一道伤口。

　　"他还活着吗?"阿揽延问。

　　"他的呼吸在渐渐地弱下去,啊,我们救不了他了!"

　　"那么,愿天神保佑他能在地狱中与他的父母重逢!"

　　阿揽延轻轻地合上那提的双眼。

18

　　葱岭上的女王啊,请准备好你葱汁和蜗牛的盛宴!

　　波斯的国王啊,请备下纸和笔,请在你沙漏的王座倾圮之前,完成你所承诺的史诗!

2005 年 3 月 11 日

《长征记》补①

1②

　　那一天平安无事,次日清晨,他们出发上路。这一带都是平原和丘陵,上面生长着草和灌木。军队行进了大概有三帕拉桑③之后,色诺芬发现前面的队伍停了下来,不久传令官阿加亚人④吕孔就骑着马过来,请色诺芬到队伍前面去,与拉西第蒙⑤人客里索甫斯商议事情,因为前面出现了新的情况。于是色诺芬下令队伍原地休息,并立即骑着马与传令官一起赶到队伍前面去见客里索甫斯。客里索甫斯看到色诺芬来了,就对色诺芬说:"我派到队伍前面去侦察并担任警戒的骑兵回来对我说,我们前进的方向上似乎出现了一堵墙,这堵墙规模庞大,它从南向北延伸,往南看不到它的头,往北也望不到它的尾,它的高度据目测至少有五十英尺,我已经骑着马到前面的丘陵上去观察过了,确定骑兵们说得没有错,因此我让队伍停下来,并且让你过来与我商议,看我们下一步应该怎么做。"色诺芬这时候想

----

　　①《长征记》(Anabasis)是古希腊人色诺芬所著书籍,是根据他率领希腊雇佣军远征波斯帝国后失利、回归的经历写成的。本文即为《长征记》的补记。

　　②《长征记》前几卷叙述了长征途中所发生的一切事情,希腊军由萨尔迪斯出发,跟随居鲁士前去讨伐波斯国王,直到打起仗来;战役后国王和希军协议休战;以及国王阿尔塔泽西斯二世和吕底亚和爱奥尼亚的波斯总督、小亚细亚西部波斯军总司令官蒂萨弗尼斯破坏休战,用卑劣的手段抓住希军的将官,折磨并杀害他们;希军公选出新的将官,其中便包括本书的作者雅典人色诺芬,随后希军在新的将官的率领下向西撤退,波军尾随并骚扰希军后方。最后当希军到达一个地点,那儿的底格里斯河虽然宽,但却很浅,他们幸运地渡过,并暂时摆脱了波军的骚扰。

　　③一种波斯距离单位,相当于30司塔迪,或约5.3千米。

　　④Achaean,阿加亚人即伯罗奔尼撒半岛阿加亚地方的居民,苏格拉底也是阿加亚人。

　　⑤Lacedaemon,或Laconia,为伯罗奔尼撒半岛上的平原,即拉孔尼亚平原,其首都为著名的斯巴达城。

起，当他在雅典做苏格拉底的学生的时候，曾经在雅典的市场上买到一本书，那本书的名字叫《东方奇闻》。色诺芬当时并没有太看重这本书，因为这本书里净是一些稀奇古怪的无稽之谈，大部分都可以被忽略掉，不过里面却有一段，似乎与现在他们所遇到的这堵墙有关。那本书说，在居鲁士大帝[①]仍然在位的时候，有一天，他穿着软滑的袍子，在苏撒[②]的皇宫里享用美酒，这时候有一个帕提亚[③]的哲人名叫古舒尔万的前来求见，居鲁士大帝就让他来到席前，并赐他座位与美食，问他有什么话要对自己说的。那位哲人说："陛下，我最近有幸跟着一个商队到希腊去了一趟，并在他们的城市里住了一段时间，他们有许多城市，其中有一座雅典城，非常繁荣富足，他们的人民分为三种，一种是公民，一种是异邦人，还有一种则是奴隶，在他们的城市里，只有奴隶和异邦人才需要工作，而公民则不仅不需要工作，而且还可以拥有奴隶，同时他们还拥有治理国家的权力。在他们的城市里，没有国王，只有执政官，这个执政官或者是由雅典的公民选举出来，或者是从雅典的公民中通过抽签拣选出来，执政官有一定的任期，任期到了之后执政官就必须放弃权力，然后再依照原先的程序，或者通过选举，或者通过抽签，选出一个新的执政官。陛下，我认为这种体制是很好的，因为这种体制保证了大多数人的利益，陛下，如果您现在能够主动地放弃您所拥有的权力，然后采取像雅典这样的方式，或者通过选举，或者通过抽签，从波斯的人民中选出一个执政官出来以统治波斯，那么波斯必定能够像雅典那样，保持永久的和平与繁荣，而您也可以因此而获得极高的威望，并名垂青史。"居鲁士大帝听完这番话，陷入了沉思之中，然后他叫卫兵出来，命令他们把这个哲人拖出去斩首，并把他的皮剥下来挂在城门上，以警示过往的行人，让他们知道，任何想让众王之王放弃权力的企图都是不好的，必定会招来可怕的后果。但是居鲁士大帝仍然感到烦恼，因为他深知雅典那种管理国家的方式对人民有极大的诱惑，难保不会再有一个古舒尔万出来蛊惑民众，他担心人民会因此而拿起武器反对他的统治。他有一个宠臣名叫桑布拉斯的对他说："陛下，

---

① 公元前 6 世纪时期的波斯皇帝，古代波斯帝国的缔造者。

② Susa，波斯帝国大城。

③ Parthia，大致相当于今伊朗的呼罗珊地区。

我有一个想法, 我们为什么不建一堵墙? 它南起幼发拉底河畔的卡尔曼德[①], 北至底格里斯河和肯特里特河[②] 交汇之处卡尔丹[③], 这堵墙的长度不会超过三百帕拉桑, 把这堵墙建起来的费用不会超过二百万达利克[④], 它既可以用来防范来自西边的军队的威胁, 同时还可以阻止陛下的臣民到希腊去接受不好的思想。" 居鲁士大帝听了之后, 认为是一个好主意, 于是这堵墙就建起来了, 总共花了三年的时间, 耗资三百万达利克(大大超出预算, 因为建墙官员的颟顸和贪污, 超出预算是正常的), 长度为三百三十五帕拉桑又二十司塔迪[⑤], 高度为五十二英尺, 墙上总共开了二百五十个门。但是墙建起来之后, 有很多商人抱怨说, 这堵墙阻碍了他们到希腊去做生意, 因为守门的卫兵随意地向他们勒索钱财, 如果他们不如数向卫兵交纳卫兵所要求的财物, 卫兵就不放他们通过, 甚至还要把他们当作来自希腊的间谍抓起来。居鲁士大帝又开始为此而烦恼, 因为这些商人不仅带给他各种精美的礼物, 而且还向他缴纳丰厚的赋税, 况且那些守卫那堵墙的卫兵所花费的军饷也让他觉得烦恼。这时有一个来自东方的智者, 名叫方生, 有人说他来自印度, 也有人说他来自比印度更遥远的东方, 他前来拜见众王之王居鲁士大帝, 并说他有办法令那堵纵贯波斯南北的墙真正地发挥作用, 同时又不增加众王之王的负担, 他说: "陛下, 如今令您烦恼的一切都来源于那堵墙是没有智慧的, 所以您必须在墙上开那样多的门, 同时还要派那样多的士兵去守卫和管理它, 而我能令墙自己守卫自己, 自己管理自己, 它能让您不喜欢的人不能进入您的国土, 同时也能让那些您不想让他们到西方去的人无法越过墙向西前进一步。" 众王之王认为这是很好的提议, 但怀疑这个提议最终并不能实现, 而这个所谓的智者的目的其实也不是想来帮助他, 而只是想让他成为笑料, 同时还能得到大笔的钱财。于是居鲁士大帝问他: "你做这一切是很好的, 那么你想从我这里得到什么呢? " 智者方生说: "陛下, 在我的国家, 我曾经筑过许多墙, 我们的墙是东西向的, 从沙漠延伸向大海, 长达数千帕拉桑, 我喜欢筑墙这种工作, 我喜欢把世界按着国王们的意愿分割成

---

① Charmande, 阿拉伯城市。

② Centrites, 亚美尼亚及卡杜客亚人地带的河流。

③ Chaldaean, 如今通译"迦勒底", 地近巴比伦, 但以上下文来看, 其地应在亚美尼亚, 此处待考。

④ 一种波斯金币, 含金量约值上世纪70年代的1英镑2先令多些或5.4美金, 不过购买力大得多。

⑤ 司塔迪约等于 177.5 米。

一块块的, 块与块之间不相往来, 这就是我的快乐, 除此之外我别无所求。"居鲁士大帝听了这些话, 就有些欢喜了, 因为他知道即使这个智者是一个骗子, 他也决不会因此而损失钱财, 但他仍然担心自己有成为一个笑料的危险, 于是他又问道: "与你一起来的还有旁的人吗? "智者说:"陛下, 我总是独来独往, 没有人能与我成为朋友。"于是居鲁士大帝就放心了, 因为他知道即使这件事不成, 也不会有旁的人知道, 而如果这件事成了, 也同样不会有人知道它为什么成。于是这堵墙就变成了一堵有智慧的墙, 并且它只听命于波斯的国王, 无论是从西边往东边去的人, 还是从东边往西边去的人, 只要这个人没有得到波斯国王的应允, 他就不能穿过这堵墙, 也不能越过这堵墙。据说在事成之后, 居鲁士大帝派卫兵把那个来自东方的智者抓住, 砍了他的头, 并按照琐罗亚斯德^①的教导把他喂了狗, 因为他害怕他再为别人筑一道这样的墙, 而智者方生在临死前也留下了恶毒的诅咒, 他说波斯终将因这堵墙而灭亡。

2

色诺芬把他所知道的告诉客里索甫斯, 并建议召集将官前来开会, 以决定队伍究竟是继续向西行进, 还是重新选择回到希腊的路线, 客里索甫斯同意了。这样他们就派传令兵去召唤将官们前来, 他们是达达尼亚人^②提马宋、阿加亚人赞提克里斯、阿卡狄人^③克里安诺、阿加亚人斐利修斯、雅典人色诺芬和拉西第蒙人客里索甫斯。

色诺芬和客里索甫斯把将官们带到距离队伍最近的一座丘陵上去, 从那里可以看见那堵雄伟的墙, 将官们对此都表示惊讶。于是色诺芬说:"大家已经看到, 在我们的行进方向上, 距离我们大概有一帕拉桑远的地方, 矗立着一堵规模庞大

---

① Zoroaster, 即尼采《查拉图斯特拉如是说》中所提到的查拉图斯特拉, 旧译"苏鲁支", 祆教的创始人, 该教以为狗可驱魔。

② Dardanian, 达达尼亚是特洛伊的另一个名称。

③ Arcadian, 阿卡狄人, 或阿卡狄亚人, 伯罗奔尼撒半岛阿卡狄亚居民。

的墙,据我所知,这堵墙是居鲁士大帝所建,他建这堵墙除了用来防范他的敌人之外,也是为了阻止他的臣民到西边去接受对他不利的思想。这堵墙不仅规模庞大,更重要的是,据我所知,它是既不能被翻越,也不能被穿过的,除非试图翻越或者穿过它的人得到了波斯国王的应允。因此我和客里索甫斯觉得有必要召大家前来,以确定我们究竟是继续向西行进并越过这堵墙,还是退回去,重新渡过底格里斯河,再确定行进的方向。"

对色诺芬的话,达达尼亚人提马宋表示怀疑,他说:"色诺芬,我们都知道你富有智慧,并且博学多闻,因此自从队伍开始转向西方行进以试图回到希腊以来,我们都听取你的建议,并且确信你的建议一直都是正确的,但是你今天对我们所说的话实在令人无法不表示怀疑,现在我们可以看到这堵墙上并没有波斯军队的旗帜飘扬,因此我们可以确定这堵墙是无人守卫的,既然如此,它就不可能是不能被翻越和穿过的,因为无论多么高多么厚的城墙,如果无人守卫,也不过就是一堵墙罢了。"

色诺芬对提马宋所说的话表示赞同,但他接着说:"这堵墙与一般的墙不同,因为它是拥有智慧的,它能够根据波斯国王的意愿自动地甄别行人而不需要卫兵来守卫和管理,凡是从西边来的人都看不到它,因为波斯国王认为这些人没有必要被防范,凡是从东边往西边去的人,如果没有波斯国王的应允,则会被这堵墙拦住而不得不掉头。"

这时阿加亚人赞提克里斯提出了一个连色诺芬也无法解释的疑点,他说:"照你所说,这堵墙能够根据波斯国王的意愿阻止任何波斯国王不喜欢的人通过,那么当我们以及阿里柔斯①跟随居鲁士②率领十万军队试图靠近巴比伦以对付波斯国王的时候,为什么我们看不到它,反倒是在我们已经失败,居鲁士已经丧命而阿里柔斯也已经投降的时候,这堵墙才出现在我们面前?照我理解,波斯国王在我们正在往东行进的时候,就命令这堵墙出现以阻止我们,岂不是更好吗?"

对赞提克里斯的质疑,色诺芬无法给出确定的解释,他说:"或者波斯国王有自己的想法,可能他认为他有把握击败我们,因此即便放我们靠近巴比伦也无所

---

① 小居鲁士的波斯军队的指挥官,后叛变归降阿尔塔泽西斯二世。
② 即阿尔塔泽西斯二世的弟弟,大流士二世的次子,一般称其为小居鲁士以区别于居鲁士大帝。

顾忌，或者这堵墙的状况与我所知道的有差异，或者这恰恰证明了居鲁士才是真正的波斯国王。无论如何，我觉得我们有必要先去近距离观察这堵墙，看看它是不是真的如我之前所知道的那样奇妙，然后再确定我们的行动。同时，为了我们能够自由地重新渡过底格里斯河而不被波斯人攻击，我觉得我们有必要派部分的士兵回到底格里斯河的对岸去守住渡口。"

对于色诺芬的建议，所有的将官都表示同意，于是事情就这样决定了：达达尼亚人提马宋率领他手下的两千名重甲步兵渡过底格里斯河，回到对岸以守卫渡口，其余的将官则与色诺芬一起前去察看那堵墙，与他们同行的还有两百名骑兵以及各师的队长，士兵们则就地扎营，因为显然当天已经不可能翻越这堵墙继续前进了。

靠近之后，色诺芬看到，这堵墙是由青色的岩石建成的，岩石与岩石之间有青铜的钉子相连（有些钉子上还挂着"严禁攀爬"的破旧木牌，当地人还在墙上涂写了各种广告），非常牢固，它的高度如前所述，厚度则不得而知，但估计不会少于二十五英尺，墙上并没有用于守卫的城堞，在所能见到的部分也没有门，应该是居鲁士大帝在确认东方智者的行动有效之后，就把城堞拆除同时把墙上的门封死了。随同将官和队长们一起前去察看这堵墙的人中，有一个阿加尼亚人名叫亚里图斯的，他善于攀爬，他察看了墙体之后确认他仅凭徒手就能爬上墙头并翻越过去，于是他向将官们请示是否可以现在就尝试翻越，将官们同意了，亚里图斯于是脱去头盔、胸甲、胫甲和鞋子，并把他的矛和盾都交给别人看管，开始攀爬，他像壁虎一样贴在墙上，手指和脚趾插入岩石与岩石之间的缝隙，一开始他爬得很快，但是越往上他的速度就越慢，最后竟然停止了，只能平行地移动，但是他并没有放弃，可以看到他的手和脚仍然在努力地抓住岩石以向上攀爬，这样的状况持续了很久，以至于将官们都不耐烦了，终于亚里图斯放弃了，开始缓缓向下移动，他回到地上的时候几乎脱力以至于需要有人扶着才能站立，他的衣服被汗水打湿以至于浑身上下没有一块干的地方，据他所说，他已经爬得非常高了，但是无论他爬得多高这堵墙都会比他所爬到的地方更高，将官们对此都感到不可思议，因为他们只看到亚里图斯停在距离墙头大约有七八英尺远的地方就没有再向上移动。这时天色已经开始变暗，将官们决定先回到营地，明天再做打算，队长们也没有异议。

3

　　第二天早上，亚里图斯休息够了，他没有穿盔甲，也没有带武器，只带着一根爪绳前来见将官们，他说他一定要再尝试一次，他坚信这一次靠着这根爪绳他一定能翻过此墙。将官们同意了，除了负责守卫营地和渡口的士兵，别的人都和亚里图斯以及将官们一起到墙边去看他翻墙，结果最后在墙边聚集了有近万人。亚里图斯的爪绳由麻揉制而成，非常坚韧，绳头系有一只青铜制成的爪子，整条爪绳的长度为一百英尺。亚里图斯先请一个力气大的士兵将爪绳甩上墙去（因为他自己没有那么大的力气），因为墙上没有城堞，因此试了几次之后，爪绳才在墙上扣住，大家都欢呼起来，亚里图斯用手使劲地扯动爪绳，以确定爪绳已经在墙上扣紧，确定无误之后，他开始借助爪绳向墙头攀爬。跟昨天一样，一开始非常顺利，而且因为有爪绳的帮助，他攀爬的速度比昨天要快得多，但是在爬到墙的一半高度的时候，他的速度慢了下来，到距墙头只有十几英尺的距离的时候，他完全停止了，大家只看到他的手脚在动，但是身体却并没有向上移动，这样的状况持续了很久，终于大家都不耐烦了，色诺芬开始高喊让亚里图斯下来，因为他担心亚里图斯会发生危险，但是亚里图斯似乎完全听不到下面的喊叫声，而下面的人又不敢抓住爪绳上去把他叫下来（因为他们担心爪绳承受不住两个人的重量），而且也没有别的人像亚里图斯这样善于攀爬，结果所有的人都只能在墙下等着，亚里图斯足足在墙上待了有一整天，最后他终于没有力气了，从墙上摔了下来，幸好因为众人早有准备，在墙下铺了厚厚的草，所以他并没有摔死，而只是把腿摔断了。据亚里图斯所说，他并不知道自己在距墙头还有十几英尺处时就停止了，他一直以为自己在向上爬，然而那堵墙这时似乎有无限的高度，亚里图斯相信自己一定爬了有一万英尺高，因为他看到底格里斯河细得像一根绳子，看到巴比伦城矗立在波斯的平原之上，还看到白云在自己的脚下飘荡，他相信自己如果有力气再往上爬一定能爬上天庭见到宙斯，但是他突然就失去了力气，失手掉了下来，他感觉自己落了很久，他以为自己一定要摔成肉酱了，但是最后却发现自己其实只是摔断了腿罢了。

在亚里图斯的行动失败之后，将官和队长们又开了一个会，最终还是决定先暂时驻扎于此，因为这一带有几个富裕的村庄，足以补充军队的给养，同时又有底格里斯河阻挡波斯军队，使他们不能在夜晚偷偷地过来骚扰自己。他们同时决定要在底格里斯河上搭一座浮桥，以保证士兵能迅速而又方便地在两岸来往，关于那堵墙，虽然现在几乎所有人都相信了色诺芬所说的话，即它是一堵神奇的受波斯国王控制的墙，但大部分人仍然认为只要方法得当，它可以被越过。客里索甫斯说可以到村庄里去收集挖土的工具，同时还可以征集一部分村民前来帮助希军到墙下去挖土，然后把土堆起来并压实以形成翻过墙的坡道，同时挖土所形成的坑又可以成为一个坑道从墙下穿过，这样最多只需要一天的时间所有希腊军队都可以越过墙去。除了色诺芬外，所有人都赞同这个提议，于是当天会议结束后，各师即分头行动：提马宋仍率所部驻守在底格里斯河对岸，色诺芬驻守营地，赞提克里斯和斐利修斯到村中寻找粮食和用来搭建浮桥的船只，客里索甫斯和克里安诺则去征集村民挖土修建越过墙的坡道和坑道。

结果除了客里索甫斯和克里安诺，各部都极顺利，浮桥迅速搭建起来，斐利修斯还从村中找到一个极美的男童陪伴自己。波斯军队驻扎在距提马宋的营地约十司塔迪的地方，但没有任何行动，似乎他们确认希腊人必定无法越过此墙，因此没有必要追击或进行骚扰以阻碍希腊军队。而客里索甫斯和克里安诺则无功而返，首先他们早上去征召村民的时候就遇到了极大的阻碍，因为没有一个村民愿意去修建坡道，而客里索甫斯原本以为他能够很容易地征召到大量村民，因为修建坡道明显是对村民有益的事，最后客里索甫斯和克里安诺只能强迫村民带上农具跟随他们到墙那边去，再加上部分轻甲步兵（重甲步兵因为担心波斯军队的突袭而没有卸下武装），修建坡道的人数总共约有两千人，在四个地方同时修建，每个地方五百人。最初十分顺利，虽然村民们显然在消极怠工，但因为人数众多，坡道进展迅速，到中午时四个坡道的高度都已达到墙的三分之二，但是令人惊讶的是，虽然挖土所形成的坑已深达十几英尺，却仍然没有把墙脚挖通。下午时工程的进展变得极缓慢，因为无论坡道的高度增加多少，距墙头总是有十几英尺的距离, 而站立在墙下的人却并没有发现墙升高, 只是觉得无论坡道上的土增加多少, 其高度都没有变化, 而坑道的进展同样如此, 深度不再有变化因此也不可能从下部穿过此墙, 最后客里索甫斯和克里安诺不得不放弃修建坡道和坑道的计划, 并相信色诺芬所说为真。

前面所提到的斐利修斯所找到的男童, 名叫克吕桑塔, 容颜娇美, 是色诺芬所见过的男童中最美的, 他原本住在距希腊军队营地约一帕拉桑的一个村子里, 他的父亲是那个村子的村长, 斐利修斯去收集给养时看到他美貌, 就把他强夺过来, 并杀死了他的父亲。据这个男童所说, 客里索甫斯和克里安诺所做之事, 即修建坡道和坑道, 村民们在很久以前就已经尝试过了, 这也是他们对此事很不积极的原因, 因为他们当时所碰到的情形也与客里索甫斯和克里安诺所碰到的相同。克吕桑塔还说, 实际上他知道有一条通道可以穿过此墙, 这个通道是在墙建成之后不久由一个腓尼基人[①]制造出来的, 并交给克吕桑塔的家族控制, 不过这个商人的名字并没有留传下来, 这个通道的宽度大约十英尺, 可以容三人并排通过, 高度为六到八英尺, 长度与墙的厚度相同, 无论是对知道这个通道存在的人还是对不知道这个通道存在的人, 这个通道都是无法被看见的, 在人们的眼中, 通道存在的地方只有岩石, 而且通道存在的地点并不固定, 控制通道的人可以在墙上的任意一处开出这个通道。多年以来, 附近几个村庄的村民都靠这个通道进行走私贸易以获取财富的: 为了逃避波斯国王的税收, 有不少来自吕底亚的商人愿意交给克吕桑塔的父亲一定的费用, 请他帮自己把货物从墙的东边带到墙的西边去, 村民们自己也经常做这种走私贸易。克吕桑塔的父亲凭借此通道每年至少可以获得几千达利克的财富, 不过他把大部分财富都用于了村庄的建设, 因此村民们并没有因为他独揽了通道的控制权而反对他。

斐利修斯听了克吕桑塔的话后, 感到很高兴, 于是带他去见客里索甫斯, 并要求他把通道的事情告诉客里索甫斯, 客里索甫斯认为事情重大, 立即将所有的将官和队长都召集到一起, 将通道的事情告诉了他们, 并请大家决定是否应该利用此通道穿过墙去。大部分人都无异议, 因为通道虽然狭窄, 但已足以保证军队在数日内全部通过, 但色诺芬却有顾虑, 他要求斐利修斯把克吕桑塔带来, 因为他有

---

① Phoenician, 地中海东岸地带居民。

话要问克吕桑塔,斐利修斯和其他的将官以及队长们都同意。克吕桑塔来了以后,色诺芬问了他几个问题,其中包括他透露此通道给自己的目的以及控制通道的方法,克吕桑塔说,他之所以要把此通道告诉他们,是因为他热爱斐利修斯并且他也很想到希腊去,因为他早已厌倦了波斯的没有自由的生活,然后他也将控制通道的咒语告诉了色诺芬。待他说完之后,色诺芬让他离开,然后对将官和队长们说:"我确信通道存在,克吕桑塔如果在这一点欺骗我们的话,对他没有任何的好处,但是我对他将通道透露给我们的目的深表怀疑,然而我仍然认为我们有必要利用这个机会,只是事先要采取足够的防范措施,一方面是要防范波斯军队趁我们穿过通道的时候偷袭我们,另一方面则是要防范克吕桑塔所说的控制通道的咒语为假,最后则是要防范克吕桑塔本人。"除了斐利修斯,其他的将官和队长对色诺芬的话都无异议,于是大家回到各自的营地,并确认在第二天早上开始尝试通过通道穿越此墙。

次日清晨,色诺芬和将官们以及克吕桑塔到墙那边去,色诺芬按照克吕桑塔所说的咒语打开通道并来回穿越试验无误,于是队长们开始回到营地去安排穿越通道事宜,而提马宋则率领他的重甲步兵向着波斯军队的方向前进了三个司塔迪,做出希腊军队即将重新渡过底格里斯河回到东岸的假象,随后一千名骑兵与提马宋的重甲步兵换防,因为骑兵更利于撤退。

一切安排妥当,斐利修斯提出应该由他的军队先穿过通道,因为克吕桑塔是他的人,他有义务先使用此通道以确保其他希腊军队的安全,客里索甫斯和色诺芬都同意,不过色诺芬要求克吕桑塔在希腊军队穿过通道的时候要远离通道,并且他身边要有两个持斧的士兵看守,而且这两个士兵不能是斐利修斯的人,一旦克吕桑塔有任何异动,这两个士兵可以立即采取必要的行动阻止,包括砍下克吕桑塔的头。对此斐利修斯虽然觉得并无必要,但是仍然同意了。

底格里斯河东岸的希腊军队换防结束后,斐利修斯所率领的一千五百名重甲步兵和五百名投石兵立即开始穿过通道,最初一切正常,但是在大约有五百名士兵穿过之后,通道突然消失了,当时通道中仍有约二十名军人,其中正好包括斐利修斯,将官们暴跳如雷,要求克吕桑塔重新打开通道并救出斐利修斯,但克吕桑塔却一言不发,而色诺芬尝试用克吕桑塔所说的咒语再次打开通道也始终无法成功，最后他们只能承认斐利修斯和其他二十名希军失踪的事实，而因为已经通过的五百名希军在通道消失之后并没有回到墙的这边来，因此可以确认他们同样也已经被墙所阻隔。

在确认克吕桑塔情愿死去也不愿意重新打开通道之后，希腊人砍下了克吕桑塔的头。出于对他的勇敢和智慧的尊敬，他们把他的头颅和尸身送回了村庄并交还给他的母亲。

4

通道已经消失，希军无法可想，只能回到营地。天黑以后，客里索甫斯再次召集所有将官和队长前来议事，因为在利用通道穿过墙的行动失败之后，有必要重新确定希军的前进方向了。客里索甫斯说："刚才我用一头牛做了献祭，卜兆告诉我继续向西行进并翻越此墙不利，因为神已经说此墙是无法被越过的了。我觉得我们有必要重新做出选择，因此召集大家前来商议。"这时色诺芬并没有出声，因为他知道此时说话很容易招致反对；其他的将官和队长们也没有出声；最后是达达尼亚人提马宋沉不住气，先开口了，他说："既然神已经向我们指明了道路，那么我们还犹豫什么呢？我们应该在明天一早就转身向西，再次渡过底格里斯河——那里有一座浮桥正等着我们呢！渡过底格里斯河后，我们可以选择向北行进，穿过卡杜客亚人①控制的山区，到达亚美尼亚②后就对我们有利，因为那里有很多平原，而一旦我们穿过亚美尼亚到达北方的攸克星海③，我们甚至有可能得到船只由海路回到克里索波利斯④，因为攸克星海沿岸有许多希腊人控制的城市，他们肯定会帮助我们。"阿加亚人赞提克里斯听了提马宋的话后，立即站起来说："提马宋的这个建议，如果在昨天以前提出来是很好的，但是现在墙的那一边有五百名希腊

① Carduchians，亚述及亚美尼亚之间的居民。
② Armenia，波斯帝国北部省份。
③ Euxine，即黑海。
④ Chrysopolis，博斯普鲁斯城市，与拜占庭相对。

士兵等着我们去救援, 如果我们弃他们而去, 他们就一定会死在波斯人的土地上, 因为以区区五百人根本不可能越过如此广阔的土地回到希腊去。"提马宋说:"那么请问我们应该如何做, 才能越过墙去救援他们呢? "赞提克里斯说:"我们可以先向南行进, 渡过幼发拉底斯河以绕过此墙, 因为据色诺芬所说, 此墙到幼发拉底斯河北岸就已结束, 同时我们可以写一封书信, 系在箭上射过墙去, 要求对面的希腊士兵也与我们一样向南行进, 在幼发拉底斯河北岸驻扎以等待我们到来, 待两部会师后我们可以沿居鲁士带我们前来的路径回到克里索波利斯。"提马宋说:"你的这个提议如果能够实现, 确实可以救回对面的士兵, 然而其中的困难实在太多, 首先这意味着我们必须两次渡过幼发拉底斯河, 一次在墙的这边, 一次在墙的那边, 而我们并不知道我们如何才能找到渡河的方法, 因为众所周知, 幼发拉底斯河是一条宽达四司塔迪的大河, 何况即便我们回到幼发拉底斯河的北岸我们也不能保证能找到那五百名待救援者, 因为他们很有可能在南行的时候就死伤殆尽了, 还有最重要的一点, 即便我们与他们得以成功会师, 我们也无法穿过科尔索提[①]和皮莱[②]之间的荒野, 那里只有石头, 而且长达十三站[③], 之前我们穿过那里时完全依靠市场[④]提供食物, 而现在这个市场已经不存在。"赞提克里斯听了提马宋的话后, 觉得无法辩驳, 只能坐下。这时色诺芬说:"这件事情最好交给所有人来表决, 凡是同意转向北方穿过亚美尼亚向攸克星海去的将官和队长请举手! "最后有四分之三的队长举手同意, 将官中只有赞提克里斯没有举手, 事情就这样决定下来了。色诺芬提议当天晚上所有希腊军队就通过浮桥回到底格里斯河东岸去, 同时燃起营火以迷惑波斯军队, 使他们无法猜测出希腊人的行动, 次日清晨自己这方就可以从容地列成方阵向波斯军队进攻了, 依照此前的经验, 波斯军队不太可能与自己正面冲突, 他们将让出道路, 然后继续在后面跟随希腊军队, 只要不向巴比伦前进, 他们轻易不会阻拦。这个提议得到了所有人的赞同。在会议即将结束时, 有一个轻甲步兵带来了一封用树皮写成的信, 墙对面的希腊军队把它绑在投枪上投

---

① Corsote, 米索波达米亚城市, 在幼发拉底斯河畔。

② Pylae, 巴比伦前沿堡垒。

③ 一站即一天的路程, 距离大约为五帕拉桑。

④ 希腊军队不是像现代这样发放口粮, 而是一天一天地向跟随军队的随军商人购买给养。指挥官的责任就只是"提供一个市场"。

了过来,那个轻甲步兵因为不认识字所以并不知道此信的内容,色诺芬看了信之后说:"他们提议我们放弃救援他们的行动,因为他们深知这只会导致所有的希腊军队都丧命于此,他们将沿着墙向北行进,并期望我们能在穿过亚美尼亚后与他们会师。"色诺芬把信的内容复述完之后,又说,"我认为我们也应当把我们的决定通过信件告知他们。"将官和队长们都同意了,于是由色诺芬拟写了信的内容并刻在一块木头上,派一个克里特①弓兵把信射过墙去,随后将官和队长们回到所部,开始指挥军队渡过底格里斯河。

希腊军队是这样渡河的,先是提马宋所率领的二千名重甲步兵渡过河去,组成中空的方阵守住渡口,先前已经在河对面的一千名骑兵在方阵两翼列阵,然后是赞提克里斯所率领的二千五百名重甲步兵、五百名轻盾兵、二百名罗德斯投石兵和五百名克利特弓兵(原属斐利修斯的一千名重甲步兵和二百名罗德斯投石兵改由赞提克里斯统率)过河,过河后,罗德斯投石兵和克利特弓兵进入方阵中,其余的一千名重甲步兵则与先前的两千名重甲步兵一起组成一个更大的方阵,然后整个方阵前进一司塔迪,让出渡口以便后面的队伍通过,之后过河的是客里索甫斯的一千名重甲步兵和五百名轻甲步兵,最后是色诺芬的二千名重甲步兵。

但是在赞提克里斯所部过河的时候,突然有数十只小船从上游顺流而下冲击浮桥,因为是夜里,而船上又没有亮光,因此一直到小船靠得很近并且船上的人已经开始向希腊人射箭并扔出投枪的时候才被他们发觉,投石兵和弓兵在岸上回击,但效果甚微,桥上的重甲步兵只能加快通过的速度,但仍有不少人伤亡,赞提克里斯不得不下令暂停过河,并命令桥上的人向小船扔出投枪。但是这时候色诺芬上前来,对赞提克里斯说这些人很可能不是波斯军队,而是附近村民前来偷袭;如果这个判断为真的话,一旦他们确认希腊人正在渡河离开此地,他们将会停止攻击,因此军队不应该停下,而应该继续渡河并将希腊军队即将离开的信息传达给他们。此时正好有一个士兵前来报告他的发现,因为他看见那些投枪都是由农具改制而成的,因此他来告诉赞提克里斯这些人可能并不是波斯的水军,而只是附近的农民。赞提克里斯同意色诺芬的判断,并下令队伍继续前进,又派一个嗓门大的士兵带着长盾到桥上去,对那些小船高喊,告诉他们希腊军队此时的意

①　Cretan,即今之克里特岛,岛上之人以善射著称于世。

图,并威胁他们如果他们不停止攻击,军队将回到河的这边并在天亮后扫荡他们的村庄,那些小船在听到这些喊话后果然停止了攻击,并开始向岸边移动,离开了浮桥。

这样,希腊军队就顺利地渡过河去。次日清晨,波斯军队一发现他们已经过河就主动撤退到他们看不见的地方。希腊军队把浮桥烧毁,然后按照昨日商定的路线,开始沿着底格里斯河向北前进,行军时重甲步兵在河岸的外侧,轻甲步兵、弓兵和投石兵则紧靠着河岸。

并不是所有的希腊军人都离开了,有数十名军人,因为他们的兄弟在墙的对面或者别的原因,而留在了底格里斯河的西岸,后来再也没有得到与他们有关的任何消息。那五百名军人中只有寥寥数人最后得以回到希腊,色诺芬曾经在克里索波利斯碰到过其中的一个,他说他们在得到色诺芬所写的信之后就开始向北前进,但是只走了两站就遭到村民的伏击,他们被打得稀烂,只有一百多人逃出,而最后能回到希腊的不超过十个人。

在克里索波利斯,色诺芬还听到一个传说:据说有一个被困在墙内的希军,他的头、手还有胸部都在墙外,而胸部以下则被困在了墙内,他被别的希腊军人抛弃,没有人能救助他,因为唯一一个能够把通道打开的人已经被希腊人杀死了,附近的村民用麦饼喂养他,据说他就这样活了十多年才死去,他死的时候胡子足有五英尺长。

最后还有一个秘密,色诺芬一直没有对旁的人说起,即墙那边的希腊军人投过来的信件上的内容,其实跟色诺芬所说的完全相反,即他们并没有建议大部队抛下他们离开,相反他们乞求大部队不要抛下他们,色诺芬故意歪曲了他们的信的内容,色诺芬深信自己做得没有错,不过后来他仍然在神庙中为此而忏悔,并献上了丰厚的祭品以乞求神的宽恕。

2010 年 9 月